10대, 소설로 배우는 인간 관계 2

10대, 소설로 배우는 인간 관계 2

제1판 제1쇄 발행 2020년 4월 13일
제1판 제2쇄 발행 2021년 4월 12일

지은이	따돌림사회연구모임 서사교육팀
펴낸이	강봉구

펴낸곳	작은숲출판사
등록번호	제406-2013-000081호
주소	10880 경기도 파주시 신촌로 21-30(신촌동)
전화	070-4067-8560
팩스	0505-499-8560
홈페이지	http://www.littleforestpublish.co.kr
이메일	littlef2010@daum.net

ⓒ 따돌림사회연구모임 서사교육팀

ISBN 979-11-6035-087-6 44810
ISBN 979-11-6035-089-0 44810 세트(3권)
값은 뒤표지에 있습니다.

작 은 숲
작은학교

평화를 만드는 소설 읽기

10대, 소설로 배우는 인간 관계 2

따돌림사회연구모임 서사교육팀 엮어씀

작은숲

　『10대, 소설로 배우는 인간관계』 1편이 세상 빛을 본 지 1년여의 시간이 흘렀습니다. 그동안 이 책이 학교와 여타 교육 현장에서 활용되는 것을 목격하며, 학교폭력 예방과 소설교육에 좋은 영향을 끼치고 있음에 보람을 느꼈습니다. 또한 본책과 『익힘책』으로 공부한 선생님, 학생들이 삶 곳곳에 자리 잡은 폭력에 대해 각성하고, 그에 대한 해결책을 찾고자 고심하는 것을 확인할 수 있었습니다. 이에 용기를 얻어 후속으로 2, 3편을 내놓게 되었습니다. 후속편은 1편에서 가졌던 문제의식과 실천의지를 그대로 이어가되, 폭력에 대해서 1편보다 더 심화하여 성찰·비판해 볼 수 있도록 구성하였습니다.

　우리가 폭력을 깊이 공부하는 이유는 폭력에 대해 이해하고 각성할수록 평화를 얻는 길에 가까워지기 때문입니다. 폭력을 알기 위해서는 선악에 대해 아는 것이 중요합니다. 악에 대해 깊이 분석하고 비판할수록 선의 가치가 무엇인지 이해하게 되기 때문입니다. 소설에는 선과 악의 세상이 무수히 많이 펼쳐져 있습니다. 선과 악은 거대한 역사적 사건에서부터 개개의 사소한 일들에까지 혼재되어 존재합니다. 그런 다양한 장면에서 선악을 구현하는 것은 인물입니다. 물론 시대적 배경이나 사상(이데올로기)도 중요하지만, 인물이 어떤 욕망과 가치를 기준으로 선택을 하는가가 큰 역할을 합니다.

소설에는 선악의 대립이 선명하게 드러나는 이야기도 있고, 일상의 삶 속에서 평범하게 존재하는 악의 이야기도 있습니다. 선악은 인물의 행위나 심리가 충분히 묘사되거나, 작가나 서술자의 관점이 정확히 파악된다면 충분히 가려낼 수 있습니다. 그러나 그런 묘사에 충실한 소설이 있는가 하면 그렇지 않은 것이 있고, 작가의 의도를 정확히 알 수 있는 작품이 있는가 하면 그렇지 않은 것도 있습니다. 여기에서 우리가 염두에 두어야 할 것이 있습니다. 비록 악의 얼굴이 천 가지, 만 가지로 보일지라도, 악의 본질은 하나라는 것입니다. 악은 나의 고통을 줄이기 위해, 나의 욕망과 즐거움을 위해 남을 불행과 고통에 빠뜨리는 것입니다. 우리는 악의 기본 속성을 기억하며 소설을 읽어나가야 할 것입니다. 다양한 폭력의 양상을 보며 그 안에서 선악을 옳게 분별하고, 선악을 가르는 기준이 무엇인지 고민해야 할 것입니다.

『10대, 소설로 배우는 인간관계』 2, 3편은 폭력과 선악에 대해 고찰하고, 진정한 평화와 진실을 찾아볼 수 있는 소설들로 채워져 있습니다.

첫 번째로, 일제 강점기라는 시대적 폭력에서 드러난 선악을 그린 작품이 있습니다. 친일 경찰과 친일 지식인의 변명을 그린 「김덕수」, 「반역자」, 3.1운동으로 죽은 독립운동가의 숭고함을 그린 「피눈물」은 악의 평범성과 역사적 진실을 생각하게 합니다. 또, 나약한 지식인의 외로운 반항을 그린 「소망」, 착취와 수탈에 맞서 홀로 저항하는 농민의 용기를 그린 「농촌 사람들」, 힘없는 피해자의 이기적 생존 전략을 그린 「논 이야기」는 폭압 속에서 살아간 서민들의 삶을 상상하게 합니다.

두 번째는, 「강한 자들의 힘」이라는 우화 소설로 이 소설은 지배체제가 발생하고 폭력적으로 변질되는 과정을 보여줍니다. 여러분은 이 소설을 읽으며 평화로운 집단을 만들기 위해서는 지식인이 어떤 역할을 해야 하는지 고민하게 될 것입니다.

세 번째로, 위의 소설들과 달리 일상적인 인간관계에서 펼쳐지는 폭력과 선악을 다룬 작품들이 있습니다.

인간관계의 파탄을 가져오는 원인으로 공감 구걸과 위선을 그린 「애수」, 「적들」, 탐욕과 진실한 사랑이 가져온 각기 다른 결말을 그린 「스페이드 여왕」, '외투'라는 상징자본에 휩쓸린 삶과 그것에서 해방된 삶을 그린 「외투」. 이 세 작품은 인간이라면 한 번씩은 품었음직한 이기적인 욕망이 어떻게 악이 되는지를 성찰하게 합니다.

피해자의 삶을 통해 일상 속에 존재하는 악의 평범성을 그린 작품도 있습니다. 타인의 욕망으로 인해 피해자가 되어간 「백치 아다다」, 나약한 약자로서의 고통스런 삶을 살다 간 「키 작은 프리데만 씨」, 극심한 고립 속에서 벌레로 변한 사람의 최후를 그린 「변신」. 이 세 소설 속의 타자들은 언뜻 보면 선악의 경계가 모호한 존재로 보이지만, 약자를 욕망 충족의 희생양으로 내모는 이기주의자이자 가해자입니다. 이와 달리 생존전략으로서 피해자의 삶을 선택한 불쌍한 주인공도 등장합니다. 「원미동 시인」은 피해자가 자신이 당한 폭력에 침묵하고, 진실을 알고 있는 목격자가 동조, 방관하면서 폭력의 체제가 고착화되는 과정을 그린 작품입니다.

가해자가 주인공으로 등장하는 작품도 있습니다. 피해자에게 용서받을 수 없었던 과거를 회상하며 진실화해의 중요성을 그린 「공작나방」, 호랑이가 된 주인공이 과거의 잘못을 고백한 「산월기」는 폭력을 행한 가해자가 느끼는 심리를 드러냅니다. 이 소설들은 가해자의 심리를 분석해 볼 수 있다는 점에서 중요한 작품입니다.

네 번째로, 선한 욕망과 선한 가치의 가능성을 그린 작품이 있습니다. 참된 지도자로서 가져야 할 자질인 인의(仁義)를 내세운 「두포전」, 자본주의의 탐욕 속에서도 선한 욕망을 추구한 주인공을 그린 「삼풍별곡」, 노예화된 삶에서 벗어나 주체적으로 살 수 있다는 희망을 그린 「배교자」, 자기 희생을 통해 파탄 난 관계를 회복한 형제 이야기 「눈먼 제로니모와 그의 형」이 그런 작품입니다.

이 책이 궁극적으로 지향하는 것은 폭력에 대한 감수성을 키우고, 폭력에 맞서는 평화역량을 키우는 것입니다. 평화역량을 갖기 위해서 독자는 서사적, 비판적, 창조적 주체가 되어야 합니다. 소설을 읽으며 비판적 관점에서 이야기를 분석하고, 폭력을 해결할 창의적인 대안을 제시할 수 있어야 합니다. 그런데 독자들은 이 과정을 다소 어렵게 느낄 수도 있습니다. 그래서 각 소설의 뒷부분에 해설문을 제시하여 소설 내용 분석과 비판적 재해석을 돕고, 문제 해결의 실마리를 찾도록 인도하고 있습니다. 여기에서 한 걸음 더 나아가 본책 읽기와 『익힘책』 활동을 병행하게 되면, 독자가 직접 분석, 비판, 창작활동을 함으로써

보다 더 능동적이고 주체적인 독자로 변화하게 될 것입니다.

『10대, 소설로 배우는 인간관계』 2, 3편은 1편보다 많은 분들이 해설문의 필자로 참여했습니다. 소설 분석-논의-수정이 반복되는 지난한 과정을 잘 극복하고, 좋은 글을 통해 폭력과 평화에 대한 메시지를 전할 수 있어 매우 기쁩니다. 우리는 이 결과물이 더 많은 학교에서 학교폭력 예방과 평화역량 키우기의 디딤돌이 되기를 바랍니다. 학생과 선생님 모두 평화로운 삶의 주인공으로 거듭나기를 바라며, 이 책이 거기에 초석처럼 버티어 주기를 기대합니다.

2020년 3월
따돌림사회연구모임 서사교육팀

차례

가해자의 논리, 피해자의 논리

이 소설은 가해자의 입장은 잘 드러나지만, 가해자에게 피해를 입었던 이들의 입장은 잘 보이지 않습니다. 피해자의 관점에서 소설의 주인공과 서술자 '나'의 논리를 비판해 봅시다.

친일 경찰이었던 주인공을 무조건 받아들이고 그와 화합하는 것이 옳은 것일까요?

김덕수

김동인 1900~1951

『친일인명사전』에 등재된 친일문학가이자 소설가, 문학평론가. 계몽적 교훈주의
에서 벗어나 문학의 독자성과 예술성에 치중하는 경향을 보였다. 대표작으로는
「배따라기」, 「광염소나타」, 「감자」 등이 있다.

해방 직후였다.

나는 어떤 동업 일본인 변호사의 집을 한 채 양도 받아 가지고 이 동네로 이사를 왔다. 이사를 와서 대강한 정리도 된 어떤 날 집으로 돌아오니까 아내는,

"김덕수네가 이 동네에 삽디다그려."

하는 보고를 하였다.

"김덕수란? 형사 말이요?"

"네…… 애국반장짜리, 애희의 남편."

"반장도 그럼 함께?"

"네……."

"녀석도 적산* 한 채 얻은 셈인가?"

"아마 그런가봐요. 게다가 그냥 이 해방된 나라에서도 경관 노릇을 하는지 금빛이 번쩍번쩍하는 경부 차림을 하고 다니던걸요……."

"흠……."

우리가 적산인 이 집으로 이사오기 전에 ○○동네에 살 때에 덕수네와 서로 이웃해 살았다.

덕수는 경찰 고등계의 형사였다. 고등계의 형사로 일본인 상전 아래서, 많은 사람을 잡아서, 죄를 만들어서 공로를 세워, 우리 한인 사이에는 상당히 미움과 무서움을 받던 인물이었다. 그의 아내 애희는 또 그 동네의 애국반장으로…… 남편은 형사, 아내는 반장이라, 그 동네에서는 상당히 세도를 하고 있었다.

1945년 8월 15일의 위대한 해방이 이르러서 김덕수의 손에 걸려 감옥살이를 하던 많은 인사들이 갑자기 출옥하자 혹 매 맞아 죽지나 않는가 근심했더니 덕수네는 어느덧 그 동네에서 자취가 없어져서 그저 그만그만 잊어버렸는데, 이 새집으로 이사오고 보니, 덕수네는 우리보다 먼저 이 동네에 와 살고 있다는 것이다.

전번 동네에서 덕수네와 이웃해 살기를 5년이나 하였다. 그 5년간을 내내 덕수의 아내 애희는 애국반장으로 있었기 때문에 자연 상종이 잦았고, 그런 관계로 나는 덕수라는 인물을 비교적 여러 각도로 볼 수가 있었다. 더욱이 내 직업이 전 재판소 판사요, 현 직업이 변호사였었니만치 덕수는 자기 독특의 우월감으로써 동네의 다른 사람과는 상대가 되지 않는다하여 내게 찾아와서 자기의 심경이며, 환경을 하소연하고 하더니만치 그를 비교적 정확히 알았노라고 나는 스스로 자

• 적산 광복 이전 일본인 소유였던 재산.

신한다.

덕수는 일본의 대정 중엽에 세상에 난 사람으로서 그의 부모는 구멍가게를 경영하는 영세한 시민이었다. 요행 소학교는 무사히 졸업하고 그러고는 경찰서의 급사로 들어갔다가 본 시 영특한 자질이라 어름어름 '끄나풀'로 다시 형사로까지 승차한 것이었다. 그가 끄나풀에서 형사로까지 오른 그 시절은 한창 일본의 군국주의가 만주를 정복하고 중국을 정복하며 일변 한인의 일본인화(소위 내선일체•주의)가 맹렬히 진척되던 시절이라, 본시 민족사상이라는 기초 훈육을 모르고 지낸 덕수는 자기는 한 황국신민으로, 그 점을 자랑으로도 여기고 그래야 할 의무로도 믿었다. 이 사상에 배치되는 행동이거나 운동을 하는 '불령선인•'은 마땅히 배제해야 할 것이며, 그런 역도를 구축 배제하는 책임을 띤 자기의 직업은 아주 신성한 것으로 여겼다.

그런지라 그는 기를 써서 조선인 가운데 역도를 배제하기에 노력하였으며, 국가의 역적을 없애서 '반도인'의 명예를 훼손하지 않기 위해서는 최선의 힘을 아끼지 않았다. 고문 명수, 자백 자아내는 명인이라는 칭호가 어느덧 그네에게 씌워지고, 상관의 신임도 차차 두터워질 때 그는 이것을 추호도 자책하는 마음이 없이, 자기의 자랑으로 알고 명예로 알고 자기의 천직으로 알았다.

그는 소위 사회의 명사라고 꺼덕이는 인물들에게는 일종의 반항심과 증오심을 품고, 그런 인물은 골라가며 뒤를 밟고 탐사하고 하였다. 사람이란 죄를 씌우자면 면할 사람이 없는 법이라, 아니꼬운 인물은 잡아다가 두들기고 물 먹이고 잡담 제하고 토사를 강요하면 무슨 토사 간에 나오고, 한 가지의 토사가 나오면 그 연루가 넓게 퍼져서 한

개의 큰 '음모 사건'이 조출되고 하는 것에 일종의 재미와 쾌감까지 느꼈다. 이리하여 덕수가 한번 노리기만 한 사람이면, 반드시 무슨 사건의 주범으로 되어 검사국으로 넘어가고, 검사국에서는 이 사건이 복잡다단하다 하여 예심으로 넘기고 하여, 명 형사 김덕수의 이름은 이 방면에는 꽤 컸다.

그의 아내 애희는 어느 여고보 출신이라 한다. 애희가 애국반장이 되고 당시의 민생이 전혀 애국반을 통해 영위되었기 때문에 우리 집과도 상종이 있게 되었는데, 애희는 남편 덕수의 지극한 애국심과 충성(애희는 그렇게 믿었다) 등에 대하여 아주 공명하여 자기보다 학력이 낮은 남편이지만 매우 존경하였다. 애희는 뽐내기를 좋아하고 비교적 욕심은 적으나 명예욕은 센 사람이었다. 사회의 누구누구라는 명사들이 자기 남편의 앞에 굴복하고 자백하고 하는 모양을 꽤 기쁘게 생각하는 모양으로, 우리 집에 와서 흔히 그런 자랑을 하는 일이 있었지만, 물자 배급 같은 것은 비교적 정직하고 공평하게, 더욱이 특수 물자는 제 몫은 빠지고 반원들에게 나누어주고(생색내기 위하여) 하여 비교적 평판이 좋았다. 하기는 그런 배급물 등은 자기네는 받지 않을지라도, 딴 길로 들어오는 물자가 꽤 풍부한 모양으로 다른 '반'에는 나오지 않은 배급을 때때로 소위 '반장 배급'이라 하여 '하도 이런 것은 시가에 서는 볼 수 없는 물건이기로, 우리 집에 있던 물건을 여러

• 내선일체 '일본과 조선은 한 몸'이라는 뜻으로 조선에 대한 일제 식민 정책의 표어.
• 불령선인 일제 강점기, 일본을 따르지 않는 불온하고 불량한 조선 사람이라는 뜻.

분께 나누어 드립니다'고, 광목 양말 등을 특별배급하는 일도 있었다.

내가 연구한 바에 의지하건대, 그들은 진정한 일본제국 신민이었다. 대정 중엽 혹은 말엽에 세상에 나서 가정에서는 무슨 다른 교육이 없이, 학교에서는 황국신민으로서의 교육만 받아왔고, 더욱이 만주사변 이후 중일 전쟁 기간은 더욱이 격화된 소위 '황민화' 소위 '내선일체' 소위 '내선 동근동조' 사상의 추진 교육 아래서 지식을 성취한 그들이라. 그들의 선조(先祖)가 조선인이라는, 일본인과는 별다른 종족이었다는 점은 애초에 알지도 못하고, 다만 '내지'와 '조선'이 서로 말과 풍습이 다른 것은 가운데 현해탄°이 끼여서 멀리 격해 있기 때문이지 '내지'의 구주 지방과 동북 지방이 사투리가 다르고 풍습이 다른 것이나 일반으로, 다만, 내지 끼리끼리보다 조선은 거리가 더 멀기 때문에 더 차이가 큰 것이라 고쯤 생각하는 모양이었다.

그런지라, 덕수에게 있어서는, 일본제국에 방해되는 사상을 가진 사람은 역적으로 보이고, 게다가 젊은 혈기와 공명심까지 아울러서, 그의 직권을 이용하고 남용하여 '고문 명인'이라는 칭호까지 듣게 된 것이요, 아내(애국반장) 애희는 동네 여인들의 불평을 사리만치, 방공 연습이며 국방 헌금 저금에 열렬한 것이었다.

우리 같은, 구 대한제국 시절에 태어나서 고종 황제와 순종 황제를 임금으로 섬긴 늙은 축으로는 이해하기 곤란하리만치, 모든 애국 운동(일본에의)에 지극히 정성스러웠다. 그러나 우리도 표면은 황국신민인 체를 하지 않을 수 없는 비상시국이었다. 약간만이라도 눈치 달랐다가는 덕수의 눈에 걸릴 것이라, 방공 훈련에 나오라면 하던 빨래를 던지고라도 나가야 했고, 헌금이나 예금 국채 구입을 하라면 주머니를 벌리지 않을 수 없었다.

애희는 꽤 영리한 여인으로서, 공채거나 예금 등에 있어서는 빈부와 수입 등을 참 잘 고려하여 나무람 없도록 배정하고, 더욱이 자기네가 솔선해 가장 많이 책임져서, 다른 사람으로서는 말참견할 여지가 없게 하였다.

이럴 즈음에 1945년 8월 15일의 국가 해방의 날이 온 것이었다. 그 해방의 흥분 가운데서, 서대문 형무소의 문이 열리고 거기서는 많은 사상범이 청천백일의 몸이 되어 해방의 새 나라로 뛰쳐나왔다.

이 일이 덕수 내외에게는 무슨 일인지 모르겠는 모양이었다. 며칠 지나서, 몇 장정이 덕수의 집으로 와서 무슨 힐난•을 하다가 덕수를 두들겼다. 또 며칠 지나서는 덕수 내외는 이 동네에서 사라져 없어졌다.

그러나 국가 해방의 흥분 시절이라, 그런 일에 그다지 마음 두지 않았다. 어디로 뛰거나 혹은 매 맞아 죽었거나 했겠지쯤으로 무심히 보아두었다.

그러는 중 나도 어떤 일본인 동료(변호사)의 집을 한 채 양도받아서, 그리로 이사를 온 것이다. 그랬더니, 얼마 전 종적 사라진 덕수네가 이 동네에 살고있는 것이었다.

더욱이 덕수는 금빛 찬란한 군정부 경무부의 정복으로서······.

대체 군정부는, 미국인의 하는 일이라 우리 민족의 감정 따위는 고

• 현해탄   대한 해협의 남쪽과 일본 규슈 북서쪽 사이에 있는 바다.
• 힐난   트집을 잡아 지나치게 많이 따지고 듦.

려하지 않고, 제멋대로만 해나가는 행정기관이지만 제아무리 경험의 전력자라 할지라도, 민족적 분노를 사고 있는 부류의 사람을 그냥 그 자리에 머물러두는 것은, 좀 과심한 일이겠지만, 덕수 자신으로 보자면 이 해방된 새 나라에 그냥 삶을 유지하려면 '경관'이라는 무장적 보호가 절대로 필요하였을 것이다.

덕수네는 자기의 전력을 아는 이가 또 같은 동네에 살게 된 것이 얼마간 재미없던지, 처음 얼마는 우리를 외면하며 피하는 태도를 보이더니 그 아내 애희가 먼저 내 아내와 아는 척하기 시작하여 다시 서로 왕래가 시작되었는데 그의 뽐내고 생색내기 좋아하는 성질로서 지금의 새 세상에서 경부로 승차한 남편을 내 아내에게 자랑하며, 예나 지금이나 일반인 '전 판사, 현 변호사'인 우리에게 일종의 우월감적 태도를 취하려는 기색이 보이더라는 것이었다.

그러나 그들 내외에게 있어서는, 전 일본제국 조선 지방 신민이 왜 8·15 이후에는 조국이요, 모국인 일본은 분명 망해 들어가는 꼬락서니인데도 불구하고, 해방되었노라고 기뻐하는지 그 진정한 속살은 이해하기 힘들어 내심 불안에 갈팡질팡하는 모양이었다.

이에 나는 생각하였다. 일본의 대정이나 소화 연대에 출생한 우리 사람도 수백만이 될 것이다. 가정에서의 특별한 지도가 없는 이상에는 혹은 시대에 영합하기 위하여 혹은 시대에 뒤떨어지지 않기 위하여, 가정에서도 그 자녀를 일본 신민 만들기를 목표로 교육하거나 혹은 그저 방임해두거나 한 아이들은, 소학교에서부터 일본(황국) 신민 되기를 강조하는 교육을 받았는지라, 근본 사상이 애초에 일본 신민으로 되어 있는 사람이 적지 않을 것이다.

어느 날 전차에서 견문한 바이지만, 어떤 노동자가 기껏 일본인을 욕해 말하느라고 '내지 놈, 내지 놈' 하는 것을 보았는데, 그런 축들은 기껏 자기를 '반도인'으로, 일본인을 '내지인'으로밖에 인식하지 못하는 인생이다. 그런 축의 자제는 대개 자기를 일본 신민으로밖에는 인식하지 못할 것이다. 이러한 청소년들에게 우리 전래의 조선 혼을 다시 넣고 배양하기 위해서는 장차 수십 년의 세월이 걸려야 할 것이다.

국가는 해방되었으나 아직 국권을 못 잡은 우리가…… 아아, 요원하고 중한 문제로구나.

덕수 내외는, 처음 한동안은 우리 내외에게 좀 회피하는 태도를 취하다가 그 뒤에는 자기는 경부라는 우월감을 품고 예나 지금이나 변동 없는 우리에게 다시 상종을 시작했다. 사실 그들의 눈에는 모든 조선 사람이 혹은 사장이 되고 전무가 되고 중역이 되고, 제각기 출세하는 이 경기 좋은 판국에서, 10년을 하루같이 '전 판사, 현 변호사'라는 움직임 없는 자리에 있는 우리에게 정떨어질 것이었다.

그즈음에 이 서울에는 한 가지 색채 다른 사건이 생겨서, 사람들의 눈을 둥그렇게 하였다.

즉 이전 총독부 시절에 이 땅 사상계의 인물에게 아주 혹독하고 무섭게 굴던 어떤 일본인 경부가 총에 맞아 죽었다. 그 일본인이 경부로 있을 때 그 부하로 있어서, 상관에 못지않은 활약을 한 덕수는 이 사건에 가슴이 서늘해진 모양이었다. 이 새 동네에서는 가장 오래 전부터 면식이 있는 우리 집이 그래도 서로 통사정을 할 수가 있었던지, 덕수의 아내 애희가 지금껏의 생색내고 뽐내는 태도의 대신으로 당황한 기색으로 찾아와서 내 아내에게 그 사정을 호소하였다. 호인이요 남에게 싫은 소리를 하기를 꺼리는 내 아내는 그때 애희에게 그저 대강 이는 민족적 노염이니 할 수 없는 일이라 하고, 그대네도 이전 매 맞은 일이 있는 것이 모두 그 당시 그대 남편에게 부당한 대접을 받은 사람의 사사로운 원염이 아니고, 민족으로서의 노염이라는 뜻으로 대답해준 모양이었다.

그 수삼 일 뒤, 덕수 자신이 이번은 나를 찾아왔다. 금빛 찬란한 경부의 제복을 입은 채로······.

"영감."

변호사라는 직업에 대한 보통 칭호이지만 덕수는 아직껏 내게 불러 보지 않은 이 칭호로써 나를 불렀다.

"이런 법이 어디 있습니까? ○○경부(일본인 경부) 사살자인 범인으로 지목되는 자를 발견해서 체포하려 하니까, 상부에서 그냥 버려두랍니다그려. 법치국가에 이런 법이 있겠습니까?"

"김경부, 김경부는 그 일에 그저 모른 체해두오. 김경부도 전일 폭행 당한 일이 있지만 '민족의 분노'는 국법이 용인해야 하는 게요."

"그렇지만 살인자사(死)는, 하늘의 법률이 아니오니까?"

"살인해서 중심(衆心)을 쾌하게 하는 자는 하늘이 칭찬할게요. 대체······."

여기서 나는 그에게, 우리 민족과 일본 민족의 사이에 얽힌 역사적 인연을 자세히 설명해주고, 한일합병과 그 뒤의 일본족의 행패며, 근일 일본이 전쟁에 급하게 되어 내선일체 동근동족이라는 간판을 내세워서 우리를 끌려던 자초지종을 그에게 말해주었다. 나의 이야기하는 동안 미심한 점은 질문해가면서 다 들은 덕수는, 비교적 총명한 자질이라, 대개 이해하겠다는 모양이었다. 내 이야기를 다 들은 뒤에 잠시 머리를 숙여 생각한 뒤에 긴 한숨을 쉬며,

"영감, 잘 알았습니다. 듣고 보니 가증한 일본이올시다그려."

하고는 잠깐 말을 끊었다가 이번은 미소하며 뒷말을 하였다.

"그렇지만 영감, 비국민적 생각인지는 모르지만, 옛정은 난망이라, 내겐 일본인이 가끔 그립습니다. 더욱이 한인의 우월감적 태도를 보면 그야말로 반감이 생기고, 일본인이 동포같이 생각됩니다그려."

"인정이 혹은 그렇겠지. 우리 같은 늙은이는 옛 한국의 백성이라 이번 태평양전쟁 때 같은 때도, 일본이 패망하면 우리 민족은 일본의 식민지로서 어떤 비참한 지경에 떨어질지 모르면서도, 다만 일본에 대한 증오심 적개심으로 일본의 패배를 바랐으니……."

"그 대신 우리 같은 젊은 축은, 그런 사상(일본 패배)을 가진 사람은 참으로 비국민이라고 믿고, 가증해서 경찰에서도 죽어라 하고 때렸습니다그려. 죽은 사람도 적지 않지만……."

"그게 살인자사(死)로 처리됐소?"

"아, 왜요? 직권이요 애국 행동인데야……."

"일본 경부 사살 사건도 '살인자'가 아니라 쾌심자니 경찰도 모른 체하는 거요. 김 경부, 한인이 되시오. 내 나라로 돌아오시오."

아아, 그러나 우리나라 안에, 아직 진정하게 조국 사상에 환원하지 못한 젊은이가 진실로 수백만 명이 될 것이다. 이들을 모두 내 나라 내 조국의 백성으로 환원시키려면 과거에 일본인이 우리를 일본화하려던 그만한 노력과 그만한 날짜가 걸려야 할 것이다. 이 문제는 우리 건국에 지대한 과제라 아니할 수 없다. 지난날 일본인이, 조선의 서른

살 이상의 사람은 다 죽은 후에야 조선은 참말로 일본제국 일부가 될
것이다 하였지만, 사실 해방 이후에 교육받은 아이들이 이 땅의 주인
이 된 뒤에야 비로소 이 땅은 진정한 우리 땅이 될 것이다.

그런 일이 있은 뒤부터는 덕수는 흔히 나를 찾아와서 나에게 조선
학을 듣고 민족사상을 듣고 하였다. 본시 총명한 사람이라, 제 마음에
남아 있는 일본적 뿌리를 빼버리려는 노력이 분명히 보였다. 나는 이
를 흡족하게 보았다. 단 한 사람이라도 조국 정신에 환원시키는 일 이
기특한 일이라는 것을 스스로 느끼고, 덕수에게 꽤 호감을 느끼게 되
었다.

그때에 이 땅에는 또 색채 다른 사건이 하나 생겼다. 즉, 옛날의 재
판소 검사요 그 뒤에는 황민화 운동의 무슨 단체의 수령이었던 어떤
일본인이 무슨 사소한 횡령 사건으로 법에 걸려 처단을 받은 사건이
었다. 이 땅에서 모두 철퇴하는 일본인이라, 사기며 횡령 등의 사건은
부지기수였지만, 하필 이 사건만은 문제가 되어서, 법의 처단을 받아,
예전에는 제 지배하에 있던 서대문 형무소에 수감이 된 것이었다. 역
시 민족의 노염이었다. 쫓겨가는 인종의 사소한 허물을 일일이 들추
어 무엇하리오만, 그 일본인(전 검사)에게는 민족의 노염이 부어져 있
어서, 한 뭉치 내릴 무슨 핑계만 기다리고 있던 차라, 문제 되지 않을
문제가 법에 걸린 것이었다. 이 사건에서 김덕수가 비교적 정확한 판
단을 내린 것을 보고 나는 기뻐하였다.

"영감, 흠을 잡으려고 노리노라니 그 모 검사나 걸러든 게지요?"

"옳소. 이 처단이 그에게는 되레 다행일 게요. 이렇게 걸리지 않았
더면 그도 혹은 총을 맞았을는지도 모를게요. 우리 민족에게는 총 맞

을 죄를 지은 자니까……."

"나도 썩 삼가겠습니다. 과거의 잘못을 사죄하는 뜻으로라도, 썩 잘 처신하겠습니다."

사실 현 군정부의 요직에 있는 사람 가운데에 덕수의 고문 몽치를 겪은 사람이 적지 않았다. 그가 스스로 겁내고 스스로 근신하는 것도 당연한 일이었다. 자칫하면 민족적 노염에 걸려들 자기의 입장을 이해하느니만치, 그는 전전긍긍하는 모양이었다. 더욱이 그의 열혈적 성격이 자기의 한인이라는 점을 알아낸 만치, 스스로 애국심을 자아내려는 모양도 역력히 보였다.

군정 당국이 조선에 대한 방침이 약간 달라져 이전은 같은 연합군이라 하여 칭찬하기만 장려하던 방침이 변경되어, 공산당은 나라를 망치려는 단체라 하여 좌익 계열이며 그들의 조국이라는 소련에 대한 공격 비난이 공인되고 공행•되는 세월이 이르렀다.

그 어떤 날 덕수가 나를 찾아왔다. 한참을 이런 이야기 저런 이야기하다가 문득 이런 말을 하였다.

"참 악질입니다. 좌익 극렬분자들……."

"왜 또 새삼스레?"

"뻔한 증거를 내대고 아무리 문초해도 결코 승인하거나 자백하지 않습니다그려. 증거가 분명한 일도 그냥 모르노라고 고집하고 버티니까 참 가증하고 얄밉지요."

• 공행 거리낌없이 공공연히 행함.

그는 사뭇 얄밉다는 듯이 위를 향하여 담배 연기를 내뿜으며,

"그저 매에 장수 없다고, 두들기고 물 먹이고 해야 비로소 토사가 나옵니다그려. 그러기 전에는 아무리 뚜렷한 증거를 내대어도 그냥 모르노라고 뻗대니까……."

"여전히 고문을 잘하시오?"

"허허, 안 할 수 없습니다. 가증해서라도 주먹이 저절로 나오거니와, 주먹 아니고는 토사하지 않고, 토사가 없이는 법이 범죄를 인정하지 않으니까요."

"그래도 고문은 피해야지."

고문 않고는 하나도 "자백을 받지 못합니다. 변재(變才)가능해서 교묘하게 피하거나, 정 몰리면 입을 봉해버리거나 해서, 절대로 승인이나 자백을 않습니다.

"그래도 고문에 의지한 자백은 법률이 승인하지를 않지."

"두들겨서라도 자백을 받고 그 자백을 입증하는 물적증거까지 겸하는데도요?"

"글쎄…… 그래도…… 고문은…….."

"나도 압니다. 고문은 법률이 금한 게고 인도에 어긋나는 일인 줄은. 그래도 가증한 꼴을 볼 때는 주먹이 저절로 앞서는 걸 어쩝니까? 꼭 자백을 얻기 위한 수단으로보담도 감정적으로, 주먹 행동이 앞서게 되는걸요."

"여전히 고문 찬성론자…….."

"암, 고문 대장 고문 선수로 왜정 때부터 이름 높은 김덕수 부장이 아니 오니까? 오늘날의 김경부를 쌓아올린 기초가 고문인데…….."

그는 스스로 미소…… 다시 너털웃음까지 웃으면서 이렇게 말하였다.

"그래도 심한 고문은 피하시오."

"안 돼요. 그자들은 무슨 범행을 할 때에 애초에 교묘하게 피할 수 있을 핑계를 다 만들어가지고 행하니까, 말로는 꼭 그들에게 집니다. 매밖에는 장수가 없어요."

"최근에는 매질을 좀 잘한 일이 있소?"

나는 웃으며 물었다.

"이쯤이야 부하에게 시켜서 하지 내가 직접 매질하지는 않지만, 오늘도 상당히 두들겼습니다."

"지금도 무슨 큰 사건이 있소?"

"그건 좀 비밀이지만, 좌익 극렬분자의 배국(背國)• 행동입니다."

그가 전일 스스로 자기는 일본인이노라고 믿던 시절의 그의 정의감으로 그때의 범인에게 행하던 폭력주의가 연상되어, 지금의 고문을 대개 짐작할 수 있었다.

"그렇지만 김 경부, 인명은 지중한 게요. 피의자의 생명까지 위험한 폭력은 삼가시오. 그들은 우리 동포요. 다만 일시적 유혹에 속은 따름이지, 같은 조상의 피를 가진 우리의 동포요. 인도라는 문제보다도, 법률 문제보다도, 동포 동족이라는 문제를 먼저 생각해야 됩니다."

"아, 이 땅을 소련국 조선현으로 여기는 사람도 동포입니까?"

• 배국　나라를 배신함.

"또 고문에 의지해서 얻은 자백은 공판°에서 다시 번복됩니다."

"네. 나도 그 점을 생각합니다. 고문만이 아닐지라도 그 잔악한 극렬분자들은 공판장에서는 교묘한 말로 사건을 번복시키는 게 또 사실입니다. 그러니만치 그들의 죄에 대한 처단을 애초에 경찰에서 폭력으로 응징해두어야 속이 풀리지, 경찰에서까지 인도주의를 써서 우물쭈물해두면 민족적 분노는 그냥 엉킨 채 풀릴 길이 없지 않겠습니까?"

"경찰관에게는 역시 경찰관적 철학이 계시군."

나도 껄껄 웃는 바람에 그도 소리내어 웃었다.

그런데 다음 날 서울지방의 각 신문은 톱기사로서 커다란 활자를 아낌없이 사용하여 '왜정 시대에 고문 대장으로 이름 높던 형사 김덕수가 이 해방된 세월에도 여전히 경찰 경부로 남아서 그 흉수를 놀린다.'는 제목 아래, 덕수가 예전에 누구누구 등 현재의 명사들을 어떻게 난폭하게 고문하였으며 그 덕수가 여전히 경찰계에 더욱이 경부로 승차를 하여, 모 사건 취조에 어떠한 고문을 하여, 무리한 자백을 자아냈다는 기사가 각 지면을 장식하였다.

그로부터 또 며칠 뒤, 신문지는 또 김덕수에 관한 기사를 보도하였다. 그 기사에 의지하건대, '고문 대장 김덕수 경부는 그 잔학한 고문으로 벌써 악명이 높거니와 또 어느 피의자에게서 뇌물로 쌀 서 말을 받아먹은 사실이 검찰 당국에 알린 바 되어서 파면당하고 기소 수감되었다.'라는 것이었다.

이 기사를 보고 나는 뜻하지 않게 혀를 찼다. 사실 수감 되었는지 어떤지는 알아보아야 할 일이지만 이것은 너무 심한 채찍질이 아닐까. 그가 일정 시대에 좀 심한 고문을 하여 적지 않은 사람에게 원념을 산 것은 사실이다. 그러나 자세히 따지자면 그 자신이 받은 교육 때문에 그는 자기 자신을 일본인으로 알고, 일본에 충성되기 위한 행동이었다.

우리처럼 한국의 신민으로 태어나서 중간에 일본으로 변절한 사람은 어떤 채찍을 맞아도 불복하지 못하겠지만, 덕수처럼 어려서부터 한국의 존재를 모르고 나서 자란 사람이 일본을 조국으로 여기는 것은 책할 일이 못 된다. 그가 일본인이라는 자각 아래서, 일본의 반역자에게 좀 잔학한 일을 했다 한들 그것은 그리 욕할 바가 아니다. 현재 덕수의 행동을 가지고 인도에서 벗어난다 하면 모를 일이로되, 지난날의 일을 들추어내어 욕하는 것은 다만 욕하기 위한 욕일 따름이다.

모 일본인 경부의 피살 사건이며 일본인 검사의 피검사건이며 모두가 민족적 노염이 부어져 있기 때문에, 딴 핑계 잡아내어 그것으로 노염풀이를 하는 것이다.

쌀 서 말의 수 회, 몇 백만 원, 몇 천만 원도 껌찍껌찍 삼키고 그러고도 무사한 이 판국에 단 쌀 서 말로, 그것을 무슨 수 회라 하랴. 다만 고문이니 인도니 하는 문제보다도 민족적 미움이 부어져 있던 김덕수라, 역시 민족적 정기에 벗어나 좌익 계열에 대한 고문 혹형에는 문제가 안 일어나고, 쌀 서 말에 문제가 생긴 것이었다.

아내를 덕수의 집에 보내서 수감된 여부를 알아보았더니 과연 어

● 공판   기소된 형사 사건을 법원이 심리하거나 판결하는 일.

제부터 집에 안 들어온다하며 덕수의 아내 혼자 있더라는 것이다. 덕수와 오래 이웃해 산 정분도 있거니와 덕수의 사건에는 동정할 여지도 있어서 나는 덕수의 사건의 변호를 자청해서 맡고, 어떤 날 그가 수감되어 있는 형무소로 변호사의 자격으로 그를 면회하였다.

면회실에서 그와 대하여, 내가 그대 변호인이 되고자 왔노라고 내 뜻을 말했더니 그는,

"제 아내가 부탁합니까?"

고 묻는다. 그래서 그런 게 아니고, 내가 그대의 심경이며 행위에 어떤 정도까지의 이해가 있어서 자진해 변호하겠노라고 했더니, 그는 잠시 머리를 숙이고 생각하고서 천천히 말을 꺼냈다.

"그건 그만둬주십시오. 고맙습니다만……."

"왜? 왜 그러오?"

"선생님, 제가 이번 기소된 건 쌀 서 말…… 부끄럽습니다만…… 서 말 문제지만 저를 기소되게까지 한 것은, 말하자면 민족적 증오가 아니오니까? 전 양심에 추호 부끄러운 바 없으니, 민족의 매질을 달게 받겠습니다. 사실을 말씀드리자면 전 늘 괴로웠어요. 모르고서나마 제가 전날 왜경의 일인으로 우리 동포에게 지은 죄가 지대해요. 그 죄의 벌을 받기 전에는 언제까지 든 무슨 큰 빚을 진 것 같은 압박감에서 면할 수가 없었어요. 오늘날 사소한 일을 실마리로 민족의 채찍을 받는다 하면 그 받은 이튿날부터는 마음이 가벼워지겠습니다. 그러니까 저는 그저 내리는 채찍을 피하지 않고 고맙게 받겠습니다. 선생님의 호의는 감사합니다만……."

이리하여 전 경부 김덕수는 공판정에서도 아무 딴소리 없이 그의

등에 내리는 민족의 채찍을 고요히 받고, 현재 형무소에 복역 중이다.

가해자의 논리, 피해자의 논리

김덕수는 일제 강점기 당시 소학교에서 황국신민교육을 받고 소위 잘나가는 일본 형사로서 불량선인이라고 불리는 독립운동가를 고문하고 음모를 만들며 살아온 인물입니다. 하지만 광복 후 주변인들에게 힐난과 위협을 받게 되자 원래 살던 동네를 떠나 자취를 감춥니다.

그 후 미군정이 들어서자 김덕수는 이번엔 미군정의 경찰이 되어 '좌익 극렬분자'들을 색출하고 고문하는 일을 맡게 됩니다. 일본이 망한 뒤, 일본인들이 거리에서 살해를 당하거나 일본에 협력한 사람들이 작은 뇌물사건으로 감옥에 수감되는 색채 다른 일들이 일어나자 김덕수는 이웃에 사는 지식인인 '나'를 찾아가 조언을 구하게 됩니다. 사람들이 일본이 망하는 걸 왜 좋아하는지 이해하지 못했던 김덕수는 '나'에게서 조선학을 배운 뒤 일본이 가증스러운 존재였으며 자신이 저지른 과거 행동이 지금에 와서는 민족적 노염을 사는 행위였다는 것을 깨닫게 됩니다. 김덕수는 '나'와 왕래하며 몇 번 더 조선학을 듣던 중 쌀 서 말을 받았다는 뇌물혐의로 체포되어 감옥에 수감됩니다. 변호사인 '나'가 찾아와 변호를 해주겠다고 하지만 김덕수는 이것이 민족적 채찍이라면 고요히 받아야겠다며 '나'의 변호를 거절합니다.

소설은 김덕수의 행동과 김덕수 주변에서 벌어지는 사건들을 '나'의 시선에서 담아냅니다. 그렇다면 김덕수라는 인물을 관찰하고 있는 '나'는 어떤 인물일까요? '나'는 대한제국 시기에는 판사를 하다가 이후에는 변호사로 일하고 있는 지식인입니다. 일제 형사인 김덕수에게 신뢰를 얻어 많은 왕래를 하고 지내며 김덕수 내외를 통해 '애국헌금(일제에 바치는 기부금)'을 내기도 했습니다. 광복 후에는 일본인 동료 변호사의 적산(광복 이전 일본인 소유였던 재산)가옥을 양도받아 다시 김덕수와 이웃이 되는 사람입니다. 김덕수와 다시 이웃으로 만나게 된 '나'는 자신에게 조언을 구하는 김덕수를 안타까운 눈으로 바라봅니다. 소설의 뒷부분에서 '나'의 변호 제의를 김덕수가 거절한 것으로 그리고 있지만, 사실 소설 전체가 김덕수를 변호하는 내용입니다. '나'는 '김덕수가 조선인들을 고문한 것은 황국신민으로서 나라를 위해 일한 것이다, 일제 강점기 중에 태어난 조선인은 충분히 그렇게 생각할 수 있다, 앞으로 조선의 발전을 위해서는 지난날을 들추기보다 그런 상황과 그들의 무지를 이해하고 조선인으로서의 긍지를 갖도록 교육하면 된다'라고 변호합니다.

그러나 '나'의 변호 내용은 자신을 옹호하는 가해자들의 이기적인 논리

일 뿐입니다. 김덕수는 악독한 일제경찰이며 그가 한 행위는 친일행위입니다. 그는 일제 앞잡이로서 민족의 독립운동가들을 탄압한 가해자이지, 시대적 상황이 낳은 피해자가 아닙니다. 그것은 미군정이 되었을 때도 권세에 빌붙어 폭력을 행사하는 변함없는 모습을 보면 알 수 있습니다. 그는 자신이 한 행동이 어떤 것이었는지에 대해 진정으로 성찰하지 않았고, 자신이 한 행위와 욕망이 시대적, 역사적으로 어떤 의미를 갖는지에 대해서도 인식하지 못했습니다. 2차 세계대전 전범 심판에서 수많은 유태인을 학살한 독일인 장교 아이히만도 자신은 맡겨진 일을 열심히 했을 뿐이라고 항변했습니다. 이것을 본 철학자 한나 아렌트는 이렇게 말했습니다. "그는 아주 근면한 인간이다. 그리고 이런 근면성 자체는 결코 범죄가 아니다. 그러나 그가 유죄인 명백한 이유는 아무 생각이 없었기 때문이다. 타인의 고통을 헤아릴 줄 모르는 생각의 무능은 말하기의 무능을, 그리고 행동의 무능을 낳는다." 이로 보면 김덕수의 잘못은 성찰할 줄 모르는 무지에서 나온 것이라고 볼 수 있습니다. 이것이 폭력을 지속하는 악행을 저지르게 한 것입니다. 그런데, 지식인인 '나'는 오직 김덕수가 반성하는 모습만을 다루며 그를 용서해야 한다고 말합니다. 김덕수 또한 자신이 한 잘못을 제대로 깨닫지 못하고, 뇌물혐의에 대한 처벌을 받는 것만으로 죄의 대가를 치를 수 있다고 생각합니다.

많은 사람이 사과와 반성의 순간에서 김덕수처럼 자신이 잘못을 저지르게 된 이유나 과정을 내세워 상대방에게 선처와 용서를 구합니다. 하지만 진정한 사과와 화해는 피해자가 가해자의 상황을 이해하는 것으로 끝나는 게 아닙니다. 가해자가 자신의 잘못을 깨닫고, 피해자가 겪은 상처와 고통에 깊이 공감하며 사과가 이루어져야 진정한 화해가 되는 것이지요. 그러려면 먼저 가해자가 자신의 논리를 내세우기보다 피해자의 목소리에 귀 기울여야 합니다. 피해자가 입은 상처를 듣고 자신의 잘못을 부끄러워하며 피해자에게 직접 사과해야 합니다. 그 후 잘못에 대한 대가를 치러야 피해자가 고개를 들고 가해자의 이야기를 들을 준비를 하지 않을까요? 김덕수가 사과해야 할 대상은 그가 고문했던 독립운동가입니다. 더 나아가서는 그가 폭력을 행사했던 조선인들입니다. 그러나 김덕수는 그들에게 사과하지 않았고, 자신이 저지른 일을 부끄러워하지도 않습니다. 다만, 일본이 가증스러운 존재였다는 것을 깨닫고 자신이 민족적 노염을 사고 있다는 사실을 인정할 뿐이지요. 이 상황에서 피해자들은 '나'의 변호를 듣고 김덕수를 용서할 수 있을까요? 또, '나'의 말대로 김덕수와 같은 이들을 용서하는 것이 조국정신에 환원되는 길일까요?

'나'가 말하는 조국정신 환원은 곧 화합입니다. 그러나 '나'의 논리처럼 단지 가해자가 반성 없이 자신의 죄를 깨달았다는 이유로 용서받고, 김덕수처럼 앞으로의 처신만 잘한다고 해서 화합이 되는 것은 아닙니다. 피해자와 가해자의 진실한 화해 속에 평화로운 사회공동체가 이루어져야 진정한 화합을 이루겠지요. 우리의 학급과 생활 속에도 김덕수와 같은 가해자가 있을 수 있습니다. 그들이 피해 입은 친구가 겪은 상처를 외면한 채 자신의 논리만 앞세우며 자신의 처지만을 이해해 달라고 요구하고 있지는 않은지 살펴봅시다.

애국적 변심? 매국적 변절!

이 소설의 주인공은 일제 강점기에 일본을 지지했던 자신의 선택이 애국적 친일이었다고 주장하고 있습니다. 여러분은 이에 대해 어떻게 생각하시나요? 현실적인 판단이었다고 수긍할 수 있나요?

여러분은 살아오면서 극복하기 힘든 일이 닥쳐왔을 때, 어떤 태도를 보였었나요?

반역자

김동인 1900~1951

『친일인명사전』에 등재된 친일문학가이자 소설가, 문학평론가. 계몽적 교훈주의
에서 벗어나 문학의 독자성과 예술성에 치중하는 경향을 보였다. 대표작으로는
「배따라기」, 「광염소나타」, 「감자」 등이 있다.

천하에 명색 없는 '평안도 선비'의 집에 태어났다. 아무리 날고 기는 재간이 있을지라도 일생을 진흙에 묻히어서 허송치 않을 수 없는 것이 '평안도 사람'에게 부과된 이 나라의 태도였다.

　그런데, 오이배(吳而陪)는 쓸데없는 '날고 기는 재주'를 하늘에서 타고나서, 근린 일대에는 '신동(神童)'이라는 소문이 자자하였다. 쓸데없는 재주, 먹을 데 없는 재주, 기껏해야 시골 향수● 혹은 진사쯤밖에 출세하지 못하는 재주, 그 재주 너무 부리다가는 도리어 몸에 화가 미치는 재주, 그러나 하늘이 주신 재주이니 떼어 버릴 수도 없고 남에게 물려줄 수도 없는 재주였다.

　대대(代代)로 선비 노릇을 하였다. 그랬으니만치 시골서는 도저한● 가문이었다. 그러나 산업(産業)과 치부(致富) 방면에 유의(留意)하지 않았으니만치, 재산은 연년이 줄어서 이배 아버지의 대에는 드디어 파산을 면치 못하였다. 대대로 부리던 세도가 있으니만치, 그래도 근처에서 존경받은 지위는 간신히 지켜 왔지만, 재산 없고 산업을 모르고 그냥 그 '점잖음'을 지키노라니 여간 살림이 이상야릇하지 않았다. 불행한 신동 이배를 시험하심에 하늘은 더 어려운 고초를 내렸다. 이배가 열한 살 잡히는 해에, 신동 이배의 양친이 한꺼번에 세상을 떠났다. 천하를 휩쓴 '쥐통*'에 넘어진 것이었다. 여러 대를 이 동네에 살았지만, 자손이 번성하지 못하는 집안이라, 여러 대 계속하여 외동으로 내려왔으니만치, 일가친척이라는 것이 전연 없었다. 이렇게 외롭게 될 때는 그래도 일가가 있으면 얼마만치 힘입을 수도 있고, 믿고 의지할 수도 있지만, 일가라는 것이 전연 없는 오씨 집안에서 양친이 한꺼번에 세상 떠났으매, 이 넓은 천하에 이배 단 혼자가 덩더렇게 남았다. 겨우 열한 살 난 코흘리개 소년이. 그래도 대대로 동네의 인심은 잃지 않고 내려왔으니만치, 동네의 동정심은 자연 이배에게 부어졌다. 그러나 인심은 안 잃었다 할지라도, 이쪽은 그래도 선비요 동네 사람은 모두가 이름 없는 농꾼들이라, 자연 교제가 없었다. 그래서 마음껏 동정을 나타내기도 쑥스러웠다.

동네 사람의 조력을 빌려, 양친을 한꺼번에 장례를 치르기는 하였다. 그러나 상여를 따르는 상제는, 소년 상주(喪主) 하나뿐 동네 사람 서넛이 함께 묘지까지 가기는 갔지만, 이 쓸쓸한 상여를 모시고 가는 소년 상주의 눈에서는 눈물이 샘솟듯 솟았다.

---

* 향수　　향리의 우두머리. 지금의 이장과 비슷함.
* 도저하다　아주 깊고 철저하다.
* 쥐통　콜레라를 일상적으로 이르는 말.

*

이 세상에 단 혼자 남은 이배.

부모를 안장하고 집에 돌아오매, 오막살이에서 마주 나오는 것은 개 한 마리뿐이었다.

아버지, 어머니, 이배 단 셋이서 살던 쓸쓸한 오막살이에, 아버지 어머니조차 영원의 세상으로 보내고 보니, 세상에는 이배 한 사람에, 인종(人種)이 없는 듯, 밖의 길에는 사람들이 지나다니는 기척도 있지만, 이배에게는 그것이 다 환몽이요 자기 혼자만이 이 너른 세상에 살아 있는 유일인인 듯싶었다. 한심하고 기막혀 한 사나흘은 밥도 짓지 않고, 따라서 먹지도 않고, 집안에 쓰고 누워 있었다.

그 오막살이에 하도 인기척이 없으므로 동네 할머니가 미심질*로 들여다보아서, 며칠이나 굶었는지 굶어서 거의 죽게 되어 정신을 못 차리는 이배 소년을 발견치 않았더라면 이배도 제 부모 가신 나라로 갔을 것이다.

"아이구, 이게 웬일이냐. 무슨 일이냐? 정신 차리거라."

*

이배는 그 할머니의 성의 있는 간호로써 다시 소생하였다.

소생한 며칠 뒤, 이배는 그 동네에서 일백오십 상거*되는 곳에 있는 학교를 목적하고 제 고향을 떠났다.

일백오십 리 밖에 있는 T라는 학교는, 위치는 산골에 있으나 전 조선에 이름 높은 학교였다. 그 학교의 설립자가 유명한 애국지사였다. 신학문과 아울러 애국사상을 소년들의 마음에 뿌려 주기 위해서 세운 학교였다.

옷 두어 가지를 넣은 보따리 하나를 끼고 학교까지 이르렀다. 그러나 여전히 의지할 데 없고 믿을 데 없는 소년이라, 어떻게 해야 할지 두서*를 못 차려서, 학교 문밖에 배회하다가 그 학교 교장에게 발견되었다. 교장이라는 이가 또한 전국에 이름 높은 선각자요 애국지사로서, 설립자의 뜻을 받아 장차 자랄 어린 싹에 좋은 교훈을 하고자 일부러 이런 시골의 학교장으로 와 있는 이였다. 교장은 이배 소년의 슬기로움을 알아보았다. 그래서 이 소년을 장차 나라의 큰 그릇을 만들고자, 자기 집에 데려다 두고 잔심부름이나 시키며 교육 일체의 책임을 졌다.

구학문에 있어서 신동이었던 이배는 신학문으로 돌아서서도 그의 천품을 충분히 발휘하였다. 이 학교를 사모하여 전국에서 모여든 수재(秀才)들 가운데 이배는 가장 빼어난 성적을 보였다. 농촌의 선비 집안에 한 신동으로 태어나서, 동양 전통의 윤리를 닦고, 이것만이 학문이거니 여기고 있던 이배는 이 학교에서 비로소 놀랄 만한 지식 분야에 발을 들여놓았다.

이 세상에는 '청국(淸國)'이라는, 지금은 호인(胡人)의 나라가 본시

---

* 미심질 '미심결'의 사투리. 확실하지 못하여 마음이 놓이지 않는 상태.
* 상거 서로 거리나 시간이 떨어져 있음.
* 두서 일의 앞뒤가 드러나는 차례나 구별되는 갈피.

'하우씨의 직계로써 만국을 다스리고 있다.' 이쯤밖에는 모르던 이배는 여기서 비로소 한국(韓國)이라는 본시, 조선이라는 나라가 있는 것을 알고, '왜(倭)'로만 알고 있던 일본이 놀랄 만한 신문화를 흡수하여 동양 천지에서 세도(勢道)•하려는 것이며, 그 일본이 현재 한국에게 대하여 어떤 야심을 품고 있다는 것이며, 이런 때에 임하여 한국인은 어떤 길을 밟아야 할 것인가라는 큰 과제 등을 비로소 알고 경악하였다.

교장은 이배 소년의 비상히 영특한 재질을 크게 평가하여, '이런 재질에다가 민족관념을 옳게 지도하면 나라에 얼마나 유용한 인물이 되랴.'라는 기대 아래 소년을 훈육하였다. 이 학교에 의탁한 지 일 년 뒤에는 이배는 학문으로는 교사와 어깨를 겨눌 만하게 되었다. 애국사상으로는 모르긴 몰라도, 이 학교에서 교장에 버금가는 사상가로 변하였다. 학교도 무사히 졸업하였다. 졸업하고는 더 높은 학교로 가고자 하였다. 그러나 그를 유난히 사랑하고 촉망하던 교장이 놓아 주지 않았다.

"그가 더 높은 학교에서 학업을 닦는다는 건, 본시 같으면 되레 내가 권할 일이지만, 지금 우리나라의 형편이 더 높은 학교를 나온 훌륭한 지도자보다도, 이만한 정도의 지도자가 더 필요해, 그리고 급해. 이 학교에 머물러 후배들을 지도하는 교원이 되어주게. 나라를 위해서든, 너 개인을 위해서든 너 같은 총명한 사람이 세계의 우수한 학문을 닦아서 나라에 이바지하면 오죽이나 좋으랴마는, 그런 먼 장래보다도 눈앞에 다닥쳐 있는 소년 지도의 책무를 감당할 일꾼이 더 급하구나. 그러니까, 좀 더 이 학교에 그냥 있어서 교원이 되어다오. 국사가 매우 위태롭게 된 이 판국에, 먼 장래는 더 뒤에 생각하고, 목전의 급한 일부터……."

과연 시국은 가장 어지럽게 되어 있었다. 일본은 그 마수를 차차 노골적으로 펴서 동학당(東學黨)이라는 당을 손아귀에 넣고, 한국을 삼키려고 공작이 나날이 더 심해 갔다. 반역당파의 동학당은 일본의 농락 아래 들어서, 내 나라를 일본의 마수 안에 넣어 주려고 맹렬히 활동하고 있었다. 경향을 무론하고 일본 세력을 배격하려는 국민운동이 요원•의 불같이 일어서 퍼져 나간다.

이런 판국에 국민은 아직 몇 해 전의 이배나 마찬가지로 한국이라는 국가가 무엇인지도 모르는 요순시절의 꿈에 잠겨 있는 무리가 태반이다.

하다못해 '내 나라'가 무엇이며 어떤 의의가 있는 것인지, 이 개념만이라도 온 국민에게 부어 넣어 주는 것은 여간 급한 일이 아니다. 그러기 위해서는 장래의 위대한 지도자보다 현재의 대중적 지도자가 더 급하고, 더 긴하다. 내 한 몸 더 훌륭한 학업을 닦고자, 은혜 깊은 교장의 슬하를 떠나고자 하던 이배는, 교장의 이 말에 크게 깨달은 바 있어서, 그냥 이 학교에 주저앉아서 장래 국민을 지도하는 대중적 역할을 맡기로 교장 앞에 맹세하고, 다시 주저앉았다.

• 세도 정치상으로 세력을 휘두름.
• 요원 불타고 있는 벌판.

＊

운명의 힘은 막을 수 없다.

한국은 드디어 일본과 보호조약을 체결치 않을 수 없었다. 한국의 외교권은 동경에 있는 일본 정부가 대행하며 한국의 모든 기관에 일본인을 고문으로 두어서 그 지도를 받는다는 조약이었다. 보호조약에 한국의 상하가 욱적할• 동안, 일본은 한 걸음 더 나가서 한국을 병합하여 버렸다.

일본은 외국에 선전하기를, 한국 황제가 그 통치권을 일본 천황에게 호의로 넘긴 것으로 무혈병합(無血倂合)이라 한다. 하기는 그렇다. 미리 군대를 해산하고 무기를 걷어 올려서 촌철(寸鐵)•을 못 가진 한국인이 매 맞싸울 수는 없었다. 그러나, 각지에 의병(義兵)이 궐기하였다. 근처의 열혈 애국자를 수령으로 조직된 의병은, 감추어 두었던 낡은 총이며 포수(砲手)의 엽총들을 무기로 하여, 이 병합에 반대하는 의사를 나타내었다. 다만 끓는 피, 힘주어지는 주먹만을 무기로, 일본의 정예한 군대를 당할 수가 도저히 없었다. 의병 자신들도 그것은 잘 안다. 알기는 아나 참을 수 없는 분격심은, 이 당할 수 없는 싸움이나마 하지 않을 수가 없었기 때문이었다. 이것은 민족의 의사였다.

＊

소년 교원 이배는, 자기보다 훨씬 나이 많은 제자들의 위에서, 교장의 뜻을 받아 민족사상을 기르기에 여념이 없었다.

자기 스스로가 교장의 아래서 몇 해 지나는 동안, 민족을 알고 '애족사상'을 느낀 뒤에, 자기의 심경의 변화를 돌보아서, 이 제자들로 하여금 내 민족을 사랑할 줄을 알고, 내 민족을 위하여서 사는 사람이 되게 해보려고, 자기의 성심을 다하였다.

이 귀중한 사업에 종사하는 동안, 자기의 애족심도 나날이 가속도로 늘어 가는 것을 알았다. 지금의 그에게는 다만 민족밖에 아무것도 없었다. 민족문제가 가장 귀하였다. 민족문제와 관련이 없는 학문은 존재할 가치도 없었다. 열정적이요, 감격스러운 그는 느끼느니 민족이요 생각하느니 민족이요, 오직 민족밖에 아무것도 없었다. 순정적으로 애족사상에 잠긴 이배라, 그에게서 흘러나오는 것은 죄 애족사상에 관한 것뿐이었다. '애족광(愛族狂)'이란 칭호를 듣도록 오직 민족문제에 빠져 있었다.

이 정열의 소년 교사의 순정적 교육은, 제자들로 하여금 진정한 애국자로 변하게 하였다. 이 학교의 출신자들이 후일 일본 관헌의 가장 미워하는 '요보*'가 되었으며, 무슨 일이 있을 적마다 이 학교의 출신자들은 죄 없이 일본 관헌의 내리는 벌을 받고 한 그 원인은 이 때에 씨 뿌려진 것이었다.

전국에 이름난 학교라, 생도들은 전국에서 모여들었다. 그들이 졸업하고는 각각 고향으로 돌아가는지라, 이 학교의 지도사상은 전국에

---

* 욱적하다 한곳에 모여 조금 수선스럽게 들끓는 모양을 나타내는 말.
* 촌철 작고 날카로운 쇠붙이나 무기.
* 요보 일세 시내 일본인들이 조선 사람을 얕잡아 부르던 말.

널리 퍼졌다. 동시에, 소년 교사 오이배의 명성은 전국에 퍼지고, 그 정열과 애국심을 사모하는 숭배자가 전국에 산재되었다. 이 학교의 이름과 이배 선생의 이름은 전국의 애국 사상가의 위에 뚜렷한 존재로 되었다.

그런 차라 후일 한국이 일본에게 삼키우자, 이 학교는 곧 폐쇄 명령으로 장구한 명예 있는 전통을 지켜 내려온 이 학교는 폐쇄되어 버렸다.

                        *

학교가 폐쇄되자 이배에게는 곧 후원자가 나섰다. 이 후원자의 원조로, 그는 일본 동경으로 유학의 길을 떠났다. 오랜 숙망이었다. 그러나 제자 양성이 더 급선무이므로 아직껏 다다르지 못하고 있던 바였다.

'네 칼로 너를 치리라. 네게서 배워서 너를 둘러 엎으리라.'

이러한 포부로 그는 적도(敵都)＊ 동경으로 길을 떠났다.

그로부터 십 년, 이배는 적도에서 적의 칼로 적을 찍을 심산으로 열심히 공부하였다. 중등학교의 교원이던 그는, 동경에서 중학교에 입학하여 코 흘리는 일본 애들과 책상을 나란히 공부하였다. 중학교를 마치고는 어떤 사립대학의 정치과에 적을 두었다.

여전히 마음속에는 불타는 민족애의 사상을 품은 채 학업에 정진하면서 그가 가장 강렬히 느낀 바는 무한한 실망이었다. 실망에 따르는 마음의 고통이었다.

일본은 나날이 자란다. 그런데 조국 조선은 일본의 고약한 정책교육 아래 나날이 위축되어 들어간다. 조선도 자란다고 할지라도 앞서 자란 일본을 따르기 힘들겠거늘, 이렇듯 나날이 위축되어 들어가니, 일본과 조선과의 간격의 차이는 나날이 멀어 간다.

조국의 회복? 그것은 지금의 형편으로 보아서는 절대로 희망이 없었다. 이것은 이배에게 있어서는 끝없는 실망일밖에 없었다. 일본이 자진하여 조선을 놓아 주기 전에는, 조선은 언제까지든 일본의 더부살이를 면할 날이 없을 것이다. 하숙에서 학과를 복습하다가도 이 생각이 문득 나면 책을 집어 던지고 하였다. 그리고 멍하니 시간 가는 줄을 모르고 앉아 있고 하였다.

※

세계 제1차대전이 일었다가 끝났다. 그때 미국 대통령 월슨이 '민족자결주의'라는 간판을 내걸었다.

스스로의 힘으로 국권을 회복할 수 없고, 일본은 자진하여 조선을 놓아 주지 않을 형편에서, 이 월슨 대통령의 제창 같은 것은 조선 민족에게 있어서는 다시 잡을 수 없는 천래의 호기회다. 온 조선은 이 기회에 일본의 굴레를 벗어 보고자, 세계를 향하여 '조선 독립 만세'를 외쳤다. 이배도 꿈밖에 생긴 이 좋은 기회를 이용하고자, 선두에 서서

※ 석노   석국의 수노.

만세를 외치며 국민을 선동하였다.

그러나 일본의 실력은 너무도 강하였다. 강자의 앞에는 인류는 굴복하는 법이다. 약자인 조선이 남의 등쌀에 독립을 해보고자 야단하였지만, 강자인 일본이 승낙지 않으매 이 사건도 흐지부지해졌다. 전조선의 감옥만 만세 죄인으로 가득 채워 놓고서…….

윌슨 대통령의 선언도 강자 일본에는 아무 효력을 못 보았다는 이 비통한 현실 앞에 이배는 처음에는 낙담하고 다음에는 생각하였다.

'일본은 인제는 세계에서 도저히 어찌할 수 없는 커다란 존재다. 조선 민족은 일본의 굴레는 도저히 벗을 수 없다. 그러면 조선 민족은 언제까지든 일본의 한 식민지 민족으로 참담한 생활을 계속하여야 하는가.'

조선 민족을 내 몸같이 사랑하는 이배로서는, 이것은 도저히 견딜 수 없는 노릇이다.

'한 민족이 영원히 다른 민족의 종살이를 해? 더구나 내가 가장 사랑하는 우리 민족이…… 이 불행을 벗고 행복한 민족으로 되게 할 무슨 수단은 없을까.'

*

이배는 학업을 끝내고 귀국하였다.

쓰라린 회포를 품고 귀국하는 이배를 온 조선은 환영하여 맞았다. 옛날의 T학교의 출신자가, 조선의 각 부문에 중요한 자리를 차지하고 있으니만치 열혈의 교사 이배를 환영하여 맞은 것은 조선의 각 사회의 각 부문에 걸치어서였다. 어떤 대신문은 그를 위하여, 부사장 겸 주필•의 자리를 비워 두고 기다렸다.

이배는 중요한 지도자의 자리에 서게 되었다. 그러나 무엇을 지도하랴. 일본의 굴레는 도저히 벗을 수가 없는 바이며, 일본에 반항하기를 시도하는 것은 공연히 감옥으로 갈 사람을 늘리는 데 지나지 못한다. 이것은 도리어 민족적 불행이다.

조선 안의 민족적 행복을 따기 위해서는, 첫째로는 조선 민족의 문화적 향상을 도모하여야 할 것이다. 물질적으로 인제는 도저히 일본을 뒤따를 수 없다. 그러나 일본인이 물질문화의 발전에 주력하는 동안 조선인은 문화 향상에 전력을 다하면 문화 방면으로는 일본과 대등의 민족이 될 수도 있을 것이다.

움직일 수 없는 큰 자리를 차지하고 있는 이배의 지도 호령은, 조선 민족의 위에 퍼져 나갔다. 존경하는 지도자 이배의 지도에 조선 민족은 고요히 따랐다.

✻

일본은 또 전쟁을 시작하였다.

중국을 상대로 삼아 일격에 부서질 줄 알았던 중국은 의외에도 완강히 저항하였다. 차차 일본이 육해공 전부의 병력을 집중하여도 좀

• 주필 신문사나 잡지사 등에서, 행정이나 편집을 책임지는 직위.

체 부서지지 않았다. 우습게 여기고 시작하였던 전쟁이 이렇게까지 되어 일본은 땀을 뻘뻘 흘리면서 싸웠다. 종래 하릴없이 조선에까지 조력을 빌렸다.

이배는 조선 민족의 행복을 위하여 이 기회를 놓치지 않았다. 일본이 이렇듯 악전고투할 때에, 조선에 약간의 무력적 실력만 있더라도, 일본에 대항하여 일어서면 일본의 굴레를 벗을 길이 생길는지도 알 수 없다. 그러나, 조선의 현황은 그새 문화 방면에만 주력했더니 만치, 무력적으로는 일본 군인의 고함 한마디만으로 삼천만 조선 민족은 질겁을 할 것이다. 그 대신 또한 그 반대로 조선이 일본에 약간의 협력이라도 하면 승리의 아침에는, 여덕*이 조선에도 흘러 넘어올 것이다. 조선 민족의 행복을 위하여, 이 기회를 놓치지 말고 일본에 협력하자. 협력의 깃발은 높이 들리었다. 협력의 호령은 크게 외쳐졌다.

조선 민족은 어리둥절하였다. 지금껏 민족주의자로 깊이 믿었던 이배가 일본에 협력하자고 외칠 줄은 천만뜻밖이므로. 그러나 이 길만이 조선 민족을 행복되게 할 유일의 길이라 깊이 믿는 이배는, 그냥 성의를 다하여 부르짖었다.

일본은 미국과 영국에까지 선전을 포고하였다. 만약 이 전쟁에 이기기만 하면 일본은 세계의 패자(覇者)*가 된다. 조선이 일본에 협력하여, 전승자의 하나가 되면 그때 조선의 몫으로 돌아올 보수는 막대할 것이다. 한 빈약한 독립국가로 근근이 생명만 부지하기보다는 일본의 일부로서 승리의 보좌에 나란히 해 앉는 편이 훨씬 크리라.

이배의 협력운동은 차차 더 급격화하였다. 본시부터 큰 영향력을 가지고 있던 이배라 성의로써 대중에게 부르짖을 때는 그 영향이 적지 않았다. 차차 조선도 성의로써 일본 전쟁에 협력하는 무리가 늘어 갔다. 이런 가운데서, 이배는 단지 전도(前途)의 승리만 바라보았다. 반드시 이길 것이라 굳게 믿었다. 그리고 일본이 이기는 날에는, 조선 의 몫에도 돌아올 행복을 바라보며 기뻐하였다.

어째서 일본이 이기겠느냐. 거게 대해서도 독자의 대답을 가지고 있었다.

숙명적으로 일본은 패배를 모르는 나라이다. 게다가 또한 숙명적 으로 서양은 인젠 쇠운에 들고 동양 발전의 새 세상이 전개될 차례다.

*

전쟁도 최고도에 달한 때에 적국 세 나라(미, 영, 중)의 대표자는 카 이로에 모여서 한 가지의 선언을 하였다.

이 선언의 내용을 어떤 길로 통하여 안 이배는, 처음은 딱 숨이 막 혔다. 일본에 대한 항복 권고, 게다가 조선의 독립까지 그 조건의 하 나였다.

딸 수 없는 독립으로 알았길래 일본 일부분으로서나마 조선 민족 의 행복을 구해 보려 한 것이다. 그러나 이 카이로 선언을 보매, 일본 은 인젠 다 진 것으로 여기는 모양이다. 그리고, 거기 조선의 독립이

---

* 여덕   나중까지 남아 있는 은덕.
* 패자   무력이나 권력을 이용하여 천하를 다스리는 사람.

있었다.

　오직 조선 민족의 행복을 위하여 오십 년간 건투해 왔고, 조선 민족의 행복을 위하여 일본에 협력하기를 주장하여 왔거늘, 아아. 조선 민족의 행복을 위해서면 무엇이든 아끼지 않는 그 노력이 오늘날 모두 반대의 결과로 나타나는가. 만약 이 카이로 선언대로 일본이 항복을 하고 조선이 일본에게서 해방이 된다.

　하면, 자기는 그날에는 반역자가 될 것이다.

　'그렇듯 사랑하고 그렇듯 귀히 여기던 조선의……. 내가 반역자?

　일찍이 추호도 조선을 반역할 생각을 품어 본 일이 없고, 내 생명보다도 귀히 여기던 조국 조선이어늘, 반역이란 웬 말인가. 독립되는 조국에 나는 반역자로 그 기쁨을 함께할 권리도 없는 인생인가.'

＊

　1945년 8월 보름날 정오에, 일본 천황 히로히토의 울음 섞인 소리로 온 일본인에게 부득이 항복한다는 포고를 할 때에, 라디오 앞에 이배도 울면서 그 방송을 듣고 있었다.

애국적 변심? 매국적 변절!

선비 집안에서 태어나 동네 신동이었던 오이배는 전염병으로 인해 양친을 한 번에 잃고 고아가 됩니다. 이배는 동네 할머니의 보살핌으로 굶어 죽을 위기를 견디고, 고향을 떠나 학교에 들어가고자 합니다. 이배의 영특함을 알아챈 교장 선생님의 배려로 거처를 얻게 된 이배는 학교에서 신학문과 민족 관념을 지도받았습니다. 이배의 학문이 나날이 성장하여 민족사상가로 자라나자 교장은 이배에게 학교에서 대중적 지도자로서 일하기를 요청하고 이배는 교장의 뜻을 받아 일본에 스러져 가는 민족에게 '내 나라'라는 민족사상을 고취시켰으며, 스스로는 애족 사상을 길러 나갔습니다.

하지만 결국 일본이 조선을 삼키자 학교는 폐쇄되었으나 이배는 운 좋게도 후원자의 지원을 받아 학문을 더 갈고닦아 민족을 위해 일하겠다며 동경으로 떠나게 됩니다. 민족애를 품은 채 동경에서 학업에 정진하는 이배가 느낀 것은 점점 벌어지는 일본과 조선의 격차이며 이것은 이배에게 끝없는 실망이 되었습니다. 그 때에 세계 1차 대전 후 윌슨의 민족자결주의에 영향을 받은 조선 민족은 독립 만세운동을 벌였고 이를 좋은 기회라 여긴 이배도 앞장서서 국민들과 함께 했으나 일본의 실력은 너무 막강하여 조선의 만세 죄인만 가득하게 되었습니다. 이를 본 이배는 조선이 일본에서 벗어날 수 없다고 믿게 됩니다. 이배는 일본의 경제적 지배에서 벗어날 수 없다면, 민족의 행복을 위해서 문화적 향상이 필요하다고 생각하고 조선으로 돌아와 지도자로서 행동합니다.

마침 일본이 벌인 전쟁이 최고조에 달해 있었습니다. 이배는 일본의 전쟁을 조선이 돕는다면 일본이 전쟁에서 이긴 승리를 조선이 함께 누릴 수 있다고 생각하고 조선 민중들에게 일본 전쟁에 협력하자는 운동을 합니다. 대중에게 영향력이 큰 이배였기에 일본에 협력하는 무리가 늘어갔습니다. 하지만 카이로 회담에서 일본의 항복 권고와 조선 독립이 논의되자, 이배는 일본이 항복하면 자신의 생명보다 귀히 여겼던 조선 앞에 반역자가 될 것이라는 생각을 하며 좌절하게 됩니다. 8월 15일, 일본이 항복을 이야기하는 라디오 앞에서 이배는 조국에 반역자로서 기쁨을 함께할 권리도 없이 울면서 방송을 듣게 됩니다.

오이배는 둘째가라면 서러울 정도로 민족을 사랑하는 사람입니다. 그런데 이배는 민족의 행복이라는 명분으로 독립운동과 친일 중 친일을 선택합니다. 일제 강점기 당시 친일은 나라를 파는 매국적 행위입니다. 우리는 여기서 이배가 가진 논리의 모순을 발견하게 됩니다. 나라를 위한다고 하면서 매국을 하는 행위를 우리는 어떻게 보아야 할까요?

이배는 스스로 일제 강점기 상황을 인내하며 행복해질 수 있는 방법을 찾았다고 말합니다. 하지만 이것은 독립운동에 나설 수 없는 자신의 나약함을 숨기고, 독립운동을 하는 것이 민족 전체에게 큰 피해를 주는 것이라고 합리화시켜 결국 자기 자신과 대중을 모두 속이는 모습입니다. 우리는 이렇게 자기 뜻을 굽혀 남에게 복종하는 것을 굴종이라고 부릅니다. 이것은 상황을 극복하며 이겨내는 인내와는 다른 것이지요. 그의 변심(마음이 변함)은 사실 일본의 위세에 눌려 독립의지가 꺾이고 민족적 자존심을 버린 것이기 때문에 민족에 대한 변절(절개를 지키지 않고 마음을 바꿈)이라고 볼 수 있습니다.

이배의 변절에 이배를 따르는 많은 사람은 일본에 협력하게 되었으며 많은 이들이 죽게 되지요. 실제로 당시 대중 운동가들이 일본에 협력하자고 부르짖으며 많은 조선의 10대 학생들을 전쟁터로 내몰았고, 군사교육도 받지 않은 학생들은 외딴 곳에서 전쟁의 총알받이로 쓰였습니다. 이러한 사실을 외면한 채 일본에게 협력을 외친 이배의 동기에는 어떤 욕망이 숨어 있을까요? 소설에는 드러나지 않았지만, 직접 맞서 싸울 용기가 없는 자신의 모습을 숨기고 민족적 지도자로서 명예와 자신의 안위를 지키려는 마음이 있었을 것입니다. 이것은 위선입니다. 굴종의 행위를 나라와 민족을 위한 행위라고 변명했던 이배는 결국 광복이 왔을 때 진정 즐거워하지도 못합니다. 진정한 애국자였다면 독립의 기쁨을 충분히 느꼈을 테니까요.

이배의 변절은 그 자신은 물론이고 그를 따르던 제자들에게 큰 피해를 주었습니다. 그의 굴종으로 인해 독립의지를 가졌던 젊은이들과 우리 민족은 극심한 고통을 겪었을 것입니다. 그를 따르던 제자들이 느꼈을 배신 감과 치욕도 말로 표현할 수 없었겠지요. 소설은 이배의 입장에서 사건이 전개되고 있어서 그의 변절이 주변에 미친 영향을 자세히 드러내지 않았 습니다. 그러나 작가가 쓰지 않았다 뿐이지 조금만 생각해보면 그 당시 우리 민족의 상황은 충분히 짐작할 수 있습니다. 우리는 여기서 지도자라면 모름지기 어떤 가치관과 태도를 가져야 하는지 깨닫게 됩니다. 지도자가 자기의 이기적 욕망, 명예, 권력욕을 숨기고 위선자가 되어갈수록 그 공동 체의 앞날은 매우 어두울 것입니다. 지도자에 오른 사람일수록 선한 가치, 평화로운 삶을 추구하는 자세를 가져야 합니다.

지도자뿐 아니라 공동체를 구성하는 개인도 마찬가지입니다. 나의 이 기적인 욕망과 선택의 결과가 자기 자신에게만 돌아오는 것은 아닙니다. 이를 유념하여 나의 욕망과 선택이 타인과 공동체에 어떤 영향을 미칠지 생각하며 살아가야 합니다. 또 시련이나 난관에 봉착했을 때, 오이배처럼 일시적인 고통을 피하기 위해 진실을 외면하며 자기합리화에 빠지지 말아 야 합니다. 자기합리화는 일시적인 미봉책일 뿐입니다. 자기 자신과 솔직 한 대화를 해보며 고통스러울지라도 진실을 받아들여야 할 것입니다. 그 래야만 타인과의 관계도 진실해질 수 있고, 공동체에서도 평화를 쌓을 수 있습니다. 조금 멀리 돌아가는 것일지는 몰라도, 이것이 문제의 근본부터 해결하는 길일 것입니다.

정의로운 약자의 영생의 길

윤섭과 정희의 죽음이 단순한 패배에 불과할까요? 이들의 죽음이 독립운 동과 세계사의 변화, 대한민국의 정체성과 어떤 관련이 있는지 생각해봅시다.

지금도 강자에 맞서는 정의로운 약자의 싸움은 계속되고 있습니다. 우리 주변에서 정의로운 약자가 일시적인 패배를 뛰어넘어 세상을 바꾼 사례를 찾아봅시다.

피눈물

기월 신원미상

3·1 운동에 직접 참여한 듯 보이며 상해 임시정부 수립에 동참하여 임시정부 기관지인 '독립신문' 편집에 관여한 사람으로 추정된다. 기월이라는 필명으로 「피눈물」만 발표했기 때문에 작가의 신원에 대해서는 아직 밝혀지지 않았다.

1

    윤섭은 일인 소방부의 철구(鐵鉤)•에 찔리인 머리를 운동모로 꼭 가리고 수진동순사파출소를 천신만고(千辛萬苦)로 숨어 지나와 전동 골목으로 북을 향하고 올라간다. 음력 이월 초생달이 벌써 넘어가고 헌등(軒燈)•의 희오(熹傲)한• 광선으로 찌어진 흑암(黑暗)•은 어름 가루 같은 냉기를 흥분(興奮)으로 달아오른 윤섭의 얼굴에 불어 보낸 다. 윤섭은 연일 불안의 피로와 다량의 출혈과 상처의 고통으로 시시 로 현기증을 느끼며 사지가 마비되어 도로 위에라도 쓰러지고 싶다. 미친 듯 혼란스러운 여러 가지 기억과 계획과 감정이 두서(頭緒)없이 지나간다. 어찌하면 대대적으로 또 한 번 시위운동(示威運動)을 행할 까? 금일의 운동은 일병의 압박이 심하기 때문에 계획한 만큼 성공하 지 못하였다. 삼십여 명의 사상자가 발생하고 수천 명이 포박되었으니 현재로는 운동을 추진하기 곤란한 처지가 되었다. 백 명 동지에서 어제까지 팔십인을 잃고 이제 몇 명이나 남지 않았지만 자기의 책임이 더욱 중하여지는 것이 기쁘고 자기의 존재의의가 더욱 중하여지는 듯하여 만족스러운 미소를 지었다. 그러다가 윤섭은 자기의 상처가 근심이 된다. 어떤 의사에게 물어볼까. 상처가 중하지나 아니한가. 중한 듯도 하고 경한 듯도 하다.

보성학교 대문에 큰 양 구등(球燈)ᐧ은 꺼졌다. 이것도 일인의 위력(威力)이다. 윤섭은 문득 앞에서 들려오는 목소리를 들었다.

"이년 그게 무엇이야."

"책이야요."

"무슨 책이어. 이년 너도 어떤 남학생의 첩이 되어서 독립신문(獨立新聞)을 돌리는구나. 응."

확실히 조선 사람의 소리다. 한참 동안 있다가

"나하고 가자. 경찰서로 가."

"가기는 어데를 가. 너는 조선 놈이 아니야? 짐승이 아니거든 정신을 차려."

여자의 말소리는 노기가 가득했다. 윤섭은 두어 걸음 더 가까이 가

ᐧ 철구 쇠로 만든 갈고리.

ᐧ 헌등 처마에 다는 등.

ᐧ 희오한 희미하고 거만한.

ᐧ 흑암 매우 껌껌하고 어두움.

ᐧ 구능 둥근 공 모양의 등.

서 담 밑에 바짝 붙어 선다. 떡하고 뺨 따리는 소리가 나고 끌려가는 여자와 군도(軍刀)•찬 순사의 모양이 헌등 빛에 드러난다. 순사는 한 팔로 여자의 손을 등 뒤로 돌려 잡으며 온 전신을 제압하고 한 팔에는 무슨 문서 종이 같은 것을 들고 윤섭의 앞을 향하고 온다. 여자의 발악은 아무 효력도 없었다. 윤섭은 전신의 뜨거운 피가 일시에 두상으로 역류하는 듯하여 잠깐 몸을 그늘로 숨기며 주먹을 불끈 쥔다. 순사는 팔에 닿은 여자의 온기에 유혹되어 여자를 껴안고 그 입이 여자의 얼굴로 향한다. 여자는 "사람 살려요."하고 크게 소리쳤다. 그러나 일인 천황(天皇)의 순사의 행동을 누가 막으랴? (1919.08.21.)

2

더구나 3월 1일 이후로는 한인은 일인이 보기에 개시죄인(皆是罪人)•이오 불령선인(不逞鮮人)•이오 개나 말이었다. 처녀의 "살려주시오." 하는 외침은 아주 어둑한 골목을 휘졌고 있었다. 윤섭은 가만히 혈흔 있는 두루마기를 벗어 놓고 나는 듯이 달려들어 배후에서 순사의 귀 주변에 일격을 가하고 계속해서 그의 목덜미를 붙잡아 노상에 꺼꾸러뜨리며 여자더러

"자, 어서 도망하시오." 한다. 여자는 한번 윤섭을 보고 어디론지 몸을 피한다.

순사는 불의의 맹타(猛打)•를 당하여 정신을 차리지 못하다가 이윽고 눈을 떠보니 한 청년이 주먹을 둘러메고 자기를 노려보며 금시에 자기의 가슴 한복판을 공격할 기세를 보인다. 청년은,

"이놈아, 너도 사람이냐? 너는 대한의 큰 은혜를 받고 자란 놈이 아니냐? 이놈아." 하고 구두로 흉부를 차려 하다가 힘껏 옆구리를 한번 찌르고 역시 몸을 피하였다.

윤섭은 가까스로 송현 자기 집에 돌아왔다. 와보니 형 광섭은 부상을 당하여 제중원(濟衆院)*으로 가고 여동생 윤선은 붙잡혀가서 거처를 모른다 하며, 모친은 집안 돌아가는 일이 뒤숭숭한 속에 심란히 앉아서 30분 전에 헌병이 쓸어들어 가택을 수색하고 모친과 형수까지 구타하였단 말을 한다. 윤섭이 형의 방에 가 보니 형수는 자리에 누웠고 눈이 붉게 되었다. 모친은

"너도 어서 몸을 피해라. 어느 때 그놈들이 또 찾을는지 아니? 그놈들 말이 네가 흉악한 놈이라고 기어이 죽여야 한다고 그러더라."

"지금 가기를 어디로 가겠어요."

하고 오랫동안 다투다가 아범과 약조하고 행랑에 자려고 하였다.

대소변 냄새 나는 방이지마는 극도로 피곤한 윤섭에게는 더할 수 없는 낙원이었다. 윤섭은 거울을 들어 자기의 피 묻은 머리를 한번 보고 모친께 말 아니 한 것을 스스로 만족해하면서 한번 그날 일을 회상하고 내일의 계획을 생각하다 잠이 들었다.

---

* 군도 군인이 허리에 차는 칼.
* 개시죄인 모두 다 죄인.
* 불령선인 불온하고 불량한 조선사람.
* 맹타 몹시 세차게 때리거나 공격함.
* 제중원 조선시대에 세워진 최초의 근대식 병원.

윤섭이 잠자는 동안에도 경성은 공포와 고통 속에 자지 않고 있었다. 순사와 헌병들은 모기 모양으로 방방곡곡 다니면서 문을 차고 가족의 잠자는 이불을 벗기고 수색하고 구타하고 포박하고 모욕하였으며 각 경찰서에서 악형(惡刑)•과 악매(惡罵)• 속에 수천의 남녀와 노소가 피를 흘리고 통곡한다.

대한의 소녀들이 일인 앞에서 나체로 서서 희롱과 타매(唾罵)•와 구타를 당하고 죽고 상하고 포박되다 남은 독립당(獨立黨)의 청년들은 구석구석에 모여 내일의 절차를 의논한다. 이러한 중에서 윤섭은 깨어있을 때의 고통을 꿈에서 재현하면서 나흘 만에 첫잠을 드는 것이라. (1919. 08. 26.)

3

"정희니, 어떻게 안 잡혀 갔느뇨?"

하고 마당에 발소리를 듣고 영창(映窓)•을 열치는 것은 그의 모친이다.

"그놈들이 모조리 다 잡아가면서 어째서 너 하나를 남겨 두었단 말이니?"

하고 기운 없이 들어오는 정희의 손을 잡으며

"꼿꼿 얼었구나."

"언니 어디 갔어요?"

"내가 아니? 아까 정욱의 말이 여학생이 한 십여 명 머리를 풀어헤치고 두 손을 단단히 동여져서 자동차로 종로경찰서로 끌려가더라고 하더라. 왜놈 순사가 모자 끈을 매고 칼을 빼어 들고, 그런데 그 중에 정순의 까망 치마가 보이더라고 하더라. 그놈들은 계집애를 잡아다가 무엇을 하려는지."

"벌거벗기고 때리지요."

"왜, 왜 남의 귀한 따님을 벌거벗기고 때려!"

"그놈들한테 물어보구려."

모친은 물끄러미 정희를 보더니,

"어쩐 일이야, 저 의복 고름은 어데서 다 뜯기고 아침에 다려 입은 치마가 저 모양이 되었단 말이야."

하고 모친은 반이나 미친 듯이 정신을 정하지 못하고 따님의 몸을 만진다.

"무슨 일 있었구나. 어디 말을 해라."

정희는 이 말에 대답도 아니 하고

"오빠는 어디 갔어요?"

"내가 아니, 또 잡혀 간 게지."

"정환이는 어디 갔노?"

"다 모르겠다. 집에 남은 이는 할머니 하고 나밖에 없다. 세상 마지막 날이 왔는지 모조리 잡혀가고 말았다. 너 저녁 어디서 먹었니?"

[●] 악형　잔인한 형벌.

[●] 악매　모진 꾸짖음.

[●] 타매　아주 더럽게 생각하고 경멸히 여겨 욕함.

[●] 영창　방을 밝게 하기 위하여 방과 마루 사이에 낸 두 쪽의 미닫이.

"먹기 싫어요."

하면서도 생각해보니 아침 일곱 시 반에 조반을 먹고 나간 후로는 종일 물 한잔도 먹은 일이 없다. 그것을 생각하면 시장도 한 듯이 하면서도 오늘 종일 자기의 동무들과 남자학생들과 모든 동포가 일병의 창끝에 찔리고 소방대와 사복 입은 일인들에게 몽둥이로 얻어맞고, 구두로 차이던 모습과 지금 전동 골목에서 일본제국천황의 순사에게 모욕을 당하던 일과 지금 옥중에서 고초를 당하는 동포들의 정경을 생각하여 순결한 처녀의 가슴은 터지는 듯 하야 눈물만 복받쳐 올라온다. 정희는 모친의 무릎에 쓰러져 운다. 모친은 가장과 일남일녀를 온통 옥중에 넣어놓고 살아있는 것 같지 아니하다가 정희가 돌아오매 얼마만큼 위로가 되었으나, 정희의 눈물에 그 위로도 다 스러지고 마치 침침한 밤에 호랑이 들끓는 깊은 산중에 어린 아이와 단 둘이 있는 듯하여 자신도 모르는 사이에 전율함을 금하지 못하였다. 벽에 그 독사 같은 세모난 눈이 간격 없이 들러붙어서 모녀의 복장까지 들여다보고, 그 한인의 피로 녹슨 창과 한인의 살덩이 데덕데덕 붙은 포승줄로 모녀를 한꺼번에 결박하여 뿔난 왜헌병이 있는 경무총감부(警務總監部)로 끌어갈 것 같다.

그러나 정희의 생각에는 독만 가득 찼다. 어디서 돌이라도 베고 쇠라도 끊을 비수를 얻거든 가슴이 터지도록 사무친 한을 풀고 싶었다. 정희는 밤새도록 눈물로 베개를 적시면서 프랑스의 구국소녀 잔다르크의 영혼에게 빌었다. (1919. 08. 29.)

4

윤섭은 순사를 때리고 여자를 구출하던 꿈을 꾸다가 행랑아범이 깨우는 기척에 잠에서 깼다. 방은 아직 암흑하다. 아범은 윤섭의 잠자는 머리 앞에 쪼그리고 앉아 조심스러운 듯이 조그만 소리로

"어떤 사람이 학교서방님을 찾아요. 형사나 아닌지 모르겠어요."

"누구냐고 물어보지 않았나."

"물어보니깐 이름은 말을 아니 하고 어비라고만 그래요."

윤섭은 공업전문학교의 박암군이 온 줄을 알고 AB라는 것을 어비라고 들은 아범이 우스워서 웃은 후 벌떡 일어나면서,

"들어오라고 하게, 형사 아니니 무서워 말고."

윤섭은 손으로 머리에 난 상처를 만져 보았다. 조금 몸이 쑤시고 아픈 것이 느껴지나 대단치는 아니한 모양이다. 그리고 금일의 계획을 사량하며* 회중시계를 창에다 대고 겨우 오전 사시 이후인 줄을 알았다. 이윽고 가만히 문이 열리며 검은 두루마기에 운동모를 잔뜩 눌러 쓴 키 큰 박암 군이 들어와서 윤섭을 찾노라고 고개를 내어 두른다. 윤섭은 일어나서 덥석 박의 손을 잡으며 감격한 듯이

"아니 잡혔네 그려, 상한 데나 없나?"

박은 그제야 안심한 듯이 쾌활하게 윤섭의 손을 쥐면서,

"몽둥이로 머리를 한 대 얻어맞아서 한참 정신 잃고 고꾸라져 있던

---

* 사량하며   생각하고 헤아리며.

덕에 잡혀가기는 면하였네. 아마 죽은 줄 알고 내버려 두었나보네. 자네는 어떻게 세상에 남았나? 얻어맞지나 않았나?"

윤섭은 장대한 몸집과 어울리지 않는 전라도 말씨에 여성적인 박의 목소리를 들을 때마다 매양 일종골계(一種滑稽)*를 느낀다.

"나도 머리가 한군데 터지였네. 아직도 정신이 이렇게 있는 것을 보니까 뇌는 그대로 있는 모양일세."

하고 문득

"자, 앉게. 대관절 몇 사람이 남았나?"

박은 앉아서 권연(卷煙)*을 내어 불을 붙인다. 잠깐 번쩍하는 법성불*에 두 사람은 피차의 얼굴을 확인해 본다. 둘이 다 피로로 얼굴색이 창백하게 되었고 긴장하여 주위에 세심하게 반응하고 있다. 아직 공부나 하고 시험치를 근심이나 할 아이들이 나랏일에 분주한다는 것이 가여운 일이다. 그러나 지금 그들의 정신은 애국으로 찼다. 애국은 지금 와서는 그들에게는 종교적 열정이다. 신앙이다. 자기네는 국가를 위하여서만 생존하는 듯하다. 박은 오래간만에 먹는 담배 맛을 극히 깊이 흡연한 뒤에,

"십여 명 옛말일세. 밤새도록 돌아다니면서 찾았는데 넷밖에 못 만났네. 자네까지 다섯. 다 죽었는지 잡혀 갔는지 뉘가 아나. 인제 병원으로 가 보려고 하네. 아마 사오 인이야 만날 테이지. 모두 다 상(傷)한다는 것이 뇌가 갈라졌으니 살아난들 온전한 사람이야 될 수 있나."

윤섭은 어제 전동 어구에서 어떤 학생 하나가 연설을 하다가 평복한 일인의 몽둥이에 얻어맞아서 머리가 갈라져 다량의 출혈과 함께

기절하던 광경을 회상하고 그 학생이 아직 십오륙 세가 넘지 못한 참한 소년이던 것도 생각하다, 문득

"오늘 일은 다 준비되었나?" (1919. 09. 02.)

5

'오늘 일은 다 준비되었나?' 하는 윤섭의 질문에 박은 용기를 얻은 듯이

"성공일세 성공이여, 아주 대성공이여. 이 밤이 새고 아침 해가 뜨면 경성 천지에는 전무후무한 대장관을 현출(現出)*할 것을 생각하니 유쾌해서 못 견디겠어. 진명여학교생회에 부탁하였던 국기 이천 개가 어젯밤에 다 되어서 본부로 가져왔데 그려. 그래서 각처로 분배하려던 계획을 변경하고 그중에서 일천 개를 북악산, 인왕산, 남산의 나무 끝에다 걸기로 했는데 사람이 있어야지. 그래 한참 어찌할 줄을 모르고 잇노라니까 만세 부르다가 쫓겨다니는 소학도(小學徒)* 한 패가 오데그려. 그래 그런 말을 했더니 두 시간 동안 기 일천 개를 서울 구석구석까지 달았네그려."

---

* 일종골계 어떤 익살스러움이나 우스움.
* 권연 궐련(얇은 종이로 가늘고 길게 말아 놓은 담배)의 원래 말.
* 법성불 성냥불.
* 현출 두드러지게 드러나거나 드러냄.
* 소학도 소학교(일제 강점기 학제에서 지금의 초등학교)에 다니는 학생.

하고 유쾌하게 웃다가 목소리가 너무 높았던 것을 느낀 듯이 낮은 음성으로,

"그러구 오늘은 도저히 한 곳에 다수히 회집(會集)●하기는 불가능할 듯 하니까 우리 세상에 남은 여섯 명이 하나가 한 군데씩 벌여서 여섯 군데서 시위운동을 하기로 하였는데 다 정해지고 배오개와 대한문 앞이 남았는데 이것은 우리 둘이서만 해야 되겠네. 그러고, 맞을지언정 때리지 말고 죽을지언정 죽이지 말라 하는 뜻으로 제이차 경고문을 써서 고등여학교파에게 인쇄부탁을 했으니까 아마 벌써 되었을 것일세. 그리고 독립선언서 육천 장은 역시 누님파에게 부탁을 했으니까 염려 없고……."

"그러면 여섯 군데가 동시에 일어날 터인가?"

"아니어, 오전 열시에 시작해서 평균 한 시간을 새두고 할 예정이어."

"말하면 동에 이는 듯 서에서 일고 남을 치는 듯 북을 치는 군략(軍略)●을 응용한 것이지."

이때에 문 밖으로 우유 구루마가 지나가는 모양, 창에는 서색(曙色)●이 약간 비취어 실내의 두 사람의 모양이 차차 윤곽을 드러내인다. 양인의 가슴에는 일종 비장한 희열의 정이 약동한다. 윤섭은 수그렸던 고개를 번쩍 들며,

"그러면 내가 대한문 앞을 맡지. 자네는 배오개로 가게. 독립선언서는 가져올 사람이 있겠네그려?"

"암, 누군지는 모르지만 오전 열시면 정동 골목으로부터 무슨 보통이 가진 여학생이 이삼인 나와서 왼손을 들어 군호(軍號)●를 할 것일세. 또 그때쯤 되면 적더라도 이백 명 사람은 이미 행인 모양으로 모

였을 것이니 그때에 자네가 모자를 벗어 높이 들고 연설을 시작하면 자네 직분을 다한 것일세."

윤섭은 무한량으로 나오는 박의 지혜와 쉼 없는 민활한 활동을 신기하게 여긴다. 삼월 일일 이래로 남녀학생단의 활동 계획과 실행은 대개 박의 머리와 수에서 시작한 것이다. 어젯밤에도 철소(撤宵)•하여 위험을 무릅쓰고 바쁘게 뛰어다니면서 금일의 시위운동의 미세한 데까지 정하고 지휘함을 볼 때에 일종 외경(畏敬)•의 생각을 품으며 어둠 속에서 박의 얼굴을 응시하였다. 이윽고 박은 벌떡 일어나면서

"자, 작별하세."

하고 윤섭의 손을 잡는다. 윤섭은 순간 눈물이 흘렀다.

"오늘 저녁에 다시 만나게 되면 다행이오, 못 만나게 되어도 다행일세."

하는 박의 음성은 미상불 떨린다. 두 청년은 한참이나 마주보고 섰다가 피차의 성공을 빌고 출전하는 용사와 같이 비장한 작별을 한다. (1919. 09. 04.)

• 회집   여러 사람이 한 곳에 많이 모임.
• 군략   군사 전략.
• 서색   새벽 빛.
• 군호   서로 눈짓이나 말 따위로 몰래 연락함.
• 철소   잠을 자지 않고 밤을 보냄.
• 외경   공경하고 두려워함.

6

박암의 말과 같이 한성은 일변(一邊) 놀래고 일변 외구(畏懼)●하였
다. 해가 뜨자 북악과 남산과 인왕산에 무수한 태극기가 아침 바람에
날린다. 마치 천 년간 일인에게 압수되어 화장(火葬)을 당하였던 수
백만의 태극기의 비혼(悲魂)●이 하룻밤 사이에 저승으로부터 뛰어나
와 비한(悲恨)● 많은 서울을 에워싼 것 같다. 머리에 태극기를 인 노
송들은 모두 일찍 대한 나라의 영광을 찬양하던 자들이다. 무정한 국
민 중에는 감히 입을 열어 일황(日皇)의 만세를 노래하고 이완용 송병
준 민원식 같은 소견대견(小犬大犬)●이 출현하였다 하더라도 대한의
큰 은혜를 받고 자란 노송들은 침묵의 통곡을 간직하고 있었다. 대한
의 어여쁜 아이들이 야밤중에 그 조그마한 손으로 품속에서 태극기를
내어 자기의 두상(頭上)에 달 때에 노송들은 바람이 없더라도 반드시
비장하게 큰 목소리로 부르짖었을 것이다.

삼만성시민(三萬城市民)●의 시선은 이 신통한 경개로 몰렸다. 삼
만의 일일이 전율과 조소와 증오로써 이것을 대하는 외에 진실로 한
민족의 피를 가진 자는 기약 없이 희비가 교차하는 감격의 뜨거운 눈
물을 흩뿌렸다. 아아 얼마나 그립던 태극기, 얼마나 달고 싶던 태극기
뇨. 원수의 흑수국(黑手國)으로부터 조국 땅을 광복(光復)하는 날 우
리는 삼천리 통곡하던 강산의 풀 한포기 나무 한 그루에게까지라도
태극기를 달리라. 산마다 바위마다 집마다 그릴 수 있는 온갖 것에 태
극기를 그리고 새길 수 있는 온갖 것에 태극기를 새기리라. 십년 전
태극기가 나와 같이 있을 때에는 나는 너의 귀한 줄을 몰랐더니 태극

기를 잃은 지 십년, 억지로 원수의 나라 국기를 달아온 지 십년에 태극기가 우리에게 없어서는 안 될 것인 줄을 알았다. 태극기야, 진실로 네가 왔느냐. 왔거던 내 가슴에 안겨라. 꾀옥 끼어안고 다시 놓을 줄이 있으랴. 때린들 놓으랴, 사지를 끊은들 놓으랴, 산 채로 내 몸을 망친들 놓으랴.

이것이 이날 아침에 서울의 감상이 아닐까. 혹 내가 잘못 보았음일까.

이윽고 북촌근방으로 민가에도 여기저기 국기가 날린다. 이구석 저구석에서 만세소리가 들리며 길 위로 힘없이 왕래하는 우리 백성들은 무슨 크고 무서운 일을 예상하는 모양으로 눈을 내려감고 입을 다무린다. 남대문과 진고개와 대한문 앞으로 일병의 돌함(突喊)* 소리와 총창(銃槍)* 빛이 보인다. 일병은 산에 날리는 태극기를 향하고 전속력으로 진격한다. (1919. 09. 06.)

* 외구 무서워하고 두려워함.
* 비혼 슬픈 혼.
* 비한 슬픈 한.
* 소견대견 큰 개와 작은 개.
* 삼만성시민 삼만의 한성 시민.
* 돌함 갑작스런 함성.
* 총창 총과 창.

7

일병이 태극기를 향하고 산으로 돌격하는 광경을 본 군중의 시선은 남산과 북악과 인왕산의 태극기로 몰린다. 일병의 누런 복장이 번쩍할 때마다 소나무 끝에 달린 태극기가 하나씩 떨어진다. 저 일병들은 그 원수같은 태극기를 모두 내리고야 말 기세다. 대한의 아이들이 밤새도록 애써서 달아 놓은 태극기를 일병들은 발로 밟고 침을 뱉고 행할 수 있는 온갖 모욕을 가한 후에 대한에서 피었다가 떨어진 솔잎과 함께 뭉쳐 놓고 불로 살라 버린다. 그러나 태극기의 혼(魂)들은 통곡을 하며 아직 모친의 체내에 있는 대한의 태아에게로 들어가리라. 태아에게로 들어가기 전에 우선 서울 장안의 삼십만 충의(忠義)로운 대한의 가슴에서 그 피를 끓으며 그 눈물을 끓이리라. 보지 못하느냐. 저 골목골목이, 또는 방안에 숨어서 엿보는 대한의 소년소녀의 가슴에 자주 치는 고동(鼓動), 눈에 흐르는 피 섞인 눈물, 불끈 쥔 조그마나마 단단한 주먹을. 그네의 비분(悲憤)으로 끓는 피를 무엇으로 식히랴. 한번 혈관(血管)이 터져내어 뿜는 날 저 태극기를 내리는 무리를 아니 태우고는 말지 아니 하리라. 그 피가 끓어 구름이 되리라. 비가 되어 저들의 섬나라를 씻어 내리라. 그 피가 끓어 붉은 불길이 되리라. 불길이 되어 태극기를 모욕하는 저들의 섬나라를 태우리라. 태우되 풀 한 포기 나무 한 그루들도 남김 없고 구주(九州)•의 끝에서 천도(千島)•의 끝까지 식은 재로 만들고 말리라. 대한의 자녀를 욕하고 때리고 죽인 자들은 옛날 소돔 고모라의 음흉한 악인같이 소금기둥이 되고, 대한의 피에 젖은 그 손을 하늘로 향하여 인류와 금수와 초목과 하늘의 별로 하여금 영원히 흉독(凶毒)한[*] 저들의 죄악을 잊지 않게 하리라.

북악산 꼭대기에 서서 이른 봄의 아침 바람에 풀풀 날리던 큰 태극기를 내리려고 일병들이 돌격할 때에 대한문 앞으로부터 우레 같은 만세소리가 들리고 수천의 군중의 품에서 일시에 태극기가 나와 계속해서 부르는 만세소리와 함께 물결모양으로 나부낀다. 장안은 한 번 더 끓어오른다.

십 여 차 만세를 부르고 나서 군중 중의 한 사람이 태극기를 높이 들며,

"대한동포여! 십 년 동안 노예로 있다가 자유의 백성이 되신 대한동포여! 일인은 우리가 달은 족족 태극기를 내리우지요. 그러나 우리의 품속에는 무수한 태극기가 있지 아니합니까? 일인은 만세를 부르고 자유를 외치는 자를 잡아가고 죽입니다. 그러나 우리 대한민족에게는 이천만의 입이 있지 않습니까? 일인이 내리는 족족 우리 품속에 무한한 태극기를 내어 답시다. 일인이 죽이는 족족 이천만의 입을 다 들어 만세를 부릅시다. 대한동포여! 목숨이 그렇게 아깝습니까? 노예로라도 그다지 살아야 하겠습니까? 동포여, 살아서 노예가 되려거든 차라리 죽어 자유의 귀신이 됩시다. 동포여, 만일 대한의 독립을 위하여

[*] 구주   일본 '규슈'를 우리 한자음으로 읽은 이름.
[*] 천도   일본 북쪽 끝에 있는 섬을 이르는 말.
[*] 흉독한   성질이나 행실이 흉악하고 독한.

대한민족의 자유를 위하여 죽을 결심을 하였거든 이제 일제히 대한 독립만세를 부릅시다."

하고 성루구하(聲淚具下)*하던 청년이 태극기를 두르니 군중은 일시에 만세를 부른다. 첫 소리 다음 소리 차차 소리가 높아가다가 마침내는 일제히 공명(共鳴)*하여 소리가 모일 제 어디로선지 일병과 순사헌병의 한 무리가 돌격하여 온다. (1919. 09. 13.)

8

일병의 일대가 돌격하여 옴을 볼 때 군중 중의 한 사람은 소리를 높여

"우리는 가만히 있읍시다. 일병에 저항도 말려니와 피하여 가지도 말아야 합니다."

하고 말끝에 두 팔을 들어 만세를 부르니 일동이 더욱 기를 내어 창화(唱和)*한다. 만세 만세를 계속하여 부르는 동안에 일병은 총창(銃槍)으로 순사와 헌병은 발검(拔劍)*으로 마치 풀 속에 숨은 독사나 죽이려는 듯이 함부로 군중을 엄살*한다. 혹은 다리로서 혹은 어깨로서 피가 흘러 떨어지고 여기저기서 평복한 일인의 몽둥이에 머리를 맞아 꺼꾸러지는 자(者), 총파(銃把)*에 뺨이 터져 꺼꾸러지는 자, 함부로 내어 두르는 칼에 손가락이 떨어지는 자, 먼지는 뽀얗게 일고 창검(槍劍)은 햇빛에 번뜩이며 황색복장 입은 키 작은 일병이 지나가는 곳에 남녀노유는 피를 흘리고 쓰러지며 만세소리가 여기저기서 일어난다. 마침 군중 속에서 큰 만세소리가 일어난다. 본즉 십칠팔 세나 되었을

여학생이 왼편 팔에서 흐르는 피를 공중에 내어 뿌리며 태극기를 들어 "대한독립만세"를 부른다. 하얀 그 여학생의 저고리와 치마에는 무섭게 피가 흘렀다. 일병의 손에 잡혔던지 머리채가 풀어져 혹은 가슴으로 혹은 귀밑으로 흘러내렸다. 그는 높이 두 팔을 들어 태극기를 두르며 입을 열어,

"대한동포여! 총과 칼이 우리 육체는 죽일지언정 정신은 못 죽이리라. 우리는 죽거든 귀신으로 대한독립의 만세를 부르리라."

할 때에 긴 칼이 번뜩이자 여학생의 우편 손목이 태극기를 잡은 대로 땅에 떨어지고 그리고서 피가 솟아 주위에 그의 형제들이 의복을 적신다. 불과 일이초 동안에 군중의 신경은 전기를 맞은 것 같이 충동되고 피는 끓어오른다. 처녀는 남은 팔, 그도 칼에 찍혀 피 묻은 팔을 내어 두르며

"동포여, 분(忿)●을 참으시오, 대한독립만세를 부릅시다."

할 때에 또 한 번 칼이 번뜩이며 처녀의 왼편 팔이 피 묻은 저고리

● 성루구하 눈물로 호소함.
● 공명 남의 사상이나 감정, 행동 따위에 공감하여 자기도 그와 같이 따르려함.
● 창화 한쪽에서 구호를 외치거나 노래를 부르고 다른 쪽에서 그에 이어서 외침.
● 발검 칼집에서 칼을 뽑아 듦.
● 엄살 별안간 습격하여 죽임.
● 총파 사격할 때 오른손으로 쥐는 총대의 일부분.
● 분 억울하고 원통한 마음.

소매와 함께 떨어질 때에 처녀는 팔에 피를 일본 헌병의 얼굴에 뿌리며 꺼꾸러진다. 문득 군중 가운데서 두루마기 벗은 청년이 나는 듯이 뛰어나와 피 묻은 일인헌병의 양미간을 주먹을 때리고 발길로 그의 가슴을 차 꺼꾸러뜨린다. 일헌병은 "살려주오." 하는 소리를 낸다. 청년은 헌병의 군도(軍刀)를 빼앗아 그의 목을 겨누며 "이 짐승 놈아. 개같은 네 목숨을 남겨둠은 공약삼장(公約三章)®의 정신을 위함이다." 하고 무릎을 굽혀 그 처녀의 피 묻은 군도(軍刀)를 분지른다. 이때에 사방으로 모여드는 군도에 그 청년은 처음에 어깨를 찍히고 다음에 왼편 귀, 다음에는 왼편 다리, 다음에는 왼편 옆구리, 마지막에는 모자 끈 매인 일순사의 칼에 왼 어깨에서부터 폐(肺)에 달하게 찍히어 꺼꾸러진다. "만세, 자유만세(自由萬歲)!" 하는 그의 입은 피바다를 뿜는다. 그 일순사는 청년의 가슴 위에 올라서서 되는 대로 청년을 난자(亂刺)한다. 이러하는 동안 군중은 총과 창에 찔려 사방으로 쫓긴다. 군중의 뒤를 따라 삼삼오오 일병은 돌격한다. 이 참담한 광경을 나같이 졸문(拙文)®한 자의 붓으로 어찌 다 기록하랴. 기록할 수 있다한들 가슴이 터져오고 눈물이 앞을 가려 어찌 차마 더 쓰랴.

(1919. 09. 18.)

9

  청년의 흉부에 올라서서 군도로 그 신체를 난자하던 일본천황폐하의 순사는 청년의 생명을 완전히 파괴한 줄 알고 노하는 듯이 따라 내려와 주위에 선 사람들을 향하여 청년의 뜨거운 피에 젖은 칼을 내어 두른다. 그의 구두와 바지에는 청년의 피가 흐르고 그의 눈은 마치 독사와 같이 되었다. 이 독사는 독사의 혀와같이 붉게 피 묻은 군도를 내어 두르면서 황단(黃檀)* 앞으로 쫓기는 여학생의 무리를 따라 없애고 말았다. 실로 인류의 역사에 두 번 보지 못할 광경이라.

덕수궁 동편 망대(望臺) 모퉁이로부터 남녀학생 한무리가 뛰어나와 두 사람의 시체 곁에 둘러섰다. 사람은 다 흩어지고 흰 칠한 대한문 앞마당 거의 복판에는 사오 보를 사이에 두고 팔 찍힌 여학생과 난도(亂刀) 맞은 청년이 누웠고 그 주위에는 무수한 태극기와 혈적육괴(血滴肉塊)*가 산란할 뿐이다. 학생들은 허리를 굽혀 수시체(首屍體)의 얼굴을 보았다. 여학생 중에 한 사람이 팔 찍힌 여자가 어제 순사에게 욕을 볼뻔하다가 윤섭에게 구원받은 정희인줄 알았으나 청년이 누구인지는 아는 자가 없다. 여섯 학생 중에 한 사람이 재빨리 시체의 가슴을 펼치고 심장에 귀를 대더니 아직 양인이 다 생명이 있음을 고한다. 이에 일동의 수건과 여학생들의 치마를 찢어 상처에 붕대를 감은 후에 두루마기 여섯으로 들것을 만들어 양인을 담아 가지고 남녀학생이 적십자병(赤十字兵)이 되어 남대문으로 향하였다. 이 광경을 보고 섰던 정동파출소 순사가 뛰어나와 길을 막으며

"그게 무에여, 내려놓아."

---

* 공약삼장 기미독립선언서의 공약삼장. 3 · 1 만세운동에서 천명한 평화주의적 행동 원칙.
* 졸문 보잘것없고 서투른 못난 글.
* 황단 향나무의 하나.
* 혈적육괴 피 묻은 살과 흙덩어리.

"죽어가는 사람이오."

"좀 검사를 해야 할 테니 내려놓으라면 내려놓아."

하고 여학생을 담은 들것에 손을 대려 할 때에 그 들것을 들었던 여학생이 손을 들어 순사보의 귀쌈을 부치면서 오열(嗚咽)하는 목소리로 "이놈아, 이 짐승 놈아, 이 개놈아." 하고 또 한 번 귀쌈을 부친다. 순사보는 두어 걸음 물러서서 파출소에 있는 일순사만 바라본다. 일순사는 두어 걸음 뛰어오더니 우뚝 서며 순사보를 부른다. 양인의 들것은 벌써 수십 보를 앞섰다. 길에서 두어 번 일순사와 순사보와 일헌병을 만나 동일한 저히(沮戱)•를 물리치다가 남대문파출소 앞에 당도하여서는 마침내 내려놓지 아니하지 못하였다. 거기서 일순사와 학생들 간에 이러한 문답이 있었다.

"그게 무엇이어?"

"당신네 군도(軍刀)에 맞아 죽어가는 사람이오."

"조금 검사를 할 터이니, 이리와."

"출혈이 너무 많아서 시각이 바쁘니 검사하려거든 병원으로 오시오."

"무슨 잔소리야."

하고 양인의 의복 고름을 끄르고 두루두루 만져보기를 오 분간이나 하다가

"제중원(濟衆院)으로 가지 말고 내지(內地)•사람 병원으로 가라." 하는 것을 여학생들은 울고 남학생들은 항의하여 겨우 제중원으로 감을 얻었다. (1919. 09. 20.)

그날 박암의 계획대로 거의 성공되었다. 그 증거는 제중원이 만원인 것에서 본다. 병실은 물론이오, 침대를 놓을 만한 데는 빈틈없이 피투성이 된 환자로 찼으며 지하실과 진찰실에까지도 찼다. 문을 열고 본관에 들어서면 피비린내와 요도포룹 냄새가 코를 받친다. 두골(頭骨)이 파쇄된 자, 총창에 눈이 찔린 자, 옆구리가 갈라져서 창자가 노출된 자, 한 편 손이 없는 자, 한 편 귀가 없는 자, 손가락이 떨어진 자, 한 편 뺨에 구멍이 뚫린 자, 노인, 어린아이, 여학생, 노동자, 이백 명 가까운 환자는 다 만세 부른 죄로 일본인에게 이렇게 지독히 상한 자라. 혹 가족인 듯한 부인네가 정신 못차리는 환자의 곁에서 우는 이도 있고, 혹 정신없이 독립만세를 부르는 환자도 있다. 마치 야전병원이다. 의사와 간호부들은 설백색수술복에 피를 발라가지고 바쁘게 돌아간다. 서양인들이 사진기를 들고 왔다갔다하며 서양부인들은 한 손으로 치맛자락을 들고 소리 안 나게 부상자들 사이로 다니면서 머리도 만져보며 얼굴도 찌그려보며 자기네끼리 소곤소곤 이야기도 한다. 아마 그네는 문명한 세계에서 다시 보지 못할 광경을 자세자세 기억해 두려함인 것 같다.

이윽고 문밖에 사람 두런거리는 소리가 나며 들것이 들어온다. 대

* 저히 귀찮게 굴어서 방해함.
* 내지 외국이나 식민지에서 본국을 이르는 말.

한문에서 오는 것이다. 마침 손에 약병을 들었던 키 작달막한 간호부가 앞선 들것 위에 누운 청년의 시체를 보고 악 소리를 치며 약병을 떨어뜨리고 쓰러진다. 여러 사람들은 무슨 까닭이 있는 줄을 알아보았으나 그러한 인정문제를 고려할 새 없다는 듯이 잠깐 양미간을 찌푸릴 뿐으로 들것을 들어다가 약국 마루에 가지런히 내려놓았다. 사진기 든 서양인도 들것에 누운 양인을 보고 차마 건판(乾板)*을 끼일 생각도 없는 듯이 암연히 수건으로 눈물 씻으며 고개를 숙인다. 너무 많이 참혹한 부상자를 보아서 신경이 둔하여진 간호부들도 어찌할 줄을 모르고 눈물을 흘린다. 아까 쓰러지던 간호부는 동료의 만류함도 듣지 아니하고 비비고 들어와 청년의 옷고름을 끄르고 가슴에 귀를 대어 보더니 그의 얼굴을 피 묻은 가슴에 대고 소리를 내어 운다. 어떤 젊은 서양의사가 들어와 겨우 그를 떼어 놓고 심장을 청진하더니, 조금 고개를 기울이며 팔 찍힌 여자는 꿈에서 깨어나듯이 번히 눈을 뜨더니 "여러분, 어찌하여 가만히 섰기만 합니까. 어찌하여 목이 터지도록 대한독립만세를 아니 부릅니까." 하고 자기 먼저 만세를 부를 제 두 팔을 들려함인지 사오촌(四五寸)도 못남은 두 팔이 한번 들먹하더니 그만 눈을 감는다. 섰던 사람들은 불쌍한 처녀의 소원대로 가만히 만세를 불렀다. 처녀는 무슨 말을 하려는 듯이 입술이 방싯방싯 하더니 방그레 웃는 듯하고 만다.

울던 간호부는 정신을 차려 품속에서 작은 태극기를 내어 말없이 청년의 가슴위에 놓았다. 태극기는 청년의 피에 차점차점 젖어들어온다. 일동은 간호부와 함께 울었다.

겨우 둘러선 일동의 경악과 비분으로 산란되었던 심사가 진정되어 들것을 들고 온 학생들이 말하는 대한문사건의 자초지종을 들었다. 서양인은 수첩을 내어 양인의 성명을 기록하고 사진 몇 장을 박았다. 평화를 즐기는 세계 사람들에게 대한의 여자의 슬픔을 전하기 위하여. (1919. 09. 23.)

11

공덕리 공동묘지에는 일시에 장례 둘이 있었다.

아무 장식도 없는 상여는 새싹 나오려는 마른 잔디판에 가지런히 놓여 이른 봄 석양 찬바람에 앙정(仰井)을 펄렁거리면서 확혈(擴穴)°이 완성되기를 기다린다. 청년들은 가는 자의 회고담과 그제의 참상에 관한 이야기도 거의 다 하여 하염없는 듯이 확혈로써 나와 쌓이는 불그레한 황토만 물끄러미 보고 있다. 어떤 이는 하관(下棺) 전의 무료(無聊)°를 청견(淸遣)°하려 함인지 혼자 기웃 신분(新墳)의 목패(木牌)를 보며 돌아다니고 여학생들은 추운 듯이 몸을 움츠리고 가는 친구의 관(棺) 곁에 모여 앉아서 코를 풀며 무슨 이야기를 소근거린다. 확혈을 파는 상투 끝에 수건을 동인 중늙은이는 아무 감동도 없는 듯이 이따금 호미잡은 팔로 이마의 땀을 씻으면서 혹 가늘게 노래도

° 건판   사진에 쓰는 감광판의 하나.
° 확혈   풍수 자리에서 죽은 사람을 묻을 구덩이를 이르는 말.
° 무료   흥미 있는 일이 없어 심심하고 지루함.
° 청견   깨끗이 달램.

중얼거린다. 오직 일전(日前) 제중원(濟衆院)에서 기절하던 간호부와 대한문에서 팔을 찍힌 정희의 어머니와 두 사람이 각각 자기의 사랑하던 딸이요 오라비이던 자 의관 곁에 앉아서 울어 부은 눈에 아직도 눈물이 흐른다.

그 청년은 제중원에 온 지 일시간후(一時間後)에 죽고 그 처녀도 과량(過量)의 출혈(出血)로 마지막번 만세와 미소를 세상에 두고 사랑하던 동무의 품에 안겨 다 보지도 못한 세상을 떠나고 말았다. 그래서 이 두 어린 용사를 국장(國葬)으로는 못하더라도 살아남은 동지들의 정성껏 독립청년단의 단장(團葬)으로 하기로 하였다. 단원도 다 죽고 상하고 잡혀가고 도망하고 남은 자가 남녀 합하여 불과 이십여 인이라. 여자들은 염의(殮衣)*를 만들고 남자들은 상여를 메어 오늘의 장례를 하게 된 것이라.

이윽고 확혈(擴穴) 파던 중늙은이가

"어이고 허리야, 다 되었습니다."

하고 담뱃대에 담배를 담는다. 이 말은 적잖이 진정되었던 일동에게 새로운 충격을 주었다.

"확혈이 되었다."

하는 말에 일동은 몸에 소름이 끼치며 눈물그린 눈빛이 두 개 상여(喪輿)로 향하였다. 차차 석양 바람이 더 강하게 되어 양목앙정(洋木仰井)*이 찢어질 듯이 바람을 품어 마치 순풍 맞은 흰 돛 모양으로 두 용사의 유해를 하늘로 끌어 올리려는 것 같다. 청년들은 일어나 두루마기 자락을 허리에 잡아 두르고 앙정과 모장(毛帳)*을 차례차례 끄른다. 칠한 두 개 관이 푸른 하늘 밑에 뚜렷이 드러날 제 모친과 누이는 목을 놓아 울었다. 여학생들도 치맛자락으로 낯을 가리우고 청년들의 백면포(白棉布)• 줄에 들려가는 관을 따라간다. 청년의 관이 먼저 하관(下棺)•되고 다음에 처녀의 관이 하관되었다. 양확혈(兩擴穴)은 불과 오륙보 거리에 있었다. 개판(蓋板)•이 덮히고 주먹같은 흙덩어리가 덩덩 소리를 내며 떨어질 때에 통곡소리는 더욱 높았다. 일동 중에서는 이러한 눈물섞인 기도가 올랐다.

"하나님, 어린 두 동생의 영혼을 받아 주시옵고 괴로운 세상에 남은 부모와 형제의 슬픔을 위로하여 주시옵소서. 하나님, 언제까지나 저희 귀해하는 동생들을 원수의 검 밑에 두시려나이까. 다음번 봄바람에는 불쌍한 두 동생의 무덤을 꽃으로 꾸미고 그들이 죽음을 무릅쓰고 이루려 했던 조국독립을 얻었음을 고(告)하게 하소서, 아멘."

이날 밤에 공동묘지에서 만세소리가 나다. (1919. 09. 27.)

• 염의   시신을 염하고 입히는 옷.
• 양목양정   당목이라는 천으로 만든 상여행렬 앞에서 드는 깃발.
• 모장   털가죽으로 만들어 방에 치는 휘장.
• 백면포   관을 운구하는 흰 빛깔이 나고 품질이 좋은 무명베.
• 하관   시체를 묻을 때 관을 광중에서 내림.
• 개판   서까래, 부연, 목반자 따위의 위에 까는 널빤지로 시체의 관 위를 덮는 널빤지.

정의로운 약자의 영생의 길

소설 「피눈물」은 세계를 깜짝 놀라게 하고 많은 나라의 반제국주의 투쟁에 불을 당긴, 3·1운동의 숭고함을 윤섭과 정희의 투쟁을 중심으로 생생하게 그리고 있습니다.

만세운동이 시작되고, 일제는 평화적인 운동을 잔인하게 무력으로 진압합니다. 많은 사람들이 다치고 끌려가는 가운데 박암과 윤섭은 만세운동의 불씨를 살리기 위해 태극기를 북악산과 인왕산, 남산 나뭇가지에 내걸어 일본 순사를 유인한 후 여섯 군데에서 순차적으로 만세운동을 벌이는 전략을 마련합니다. 다음날 대한문 앞에서는 윤섭의 주도로 군중들의 만세시위가 불꽃처럼 번집니다. 일본 병사와 순사는 총칼과 몽둥이로 이를 잔인하게 진압합니다. 그 와중에서 조선의 잔다르크가 되겠다고 다짐했던 정희는 만세를 부르다가 칼에 맞아 한 쪽 팔을 잃었지만 남은 한 쪽 팔로 다시 태극기를 들고 더욱 소리 높여 만세를 부르다 남은 팔마저 처참하게 잘려나갑니다. 이때 윤섭은 일본 순사를 가격하고 정희를 구하지만 공약삼장에서 천명한 평화 원칙을 지키려다 벌떼처럼 달려드는 일본 순사에 의해 무참하게 죽습니다. 정희는 마지막 숨을 거두면서까지 만세를 부르며 죽어갑니다.

역사는 승자에 의해 써진다고 말하는 사람이 있습니다. 3·1 만세운동이 일제에 의해 진압되었으며, 윤섭과 정희를 비롯한 많은 사람이 죽었기 때문에 패배라고 평가할 수도 있습니다. 하지만 이들의 싸움이 정말 패배로 끝나고 말았을까요? 이육사 시인은 「광야」에서 이렇게 노래했습니다.

지금 눈 나리고
매화 향기 홀로 아득하니
내 여기 가난한 노래의 씨를 뿌려라.

다시 천고 뒤에
백마 타고 오는 초인이 있어
이 광야에서 목놓아 부르게 하리라.

윤섭과 정희가 죽어가며 불렀던 만세 소리가 이육사가 부른 노래의 씨앗이 되었을 것이고, 이육사는 자기 목숨을 바쳐 독립의 씨앗이 되는 노래를 불렀다고 봐야 할 것입니다.

윤섭과 정희는 죽었지만 이들의 숭고한 투쟁은 상해 임시정부 수립의 기운으로 이어졌다는 것을 알 수 있습니다. 이 소설이 임시정부 기관지인 〈독립신문〉에 연재되어 독립운동의 불쏘시개가 되었고, 중국의 5·4 운동과 인도의 무저항주의 등에 영향을 미치는 근대화와 식민지 해방운동의 큰 흐름을 만들어 냈습니다. 뿐만 아니라 대한민국은 상해 임시정부를 계승하는 국가인 것을 감안하면 이들의 싸움은 결코 패배한 것이라고 평가할 수 없을 것입니다. 정의로운 약자가 싸움에서 패했지만 영생을 얻은 것이라고 평가할 수 있을 것입니다.

　　위기 상황에 놓였을 때 사람마다 다른 선택을 할 수 있습니다. 약삭빠르고 양심 없는 기회주의자는 자신의 출세를 위해 일제의 앞잡이가 되어 동족의 가슴이 총칼을 겨누기도 했습니다. 이러한 부류들은 아직도 자신의 잘못을 뉘우치기는커녕 또 다른 강자에게 빌붙으며 기득권 지키기에 여념이 없습니다. 패배주의에 젖어 무기력하게 생활하거나 마지못해 일제에 협력했던 분들도 있습니다. 이들은 모멸을 감수하고 비굴하게 삶을 구걸하며 치욕스러워 했을 것입니다. 용기가 없는 것을 탓하지 않고 상대가 너무 강했기 때문에 싸울 수 없었다고 스스로를 위로할지 모릅니다. 하지만 그것은 무기력한 삶에 대한 변명에 지나지 않습니다. 설령 이들이 아직까지 기득권을 지키고 살고 있다고 하더라도 후손들은 조상을 떳떳하게 내세울 수 없는 지경이고, 정의로운 사람들의 투쟁에 밀려 점점 역사의 뒷길로 사라져 갈 것입니다.

　　윤섭과 정희처럼 지금 이 순간에도 정의로운 약자가 역사의 진보를 위해 싸우고 있습니다. 우리 주변에서 정의로운 약자들이 어떻게 투쟁하고 있는지 찾아봅시다. 남북이 싸우지 않는 세상을 만들기 위해, 안전한 나라를 만들기 위해, 따돌림과 괴롭힘이 없는 세상을 만들기 위해, 공평한 세상을 만들기 위해 노력하는 사람들 찾아봅시다. 윤섭과 정희는 독립을 위해 죽음을 불사하고 싸웠지만 우리는 또 다른 가치를 위해 또 다른 방법으로 세상을 바꿀 수 있습니다. 우리가 무엇을 할 수 있는지 생각해 봅시다.

정의로운 자의 편에 서는 용기

불의에 맞서는 사람들의 저항이 실패하는 이유에는 어떤 것들이 있을까요? 개인적인 차원이 아닌 집단적, 관계적인 차원에서 답을 생각해봅시다.

정의를 위해 불의에 항거하는 사람에게 힘을 보태기 위해 우리가 할 수 있는 것은 무엇일까요?

농촌 사람들

조명희1894~1938

시인이자 소설가, 극작가. 카프(KAPF ; 조선프롤레타리아예술가동맹, 한국의 사
회주의 혁명을 위해 조직한 대표적인 문예운동단체)의 결성과 함께 프롤레타리아
작가로서 두각을 드러냈다. 대표작으로는 소설집 『낙동강』, 희곡집 『김영일의 사』
등이 있다.

1

　아침에도 두레방석•만 한 뻘건 해가 붉은 노을을 띠고 들 건너 동녘 봉우리 위로 쑥 솟아올랐다. 그것은 마치 이 세상을 '불'의 세계로 바꾸는 마당에 어떤 무서운 계시(啓示)의 첫 광경같이.

　그리하여 가뜩이나 말라 시들어 가는 여름철 넓은 세계의 생물들은 한때의 눈을 그리로 쏘며 다시 한번 더 떨지 아니할 수 없다.

　"큰일났다! 영영 사람을 다 죽이고 만다!"

　들녘 사람들은 입을 여나 안 여나 다 이와 같은 말을 하게 된다. 밝음의 공포 – 백색의 공포는 오늘도 또 닥쳐왔다. 그러던 해가 벌써 한나절이 기울었다. 논밭의 곡식은 더 말할 게 없고 길 옆의 풀도 냇가의 잔디도 말랭이의 산풀도 모두 말라 시들다가 나중에는 빼빼 꼬여 틀어져 간다. 어떤 때는 가을 풀밭 모양으로 누렇게 탄 데도 있다.

　나뭇잎도 시들부들하여진다.

십리장야(十里長野) 한복판에 길게 내려 뚫고 누운 큰 내는 꾸불꾸불 말라 비틀어져 자빠진 무슨 큰 뱀의 배때기처럼 말라 뻗치어 있을 따름이다.

서쪽으로부터 동쪽 끝까지 이들 북녘을 둘러막은 북망산, 어찌 가다가 적은 나뭇개나 세워 놓고는 거진 다 벌거벗은 채로 있는 이 사태 무더기, 살가죽을 벗겨 놓은 사람의 등같이 보기에도 지긋지긋한 이 시뻘건 사태산*. 이 산말랭이 남향폭 안을 불볕이 내리쪼일 제 시뻘건 흙빛은 이글이글 익어 더욱더 붉어지는 것 같다. 그러면 불볕은 더욱더 쏟아져서 하늘에서 쏟는 더위와 땅에서 뱉는 더위가 서로 엄불러* 산과 들을 뒤덮을 제 이따금씩 바람에 불리는 나뭇잎까지 소름치며 떠는 것 같다.

가뭄도 벌써 한 달 반이나 되었다. 졸아붙은 봇물이나마 닿는 상토 한 귀퉁이나 또는 샘물을 파서 두레박질하여 대는 구렁텅이 논뙈기를 제외하고는 모두 논바닥이 보얗게 말랐다. 엉거름*이 땅땅 갔다. 벼 이삭이 모두 비비 꼬여 간다. 어떤 때는 푸나무같이 말라서 불을 지르면 탈 듯싶다. 이해 농사는 아주 절망이다.

그래도 아직까지 애착을 버리지 못하였는지 삿갓 쓰고 종가래* 짚

---

* 두레방석 짚이나 부들 따위로 둥글게 엮은 방석.
* 사태산 강원도 평강군과 이천군 사이에 있는 산.
* 엄불러 '어우르다'의 방언.
* 엉거름 논바닥이 말라서 갈라진다는 말.
* 종가래 작은 가래.

은 어떤 농군은 논둑에 우두커니 서서 논바닥을 들여다보고 있다. 검누르게 들뜬 얼굴, 쑥 들어간 두 눈, 말없는 가운데 아픈 표정, 멀리서 자세히 보이지는 아니하나 짐작할 수 있다. 어떤 늙수그레한 여자는 두 다리를 뻗고 앉아서 논둑을 두드리며 통곡하는 이도 있다. 논에 물이 졸아들어 가기 시작할 때부터 졸이던 마음이 이날 이때까지 갈수록 더 바싹바싹 타들어 가던 터이다. 죽어 가는 자식의 꼴을 들여다보고 있는 어버이의 마음씨와도 같이 말라 죽어 가는 벼이삭의 운명을 들여다보고 있을 때 울고도 싶고 미칠 듯도 싶다.

"비를 내리지 않거든, 차라리 불을 내리라!"

악이 치받친 사람들의 입에서는 이러한 소리도 나온다.

이들이 들폭 안에 이 참혹한 광경을 홀로 우뚝 서서 바라보고 있는 것은 이 마을 앞에 서 있는 묵은 정자나무다. 이 정자나무는 그늘 좋기로 이름난 느티나무로서 잎과 가지가 뻗어 나가서 폭안도 굉장히 넓고 나무 밑 대궁도 여러 아름이나 되게 굵다. 마치 이 나무만이 이 마을에 묵은 역사를 다 말하는 듯이, 다른 때 같고 보면 평생 일도 할 줄 모르고 놀기만 하는 엇박이 친구들이나 이같이 바쁜 철에도 이 나무 그늘 밑에 모여들어 앉아서 장기나 바둑으로 기나긴 해를 넘겨 보낼 터인데, 지금은 한다하는 장정 일꾼들이 모두 이곳으로 모여 앉아서 근심기 띤 얼굴을 하여 가지고 서로 바라보며 가뭄 걱정을 하는 것이 이들의 가장 큰 말거리다. 걱정뿐만이 아니라 앞으로 올 무서운 흉난리를 미리 느끼며 침울한 가운데에도 가슴이 은근히 떨린다.

사람이 어떤 공황에 눌릴 때에는 서로 모이고 싶은 마음이 다른 때보다 더 나는 것이다.

"인제는 더 말할 것 없이 아주 흉년이지?"

이것은 술타령만 잘하며 뻔들뻔들 놀기만 하고 농촌에 살면서도 농사 이치라고는 모르는 예전 아전* 퇴물인 이불량의 말이다. 그는 아전 다닐 시절에 촌사람의 것이라면 속이고 어르고 해서 잘 떼어먹고 살던 터이므로 불량(不良)이라는 별호까지 얻었다. 그러나 지금은 하는 수 없이 이 농군들 틈에 와서 끼여 지내 가며 한층 떨어져서 벗 같은 것도 주고받고 하며 그럭저럭 지나가는 건달패다.

"흉년은 벌써 판단된 흉년이지. 그러나 지금이라도 비만 온다면 아주 건질 수 없게 된 말라 죽은 것 외에는 다소간 깨어날 것도 있을 테니까. 그러한 것은 한 마지기에 단 벼 몇 말을 얻어먹더라도."

고추상투*를 하여 가지고 줄부채를 왼손에 들고 슬쩍슬쩍 부치며 앉았던 반나마 늙은이의 참하게 대답하는 말이다.

"설령 그렇게 된다 하더라도 볏말박을 건질 사람은 몇 사람이나 되며 건진다 하더라도 며칠이나 먹게 될 테야 그게."

여름에는 참외장수, 겨울에는 나무장수로 이름난 중년에 들어 보이는 눈꺼적이의 말이다.

"그러고저러고 간에 필경에는 다 죽네 죽어."

눈꺼적이와 같은 나쎄나 들어 보이는 세고패 상투쟁이의 하는 말이다.

---

* 아전 조선 시대에, 중앙과 지방의 관아에 속한 구실아치.
* 고추상투 늙은이의 조그마한 망투.

"네기를 할 그럴 줄 알았더라면 매고 뜯지나 말 것을 공연히 없는 양식, 없는 돈에 술밥만 처들여 가며."

또한 눈껍적이의 입맛 다시며 하는 말이다.

"지금 앉아서 그런 걱정이 다 소용 있는 걱정이겠나."

곰방대에다가 담배를 담아 가지고 앉아서 지금 세상에 철늦게 부시를 쳐서 불을 붙인 부싯깃을 갖다가 대꼬바리에 박고는 뻑뻑 빨며 말대꾸하는 반나마 늙은이의 말이다.

"사람이 모두 굶어 죽어야 옳단 말인가? 품이라도 팔아 먹을 것이 있어야지."

이 말은 영남사투리를 써가며 말하는 곰보 총각의 말이다. 그가 영남서 이곳으로 올라와 남의집 머슴살이 한 적도 한두 해에 지나지 않는다 한다.

이 여러 사람들은 말이 이 입에서 터져 나오고 저 입에서 터져 나오고 하여 서로 어지럽게 또는 드문드문하게 지껄여 댄다.

"일본이나 가세그려."

"이 사람 말 말게. 갔다가 돌아오는 것들은 어쩌고. 돈벌이가 좋다더니만 까딱 잘못하면 사람을 무엇 감옥 속 같은 데로 속여 끌고 들어가서 그 안에다 가두고 죽도록 일만 시키고 돈도 먹을 것도 얼마큼씩 안 주고 한번 갇히면 세상 밖에도 잘 못 나온다네."

"다 그러할 리야 있으랴마는 자칫하면 그러는 수도 있다더구먼."

하고 이때껏 남의 말만 듣고 앉았던 떠꺼머리 총각의 받는 말이다.

그는 나이도 스물너댓이나 되어 보이고 기운도 차 보이고 사람도 좋아 보이나 이때껏 장가도 들지 못한 터이다. 머리를 굵게 땋아서는 머리 위에 칭칭 감고 그 위에다가 베수건을 질끈 동인 꼴이 떠꺼머리 총각이란 말과 같이 쇠어 가는 밀대 모양으로 보기에도 좀 징글맞아 보인다. 그와 반대로 볏섬이나 쌓고 먹는다는 이 마을 높은 사랑집의 북상투® 짠 열서너 살 먹은 새신랑의 꼴에다 서로 어루어 놓고 보면 그것도 이 열리지 못한 사회에서 예사롭지 않은 무슨 변으로 느껴진다.

"서간도는 올 같은 해에 가뭄도 안 들고 조가 아주 잘 되었다고 재작년에 들어간 그 이쁜이 아버지 천보 말이여, 그한테서 일전에 건넌 마을 자기 당숙집에 편지가 왔더라네. 거기나 갈까?"

"거기 가면 별수 있나. 거기도 관헌들과 지주들의 압제가 여간이 아니라네. 거기 가서 살던 사람들도 이리로 쫓겨가고 저리로 쫓겨간다네."

"그러면, 네미 우리 조선 사람은 살 곳도 없고 갈 곳도 없구나!"

이 소리는 뼈아프게 울려 나왔다.

둘러앉은 여러 사람은 말없이 땅만 굽어보고 있을 뿐이다. 무슨 생각에 잠긴 그들의 눈 속에는 엷지 않은 근심과 아픔의 빛이 또한 잠겨 있다. 침묵은 한참 동안이나 끌어 나갔다.

"네기를 할, 예전 의병 병리 같은 ○○○나 또 이○○○○○?"

하고 한 사람이 침묵을 깨뜨린다.

"사람이 조금만 더 배가 고파 봐, 악이 나서 무슨 짓을 못 하나."

® 북상투 아무렇게나 막 끌어 올려 짠 상투.

"제발 벼락이나 치면 경칠 거!"

"흥 저것 봐, 바싹바싹 타들어 가는구나!"

한 사람이 고개를 들어 벌판을 바라다보며 기막힌 듯이 말한다. 여러 사람이 한꺼번에 모두 고개를 들어 들녘을 내어다본다. 그들은 보기가 하도 지긋지긋하다는 듯이 상을 찌푸리고 바라다본다. 잠시 동안 잊었던 공포가 다시 닥쳐왔다.

"하느님, 맙시사!"

이것은 늙은이의 부르짖는 말이다.

"죽여라! 죽여! 어디 견디어 보자. 경을 칠 거."

이것은 젊은이의 부르짖는 말이다. 쓴 침묵은 또 끌어 나간다.

"서간도 서간도 그래도 거기나 가봐. 그런데 그 이쁜네하고 같이 간 음전네는 서간도에 안 있데여. 거기서 더 들어가 어딘지도 알 수 없는 곳으로 가버리고 말았다네그려."

"그래 그 음전네는 소식도 없대유?"

이것은 한옆에서 고누판을 그리고 앉았던 총각의 말이다.

"모른다네."

떠나간 사람들의 자취가 덧없이 되었다는 것을 탄식하는 듯한 긴 말씨로 대답하던 사람은 또한 눈껌적이다.

"삼 년 벌써 삼 년이로구나!"

갑자기 서글픈 듯이 건넛산 고갯길을 우두커니 바라보며 말하는 총각의 한숨 비슷한 말이다. 거듭 잇달아,

"제―기."

하고 다시 땅을 굽어보는 그의 눈과 얼굴에는 슬픈 빛이 떠어 있다.

아마도 아마도 그의 가슴에는 휘휘 틀어져 감겨 나오는 지나간 날로맨스의 꿈이 다시 떠오르는 것이나 아닐까? 그 음전이란 처녀를 생각하고 그러는 것은 아닐는지?

이때 그 마을 앞 신작로에는 짐차가 온다. 한 채, 두 채, 세 채나 된다. 무거운 수레를 끌고 가는 소는 숨과 발이 한가지로 터벅거린다. 사람도 마음속까지 가뭄이 들어서 놀기에도 괴로운 터인데.

"그게 뭐유? 벼입니까?"

영남 악센트로 말하는 곰보 총각이 마차꾼보고 묻는 말이다.

"쌀이라네."

마차꾼은 채찍으로 소 궁둥이를 툭 때리며 대답한다.

"뉘 집 쌀이유?"

마차꾼은 대답도 하기 전에 곰방대를 쇠꼬치로 후비고 앉았던 세곱상투가 말을 채서,

"물어 볼 거 무엇 있어. 김참봉네 쌀이지."

"김참봉네가 언제 그렇게 부자가 됐나?"

이것은 이때껏 잔뜩 찌푸린 상으로만 아무 말참례* 없이 앉아 있던 원보의 말이다. 그는 금전판이고 대처 바닥으로 돌아다녀 머리까지도 깎았다는 사람이다.

"흥, 부자 될 수밖에. 요전까지도 그 부자(父子)가 다 돈벌이하였지. 작년부터 돈놀이하고, 더구나 지금은 동척회사 사음이고. 지독하게

* 말참례 다른 사람이 말하는 데 끼어 들어 말하는 짓.

낡어 모으니 부자 될 수밖에. 게다가 세도가 좋지, 옛날의 닷 분〔五分〕세 뭉치니, 양반이니 하는 것은 그만두고라도 군청이고 척식회사•고 헌병소고 다 무엇 세도가 막 난당이지."

원보의 친구가 하는 말이다.

"주릿대를 안길 놈들, 그놈의 부자는 두 놈이 다 고약도 하더니."

"고약하니께 돈 모은단다. 법에 숨어서 도적질하는 놈들이니께. 못 난 우리 같은 것들이 공연히 섣불리 도적질하다가 법에 잡혀 들어가지."

이것은 그네의 말마따나 돌아다니며 널리 박람하여 귀가 열렸다는 원보의 말이다.

"참 그래."

원보의 힘있게 내어붙이는 말에 동감이라는 듯이 둘러앉은 청중에서 몇 사람은 잇대어 이와 같이 대답한다.

"보리알 꽁댕이도 얻어먹지 못하여 부황이 나서 사람의 얼굴이 모두 들뜬 판에."

"어떤 놈은 쌀을 몇 차씩 산단 말인가."

눈알을 부리부리 굴리며 말하는 키가 작달막하고 뭉툭하게 생긴 원보의 한 친구의 말이다.

"무얼 무슨 짓을 하더라도 그 따위 놈의 것을 뺏어 먹을 수 있다면 뺏어 먹는 것이지."

이것은 원보의 말이다.

"그것은 자네 말이 글렀네."

이것이 마치 찌는 더위에 털끝 하나 꼼짝 못 하고 숨만 헐떡거리고 앉았는 오뉴월에 알을 품은 암탉 모양으로, 더위를 이기지 못하여 웅숭그리고* 앉아 눈만 까막까막하며 거진 육십 줄에 들어 보이는 늙은 영감이 한탄하는 말이다.

"글르기는 무엇이 글러요? 누구나 굶어 죽게 생기면 있는 놈의 것을 뺏어다가라도 먹고 사는 것이 의당한 일이지 공연히 꼬장꼬장한 체만 하다가 굶어 죽지."

또한 원보의 하는 욕이다.

"그것은 이치가 틀린 말이야. 부자고 가난한 사람이고 다 제 팔자고 제 복이지."

하고 저쪽 늙은이 편을 드는 사람은 어물장사하여 돈냥이나 모았다는 젊은 자의 말이다.

"무엇, 제 팔자?"

하고 말끝을 주춤하던 원보는 얼굴에 핏대를 올려 가며 자기의 주장을 세워 말을 기다랗게 또는 힘있게 늘어놓았다. 또는 저편에서도 자기네 주장에 지지 않으려고 연달아 대거리를 하였다. 그리하여 판이 떠들썩하게 한참 동안이나 의론의 불꽃이 타올랐다. 또는 그 늙은이와 원보와는 의론 끝에 감정의 갈등이 나서 다툼까지 하였다.

"예끼 이 사람들! 말이 모두 억지고 맘씨가 몹쓸 맘씨로세. 그러한 맘보를 먹고 있다가는 제 명대로 살지도 못하리."

* 척식회사 국내나 식민지 또는 외국에서 개척과 식민 사업을 하는 회사.
* 웅숭그리다 춥거나 두려워 몸을 궁상맞게 몹시 웅그리다.

이 말에 원보는 들은 체 만 체하고 벌떡 일어나서 동네 안 골목으로 들어가 버리고 말았다.

그가 일어서 빠져간 뒤의 좌중은 다시 쓰디쓴 침묵 속으로 잠겨지고 말았다.

2

원보가 골목 안으로 들어간 지 한참 있다가 다 쓰러져 가는 오막살이집 속에서는 큰 목소리가 일어난다. 여자의 울음 소리도 일어난다. 아까 그 나무 그늘에 앉아서 이야기하던 마을 사람 말마따나,

"또 쌈이 났구나!"

"원보는 밤낮 그 불쌍한 늙은 어머니와 쌈질만 하렷다."

한다.

울음 소리는 점점 더 커진다. 원보의 친구 한 사람은 달려가기까지 한다.

좁은 봉당 덮은 멍석자리 위에는 예순이 가까워 보이는 원보의 어머니가 극성을 피우고 앉아 있다.

"이놈아! 이틀씩이나 굶은 네 어미를 잡아먹지를 못해서 이 야단이냐? 밭뙈기까지 있던 것 죄다 갖다 까불러 올리고 나서 어미야 죽든지 말든지 내던져 버리고 몇 해씩 돌아다니다가, 집이라고 돌아와서 뻔들뻔들 놀며 어미만 들들 볶아먹고 굶어 가며 품 판 돈으로 돼지새끼 하나 사다가 길러 논 것을 팔아다가 술 받아 처먹고 어미가 굶어 죽게 되었으니 빈맘이라도 불쌍하게 생각을 하나 어린 자식새끼가 병이 나

서 죽게 됐으니 약 한 푼 어치를 사다가 주나? 참다못하여 김참봉네 집에 돈냥이나 꿀까 하고 간 것이 아니냐. 코만 잡아떼고 돌아와서 분한 생각에 설움이 복받쳐서 우는 어미를 그래 이래야 옳단 말이냐?"

하며 울고 있으려면, 그 옆자리에는 마치 낡고 구긴 헌 명주옷같이 보드라운 살이 비비 꼬일 만큼 마르고 때투성이를 한 예닐곱 살 가량된 계집아이가 일어날 기운도 없는지 팔다리를 축 늘어뜨리고 누워서 힘없는 목소리로 칵칵 하며 울고 있다.

그 꼴을 잔뜩 찌푸린 상으로 바라보고 있던 원보는 악이 난 말조로,

"예끼 이 망할 새끼, 어서 뒈어지기나 해라!"

"이놈아, 그게 무슨 죄냐, 그 불쌍한 게 무슨 죄냐?"

하고 또 발악을 할 때,

"아 그 원수놈의 김참봉인지 주릿대를 할 놈의 집에 돈인지 무엇인지를 꾸러 가는 그런 소견머리가 어디 있단 말이어? 엣 참, 네기를 할 엑."

하고 원보는 벌떡 일어나 걸어가는 길목 옆에 놓인 화로를 발길로 걷어차 화로는 깨어졌다.

"이놈아, 날 잡아먹어라!"

하고 어머니가 아들의 발목을 붙들자 아들은 발목을 차는 듯이 내뿌리며 어머니는 저쪽에 가 떨어져 대굴대굴 구르며 통곡한다. 그래도 원보는 본체만체하고 마침 문간에 들어서며 붙잡아 내는 친구에게 끌려 마을 주막으로 가버리고 말았다.

남의 말을 듣든지 지금 이 모양을 보든지 원보는 과연 불량한 사람이 되었다. 이같이 된 경로를 내킹 그러 보던 이와 같다.

지금으로부터 여러 해 전이다. 그때에는 원보라면 누구나 다 일 잘하고, 부지런하고, 착하고, 규모 있고, 말썽 없고, 맘씨까지 바르다고 일컫던 터이다. 그는 나무장사로 돈냥을 모으고, 그 돈으로 송아지 필이나 사고, 그것이 또 늘어서 밭뙈기를 사게 되고, 또는 남의 땅일망정 논농사도 착실히 지으며 나이 젊고 곱게 생긴 아내와 늙은 어머니와 안팎이 다 한가지로 부지런하여 재미가 오붓하게 살아나가므로 그의 친구들도 부러워할 만큼 되었었다.

그러다가 삼 년 전 여름—그때도 이해 같지는 아니하였으나 가뭄이 좀 대단한 시절에 사람 사람이 자기 논에 물 댈 양으로 눈들이 뒤집혀 가지고 야단들 할 즈음에 원보도 밤을 새워 가며 논에 물을 대게 되었다. 물이라고 겨우 대줄기만한 물줄기를 흘려 넣으며 그는 수통머리에 풀이 모지라지도록 궁둥이를 붙이고 앉아서 지키고 있었다.

그때에 김참봉 집에서 들판 여러 농사꾼을 무시하고 물을 도수하여 가지고 자기 논에만 댈 양으로 그 시절에는 한참 어깻바람이 나도록 세도를 부리는 헌병보조원인 김참봉의 아들이 순박한 촌 백성을 위협이나 하는 듯이 한 손에 몽둥이를 들고 억탈로˙ 경계도 없이 이 논 수통 저 논 수통을 막으며 서슬이 시퍼렇게 물을 가두어 대며 오다가 원보가 지키고 있는 수통머리에 닥치자마자 덮어놓고 수통을 막아 대고 말았다.

이것을 본 원보는 눈에서 불이 돋을 만큼 분이 났다. 부리나케 달려들어 막은 수통을 잡아 흩어 놓았다. 이것을 본 김참봉의 아들은 다짜고짜로 달려들며 몽둥이로 원보를 후려갈겼다. 맞고 난 원보는 당시에 그러한 직함을 가진 사람에게야말로 말 한마디라도 거역할 수 없을 만큼 무서운 줄도 모르는 바는 아니지마는 이 당장에는 자기의 한 목구멍으로 넘어가는 물보다도 더 중하게 여기는 논물을 뺏기고 더구나 얻어맞기까지 하고 난 판에 벼락이 내린대도 무섭지 않을 만큼 된 터이다. 그만 달려들어 그를 물에다 잡아 처넣어 버렸다. 두 사람은 서로 얽혀 엎치락잦히락 때리고 차고 하며 싸워 댔다. 필경에는 여러 사람이 뜯어말리게 되었었는데 집에 돌아와 있은 지 얼마 있다가 읍내 헌병대로부터 보조원 두 사람이 나와서 원보를 붙들고 뺨을 치고 구둣발로 차고 하며 개 패듯 하더니 포승으로 칭칭 얽어 묶어 가지고 갔었다.

원보가 유치장에 여러 날 갇히어 있다가 도청 있는 군 검사국으로 넘어가서 다시 감옥으로 들어가 일 년이라는 짧지 않은 세월을 징역하고 나오게 되었다.

그 가운데 기가 막힌 일 하나는 원보가 감옥에 있을 때에 믿고 믿었던 저의 아내에게 이혼소송을 당한 것이다. 그것은 그 아내라는 사람이 그의 위풍과 세도를 흠모함이 있는지 원보와 척이 진 김참봉 아들과 배가 맞아서 그렇게 된 것이다. 이것을 그 뒤에 저의 어머니가 면회하러 와서 알게 된 일이지마는, 어쨌든 그때에 그 일을 당한 원보는 마음에 도리어 아니꼬운 생각이 나서 그리하였던지 재판정에 불려가서 그 아내의 이혼청구를 쾌히 승낙하여 주었었다.

* 억탈고 무리하게 먹지도 빼앗아.

감옥에서 나온 뒤에 집이라고 와서 보니 아내가 내어버리고 간 어린 딸을 데리고 늙은 어머니가 지악스럽게* 해서 간신간신히 부지는 하여 가나, 전날의 탁탁하던* 꼴은 다시 볼 수 없고 더구나 아내조차 없어 집안이란 것이 마치 삶이 채간 닭의 홰장 모양으로 휑한 것이 쓸쓸하기가 가이없다*.

그는 마음 붙일 곳이라고는 아무 데도 없다. 그리하여 그는 술 먹기 시작하고 놀음하기 시작하여 난봉나기 시작하였다. 그럴수록에 그의 어머니는 바가지 긁기를 시작하였다. 모자간에 싸움도 잦아졌다. 동네 사람들도 원보가 고약해져 간다고 말들을 했다. 그럴수록에 원보는 점점더 술만 먹고 남하고 말썽 부리기 좋아하며 싸움하기 좋아하여 간다. 부치던 남의 땅마지기도 떨어진다. 남아 있는 소필이고 밭뙈기고 모조리 다 팔아먹게 되고 집에만 들어오면 모자 사이에 싸움하는 것이 일이었다. 그러다가 그는 집에도 있지 않고 그만 나가서 일 년 동안이나 떠돌아다니다가 마음이 어떻게 내켰던지 마침내 집으로 다시 들어오게 된 것이었다. 이번에 집에 돌아온 뒤에는 전과 같지는 아니하나 또한 가끔가끔 그 굶주리는 어머니와 싸움질을 하는 터이다.

아까 그 어머니와 싸운 일만 보아도 그렇다. 원보의 마음은 과연 이같이 사나워졌다. 그같이 사납게 된 까닭이 어디 있다는 것을 자기도 짐작은 하는 터이다. 그것은 자기가 이같이 된 것이 첫째는 아내를 잃어버린 까닭으로 마음 붙일 곳이 없어서 그리 되었다는 것, 그 아내를 잃어버리게 된 것은 그 김참봉의 아들이 그리하여 놓았다는 것, 그 김참봉의 아들이 그런 짓을 하게 되고 또한 그런 짓을 하게 되어도 세상에서는 아무도 그를 손대지 못한다는 것을 알게 된 데로부터 이런 저

주로운 세상과 사람을 모조리 미워하게 되며, 굶주리고 게으르고 인정 없고 잔인한 짓도 예사로 하게 되어 생활과 마음이 여간치 않게 변하였다. 그럴수록 그는 더욱더 자기 목숨을 살리기 위하여서는 어떠한 험악한 짓이라도 가리지 않고 하게 된다.

다시 말하면 자기 목숨만은 살려 나가려는 마음이 더 강하여 가는 것이다. 또 다시 말하면 그는 묵은 인습적 도덕과 양심이란 것을 잊어버리는 동시에 원시적 생활력의 굳센 힘을 다시 회복하게 되었다.

3

이날 밤에, 밤이 이슥하여서 원보는 자기 집으로 돌아왔다. 지친 사립문을 슬그머니 열고 마당으로 들어섰다. 어느 때고 여름철만 되고 보면 방 안에서는 빈대 벼룩에 쫓기어, 봉당에서 자다가 이제 봉당에서도 물것*에게 쫓기어, 나중에는 마당으로 나와 한지 잠을 자게 되는 것이 전례다.

마당 멍석 자리 위에 그의 어머니가 손녀딸을 데리고 누워서 자는 모양이 눈에 먼저 뜨인다. 그는 봉당에 가서 쭈그리고 앉아서 누워 자

* 지악스럽게 마음씨가 더없이 악한 데가 있게 하여.
* 탁탁하다 살림 따위가 넉넉하고 윤택하다.
* 가이없다 가없다, 끝이나 한도가 없다.
* 물것 사람이나 동물의 살을 물어 피를 빨아먹는 모기, 벼룩, 이, 빈대 따위의 벌레를 통틀어 이르는 말.

는 자기 어머니의 꼴을 바라다보았다.

이날이야말로 스무날께 늦게 돋는 달이 벌써 하늘의 반쯤은 솟아서 올라 있다. 달빛이 바로 봉당마당 반쪽을 들이비추게 되었다. 달빛을 받은 그의 어머니의 얼굴은 말라서 쭉 빠졌던 살이 굶어서 부황이 났는지 부석부석하게 부어오른 것이 지금 보아도 넉넉히 알 수 있다. 다 죽어 가게 되었다는 어린 딸은 잠결에도 다만 하나인 그의 할머니만은 잃지 못한다는 듯이 손으로 할머니의 팔목을 붙든 채 잠들어 있다. 원보는 그 꼴을 보기가 어색하고 싫증도 나서 눈을 딴 데로 돌렸다. 그의 어머니의 누운 머리맡에는 낮에 깨어진 화로를 무엇으로 얽어 동여매어 가지고 그 안에는 푸나무로 모깃불을 놓아서 지금도 가는 연기가 실마리같이 달을 향하고 피어오른다. 이 화로를 바라다본 원보는 예전 생각이 번개같이 지나쳐 간다. 이 화로야말로 옛날에 들일하러 다닐 때에는 으레 이 화로에다가 왕겨● 같은 것을 피워 담뱃불을 담아 가지고 다니던 터이다. 그는 지금 당하여 부질없는 옛 생각은 할 까닭이 없다고 생각하여 마음속에 번뜩거리는 생각의 그림자를 쫓아 버릴 양으로 눈을 딴 데로 또 돌렸다. 그러나 이번에는 옛날에 물꼬 보러 다닐 제 들고 다니던 괭이가, 더구나 그 집 참봉 아들하고 물쌈할 때에 가지고 갔던 괭이가 눈에 뜨이게 되매 그는 새삼스러이 분노가 떠오르지 아니할 수 없게 되었다. 땅만 굽어보고 있는 그의 눈은 어둔 밤이 되어서 잘 보이지는 아니하나 대낮만 같고 보면 분명히 그 불량스러운 눈자위가 끄먹끄먹●함을 볼 수 있으리라.

한참이나 우두커니 앉아 있다가 그는 곰방대에 담배를 담아 화로에 가서 불을 담아 피워 물고는 다시 앉았던 자리에 와서 앉았다. 그는 무심코 고개를 돌려 부엌 쪽을 바라다보았다. 시커멓게 끄을은 섬거적 같은 것이 부엌문 어구에 놓여 있고 그 옆에는 목이 부러진 지게가 하나 놓여 있다. 여지없이 가난한 살림에 어찌하여 이같이 쓰지 못하게 된 헌 지게를 패어서 때지를 아니하였나 하는 의심도 나게 된다. 아마 이러한 것을 패어 때면 무슨 사위에 꺼리는 까닭인 듯도 싶다. 지금 눈에 뜨이는 이 지게야말로 이것 하나로 말미암아 원보의 과거가 십 년 전 일로부터 오늘까지 줄잡으면 삼 년 전 일까지 내려온 일을 다 말할 수 있는 것이다.

원보가 떠꺼머리 총각으로 겨우 열 살인가 열한 살인가 들던 해에 그의 아버지가 죽었다. 그리하여 중년 과부 된 그의 어머니는 어린 아들에게만 마음을 붙이고 온갖 고생살이를 하며 이 외아들을 키워 왔던 것이다. 그때 원보의 어머니는 품팔이하고 원보는 나무장사하여 모자가 지악스럽게 굴어 돈냥이나 모은 탓으로 남에게 착실히 보여 장가까지도 잘 들게 되었었다.

장가든 뒤에는 더욱더 부지런하게 하여 눈이 쌓인 겨울 아침이라도 매일 아침 밝기 전에 일어나서 가을에 해서 쌓아 두었던 나뭇더미에서 무거운 나무짝 하나를 떼어 지고는 거진 십 리나 되는 읍내로 들어가서 팔고 나오게 되는 것이다. 그럴 때에는 넉넉지 못한 돈냥에서도 자그만큼 떼어 내어 북어마리나 소고기 냥어치나 사서 들고 돌아

* 왕겨 벼의 겉에서 맨 처음 벗긴 굵은 겨.
* 끄먹끄먹하다 자꾸 꺼질 듯 말 듯 하다.

온다. 어떤 때는 귀여운 아내의 소용감으로 왜밀*이며, 분이나 바늘이나, 실이나, 또한 어떤 때에는 마음을 크게 먹고 자줏빛 관사나 제병 같은 비단 댕기 감을 떠가지고는 빈 지게 지고 혼자 돌아오며 추위도 잊어버리고 이생각 저생각에 골똘하여진다.

'이 왜밀을 갔다 주면, 이 분을 갔다 주면 여북* 좋아할까.'

이렇게 생각하여 보며 그 아내의 방긋이 웃는 모양이 눈에 떠오를 때에는 팔짱 끼고 고개 숙이고 터덜거리며 오던 이 나무장수는 멋없이 혼자 벙긋 웃는다. 또는 댕기 감을 떠가지고 올 때에는,

'이것을 갖다가 주면 좋아서 어쩔 줄을 모르렷다!'

하며 그 함치레하고* 새까만 머리를 비비 틀어진 한가운데에 이 새뜻하고 빛나고 고운 댕기를 휘휘 감아 물린 모양을 속으로 그려 보고는, 바로 그것이 눈앞에 보이는 듯도 싶어 그 어여쁜 꼴을 그대로 보고만 있을 수가 없다는 듯이 손을 내밀어 어루만져 보는 흉내도 내어 보았다.

그러다가 자기 집에 이르러 봉당가에 언 발을 탕탕 구르며 눈을 털고 들어설 때에 기다리고 있다가 때맞추어 방문을 열고 마중 나오는 아내에게 사온 것을 어머니 모르게 슬그머니 손에다 쥐어 줄 것 같으면 아니나다를까! 과연 아내는 이 세상에는 둘도 없이 가장 어여쁜 입을 방긋이 열어 생긋 웃으며 좋아라고,

"아이고 왜 인자 와?"

하였고, 그 어머니는 뒤따라,

"애야, 여북 시장하고 추웠겠니, 어서 조반 차려 줘라."

한다.

아침을 먹고 난 원보는 눈 쌓인 겨울날에도 남과 같이 마실도 아니 가고 자기 집 방 안에 들어엎드려 신을 삼으며 어머니와 아내를 번갈아 쳐다보아 가며 웃고 이야기하는 것이 참으로 즐거운 일이었었다. 그럴 때에 또 어머니가 바깥을 나가 단둘이 있게 될 때에는 그 틈을 타서 서로 농을 하여 가며 깔깔대고 웃는 것도 세상에는 흔하지 않은 재미였었다.

지금 그의 머릿속에는 겨울날의 아랫목 이불 속같이 따뜻하고 푸근한 지나간 날의 꿈을 되풀이하고 있었다. 그러나 그것은 다 하염없는 일이다. 그의 아내는 지금 없다. 있는 곳조차 알 수 없었다.

"주리를 틀 년!"

하고 동이 뜨게 있다가 다시,

"그 오라를 질 년이 지금은 어디 가 있나? 죽일년, 자식 생각도 안 난단 말인가?"

하고 그는 입속말로 중얼거렸다.

이때 어린 딸이 잠을 깨어 저의 할머니 옆으로 달려들며,

"할머니! 할머니!"

한다.

이 소리를 들은 원보는 별안간에 가슴속이 짜르르하였다. 그러자 또 그 어머니는 잠을 깨어 팔로 어린아이를 거더듬어 껴안으며,

---

● 왜밀 왜밀기름. 향료를 섞어서 만든 밀기름.
● 여북 '얼마나', '오죽', '작히나'의 뜻으로 정도가 매우 심하거나 상황이 좋지 않을 때 쓰는 말.
● 함치레하다 윤이 조금 흐르고 고운 모양.

"아가, 아가, 아프냐? 또 아파? 어린 것이 물 한 모금도 못 얻어먹고 앓기만 하느라고."

이 소리는 가늘게 떨려 나오는 목소리다. 이 말끝에는 또한,

"으흐."

하며 길게 내어뽑는 한숨 소리다. 원보의 가슴은 뭉클하였다.

"어머니, 저녁도 못 끓여 잡수셨수?"

이 목소리는 분명히 떨렸다.

"아 너냐? 놀랐구나 저녁이 어디서 나서 끓여 먹어? 넨들 좀 시장할라구!"

"아니."

하며 말끝을 흐리고 앞만 굽어다보고 한참이나 무슨 생각에 잠겨 있던 원보의 얼굴에는 어떤 무서운 빛이 돌며 무슨 결심이나 한 듯이 입을 딱 악물고 일어선다.

"아 너 이 밤에 어디를 또 가니?"

"에 어디를 좀."

하고 원보는 밖으로 나가고 말았다.

그 이튿날, 이 마을에는 가뭄보다 더 무서운 새 공포가 닥쳤다. 그것은 헌병과 보조원이 수없이 쏟아져 나와 마을 사람들을 붙잡아다 놓고 묻고 따지고 하며 원보의 집과 그의 친구의 집을 들들 뒤지며 의심스럽다는 사람은 모조리 붙들어 가는 판이다. 동네 개도 짖지 못할 만큼 무서움에 싸여 있다. 한참 동안은 길에 사람조차 뜸하다가 저녁 나절이 되어서 정자나무 그늘에 몇 사람이 모여 황당한 얼굴로 서로 대하고 앉아 수선수선하며 지껄이고 있다. 그들의 말을 들을 것 같으

면 간밤에 건넌마을 김참봉 집에 도적이 들어서 돈을 뺏으려다가 돈도 못 뺏고 사람만 상하고 그 도적은 헌병에게 붙잡혀 가기만 하였다고 한다. 또는 헌병과 보조원이 와서 원보의 집을 뒤지고 간 것을 본다든지 원보와 그 친구 한 사람이 간밤에 나간 뒤에 다시 들어오지 아니한 것을 보면—그 밖에도 몇 사람이 붙들려 갔지마는—그 도적이 분명히 원보와 그의 친구 한 사람이라고도 한다.

그럴 즈음에 아침 나절에 혐의자로 붙들려 갔던 머슴꾼의 떠꺼머리 총각 하나가 읍내로 통한 신작로로 헐레벌떡거리고 쫓아 올라오더니 여러 사람 옆을 지나치며 외치는 말로,

"원보가 죽었어!"

"어 어, 죽다니?"

"유치장에서 목 매어 죽었어."

그는 바쁘게 대답하며 골목으로 달려들어간다.

조금 있다가 골목 안으로부터 비척비척하고 쓰러질 듯이 달려나오는 늙은 여편네는 원보의 어머니다. 갈팡질팡하고 정자나무 옆을 지나치며 미친 사람같이,

"이놈 봐라! 이놈 봐라! 죽다니? 네가 죽다니 원보야 이놈! 이 몹쓸놈아! 네가 죽다니."

하고 숨이 콱콱 막힌 말씨로 울부짖으며 읍내로 가는 산모퉁이 길, 해지는 편을 바라다보고 걸어나간다.

해는 뉘엿뉘엿 넘어간다.

"원보야."

하고 쓰러셨나. 다시 일어났다. 또,

"원보야."

멀리서 들리는 소리다. 해는 아주 떨어졌다. 그의 그림자도 산모퉁이 그늘 속으로 감추어지고 말았다.

이해에도 늦은 가을이다. 어느 날 이른 아침에 이 마을에서도 가물가물하게 멀리 보이는 들 건너 북망산 고갯길에는 이 마을에서 떠나가는 한 떼의 무리가 있었다. 봇짐 지고 어린아이 업고 바가지 찬 젊은이, 사내, 여편네, 적지 않은 떼가 몰려간다. 서간도로 가는 이사꾼이다. 이 고갯마루턱을 다 넘을 때까지 그들은 서로서로 번갈아 가며 두 걸음에 한 번씩 아득히 보이는 자기네 살던 마을을 우두커니 서서 바라다보고는 걷고 한다. 울어서 눈갓이 부숙부숙한● 여자도 있다. 그 가운데에는 원보의 어머니와 그의 어린 딸이 섞여 있음을 볼 수 있었다.

* 부숙부숙 부석부석(살이 핏기가 없이 부어오른 모양)의 비표준어.

정의로운 자의 편에 서는 용기

극심한 가뭄에 시달리고 있는 한 농촌 마을, 불볕 아래 타들어 가는 논을 바라보며 농촌 사람들은 모든 생명이 꺼질 것만 같은 위기를 느끼고 있습니다. 삶의 터전을 옮겨야 할지 고민하지만 앞서 일본, 서간도 등지로 떠난 사람들이 또 다른 착취를 당하고 있다는 후일담을 생각하면 이 또한 막막한 일입니다. 이 때 동척회사 사음 노릇을 하며 배를 불린 김참봉 댁을 향해 쌀 무더기를 실은 수레가 지나갑니다.

건실한 청년이었던 원보는 김참봉 댁 아들과의 대립으로 억울한 징역살이를 하고 완전히 다른 사람이 된 듯합니다. 어머니와 아픈 아이를 외면한 채 대책 없이 살며 가산을 탕진하고 사람들의 비난을 받습니다. 그러나 이것이 정말 원보의 진정한 모습일까요? 원보는 농민들의 목숨과도 같은 수통를 막은 김참봉 일가에 맞선 유일한 인물입니다. 원보의 수난은 용기를 내 불의에 맞서 저항한 결과이기도 합니다. 그러나 농촌 사람들은 원보의 정의로움을 보지 못합니다. 원보는 불의에 맞서 싸웠지만 김첨지 일가는 조금도 벌을 받지 않았고, 사랑했던 아내에게는 배신마저 당합니다. 몹시 억울하고 절망적인 상황임에도 농촌 사람들은 원보의 원통한 마음을 보듬어 주지 않습니다. 원보의 용기와 분노를 모른 체하는 사람들의 외면 속에서 정의감은 외로이 사그라듭니다. 김참봉의 만행을 보며, 원보는 '누구나 굶어 죽게 생기면 있는 놈의 것을 빼앗아서라도 먹고 사는 것이 의당한 일'이라고 말합니다. 이에 농촌 사람들은 '부자고 가난한 사람이고 다 제 팔자고 제 복이니 이치가 틀린 말'이라며 원보를 타이릅니다. 원보에게 이 말은 남의 수로를 막고 아내마저 빼앗은 김참봉의 행동이 잘못이 아니라는 말과 같지 않았을까요. 아무리 부당한 일을 당해도 다 제 팔자니 참아야 한다는 말을 들으며 원보의 외로움은 깊어만 갑니다.

원보와 농촌 사람들은 실상 같은 입장의 약자입니다. 끊임없이 착취와 수탈을 당하며 살아가고 있습니다. 자신들을 억압하는 세력에 맞서 힘을 합하는 일이 가장 옳음에도 서로 살아가는 길이 다릅니다. 농촌 사람들은 무엇이 잘못되었는지 알고 고치기보다 부당한 세력을 두려워하고 무기력하게 살아가는 길을 택합니다. 용기를 내지 못하는 자신을 반성하는 대신 불의에 대항한 원보의 행동을 그릇된 일이라고 말합니다. 아무도 지지하지 않는 가운데 원보는 자포자기하고 방황할 수밖에 없습니다.

그러나 만약 농촌 사람들이 원보의 마음을 이해하고 동조해 주었다면 어떻게 되었을까요? 원보의 정의로움, 용기, 실천력에 농촌 사람들이 마음을 더해 주었다면 말입니다. 많은 사람들의 지지와 응원 속에서 원보는 좀 더 지혜롭게 맞서 싸웠을지도 모릅니다. 홀로 방황하거나 극단적인 선택을 하는 대신 의로운 지도자가 되어 김참봉 일가가 함부로 대할 수 없는 농촌 마을을 일구었을 수도 있습니다. 원보가 끝내 외로이 싸워야만 했던 진정한 이유는 김참봉이 아닌 농촌 사람들이었습니다.

불의에 맞서는 일은 많은 용기와 인내, 희생을 필요로 합니다. 그렇기에 누군가 용기를 내 정의롭게 살려고 노력한다면 나란히 걷지는 못하더라도, 최소한 그 뜻에 응원을 보낼 줄 알아야 합니다. 자신의 나약하고 용기 없는 모습을 마주하기 싫어 그들을 어리석다고 비난하는 못난 사람이 되지 않도록 말입니다. 용기를 내지 못하는 것과 스스로를 못난 사람으로 만드는 일은 다릅니다. 정의로움은 한 명의 영웅을 만드는 일이 아닌 우리 모두를 위한 일, 내가 딛고 살아가는 공간을 평화롭게 만드는 바로 '나'의 일입니다. 아무리 훌륭한 사람이라도 도와주고 지지해 주는 '우리'가 있어야 비로소 한 발 나아갈 수 있습니다. 우리 주변의 무수한 원보를 스쳐 보내고, 외롭게 만들고 있지 않은지 돌아봅시다. 우리는 지금 어디에 서 있을까요?

지도자의 길 : 왕도와 패도

마을 사람들은 모두 칠태의 거짓말에 속아서 주인공을 불신합니다. 이때, 주인공은 어떤 생각과 욕망을 가지고 그 시련을 이겨냈을까요? 이야기 행간에 숨겨진 주인공의 심리를 토대로 생각해 봅시다.

권모술수에 쉽게 넘어가는, 우매한 마을 사람들이 주인공을 왕으로 섬기게 된 이유는 무엇일까요? 현실에서 우리가 지도자를 뽑을 때 어떤 자질을 중시해야 하는지 생각하며 답을 구해 봅시다.

두포전

이 소설은 김유정이 「두포전」을 완결하지 못하고 폐결핵으로 죽은 후, 그를 간호하던 현덕이 뒤를 이어 완성한 것입니다.

김유정 1908~1937

일제 강점기 소설가로, 1930년대 농촌을 배경으로 하여 해학적이면서도 현실 비판 의식을 드러낸 소설들을 발표했다. 「동백꽃」, 「산골나그네」 등의 작품이 있다.

현덕 1912~?

한국전쟁 중 월북한 소설가이자 아동문학가로, 가난한 소작농들의 갈등, 도시 빈민의 애환을 잘 짜여진 구조와 서정적 문체로 섬세하게 그려냈다. 「남생이」, 「광명을 찾아서」 등의 작품이 있다.

1. 난데없는 업둥이(마나님 시점)

옛날 저 강원도에 있었던 일입니다. 강원도라 하면 산 많고 물이 깨끗한 산골입니다. 말하자면 험하고 끔찍끔찍한 산들이 줄레줄레 어깨를 맞대고, 그 사이로 맑은 샘은 곳곳이 흘러 있어 매우 아름다운 경치를 가진 산골입니다.

장수골이라는 조그마한 동리에 늙은 두 양주*가 살고 있었습니다. 그들은 마음이 정직하여 남의 물건을 탐내는 법이 없었습니다. 그리고 개새끼 한번 때려보지 않았드니만치 그렇게 마음이 착하였습니다.

그러나 웬일인지 늘 가난합니다. 그건 그렇다 하고 그들 사이의 자식이라도 하나 있었으면 오죽이나 좋겠습니까. 참말이지 그들에게는 가난한 것보다도 자식을 못 가진 이것이 다만 하나의 큰 슬픔이었습니다.

그러자 하루는 마나님이 신기한 꿈을 꾸었습니다. 자기가 누워 있는 옆자리에서 곧 커다란 청룡 한 마리가 온몸에 용을 쓰며 올라가는 꿈이었습니다. 눈을 무섭게 부라리고는 천장을 뚫고 올라가는 그 모양이 참으로 징글징글하여 보입니다. 거진거진 다 빠져나가다 때마침 그 밑에 놓였던 벌겋게 핀 화롯불로 말미암아 애를 씁니다. 이젠 꽁지만 빠져나가면 그만일 텐데 불이 뜨거워 그걸 못합니다. 나중에는 이응, 하고 야릇한 소리를 내지르며 다시 한번 꽁지에 모지름*을 쓸 때 정신이 그만 아찔하여 그대로 깼습니다.

별 꿈도 다 많습니다. 청룡은 무엇이며 또 이글이글 끓는 그 화로는 무슨 의미일까요. 그건 그렇다 치고 다 빠져나간 몸에 하필 꽁지만 걸리어 애를 키우는 건 무엇일는지. 마나님은 하도 괴상히 생각하고 그 이야기를 영감님에게 하였습니다. 이걸 듣고는 영감님마저 눈을 둥그렇게 떴습니다. 그리고 얼마 있더니 손으로 무릎을 탁 치며

"허 불싸*! 좋긴 좋구먼서두—."

하고 입맛을 다십니다. 그 눈치가 매우 실망한 모양입니다.

"그게 바루 태몽이 아닌가?"

"태몽이라니 그게 무슨 소리유?"

하고 마나님이 되짚어 물으니까

---

* 양주   바깥주인과 안주인이라는 뜻으로, '부부'(夫婦)를 이르는 말.
* 모지름   고통을 견디어 내려고 모질게 쓰는 힘.
* 허 불싸   아뿔사. 일이 잘못되었거나 미처 생각하지 못했던 것을 깨닫고 뉘우칠 때 가볍게 나오는 소리.

"아들 날 꿈이란 말이지—"

"아들을 낳다니? 낼 모레 죽을 것들이 무슨 아들인구!"

"허, 그러게 말이야— 누가 좀 더 일찍이 꾸지 말랐든가!"

하고 영감님은 슬픈 낯으로 한숨을 휘돌립니다.

이럴 즈음에 싸리문께서 꽹과리 치는 소리가 들려옵니다. 마나님은 좁쌀 한 쪽박을 퍼 들고 나오며 또한 희한한 생각이 듭니다. 여지껏 이렇게 간구한● 오막살이를 바라고 동냥하러 온 중이 없었습니다. 그런데 오늘은 이게 웬일입니까. 다 쓰러진 싸리문 앞에 서서 중이 꽹과리를 두드릴 수 있으니 별일도 다 많습니다. 마나님은 좁쌀을 그 바랑에 쏟아주며

"입쌀●이 있었으면 갖다 드리겠는데 우리두 장●이 좁쌀만 먹어요."

하고 저으기● 미안쩍어 합니다. 모처럼 멀리 찾아온 손님을 좁쌀로 대접하여서는 안 될 말입니다. 동냥을 주고도 그 자리에 그냥 우두커니 서서 마음이 썩 편치 않습니다. 그래서 논밭길로 휘돌아 내려가는 중의 뒷모양을 이윽히 바라보고 서 있습니다. 하기는 중도 별 중을 다 봅니다. 좁쌀이건 쌀이건 남이 동냥을 주면 고맙다는 인사가 있어야 할 게 아닙니까. 두발이 허옇게 센 깨끗한 노승으로서 남의 물건을 묵묵히 받아가다니 그건 좀 섭섭한 일이라 안할 수 없습니다.

그러나 더욱 이상한 것은 그 담 날 똑● 그맘 때 중 하나가 또 왔습니다. 이번에는 마나님이 좁쌀 한 쪽박을 퍼들고 나가보니 바로 어제 왔던 그 노승이 아니겠습니까. 그리고 어제와 한가지로 묵묵히 동냥을 받아가지고는 그대로 돌아서고 마는 것입니다.

어쩌면 사람이 이렇게도 무뚝뚝할 수가 있습니까. 고마운 것은 집

어치우고 부드럽게 인사 한마디만 있어도 좋겠습니다. 허나 마나님은 눈살 하나 찌푸리는 법 없이 도리어 예까지 멀리 찾아온 것만 기쁜 일이라 생각하였습니다.

그러다 셋째 번 날에는 짜장* 놀라지 않을 수 없었습니다. 똑 그맘때 바로 그 중이 또 찾아오지 않았겠습니까. 마나님은 동냥을 군말 없이 퍼다주며 얼떨떨한 눈으로 그 얼굴을 뻔히 쳐다보았습니다.

그제서야 그 무겁던 중의 입이 비로소 열립니다.

"마나님! 내 관상을 좀 할 줄 아는데 좀 봐드릴까요?"

하고 무심코 마나님을 멀뚱히 바라봅니다.

마나님은 너무도 반가워서 주름 잡힌 얼굴을 싱긋 벙긋하며

"네! 어디 은제 죽겠나 좀 봐주슈."

"아닙니다. 돌아가실 날짜를 말씀해 드리는 것이 아니라 장차 찾아올 운복*을 말씀해 드리겠습니다."

"인제는 거반 다 살고 난 늙은이가 무슨 복이 또 남았겠어요?"

* 간구한   가난하고 구차한.
* 입쌀   멥쌀을 보리쌀 따위의 잡곡이나 찹쌀에 상대하여 이르는 말.
* 장   '항상'의 방언.
* 저으기   '적이(꽤 어지간한 정도로)'의 잘못.
* 똑   조금도 틀림이 없이.
* 짜장   과연 정말로.
* 운복   운수와 복.

여기에는 아무 대답도 하려 하지 않고 노승은 그 옆 괴때기* 위에 가 털썩 주저앉았습니다. 그리고 허리띠에 찬 엽낭*을 뒤적대더니 강한 돋보기와 조그만 책 한 권을 꺼내 듭니다. 돋보기 밑으로 그 책을 바짝 들이대고 하는 말이

"마나님! 당신은 참으로 착하신 어른입니다. 그런데 불행히도 전생에 지은 죄가 있어 지금 이 고생을 하는 것입니다."

하고 중은 한 손으로 허연 수염을 쓰다듬어 내리더니

"그러나 인제는 그 전죄*를 다 고생으로 때우셨습니다. 인제 앞으로는 복이 돌아옵니다. 우선 애기를 가지시게 될 것입니다."

"아니 이대도록* 호호 늙은이*가 무슨 애를 가진단 말씀이유?"

하고 망측스럽단 듯이 눈을 깜작깜작하다가 그래도 마음에 솔깃한 것이 있어

"그래 우리 같은 늙은이에게도 삼신께서 애를 점지해 주슈?"

"그런 것이 아니라 현재 마나님에게 아이가 있습니다. 그런데 다만 마나님 눈에 보이지만 않을 뿐입니다."

"네, 애가 지금 있어요?"

하고 마나님은 눈을 휑댕그러이* 굴리지 않을 수 없었습니다. 노승이 하는 말이 그게 원 무슨 소린지 도시* 영문을 모릅니다.

"그럼 어째서 내 눈에는 보이지를 않습니까?"

"네, 차차 보십니다. 인제 내 보여 드리지요."

노승은 이렇게 말을 하더니 등 뒤에 졌던 바랑을 끄릅니다. 그걸 무릎 앞에 놓고 뒤적거리다 고대* 좁쌀을 쏟아 넣던 그 속에서 자그마한 보따리 하나를 꺼냅니다. 그리고 다시 그 보따리를 끄를 때 주인

마나님은 얼마나 놀랐겠습니까. 집집으로 돌며 동냥을 얻어 넣고서 다니던 그 보따립니다. 그 속에서 천만뜻밖에도 말간 눈을 가진 애기가 나옵니다. 이제 낳은 지 삼칠일이나 될는지 말는지 한 그렇게 나긋나긋한 귀동잡니다.

"마나님! 이 애가 바루 당신의 아들입니다."

"네?"

하고 마나님은 얻어맞은 사람같이 얼떨떨하였습니다. 그러나 애기를 보니 우선 반갑습니다. 두 손을 내밀어 자기 품으로 덥석 잡아채가며

"정말 나 주슈?"

하고 눈에 눈물이 글썽글썽했습니다.

"아니오. 드리는 것이 아니라 바루 당신의 아들입니다. 그러나 혹시 요담에 와 다시 찾아갈 날이 있을지도 모릅니다."

노승은 이렇게 몇 마디 남기고는 휘적휘적 산모롱이로 사라집니다. 물론 이쪽에서 이것저것 캐물어도 아무 대답도 해주는 법이 없었

---

* 괴때기 '괴꼴(타작을 할 때에 생기는 벼 낟알이 섞인 짚북데기)'의 방언.
* 엽낭 염낭과 같은 말. 두루주머니(허리에 차는 작은 주머니의 하나).
* 전죄 이전에 저지른 죄.
* 이대도록 '이다지(이러한 정도로)'의 방언.
* 호호 늙은이 호호백발 늙은이. 온통 하얗게 센 머리. 또는 그 머리를 한 늙은이.
* 휑뎅그러이 '휘둥그렇게'로 풀이함.
* 도시 도무지와 같은 말.
* 고대 '금방'의 황해도 방언.

습니다.

2. 행복된 가정(마나님 시점)

마나님은 애기를 품에 안고서 허둥지둥 뛰어들어갑니다.

"여보! 영감!"

하고는 숨이 차 한참을 진정하다가 그 자초지종을 저저이* 설명합니다. 그리고 분명히 들었는데 노승의 말이

"이 애가 정말 내 아들이랍디다."

"뭐? 우리 아들이야?"

하고 영감님 역시 좋은지 만지 눈을 커다랗게 뜨고는 싸리문 밖으로 뛰어나옵니다. 아무리 생각하여도 심상치는 않은 중입니다. 직접 만나보고 치사*의 말을 깍듯이 하여야 될 겝니다.

그러나 동리를 샅샅이 뒤져보아도 노승의 그림자는 가뭇*도 없었습니다. 다시 집으로 터덜터덜 돌아와서는

"아— 아—, 그렇게 자꾸만 만지지 말아."

하고는 다시 한번 애기를 품에 안아보았습니다. 과연 귀엽고도 깨끗한 애깁니다. 어쩌면 이렇게 살결이 희고 눈매가 맑습니까. 혹시 이것이 꿈이나 아닐지 모릅니다.

영감님은 손으로 눈을 비비고 나서 다시 들여다 보았습니다마는 이것이 결코 꿈은 아닐 듯 싶습니다. 그러면 그 노승은 무엇일까. 또는 어째서 자기네에게 이 애기를 맡기고 간 것일까. 아무리 궁리하여 보아도 그 속은 참으로 알 수가 없습니다.

그러나 하여튼 애기를 얻은 것만 기쁠 뿐입니다. 그들은 애기를 가운데 놓고 앉아서 해가 가는 줄도 모릅니다.

이렇게 하여 얻은 것이 즉 두포입니다.

그들은 날마다 애기를 키우는 걸로 그날 그날의 소일을 삼았습니다. 애기에게 젖이 있었으면 얼마나 좋겠습니까. 나이가 이미 늙어서 마나님은 아무리 젖을 짜 보아도 나오지를 않습니다. 하릴없이 조를 끓이어 암죽˙으로 먹일 때마다 가엾은 생각이 안 날 수 없었습니다. 그래서 때때로 영감님이 애기를 안고서 동리로 나갑니다. 왜냐하면 애기 있는 집으로 돌아다니며 그 젖을 조금씩 얻어 먹이고 하는 것입니다.

이렇게 제구가 없어 젖구걸을 다니건만 애기는 잘도 자랍니다. 주접˙ 한 번 끼는 법 없이 돋아나는 풀싹처럼 무럭무럭 잘도 자랍니다.

그리고 세상에는 이상한 애기도 다 있습니다. 열 살이 넘어서자 그 힘이 어른 한 사람을 넉넉히 당합니다. 뿐만 아니라 얼굴 생김이 늠름한 맹호 같아서 보는 사람으로 하여금 머리를 숙이게 하는 것입니다. 겸하여 늙은 부모에 대한 그 효성에도 놀랍지 않을 수가 없었습니다. 동리 어른들은 그 애를 다들 좋아하였습니다. 그리고 자기네끼리 모

˙ 저저이   있는 사실대로 낱낱이 모두.
˙ 치사   다른 사람을 칭찬함. 또는 그런 말.
˙ 가뭇   보이던 것이 전혀 보이지 않거나 알던 것을 아주 잊어 찾을 길이 감감하게.
˙ 암죽   곡식이나 밤 등의 가루를 밥물에 타서 끓인 죽.
˙ 주접   여러 가지 이유로 생물체가 제대로 자라지 못하고 쇠하여지는 일. 또는 그런 상태.

이면

"저 두포가 보통 아이는 아니야!"

하고 은근히 수군거리고 하였습니다. 늙은 아버지와 어머니는 그를 극진히 사랑하였습니다. 그리고 나날이 달라가는 그 행동을 유심히 밝히어보고 있었습니다.

"필연 그 애가 보통 사람은 아닌 거야."

"남들두 이상히 여기는 눈칩니다."

이렇게 늙은 두 양주는 도포의 장래를 매우 흥미있게 바라보고 있었습니다.

3. 놀라운 재복(도둑놈 칠태 시점)

두포는 무럭무럭 잘도 자랍니다. 물론 병 한번 앓는 법 없이 끼끗하게* 자라갑니다.

늙은 아버지와 어머니는 너무도 기뻐서 어쩔 줄을 모릅니다. 나날이 달라가는 두포를 보는 것은 기쁨이 그들의 큰 행복이었습니다. 아들을 아침에 산으로 내보내면 저녁 나절에는 싸리문 밖에 가 두 양주가 서서, 아들 돌아오기를 기다리는 것이 하루하루의 그들의 일이었습니다.

그뿐 아니라, 두포가 들어오자 집안이 차차 늘지를 않겠습니까. 산밑에 놓였던 그 오막살이 초가집은 어디로 갔는지, 인제는 그림자도 보이지 않습니다. 그리고 그 자리에 고래등 같은 커다란 기와집이 널찍하게 놓여 있습니다. 동리에서만 제일갈 뿐 아니라, 이 세상에서 으뜸이리라고, 다들 우러러보고 하였습니다.

그러나 어떻게 하여 이토록 부자가 되었는지, 그걸 아는 사람은 하나도 없었습니다. 그래, 어떤 이는 사람들이 워낙이 착하여 하느님이 도와주신 거라고 생각하였습니다. 혹은 두포의 재주가 좋아 그런 거라고 생각하는 이도 있었습니다.

"재주? 무슨 재주가 좋아, 빌어먹을 녀석의 거! 도적질이지."

이렇게 뒤로 애매한 소리를 하며 돌아다니는 사람도 있었습니다. 물론 이것은 두포를 원수같이 미워하는 요 건너 사는 칠태입니다.

칠태라는 사람은 동네에서 꼽아주는 장사로, 무섭기가 맹호 같은 청년입니다. 그런데 마음이 번디* 불량하여 남의 물건을 들어다놓고 제 것같이 먹고 지내는 도적입니다. 이렇게 엄청난 짓을 하여도 동리에서는 아무도 그를 나무라는 사람이 없었습니다. 왜냐하면 그는 너무도 힘이 세므로 괜스레 잘못 덤볐다간 이쪽이 그 손에 맞아 죽을지 모릅니다.

그리하여 칠태는 제 힘을 자시하고*, 한 번은 두포의 집 뒷담을 넘었습니다. 이 집 뒷광에 있는 쌀과 돈, 갖은 보물이 탐이 납니다.

그러나 열고 들어가 후려내오면 고만입니다. 누구 하나 말릴 사람은 없으리라고, 마음 놓고 광문의 자물쇠를 비틀어 봅니다. 이 때 이것이 웬일입니까.

---

* 끼끗하게 생기가 있고 깨끗하게.
* 번디 본디.
* 자시하고 자기 자신의 능력이나 가치를 믿고.

"이놈아!"

하고 벽력처럼 무서운 소리가 나자, 등에 철퇴가 떨어지는지 몹시 도 아파옵니다. 정신이 아찔하여 앞으로 쓰러지려 할 때, 이번에는 그 육중한 몸뚱어리가 공중으로 치올려 뜨지 않겠습니까. 그러나 다시 떨어졌을 때에는 거지반* 얼이 다 빠지고 말았습니다. 하지만 힘깨나 쓴다는 장사가 요까짓 것쯤에 맥을 못 추려서야 말이 됩니까. 기를 바 짝 쓰고서 눈을 떠보니 별일도 다 많습니다. 칠태의 그 무거운 몸뚱어 리가 두포의 두 팔에 어린애같이 안겨 있지 않겠습니까. 그리고 집안 에서 시작된 일이 어떻게 되어 여기가 대문 밖입니까. 이건 참으로 알 수 없는 귀신의 놀음입니다.

그러자 두포는 칠태의 몸뚱어리를 번쩍 쳐들어 무슨, 헝겁때기*와 같이 풀밭으로 내던졌습니다. 그리고 그는 두 손을 바지자락에 쓱 문 대며,

"이놈! 다시 그래 봐라. 이번엔 허릴 끊어 놓을 테니."

하고는 집으로 들어가 버립니다. 그 태도가 마치 칠태 같은 것쯤은 골백 다섯이 와도 다—우습다냥 싶습니다.

이걸 가만히 바라보니, 기가 막히지 않을 수 없습니다. 제 딴에는 장사라고 뽐내고 다녔더니, 인제 겨우 열댓밖에 안 된 아이놈에게 이 욕을 당해야 옳습니까.

그건 그렇다 하고, 대관절 어떡해서 공중을 날아 대문 밖으로 나왔 겠습니까. 아무리 생각하여도 두포의 재주에는 놀라지 않을 수가 없 었습니다. 광문 앞에서 필연, 두포가 칠태의 몸을 번쩍 들어 공중으로 팽개친 것이 분명합니다. 그래 놓고는 그 몸이 대문 밖 밭고랑에 가

떨어지기 전에 날쌔게 뛰어나가서 두 손으로 받은 것이 아니겠습니까. 그렇지만 않았다면 칠태는 땅바닥에 그대로 떨어져서 전병같이 되고 말았을 것입니다. 이건 도저히 사람의 일 같지가 않았습니다. 칠태는 도깨비에 씐 듯이 등줄기에 소름이 쭉 내끼쳤습니다. 그리고 속으로 썩 무서운 결심을 품었습니다.

"흐응! 네가 힘만으로는 안 될라! 어디 보자."

이렇게 생각하고, 칠태는 도끼를 꽁무니에 차고서 매일같이 산으로 돌아다녔습니다. 왜냐하면 두포가 아침에 산으로 올라가면, 하루 온종일 두포의 그림자를 보는 사람이 없습니다. 겨우 저녁 때 자기 집으로 들어가는 뒷모양 밖에는 더 보지 못합니다.

"그러면 두포는 매일 어디가 해를 지우나?"

이것이 온 동리 사람의 의심스러운 점이었습니다.

그러나, 칠태는 제대로 이렇게 생각하였습니다. 제 놈이 허긴 뭘 해, 아마 산속 깊이 도적의 소굴이 있어서 매일 거기가 하루하루를 지내고 오는 것이리라고. 그러니까 산으로 돌아다니면 언제든 네 놈을 만날 것이다. 만나기만 하면 대뜸 달려들어 해골을 두 쪽으로 내겠다고 결심했던 것입니다.

칠태는 보름 동안이나 낮밤을 무릅쓰고 산을 뒤졌습니다. 산이란 산은 샅샅이 통 뒤져본 폭입니다.

• 거지반　거의 절반 가까이.
• 헝겊때기　'헝겊'의 방언.

그러나 이게 웬일입니까. 두포는 발자국조차 찾아볼 길이 없습니다.

4. 칠태의 복수(도둑놈 칠태 시점)

그러자 하루는 해가 서산을 넘는 석양이었습니다.

칠태는 하루 온종일 산을 헤매다가, 기운없이 내려오려니까, 저 맞은쪽 산골짜기에서 사람의 그림자가 힐끗합니다. 그는 부지중에 몸을 뒤로 걷으며 가만히 노려보았습니다. 그리고는 너무도 기뻐서는 몸이 부들부들 떨리었습니다.

이날까지 그렇게도 눈을 까뒤집고 찾아다니던 두포, 두포, 흐응! 네가 바로 두포구나 이놈 어디 내 도끼를 한 번 받아 보아라.

칠태는 숲속으로 몸을 숨기어 두포의 뒤를 밟았습니다. 그러나 두포에게로 차차 가까이 올수록 눈을 크게 뜨지 않을 수 없었습니다. 왜냐하면, 두포의 양어깨 위에는, 커다란 호랑이 두 마리가 얹혀있지를 않겠습니까. 이걸 보면 필연 두포가 주먹으로 때려잡아가지고 내려오는 것이 분명합니다.

칠태는 따라가던 다리가 멈칫하여 장승같이 서 있습니다. 아무리 도끼를 가졌대도 두포에게 잘못 덤비었단 제 목숨이 어떻게 될지 모릅니다. 이럴까, 저럴까, 망설이고 섰을 때, 때마침 두포가 어느 바위에 걸터앉아서 신의 들메*를 고칩니다. 구부리고 있는 그 뒷모양을 보고는 칠태는 다시 용기를 내었습니다. 이깐 놈의 거, 뒤로 살살 기어가서 도끼로 내려만 찍으면 그만이다. 이렇게 결심을 먹고 산 잔등이에 엎드려 소리없이 기어 올라갑니다.

등 뒤에서 칠태의 머리가 살며시 올라올 때에도 두포는 그걸 모릅니다. 다만 허리를 구부리고 들메끈만 열심히 고치고 있었습니다. 칠태는, 허리를 펴고 꽁무니에서 도끼를 꺼냈습니다. 그리고 때는 이때라고 온몸에 용을 써서 두포의 목덜미를 내려쩍었습니다.

워낙에 정성 들여 내려쩍은 도끼라, 칠태 저도 어떻게 된 영문인지 모릅니다. 확실히 두포의 몸이 도낏날에 두 쪽이 난 걸 이 눈으로 보았는데, 다시 살펴보니, 두포의 몸은 간 곳이 없습니다. 다만 바위에 도낏날 부딪치는 딱 소리와 함께 불이 번쩍 나고 말았을 그뿐입니다. 그리고 불똥이 튀는 바람에 칠태의 왼눈 한 짝은 이내 멀어버리고 말았습니다. 참으로 이상스러운 일입니다. 사람의 몸이 어떻게 바위로 변하는 수가 있습니까.

칠태는 두포에게 속은 것이 몹시도 분하였습니다. 허나 어째 볼 수 없는 노릇이라, 아픈 눈을 손등으로 비비며 터덜터덜 산을 내려옵니다.

그리고 가만히 생각하여 보니, 두포가 보통 사람이 아닌 것을 인제 깨닫게 됩니다. 우선 두포의 늙은 부모를 보아도 알 것입니다. 그들은 벌써 죽을 때가 지난 사람들입니다. 그렇건만 두포가 가끔 산에서 뜯어 오는 약풀을 먹고는, 늘 싱싱하게 있는 것이 아닙니까. 이것 말고

* 들메 신이 벗어지지 않도록 신을 발에 동여매는 끈. 또는 그렇게 동여매는 일.

라도 동리 사람 중에서도 금세 죽으려고 깔딱깔딱하던 사람이 두포에 게 그 풀을 얻어먹고 살아 난 사람이 한둘이 아닙니다.

이것만 보더라도 두포에게는 엄청난 술법°이 있음을 알 것입니다.

칠태는 여기에서 다시 생각을 하였습니다. 제아무리 두포를 죽이 려고 따라다닌 대도, 결국은 제 몸만 손해입니다. 이번에는 달리 묘한 꾀를 쓰지 않으면 안 될 것입니다. 칠태는 동리로 내려와 전보다도 몇 갑절 더 크게 도적질을 하였습니다. 그리고 뒤로 돌아다니며 하는 소 리가

"그 두포란 놈이 누군가 했더니, 알고 보니까 큰 도적단의 죄수더구 면."

하고 여러 가지로 거짓말을 꾸몄습니다. 동리 사람들은 처음에는 반신반의하여 귓등으로 넘겼습니다. 마는 열 번 찍어 안 넘어가는 나 무가 없다고, 나중에는 솔깃하게 듣고 말았습니다. 그리고 동리에서 는 여기저기서,

"아, 그 두포가 큰 도적이래지?"

"그럴 거야. 그렇지 않으면 그 고래등 같은 큰 기와집이 어디서 생 기나? 그리고 아침에 나가면, 그림자도 볼 수 없지 않어?"

"그래, 두포가 확실히 도적놈이야. 요즘 동리에서 매일같이 도적을 맞는 걸 보더라도 알조지 뭐!"

하고는 두포에게 대한 험구덕°이 대구° 쏟아집니다. 그리하여 모 든 사람이 모여 회의를 하였습니다. 그리고 두포 네를 동리에서 내 쫓거나, 그렇지 않으면 죽여 없애기로 결정하였습니다. 우선 두포 를 향하여 동리에서 멀리 나가 달라고 명령하였습니다. 그때 두포의

대답이,

"아무 죄두 없는 사람을 내쫓는 법이 어디 있습니까?"

하고는 빙긋이 웃을 뿐입니다. 그리고는 며칠이 지나도 나가주지를 않습니다. 동리 사람은 그러면 이제 하릴없으니, 우선 두포부터 잡아다 죽이자고 의논이 돌았습니다. 그래, 어느 날 아침, 일찍이 장정한 삼십 명이 모이어 두포의 집으로 몰려갔습니다.

5. 두포를 잡으려다가(마을 사람 + 도둑놈 칠태 시점)

아직 해도 퍼지지 않은 이른 아침입니다. 동리 사람들은 두포 네 집 대문 깐에 몰려들었습니다. 그들 중의 가장 힘센 몇 사람은 굵은 밧줄을 메고, 또 더러는 육모방망이까지 메고 왔습니다. 두포가 순순히 잡히면 모르거니와 만일에 거역하는 나달에는 함부로 두들겨 죽일 작정입니다. 우선 그들은 대문 밖에 서서,

"두포 나오너라. 잠자코 묶여야지, 그렇지 않으면 네 부모에까지 해가 돌아가리라."

하고, 커다랗게 호령하였습니다. 두포는 손등으로 눈을 비비며 나옵니다. 그런데 웬 영문인지 몰라 떨떠름히 그들을 바라봅니다.

---

* 술법　음양(陰陽)과 복술(卜術)에 관한 이치 및 그 실현 방법. 도술, 요술 등을 말함.
* 험구덕　험담.
* 대구　자꾸.

그때 동리 사람 삼십 명은 한꺼번에 와짝 달려들어 두포를 사로잡았습니다. 어떤 사람은 팔을 뒤로 꺾고, 또 어떤 사람은 모가지를 밧줄로 얽어 당깁니다. 이렇게 두포를 얽었을 때, 두포는 조금도 놀라는 기색이 없습니다. 그냥 묶는 대로 맡겨두고, 뻔히 바라보고 있을 따름입니다.

　그들은 뜻밖에도 두포를 쉽사리 잡은 것이 신이 납니다. 인제는 저 산속으로 끌어다 죽이기만 하면 고만입니다. 제아무리 장비 같은 재주라도 이 판에서 빠져나가지는 못할 것입니다. 그들은 마치 개를 끌어당기듯이 두포를 함부로 끌어당겼습니다.

　이때 묵묵히 섰던 두포가 두 어깨에 힘을 주니, 몸을 몇 고팽이•로 칭칭 얽었던 굵은 밧줄이 툭툭 나갑니다. 그 모양이 마치 무슨 실 나부랭이 끊는 듯이 어렵지 않게 벗어납니다.

　동리 사람들은 이걸 보고서 눈들을 커다랗게 떴습니다. 어쩌나 놀랐는지 이마에 땀까지 난 사람도 있었습니다. 대체 이놈이 사람인가, 귀신인가. 아무리 뜯어 보아야 입, 코에 눈 두 짝 갖기는 매일반이건만 이게 대체 어떻게 된 놈인가.

　이렇게들 얼이 빠져서 멀거니 서 있을 때, 두포가 두 팔을 쩍 벌리고 몰아냅니다. 하니까 자빠지는 놈에, 엎어지는 놈, 혹은 달아나는 놈, 그 꼴들이 가관입니다. 그들은 이렇게 두포에게 가서 욕만 당하고 왔습니다.

　다시 생각하면, 이것은 동리의 수치입니다. 인제 불과 열다섯밖에 안 된 아이 놈에게 동리 어른이 욕을 본 것입니다. 이거야 될 말이냐고, 그들은 다시 모여서 새 계획을 쓰기로 하였습니다. 이 새 계획이라는 건, 두포는 영영 잡을 수 없다. 하니까 이번에는 그 집에다 불을 질러 세 식구를 태워 버리자는 음모이었습니다.

하루는 밤이 깊어서입니다.

그들은 제각기 지게에 나무 한 짐씩을 지고 나섰습니다. 이 나무는 두포의 집을 에워싸고 그 위에 불을 지를 것입니다. 그러면 이 불이 두포의 집으로 차츰차츰 번져 들어가, 나중에는 두포네 세 식구를 씨도 없이 태울 것입니다.

그래 그들은 소리 없이 자꾸만 자꾸만 나무를 져다 쌉니다*.

얼마를 그런 뒤, 이제는 너희들이, 빠져 나올래도 빠져 나올 도리가 없을 것이다 하고 생각하는데 사방에서 일제히 불을 질렀습니다.

워낙이 잘 마른 나무라 불이 닿기가 무섭게 활활 타오릅니다. 나중에는 화광*이 충천*하여 온 동네가 불이 된 것 같습니다.

그들은 멀찌감치 서서 두포의 집으로 불이 번져들기를 지켜보고 있었습니다.

"인젠, 별수 없이 다 타 죽었네."

"그렇지, 제아무리 뾰죽한 재주라도 이 불 속에서 살아날 수는 없을 것일세."

"그렇지. 네 놈이 기운이나 셌지, 무슨 술법이 있겠나."

---

* 고팽이 새끼나 줄 따위를 사리어 놓은 돌림을 세는 단위.
* 싸다 물건을 안에 넣고 보이지 않게 씌워 가리거나 둘러 말다.
* 화광 타는 불의 빛.
* 충천 하늘을 찌를 듯이 공중으로 높이 솟아오름.

이렇게들 서로 비웃는 소리로 주고받고 하였습니다. 그런 동안에 불길은 점점 내려쏠리며 집을 향하여 먹어 들어갑니다. 이제 한 식경 좀 있으면 불길은 전히 처마 끝을 핥고 들겠습니다.

그들은 아기자기한 재미를 가지고 구경하고 서 있습니다. 그러나 불길이 두포네 집 처마 끝을 막 핥고 들 때, 이게 웬 놈의 조화입니까. 달이 밝던 하늘에 일진광풍*이 일며, 콩알 같은 빗방울이 무더기로 쏟아집니다. 그런지 얼마 못 가서 두포의 집으로 거반 다 타들어왔던 불길이 차차 꺼지기 시작합니다.

그들은 하도 놀라서 꿀 먹은 벙어리가 되었습니다. 서로 눈들만 맞춰보며 하나도 입을 벌리는 사람이 없습니다. 마른하늘에 벼락이 있다더니, 이게 바로 그게 아닌가. 그들은 은근히 겁을 집어먹고 떨고 서 있습니다.

"이건 필시 하늘이 낸 사람이지 보통 사람은 아닌 걸세."

"그래 그래. 이게 반드시 하늘의 조화지, 사람의 힘으로야 될 수 있나."

이렇게들 쑤근쑥덕하고 의론이 벌어졌습니다. 그들은 지금 처벌이나 입지 않을까 하고 애를 졸입니다. 착하고 깨끗한 두포를 죽이러 들었으니 어찌 그 벌을 받지 않겠습니까.

"그것 봐, 애매한 사람을 죽이려 드니까 마른하늘에 생벼락이 안 내릴까."

하고, 한 사람이 눈살을 찌푸릴 때, 그 옆에 서 있던 칠태가 펄쩍 뜁니다.

"천벌은 무슨 천벌이야. 도적놈을 잡아내는 데 천벌인가?"

하고, 괜스레 골을 냅니다. 그러나, 칠태는 제아무리 골을 내도 인제는 딴 도리가 없습니다. 동리 사람들은 하나 둘 시나브로 없어지고, 비는 쭉쭉 내립니다.

6. 이상한 노승(도둑놈 칠태 시점)

칠태는 두포 때문에 눈 한 짝 먼 것이, 생각하면 할수록 분합니다. 몸이 열파●가 날지라도, 이 원수야 어찌 갚지 않겠는가. 마음대로만 된다면 당장 달려들어 두포의 머리라도 깨물어 먹고 싶은 이판입니다. 칠태는 매일같이 두포의 뒤를 밟습니다. 언제든지 좋은 기회만 있으면 해치려는 계획입니다.

그러나 어쩐 일인지 중도에서 두포를 잃고 잃고 하였습니다. 어느 때에는 두포의 걸음을 못 따라 놓치기도 하고, 또 어느 때에는 두 눈을 똑바로 뜨고도 목전에 두포가 어디로 갔는지 정신없이 잃어버리기도 합니다.

이렇게 하여 칠태는 근 한 달 동안이나 허송세월로 보냈습니다.

그러자 하루는 묘하게도 산속에서 두포를 만났습니다. 이날은 별로 두포를 찾을 생각도 없었습니다. 다만 나무를 할 생각으로 지게를 지고 산속으로 들어간 것입니다. 그러나 몸이 피곤하여 어느 나무뿌

● 일진광풍 한바탕 몰아치는 사나운 바람.
● 열파 찢어져 결딴이 남. 또는 찢어 결딴을 냄.

리에 쭈그리고 앉아서 졸고 있을 때입니다.

칠태가 앉아있는 곳에서 한 이십 여간 떨어져 커다란 바위가 누워 있습니다. 험상스리 생긴 집채 같은 바윈데 그 복판에 잣나무 한 주• 가 박혔습니다. 그런데 잠결에 어렴풋이 보자니까, 그 바위가 움즉움 즉 놀지를• 않겠습니까. 에? 이게 웬일인가, 이렇게 큰 바위가 설마 놀리는 없을 텐데―

칠태는 졸린 눈을 손으로 비비고, 다시 한번 똑똑히 보았습니다. 아무리 몇 번 고쳐 보아도 분명히 바위는 놉니다.

그제서야 칠태는 심상치 않은 일임을 알고 숲속으로 몸을 숨기었습니다. 그리고 눈을 똑바로 뜨고는 그 바위를 노려보고 있습니다. 조금 있더니, 집채 같은 그 바위가 한복판이 툭 터지며 그와 동시에 새 하얀 용마•를 탄 장수 하나가 나옵니다. 장수는 사방을 둘레둘레 훑어보더니 공중을 향하여 쏜살같이 없어졌습니다.

이때, 칠태가 놀란 것은 그 장수의 양 겨드랑이에 달린 날갯죽지였습니다. 눈이 부시게 번쩍번쩍하는 날개를 쭉 펴자, 용마와 함께 날아 간 장수. 그리고 더욱 놀란 것은 그 장수의 얼굴이 두포의 얼굴과 어쩌면 그렇게도 똑같은지 모릅니다. 혹은 이것이 정말 두포나 아닐까, 또는 제가 잠결에 잘못 보지나 않았는가하고 두루두루 의심하여 봅니다. 그러나 조금만 더 지켜 보면 다 알 것입니다. 오늘 하루해를 여기서 다 지우더라도 확실히 알고 가리라고 눈을 까뒤집고는 지키고 앉았습니다.

이렇게 하여 대낮부터 앉았는 칠태는 해가 서산에 지려는 것도 모릅니다. 그러다 장수와 용마가 다시 나타났을 때에는 칠태는 정신없이 그 관상을 뜯어 봅니다. 그러나 아무리 뜯어보아도 그것은 분명히 두포의 얼굴입니다.

장수는 그 먼젓번 나오던 바위로 용마를 탄 채 들어갑니다. 그러니까 쭉 갈라졌던 바위가 다시 여며져 먼젓번 놓였던 대로 그대로 놓입니다. 그리고 조금 있더니 그 바위 저쪽에서 정말 두포가 걸어 나옵니다. 그리고 그 뒤에 노인 한 분이 지팡이를 끌며 따라 나옵니다. 그 모습이 십오 년 전 바랑에서 두포를 꺼내던 바로 그 노승의 모습입니다.

노인은 두포를 끌고서 그 아래 시새°밭으로 내려오더니, 둘이 서서 무어라고 이야기가 벌어집니다. 노인은 지팡이로 땅을 그어 무엇을 가르쳐 주기도 하고 두포의 머리를 손으로 쓰다듬으며 무어라고 중얼거리기도 합니다. 그럴 때마다 두포는 두 손을 앞으로 모으고 공손히 듣습니다.

칠태는 열심으로 그들의 얘기를 엿듣고자 애를 썼습니다. 그러나 너무 사이가 떠 한마디도 제대로 들을 수가 없습니다. 저 노인은 무언데 저렇게 두포를 사랑하는가, 아무리 궁리하여 보아도 알 수 없는 일입니다.

그러자 두포가 노인 앞에 엎드리어 절을 하고 나니, 노인은 그 자리에서 간 곳이 없습니다. 그제서야 두포는 산 아래를 향하여 내려오기

° 주   그루.
° 놀지를   움직이지.
° 용마   용의 머리에 말의 몸을 하고 있다는 신령스러운 전설상의 짐승.
° 시새   세사, 가늘고 고운 모래.

시작합니다. 칠태는 두포의 뒤를 멀찍이 따라오며 이 궁리 저 궁리 하여 봅니다. 또 쫓아가 도끼로 찍어볼까, 그러다 만약에 저번처럼 눈 한 짝이 마저 먼다면 어찌할 겐가. 그러나 사내 자식이 그걸 무서워해서야 될 말이냐.

칠태는 또 도끼를 뽑아 들고는 살금살금 쫓아갑니다. 어느 으슥한 곳으로 따라가 싹도 없이 찍어 죽일 작정입니다.

두포와 칠태의 사이는 차차 접근하여 옵니다. 결국에는 너덧 걸음 밖에 안될만치 칠태는 바싹 붙었습니다. 이만하면 도끼를 들어 찍어도 실패는 없을 것입니다. 두포가 굵은 소나무를 휘돌아들 때, 칠태는 도끼를 번쩍 들기가 무섭게

"이놈아! 내 도끼를 받아라."

하고, 기운이 있는 대로 머리께를 내려 찍었습니다. 그와 동시에 칠태는 에그머니, 소리와 함께 땅바닥에 가 나둥그러지고 말았습니다.

왜냐하면 도끼를 내려찍고 보니 두포는 금세 간 곳이 없습니다. 그리고 도끼는 허공을 힘차게 내려 칠태의 정강이를 픽 찍고 말았던 것입니다. 다리에서는 시뻘건 선혈이 샘같이 콸콸 쏟아집니다.

그리하여 칠태는 그 다리를 두 손으로 부둥켜 안고는,

"사람 살리우—."

하고, 산이 쩡쩡 울리도록 소리를 드리질렀습니다. 그러나 워낙이 깊은 산속이라 아무도 찾아와 주지를 않았습니다.

※ 김유정이 사망한 후 7 이하는 현덕(玄德)이 완성함.

아무리 사람 살리라는 소리를 쳐도 그 소리를 이 산골짜기 저 산봉우리 받아 울릴 뿐, 대답하고 나오는 사람은 없습니다.

정말 칠태는 큰일 났습니다. 해는 저물어 점점 어두워가고, 도끼에 찍힌 상처에서는 쉴새 없이 피가 흐릅니다. 저절로 눈물이 펑펑 쏟아지도록 아픕니다. 하지만 칠태는 아픈 생각보다는 이러다가 그만 두포 이놈의 원수도 갚지 못하고 어찌 되지 않을까 하여 눈물이 났습니다.

그나 그뿐이겠습니까. 벌써 사방은 컴컴하고 거친 바람이 첩첩한 수목을 쏴아쏴아. 그리고 이따금씩 어흐흥어흐흥 하고 산이 울리는 무서운 짐승 우는 소리가 들립니다. 아마 호랑이인 듯 싶습니다. 그 소리는 칠태가 있는 곳으로 점점 가까이 옵니다. 바로 호랑이입니다. 엄청나게 큰 대호가 소나무 숲 사이에서 눈을 번쩍번쩍 칠태를 노리고 다가옵니다. 꼼짝 못하고 칠태는 이 깊은 산 속에서 아무도 모르게 호랑이 밥이 되고 마는가 봅니다. 걸음을 옮기자니 발 하나 움직일 수 없고 팔 하나 들 수 없는 칠태입니다. 아무리 기운이 장하다기로 이 지경으로 어떻게 호랑이같은 사나운 맹수를 당해낼 수 있겠습니까. 그래도 칠태는 사람을 불러 구원을 청해 보는 수 밖에 없습니다.

"사람 살류. 사람 살류."

그리고

"아무도 사람 없수."

그러자 어디선지

"칠태야."

하고, 자기를 부르는 소리가 났습니다. 두포의 음성입니다. 그러나 이상한 일도 많습니다. 부르는 소리만 나고 두포도 아무도 모양을 볼 수는 없습니다. 두리번두리번 사방을 돌아보는 칠태 눈에 이것은 또 무슨 변입니까. 금방 호랑이가 있던 자리에 호랑이는 간 데가 없고 뜻하지 않은 백발 노승이 긴 지팡이에 몸을 싣고 섰습니다.

칠태는 그 노승에게 무수히 절을 하며 이런 말로 빌었습니다.

"산에 나무를 하러 왔다가 못된 도적을 만나 이 모양이 되었습니다. 제발 저를 이 아래 마을까지만 갈 수 있게 해 주십시오."

그러나 노승은 잠잠히 듣고만 섰습니다. 그러더니 문득 입을 열어

"무해한 사람에게 해를 입히려 하면 도리어 자신이 해를 입게 되는 줄을 깨달을 수 있을까?"

하고, 노승은 엄한 얼굴로 칠태를 내려다 봅니다. 하지만 칠태는 무슨 뜻으로 하는 말인지도 깨닫지 못하면서 그저

"그럴 줄 알다 말구요. 알다 뿐이겠습니까."

"그렇다면 이후로는 마음을 고치어 행실을 착하게 가질 수 있을까?"

"네 고치고 말구요, 백번이래도 고치겠습니다."

하고, 칠태는 엎드리어 맹세를 하는 것이로되 그 속은 그저 어떻게 이 자리를 모면할 생각밖에는 없습니다. 노승은 또 한 번

"다시 나쁜 일을 범하는 때는 네 몸에 큰 해가 미칠 줄을 명심할 수 있을까?"

하고, 칠태에게 단단히 맹세를 받은 후

"이것을 붙잡고 나를 따라오너라."

하고, 노승은 지팡이를 들어 칠태에게 내밀었습니다. 참 이상한 지팡이도 다 있습니다. 칠태가 그 지팡이 끝을 쥐자 금세 지금까지 아픈 다리가 씻은 듯 나았고 몸이 가볍기가 공중을 날 듯 싶습니다.

아마 노승도 이 지팡이 까닭인가 봅니다. 허리가 굽고 한 노인의 걸음이라고는 할 수 없습니다. 빠르기가 젊은 사람 이상입니다. 그렇게 바위를 뛰어넘고 내를 건너뛰고, 칠태는 노승에게 이끌려 그 험한 산길을 언제 다리를 다쳤나 싶게 내려갑니다.

어느덧 칠태가 사는 마을 어귀에 이르러 노승은 걸음을 멈추었습니다. 그러더니 또 한 번

"애매한 사람에게 해를 입히려다가는 먼저 네 몸에 해가 돌아갈 것을 명심해라."

하는 말을 남기자마자 노승은 온 데 간 데가 없이 칠태 눈앞에서 연기처럼 사라졌습니다.

세상에 이상한 노인도 다 보겠습니다. 칠태는 사람의 일 같지 않아 정말 여기가 자기가 사는 마을 어귀인가 아닌가 눈을 비비며 사방을 돌아봅니다. 틀림없는 마을 어귀, 돌다리 앞입니다. 그런데 이것은 웬일입니까. 돌아서 걸음을 옮기려 하자 갑자기 발 하나를 들 수가 없이 아픕니다. 조금 전까지도 멀쩡하던 다리가 금세 아까 산에서처럼 피가 철철 흐르고 그럽니다. 그만 칠태는 땅바닥에 주저앉고 말았습니다. 그리고

"사람 살류. 사람 살류."

하고, 큰 소리로 마을을 향해 외쳤습니다. 마을 사람들은 무슨 일이

났나 하고 이집 저집에서 모여 나와 칠태를 가운데로 둘러싸고는

"어떻게 된 일야. 어떻게 된 일야."

하고 모두들 눈이 둥그래서 궁금해합니다. 그러자 칠태는

"두포, 그 도적놈이"

하고 산에서 자기가 노루 사냥을 하는데 두포란 놈이 숨어 있다가 불시에 돌로 때리어 이렇게 다리를 못 쓰게 해놓고 자기가 잡은 노루를 도적질해 갔노라고 꾸며대고는 정말 그런 것처럼 칠태는 이를 북북 갈았습니다. 동네 사람들은 모두 칠태를 가엾이 여기어 쳇쳇 혀끝을 차며 두포를 나쁜 놈이라고 하였습니다. 그리고 칠태를 자기 집까지 업어다 주었습니다.

8. 엉뚱한 음해(도둑놈 칠태 시점)

마을에는 괴상한 일이 생기었습니다. 밤이면 마을 이집 저집에 까닭 모를 불이 났습니다. 그것도 하루 이틀이 아니고 날마다 밤만 되면 정해 놓은 일처럼 '불이야. 불이야.' 소리가 나고, 한두 집은 으레 재가 되어버리고 합니다.

이러다가는 마을에 성한 집이라고는 한 채도 남아나지 않을까 봅니다. 마을 사람들은 무슨 까닭으로 밤마다 불이 나는 것인지 몰라 서로 눈들이 커다래서 걱정들입니다.

그리고 어찌해야 좋을지 그 도리를 아는 사람도 없습니다. 다만 누구는

"분명 이것은 산화*지. 산화야."

하고, 산에 정성으로 제를 지내지 않은 탓으로 그렇다 하고, 지금으로 곧 산제를 지내도록 하자고 서두르기도 합니다. 그러면 또 한 사람은

"산화란 뭔가. 도깨비 장난일세. 도깨비 장난이야."

하고, 정말 도깨비 장난인 걸 자기 눈으로 보기나 한 것처럼 말하며 시루떡을 해놓고 빌어보거나 그렇지 않으면 판수•를 불러다가 경을 읽게 하여 도깨비들을 내쫓거나 하는 수밖에 도리가 없다고 주장입니다.

이렇게들 각기 자기 말이 옳다고 떠드는 판에 칠태가 썩 나섰습니다. 그리고

"산화는 다 뭐고 도깨비 장난이란 다 뭔가."

하고, 자기는 다 알고 있다는 얼굴을 하는 것입니다.

"그럼 산화 아니면 뭔가?"

"그럼 도깨비 장난 아니면 뭔가?"

하고, 사람들은 몸이 달아 칠태 앞으로 다가서며 묻습니다.

"그래 자네들은 산화나 도깨비 생각만 하고, 두포란 놈 생각은 못 하나."

하고, 칠태는 그걸 모르고 딴소리만 하는 것이 갑갑하다는 듯이 화를 벌컥 냅니다. 그리고 두포가 자기 집에 불을 논 앙갚음으로 밤마다

• 산화   산탈. 묏자리가 좋지 못한 탓으로 자손이 받는다는 재앙.
• 판수   점치는 일을 직업으로 삼는 맹인. 또는 박수(남자 무당).

마을로 나와 불을 놓는 것이라 하고, 그 증거는 보아라, 전일 두포 집으로 불을 놓으러 가던 사람의 집에만 불이 나지 않았느냐 합니다. 딴은 그렇게 생각하고 보면, 두포 집으로 불을 놓으러 가던 사람의 집은 모조리 해를 입었습니다. 마을사람들은

"아, 저런 죽일 놈 보아라."

하고, 아주 두포의 짓인 것이 판명난 것처럼 주먹을 쥐며 분해합니다.

그러나 실상은 칠태의 짓입니다. 칠태가 밤이면 나와 다리를 절룩절룩 처마 밑에 불을 지르던 것입니다. 그 이상한 지팡이를 가진 노승이 다짐하던 말이 무섭기도 하련만 원체 마음이 나쁜 칠태라 그런 말쯤 명심할 사람이 아닙니다. 머리에는 어떡하면 눈 하나를 멀게 하고 다리까지 못 쓰게 한 두포 이놈의 원수를 갚아보나 하는 생각뿐입니다. 하지만 기운으로나 재주로나 도저히 두포와 맞겨룰 수는 없으니까 이렇게 뒤로 다니며 불을 놓고 하고는 죄를 두포에게 들씌웁니다. 그러면 마을 사람들이 두포를 가만두지 않을 테니까 칠태는 가만있어도 원수를 갚게 되리라는 생각입니다. 그 속을 모르고 마을 사람들은 두포를 다 죽일 놈 벼르듯 합니다.

"저놈을 어떡헐까."

하고, 모이면 공론이 이것입니다. 그러나 한 사람도 어떻게 할 도리를 말하는 사람은 없습니다. 두포의 그 엄청난 기운과 재주 앞에 섣불리 하였다는 도리어 큰코를 다치지나 않을까 은근히 겁들이 났습니다.

그래서 이런 때에도 '어떡했으면 좋은가' 하고 칠태의 지혜를 빌어

보는 수밖에 없습니다. 칠태는 그것을 기다렸던 것같이 사람들을 한 곳으로 모이게 하고 수군수군 무슨 짜위*를 하였습니다. 그리고 사람들은 얼굴에 자신 있는 웃음을 지으며 각각 자기 집으로 돌아가 괭이, 부삽, 넉가래, 같은 연장을 들고 나왔습니다. 날이 저물자 그 사람들은 마을 옆으로 흐르는 큰 냇가로 모이더니 말없이 그 내 중간을 막기 시작합니다. 떼를 뜯어다가 덮고, 돌을 들어다 누르고, 흙을 퍼다가 펴고, 그러는 대로 냇물은 점점 모이기 시작합니다. 날이 밝을 임시에는 그 큰 내의 물이 호수와 같이 넘쳤습니다.

이제 일은 다 되었습니다. 산 밑, 두포 집 편을 향한 뚝 중간을 탁 끊어 놓았습니다. 물은 폭포와 같이 무서운 기세로 두포 집을 향해 몰려갑니다. 마을 사람들은 언덕 위에 올라서서 그 장한 모양을 매우 통쾌한 얼굴로 보고들 섰습니다. 이제 바로 눈 깜짝할 동안이면 물은 두포 집을 단숨에 무찔러 버릴 것입니다. 제아무리 재주가 뛰어난 두포기로 이번엔 꼼짝 못하리라. 그런데 이게 웬일입니까. 물 끝이 두포 집 근처에 이르자 마치 거기 큰 웅덩이가 뚫리듯이 물이 잦아집니다. 마침내 물은 냇바닥이 드러나도록 잦아지고 말았습니다.

하도 어이가 없어서 마을 사람들은 서로 얼굴을 쳐다보다가는 한 사람 두 사람 슬슬 돌아가고 언덕 위에는 칠태 홀로 벌린 입을 다물지 못하고 섰습니다. 그러나 이것으로 그만둘 칠태가 아닙니다. 밤이 되면 칠태는 더욱 심하게 마을로 다니며 도적질을 하고 불을 놓고 합니

---

* 짜위 범행 모의.

다. 점점 거칠어져 이웃 마을이나 또 먼 마을에까지 다니며 그런 짓을 계속합니다. 그럴수록 두포를 원망하는 사람이 많아지고 그를 없애 버리려는 마음이 커 갔습니다.

마침내는 관가에서도 그 일을 매우 염려하여 누구든지 두포를 잡는 사람이면 크게 상을 준다는 광고를 동네 동네에 내돌렸습니다.

9. 칠태의 최후(도둑놈 칠태 시점)

마을 사람들은 둘만 모여도 두포 이야기로 수군수군 합니다. 두포를 잡는 사람에게는 후한 상금을 준다는 광고가 붙은 마을 어귀 게시판 앞에는 몇 날이 지나도록 사람이 떠날 새가 없이 모여 서서 그 광고를 읽고 또 남이 읽는 소리를 듣고 합니다. 그러기는 하나 한 사람도 두포를 잡아보겠다고는 생각조차 못합니다. 무슨 힘으로 두포의 그 놀라운 술법과 기운을 당할 엄두를 먹겠습니까.

"두포는 하늘이 낸 사람인 걸. 우리네 같은 사람이 감히 잡을 수 있나."

"그렇지 그래. 그 술법 부리는 것 좀 봐, 그게 어디 사람의 짓이야, 신의 조화지."

하고, 모두들 머리를 내저었습니다. 그러나 칠태는 여전히 큰 소리입니다.

"술법은 제깐 놈이 무슨 술법을 부린다고 그러는 거여. 다 우연히 그렇게 된 걸 가지고."

그리고 칠태는 벌컥 불쾌한 음성으로 좌우를 돌아보며,

"그래. 당신들은 온 마을 온 군이 두포 놈으로 해서 재밭이 되어버려도 가만히들 보고만 있을 테여."

하고, 연해* 마을 사람들을 충동이기에 성화입니다. 이럴 즈음에 또 한 가지 마을 사람들로 하여금 두포를 잡으려는 욕심을 돋울 일이 생기었습니다.

그때 마침 나라 조정에서 무슨 일인지 벼슬하는 사람들이 손수 수레를 타고 팔도로 돌며 어떤 사람 하나를 찾았습니다. 그 수레가 이 마을에서 멀지 않은 읍에도 나타나서 이런 소문을 냈습니다. 누구든지 이러이러하게 생긴 사람을 인도해 오는 사람에게는 많은 재물로 대접할뿐더러 높은 벼슬까지 내린다는 것입니다.

그런데 이상한 것은 그 찾는 사람의 모습이 바로 두포의 생긴 모습과 한판같이 흡사한 것입니다. 나이가 같은 열다섯이고, 얼굴 모습이 그렇고, 더욱이 이마에 검정 사마귀가 있는 것까지 같습니다. 어쩌면 이렇게 두포를 눈앞에 놓고 말하는 듯이 같을 수가 있습니까. 의심할 것 없는 두포입니다.

대체 두포란 내력이 어떠한 사람이길래 나라 조정에서 일개 소년을 많은 상금을 걸어서까지 찾습니까. 그것은 여차하고, 자아 두포를 잡기만 하면 관가에서 주는 상금은 말고도 나라의 벼슬까지 얻게 될 것이니 그게 얼마입니까. 가난하고 지체 없던 사람이라도 곧 팔자를 고치 게 될 것입니다.

* 연해   연이어.

여기 눈이 어두워 더러 큰 소리를 하는 사람도 있습니다.

"두포란 놈이 정 아무리 술법이 용하다기로 열다섯 먹은 아이놈 아냐. 아이놈 하날 당하지 못한 데선."

하고, 팔을 걷어붙이기는 마을에서 팔팔하다는 젊은 패들입니다. 그리고 나이 많은 사람들은

"술법을 부리는 놈을 잡으려면 역시 술법을 부려 잡아야 하는 거여."

하고 그 술법을 자기는 알고 있다는 듯싶은 얼굴을 하기도 합니다.

그러나 정작 자신 있게 나서는 사람은 하나도 없습니다. 무엇보다도 섣불리 하였다가 도리어 큰 화를 입지나 않을까 하는 여기가 두려웠습니다. 어떻게 그런 변 없이 감쪽같이 올가미를 씌울 묘책이 없을까 하고 그 궁리에 모두들 눈들이 컴컴해질 지경입니다.

그 중에도 칠태는 더욱이 궁리가 많습니다. 그로 보면 이번이 두 번 얻지 못할 기회입니다. 이번에 두포를 잡으면 눈 한 짝 다리 하나를 병신 만든 원수를 갚게 되기는 물론, 재물과 공명을 아울러 얻게 될 것이 생각만 해도 회가 동합니다.

(어떡하면 두포 이놈을 내 손으로 묶을 수 있을까.)

그러나 칠태 자기 재주로는 도저히 두포의 그 술법 그 기운을 당해낼 계제*가 못됩니다. 그게 어디 사람의 일이어야 말이지요. 어떻게 인력으로 마른하늘에 갑자기 비를 만들고 그 숱한 물을 금세 땅밑으로 스미게 합니까. 이건 사람의 힘은 아닙니다. 반드시 두포로 하여금 사람 이상의 그 힘을 갖게 한 무슨 비밀이 있을 것입니다. 여기까지 생각을 하다가 문득 칠태는

"옳다. 그렇다."

하고, 무릎을 탁 치며 일어섰습니다.

그날부터 칠태는 두포의 뒤를 밟아 그의 행적을 살핍니다. 두포는 매일 하는 일이 날이 밝으면 집을 나가 산으로 갑니다. 칠태는 몸을 풀잎으로 옷을 해 가리고 슬슬 그 뒤를 따릅니다. 두포가 가진 그 알 수 없는 비밀을 밝히려는 것입니다.

그런데 이상합니다. 아무리 눈을 밝혀 뒤를 밟아도 어떻게 중도에서 두포를 잃고 잃고 합니다. 그리고 번번이 잃게 되는 곳이 노송나무가 선 바위가 있는 근처입니다. 마치 그 바위 근처에 이르러서는 두포의 모양이 무슨 연기처럼 스르르 사라지는 것 같습니다. 사실 그렇습니다. 두포는 바위 근처에 이르러서는 자기 몸을 아무의 눈에도 보이지 않게 변하는 것입니다.

그다음부터는 칠태는 근처 풀숲에 몸을 숨기고 앉아 그 바위를 지킵니다. 그러자 전일 칠태가 보던 똑같은 현상이 일어났습니다. 두포가 그 바위 앞에 이르러 무어라고 진언 한 마디를 외이자 집채 같은 바위가 움질움질 놀더니 한가운데가 쩍 열립니다. 그리고 두포가 들어가고 바위가 전대로 닫혔다가는 얼마 후 다시 열릴 때에는 새하얀 용마를 탄 장수가 나타나 눈부시게 흰 날개를 치며 공중으로 사라집니다. 놀랍습니다. 그 용마를 탄 장수는 바로 두포입니다.

아무래도 조화는 이 바위에 있나 봅니다. 그러지 않아도 전부터 병

●계제   어떤 일을 할 수 있게 된 형편이나 기회.

가진 사람이 빌면 병이 떨어지고, 아이 없는 사람이 아이를 빌면 태기가 있게 되고 하는 영험이 신통한 바위입니다. 그러면 그렇지, 같은 이목구비를 가진 사람으로 어떻게 그런 조화를 부리겠습니까. 이제야 칠태는 두포의 그 비밀을 깨달은 듯이 고개를 끄덕끄덕, 아주 희색이 만면해서 산 아래로 내려갔습니다.

아마 칠태는 무슨 끔찍한 흉계가 있나 봅니다. 칠태는 그 길로 산 아래 자기 집으로 가더니 부엌으로 광으로 기웃거리며, 쇠망치, 정, 또는 납덩이, 냄비, 숯덩이 이런 것을 끄집어내옵니다. 그걸 망태에 담아 걸머지더니 역시 희색이 만면해서 집을 나섭니다. 그리고 두포가 자기 집에 돌아와 있는 기색을 살피고는 곧 산으로 치달았습니다.

마침내 바위가 있는 곳에 이르자 망태를 내려놓고 칠태는 망치와 정을 꺼내듭니다. 그리고 잠시 멈추고 서서 사방을 돌라보며 무엇을 조심하는 듯 주저하더니 이내 바위 한복판에 정을 대고 망치를 들어 두드리기 시작합니다. 그러면서도 무척 겁이 나나 봅니다. 연해 칠태는 두 리번두리번 사방을 돌아보며 합니다. 아무도 없습니다. 다만 정을 때리는 망치 소리만 쩡쩡 산골짜기에 울릴 따름입니다.

그래도 마을에서는 장사란 이름을 듣는 칠태입니다. 더구나 힘을 모아 내리치는 망치는 볼 동안에 한 치, 두 치 정 뿌리를 바위에 박습니다. 점점 정은 깊이 들어갑니다. 세 치, 네 치, 한 자에서 또 두 자 길이로. 그리고 한 옆에는 시뻘겋게 숯불을 달아놓고는 납덩이를 끓입니다. 마침내 서너 자 길이의 구멍이 바위에 뚫리자 칠태는 매우 만족한 웃음을 한번 허허허 웃습니다. 그리고

"네 놈이, 인제두."

하고, 벌써 두포를 잡기나 하듯 싶은 기쁜 얼굴로 이글이글 끓는 납을 그 구멍에 주르륵 붓는 것입니다. 그러나 칠태의 그 얼굴은 금세 새파랗게 질리고 말았습니다. 그 끓는 납을 바위 뚫린 구멍에 붓자마자 갑자기 천지가 무너지는 굉장한 소리로 바위와 아울러 땅이 요동을 합니다. 그나 그뿐 입니까. 맞은편 산이 그대로 칠태를 향하고 물러오며 덮어 내립니다. 그제야 칠태는 자기가 천벌을 입은 줄을 깨닫고

"아아, 하느님 제 죄를 용서하십시사."

하고, 비는 것이나 이미 몸은 쏟아져 내리는 돌 밑에 묻히고 말았습니다.

10. 두포의 내력(마을 사람+노승 시점)

마을 사람들은 아무리 두포를 잡을 궁리를 해도 도리가 없습니다. 모두 답답한 얼굴을 하고 만나면 서로,

"자네 어떻게 해볼 도리 좀 없겠나."

하고들 묻습니다. 마는, 한 사람도 신통한 대답이 없습니다. 그러다가 한 자가 무릎을 탁 치며,

"옳다. 이럭하면 좋겠네."

하고, 여러 사람을 한곳으로 모이게 하였습니다. 그리고,

"뭐 별수 없네. 두포 놈의 늙은 부모를 잡아다 가두도록 하세. 그럼 두포 그놈이 제 애비어미에게는 효성이 지극한 놈이니까 우리가 애써 잡으려고 하지 않아도 제 스스로 무릎을 꿇고 기어들 걸세."

그 말이 옳습니다. 가뜩이나 부모에게 효성스런 두포가 자기로 말미암아 연만*하신 아버지 어머니가 옥에 갇히어 고생을 하는 것을 알고는 가만히 있지 않을 것이 물론입니다. 마을 사람들은 그 생각이 옳다고 모두들 찬성입니다. 그리고 당장에 일을 치러버릴 생각으로 앞을 다투어 두포 집을 향해 몰려 갑니다.

그러나 두포 집 근처에 이르러서는 호기 있게 앞서 가던 사람들이 문득 걸음을 멈춥니다. 먼저 두포가 알고 훼방을 하지나 않을까 걱정이 되는 까닭입니다. 마는 그들은 그 일로 오래 주저하지 않았습니다. 누구 생일 잔치에 청하거나 하는 듯이 노인 내외를 슬며시 불러내도 워낙이 착한 노인들이라 응치 않을 리 없을 것입니다.

마을 사람들은 더욱 신이 나서 두포 집으로 우쭐거리며 갑니다. 마침내 두포 집 문전에까지 이르렀습니다. 그런데 그 집 바깥 마당에 어떤 소년 하나가 제기를 차고 있습니다. 그 모습이 너무도 두포와 같아 마을 사람들은 무춤*하였습니다. 그러나 얼굴 모습은 두포와 같아도 표정이나 하는 행동은 두포가 아닙니다. 제기를 차다가 말고 자기 둘레로 모여드는 마을 사람 들의 얼굴을 이 사람 저 사람 쳐다보는 눈은 예사 열다섯이나 그만한 나이의 소년의 겁을 먹은 상입니다. 전일에 보던 그 용맹스럽고 호탕한 기상은 조금도 없고 귀엽게 자라난 얌전하고 조심성 있는 글방 도련님으로 밖에 보이질 않습니다. 어떻게 이소년을 그처럼 놀라운 기운과 술법을 부리던 두포라고 하겠습니까. 마을 사람은 하도 이상스러워서 한참 아래 위를 훑어보다가 이렇게 물었습니다.

"넌 뉘 집 사는 아인데 여기서 노니?"

"저는 이 집에 사는 아이예요."

"그럼 이름은 뭐냐?"

"이름은 두포라고 합니다."

"뭐, 두포?"

하고, 마을 사람들은 놀라 한걸음 뒤로 물러났습니다. 두포라는 그 이름보다는 어쩌면 두포가 이처럼 변했을까 싶어 더 한층 놀랍니다. 딴 사람이 아니고 이 소년이 바로 두포일진댄 그의 늙은 부모를 갖다 가둘 건 뭐 있고, 두려워 할 건 뭐 있겠습니까. 그대로 손목을 이끌어 간데도 순순히 따라올상 싶습니다. 도대체 이 착하고 약해 보이는 소년이 무슨 죄 같은 것을 범했을까도 싶습니다. 그리고 어른 된 체면에 이 어린 소년에게 손을 대는 것부터 어색한 생각이 나서 마을 사람들은 서로 벙벙히 얼굴만 바라보고 섰습니다. 그러다가 그중에 두포를 잡아 상을 탈 욕심으로 한 자가 앞으로 나서며 이렇게 딱 얼렀습니다.

"네 놈이 바루 두포라지."

"네 지가 바루 두포올시다."

"그럼 이놈, 네 죄를 모를까."

"지가 무슨 죄를 졌다고 그러십니까."

"네 죄를 몰라. 모르면 그걸 가르쳐 줄 테니 이걸 받아라."

하고, 그 사람은 굵은 밧줄을 꺼내 들며 막 얽으러 덤비었습니다.

● 연만 나이가 아주 많음.
● 무춤하다 놀라거나 어색한 느낌이 들어 갑자기 하던 짓을 멈추다.

이러할 때, 건너편 큰 길에서 앞에 많은 나졸을 거느린 수레가 이곳을 향하고 옵니다. 나라 조정에서 내려와 읍에 머무르고 있던 일행임이 분명합니다. 아마 두포를 잡으러 오는 것이겠지요. 마을 사람들은 두포를 남기고는 양편으로 쩍 갈라섰습니다.

수레가 그 집 어귀에 이르자 멈추고는 그 안에서 호화로운 예복을 차린 벼슬하는 사람이 내려와 두포가 있는 앞으로 옵니다. 그러더니 신하가 임금에게 하는 법식으로 공손히 절을 합니다. 그리고 어리둥절하는 두포를 부축하여 뒤에 또 한 채 있는 빈 수레에 오르기를 권합니다.

죄인으로 다스리기는 사려 임금이나 그런 사람으로 모십니다. 마을 사람들은 너무도 뜻밖의 일에 놀라 벌린 입을 다물지 못합니다.

그러나 더욱 놀라기는 그 집 노인 양주입니다. 어쩐 영문은 모르면서 그저 지금까지 친아들로 여기고 살던 두포를 잃는 줄만 알고 얼굴에 울음을 지으며 벼슬하는 사람의 옷깃에 매달리어 두포를 자기네들 곁에 그대로 두어주기를 애원합니다. 그러자 언제 왔는지 긴 지팡이를 짚은 노승, 십오 년 전에 그들 노인 양주를 찾아와 두포를 맡기고 가던 그 노승이 나타나 그들을 반가이 맞았습니다.

"의지 없는 갓난 아기를 오늘날 이만큼 장성하시게 하긴 오로지 그대들의 공로요."

하고 노승은 치사하는 인사를 하고는

"그대에게 십오 년 전에 맡기고 간 아기는 바루 이 나라 태자이시던 거요. 이제야 역신을 물리치고 국토가 바루 잡혀서 다시 등극하시게 되었으니 그대들은 기뻐는 할지언정 아예 섭섭해하지는 마시오."

하고 그대로 두포와 떨어지기를 섭섭해하는 노인 양주를 위로하였습니다.

그렇습니다. 지금으로부터 십오 년 전 당시 나라 임금께서 믿고 사랑하시던 신하 한 사람이 뱃심°을 품고 난을 일으켜 나라 대궐에까지 쳐들어 왔습니다. 그런 위태로운 중에서 그때 정승 벼슬로 있던 지금 노승이 어린 태자를 품에 품고 겨우 난을 벗어나 노승으로 차리고는 팔도로 돌며 태자를 맡아 기를만한 사람을 물색했던 것입니다. 그러다가 강원도 산골에 극히 가난하고 착하게 사는 노인 양주를 매우 믿음직하게 여기어 아기를 맡기었습니다. 그리고 자기는 멀지 않은 산속에 머물러 있어 난이 가라앉기를 기다리는 한편 태자로 하여금 일후 영주가 되시기에 합당한 모든 것을 가르치던 것입니다. 그러다가 오늘날 역신을 물리치고 나라가 바로 잡히며 비로소 태자는 임금으로 등극하시게 되기는 하였으나, 그러나 노승은 매우 섭섭한 얼굴을 합니다.

그것은 한 달포 동안만 더 도를 닦았더면 태자로 하여금 하늘 아래에 제일 으뜸가는 군주가 되시게 되는 것을 그만 칠태로 말미암아 십 년의 공이 수포로 돌아가고 말았으니 왜 아니 그러겠습니까. 만약에 칠태가 그 바위에 납을 끓여 붓지만 않았더면 두포는 어깨에 날개가 돋친 장수로 온갖 도술을 부릴 수 있겠으니 그런 임금이 다스리는 나라의 장래가 어떠할 것은 길게 말할 필요도 없습니다. 그러나 좋습니

° 뱃심   나쁜 뜻, 사심.

다. 태자는 그런 놀라운 기운과 술법을 잃어버린 대신으로 끝없이 착한 마음과 덕기를 갖출 수 있어 이만해도 성군이 되기에 넉넉합니다. 다만 죄송스럽기는 마을 사람들입니다. 그런 것을 모르고 칠태의 꼬임에 빠져 외람하게도 태자를 해코지하였으니 그 죄가 얼마입니까. 백번 죽어도 모자라겠습니다고 모두들 엎드리어 울면서 빌었습니다. 그러나 너그러우신 태자는 노엽게 알기는사려 모든 것을 용서하시고 또 그 마을에는 십 년 동안 나라에 바치는 세금을 면제해 주시고 수레를 떠났습니다. 그 후 노인 두 양주는 태자가 물리고 간 그 집과 재산을 지니며 오래 부귀와 수를 누리었습니다.

지금도 강원도에는 그 바위가 그대로 남아 있어, 일러 장수바위라고 합니다.

지도자의 길 : 왕도와 패도

이 소설은 고귀한 용모와 비범한 능력을 타고 난 주인공 두포와 그를 시기 질투하여 없애고자 하는 칠태의 대립을 그리고 있습니다. 소설을 읽으면서 우리는 칠태의 끝없는 악행을 미워하게 되고, 두포의 듬직함과 포용력에 무한한 신뢰를 갖게 됩니다. 또, 온갖 권모술수를 쓰는 칠태에 대해 분노를 느끼다가, 억울하게 당하지만 끝까지 선함을 잃지 않는 두포에게 감탄을 하며, 그의 행적에 은근한 기대를 걸어 봅니다. 이렇듯 영웅과 악인이라는 두 축을 중심으로 진행되는 이 작품은 표면적으로는 권선징악이라는 전통적인 주제를 드러내지만, 이면에는 다른 의미를 담고 있습니다.

두포는 반역신하 때문에 민가에 몰래 숨겨진 태자입니다. 노승(실은 나라의 정승)은 반역신하에게서 두포를 구출한 조력자로서, 두포가 도술적 능력까지 겸비하여 세계를 이끌 왕으로 성장하도록 도와주는 존재입니다.

두포를 맡은 노부부는 가난하지만 선량한 서민이었습니다. 두포가 온 이후로 노부부의 집은 더욱 풍족해졌고 두포의 덕을 본 마을 사람들은 노부부와 두포의 덕을 칭송하기에 이릅니다. 이를 본 칠태는 두포의 재산을 탐내어 훔치려 하다가 오히려 두포에게 내던져져 톡톡히 망신만 당합니다. 이후로 칠태는 온갖 수단을 동원하여 두포를 해치려고 합니다. 정면승부로는 두포를 이길 수 없으므로, 뒤에서 마을 사람들을 조정하고 이웃 마을에까지 나쁜 헛소문을 퍼뜨리는 등 온갖 중상모략으로 두포를 없애버리고자 합니다. 그러나 두포는 칠태와 마을 사람들의 공격이 있을 때마다 맞대응하지 않고, 그에게 닥친 시련을 도술을 사용해 슬기로운 방법으로 극복해 나갑니다.

칠태는 왜 그리 두포를 미워했을까요? 그 이유는 두포의 능력과 재산을 시기, 질투했기 때문입니다. 또 1인자로서 자신의 자리를 뺏긴 것에 대한 분노와 적개심이 발동했기 때문일 것입니다. 두포가 출현하기 전까지 마을에서 1인자는 칠태였습니다. 무뢰한으로 폭력과 절도 등 악행을 저지르고 살았지만 힘이 장사라 아무도 그를 건드릴 수 없었습니다. 그런데, 두포가 나타난 이후로 그는 자신의 처지에 위협을 받게 됩니다. 두포를 없앰으로써 예전의 위치를 되찾는 동시에 그의 재산까지 차지하려고 하였으나 번번이 실패하게 되자 점차 강한 복수심을 갖게 된 것입니다. 질투와 시기에 눈이 멀면 옳은 길로 돌아오기 어려운가 봅니다. 그는 한쪽 눈이 실명하고 한쪽 다리마저 다치면서 스스로를 돌아볼 기회가 있었지만, 여전히 악행을 멈추지 않았습니다. 결국 두포에게 겨눈 칼날은 자신에게로 돌아와 죽음을 맞이합니다. 칠태의 몰락을 지켜보며 악한 자가 받아야 할 응당한 결과라며 통쾌함을 느끼면서도 한편으로는 안타까운 마음이 듭니다. 노승이 준 기회를 박차버린 그가 조금은 불쌍해서, 혹은 곁에서 그의 행동을 제지하거나 변화시킬 사람이 없어서 말입니다. 마을 사람들이 모두 칠태의 말에 선동될 것이 아니라, 어느 한 명이라도 그를 말리며 옳은 길로 이끌었다면 조금 더 행복한 결말이 되지 않았을까 생각해 봅니다.

칠태가 바위에 쏟아 부은 쇳물로 인해 두포는 힘과 도술 능력을 잃어버렸습니다. 그러나 노승은, 두포가 힘은 잃었지만 그의 선량함과 어짐 때문에 그를 왕으로 추대하기에 충분하다고 인정합니다. 칠태나 마을 사람들이 아무리 자신을 공격해도 두포는 그들에 대한 분노로 보복을 가하지 않았습니다. 선함을 잃지 않고, 묵묵히 도술을 갈고 닦을 뿐이었습니다. 또 태자의 자리로 되돌아가며 마을 사람들을 모두 용서하고, 노부부에게 상을 내렸습니다. 이런 결말은 왕이 될 자라면 마지막까지 선한 행위를 고수함으로써 악과 대항해야 하고, 어리석은 백성을 포용함으로써 신뢰를 얻어야 한다는 것을 말해주고 있습니다.

이 소설의 주된 메시지는 악한 강자가 아무리 악한 방법을 사용해도 끝내는 선한 방법을 사용하는 선한 강자를 이길 수 없다는 것입니다. 그리고 이와 함께 참된 지도자라면 그런 선한 강자가 되어야 한다는 것을 말하고 있습니다. 유교 정치사상에 왕도(王道)와 패도(覇道)라는 것이 있습니다. 왕도란 인덕(仁德)을 근본으로 천하를 다스리는 도리를 말하고, 패도란 인의(仁義)를 가볍게 여기고 무력이나 권모술수로써 정치적 목적을 달성하는 것을 말합니다. 역사 속에 존재하는 수많은 왕과 지도자들에게서도 왕도와 패도를 찾아볼 수 있습니다. 두포는 왕도를 실천하는 지도자였습니다. 그렇다면 소설 속의 마을 사람들은 왕도와 패도 중 어떤 것을 따랐나요? 우리의 현대사에서 지도자들과 민중의 모습에서도 왕도와 패도를 생각해 볼 수 있습니다. 그들의 모습을 되돌아보며, 현재의 우리는 소설 속의 마을 사람들처럼 패도에 속는 우매함에서 벗어나 참된 지도자를 알아보고 그를 선택하는 지혜를 가져야 할 것입니다.

이 소설의 창작 시기는 1939년 일제 강점기입니다. 작가는 억압받던 시기에 민족 고유의 전설을 되살려 당대 민중에게 희망을 주려는 의도로 이 소설을 창작하지 않았을까 추측해봅니다. 이 작품은 '아기장수 전설'을 변용한 이야기인데 기존의 전설이 비극적 결말인 것과 달리, 주인공이 훌륭한 왕이 되는 행복한 결말을 취하고 있습니다. '민중 속에서 길러진 영웅이 온갖 어려움을 극복하고 결국은 승리하여 나라를 다스리는 어진 군주가 된다'는 설정은 나라를 잃은 아이들에게 희망을 갖게 했을 것입니다. 또한 악행에 맞서는 주인공을 통해 어려운 시대 상황을 극복할 수 있는 용기를 심어주었을 것입니다.

오늘날 이 소설을 읽는 여러분은 어떻습니까? 칠태처럼 힘이나 권력으로 상대를 제압하는 것만이 강자라고 생각한 적은 없었나요? 험담과 뒷담화로 상대에 대한 질투심을 표출하며 여론을 선동했던 적은 없었나요? 복수는 정당하다고 생각했던 적은 없었나요? 질문에 답해 보며 자신의 삶을 성찰해 봅시다. 그리고 선한 강자가 되기 위해서는 어떤 자세를 가져야 하는지, 참된 지도자가 가져야 할 자질은 무엇인지 생각해 보시기 바랍니다.

타락한 사회를 변화시키는 힘

주인공의 긍정적인 변화는 무엇 때문일까요? 그에게 찾아온 변화를 어떻게 수용하고 있는지, 변화를 이끌어 낸 삶의 태도와 욕망은 무엇인지 생각해 봅시다.

탐욕과 폭력이 판을 치는 자본주의 사회에서 인간다운 삶을 영위하고 평화를 지켜낼 수 있는 원동력은 무엇일까요?

삼풍별곡

김하기|1958~

장기수 문제를 다룬 소설 「완전한 만남」을 발표하며 사회적 반향을 일으킨 소설
가로, 주로 사회의 모순에 대한 폭넓은 탐구와 그 극복 의지를 형상화한 소설을 썼
다. 「완전한 만남」, 「은행나무 사랑」, 「독도전쟁 1, 2」 등의 작품이 있다.

"우째 저런 일이!"

돼지국밥집에서 티브이를 보던 사람들이 탄식을 하며 웅성거렸다. 마동달은 설렁탕 국물을 들이켜다 말고 송충이 눈썹을 꿈틀거리며 티브이를 쳐다보았다. 속보를 내보내는 화면에는 건물의 잔해가 널려 있고 중심부에서 검붉은 연기가 치솟아올라 마치 전쟁터를 방불케 했다. 아나운서는 시종일관 흥분된 목소리로 삼풍 백화점의 붕괴소식을 전했다.

"정말 믿을 수 없는 대참사가 또다시 일어났습니다. 오늘 오후 여섯 시 경 서울 서초동에 있는 삼풍 백화점이 갑자기 무너져 내렸습니다. 목격자들의 말에 따르면 갑자기 쾅 하는 굉음과 함께 오층 건물이 연쇄적으로 무너져 내리면서 지금 시청자 여러분이 보시는 바와 같이 마치 폭격을 맞은 듯한 처참한 모습으로 바뀌었습니다. 사고 당시 백화점 안에는 천여 명의 고객이 쇼핑을 하고 있었으며 백화점 직원만 해도 삼백여 명이 있었다고 합니다. 그렇다면 이 무너진 콘크리트 더미 아래엔 최소한 수백 명의 사람이 매몰되어 있을 것으로 추정됩니다. 하지만 구조대원과 구조장비는 턱없이 모자라 사람만 우왕좌왕할 뿐 체계적인 인명구조 작업은 이뤄지지 않고 있습니다. 그러면 목격자 한 분을 모셔서 사고가 일어난 당시의 상황을……"

한동안 숟가락을 놓고 숙연하게 앉아 있던 국밥집 손님들은 다시 시끌벅적 소란스러워졌다.

"염병할, 지하철 가스가 폭발한 지 메칠 됐다고 또 저 꼬라지고, 이제는 한나도 안 놀란데이."

"금메 말이요. 김영삼이가 대통령이 되고 나서 사고 공화국이 되았당게. 하루가 멀다 하고 대형 사고니 대통령이 덕이 없어서 그런 게 아니어라우."

"육해공에서 골고루 다 터졌잖아. 땅속 가스까지 터져 이제 남은 건 삼팔선밖에 없구나 생각했더니 웬 삼풍이야."

"김영삼 대통령이 이름이 안 좋아서 그러지라. 맨 끝의 석 삼자를 살펴보더랑게. 윗토막이 가운데 토막보다 길잖우. 그러니 위가 무거워 왕창 나자빠진당게."

"이래저래 죽어나는 건 죄없는 백성들이여. 터졌다 하면 수백 명이니 이게 파리 목숨이지 사람 목숨인가."

"허, 누구는 좋을시고. 보상금이 수월찮을 거로."

"그러게 말이야. 이왕 죽는 거, 저런 데서 자빠라지면 오죽 좋아. 가족들이 제사라도 오지게 모실 거 아녀."

대부분이 주위의 공사판 인부들인 이들은 소주와 돼지 수육을 추가로 시켜놓고 제각기 떠들어댔다. 마농날은 날없이 설렁낭 국불을 후루룩 들이켜곤 한 마디 툭 내뱉으며 일어섰다.

"지금 콘크리트 더미 밑에는 수백 명이 죽어가며 애타게 구원의 손길을 기다리고 있소. 비판만 하면 어쩔 것이며 보상금 타령은 웬 말이오!"

왁자지껄 떠들던 사람들이 아금을 박는 마동달의 말에 찬물을 뒤집어쓴 듯 조용해졌다. "어 누구여?" 하고 돌아보는 사람들을 아랑곳 않고 마동달은 일어나 국밥집을 나왔다.

"아니, 저, 저 녀석은 꾀쇠아비* 마동달이 아닌가!"

"어디서 애국자가 나타났는가 했더니 순 양아치가 나서서 우리한테 훈계를 하려 들어."

"나 원, 재수가 없으려니까 꾀쇠아비한테서 설교를 다 듣고, 아줌마 문지방에 소금 좀 뿌려야겠소. 에잇, 술맛 다 떨어졌다."

"감빵 갔다와서 인종이 됐나 했더니 매한가지야. 양아치 술 안주 같은 놈!"

"동달이가 말이야 바른말 했잖는가."

"허어, 이 사람 아직도 모르는가. 번지르르한 말로 어라서* 좆 멕이는 게 꾀쇠아비여."

마동달은 뒤통수를 때리는 말에 쓴웃음을 지으며 공사판 현장으로 발걸음을 옮겼다.

"동달이, 아직 집에 안 들어갔는감?"

좁은 경비실에 방충망을 치고 있던 경비원 박씨가 마동달을 보고 묻는다.

"무릎 관절이 안 좋아서 며칠간 좀 쉴랍니다."

"또 빠구리칠려는가벼*. 곧 장마라는디 하루라도 더 벌어야 장개도 갈 거 아녀. 동달이 자네도 이제 정신 좀 차리랑게. 올해 나이가 몇인 가."

"아저씨도 등짐을 지고 오르락내리락 해보소. 하이고, 온몸이 뻑적 지근하고 붕알의 힘줄이 다 터져버렸소. 며칠 요양하고 올 테니 반장 한테 얘기나 잘 좀 전해주슈."

"빵에서 나와 한동안 열심히 하더니 또 꾀가 나기 시작했구만, 앗 따거, 이놈의 모기가 벌써부터 왜 이리 극성맞아, 원."

경비원 박씨는 손바닥으로 팔뚝을 때리곤 입에 잔못을 물고 망치 질을 했다.

"헌데 아저씨는 아직도 백화점이 무너진 소식을 모른다요?"

"뭐 백화점? 참말로 무너진 거여?"

박씨는 입에 물었던 잔못을 떨어뜨리며 동달을 노려봤다. 거짓말 이면 가만두지 않겠다는 표정이었다.

"거참, 테레비를 켜보면 알 것 아뇨. 벌써 수십 명이 죽고 지하에는 수백 명이나 깔려 있다고 떠들어대는데."

박씨는 망치를 던져버리고 경비실 안의 티브이를 켰다.

"워메 참말이네. 폭삭 무너졌구만. 완전 초토화야."

---

* 꾀쇠아비　조선시대 때, 공갈협박을 일삼고 굶주린 백성들의 피를 빨아먹는 못된 짓만 골라 하는 무리를 일컫는 말.
* 어롸서　얼러서. 어떤 일을 하도록 구슬러서.
* 빠구리치다　땡땡이치다. 꾀를 내어 일을 열심히 하지 않다.

박씨가 티브이에 빠져 있는 동안 마동달은 안전모와 장화, 해머, 손전등, 목장갑 등 작업도구를 챙겨 자루에 넣고 경비실을 유유히 빠져나와 버스 정류소로 발길을 옮겼다. 되도록이면 빨리 서초동에 도착해야 할 터인데 마음이 초조해졌다. 버스를 기다리다 꽁초를 발로 짓이기고는 지나가는 택시를 붙잡아 탔다.

"서초동 삼풍 백화점으로 갑시다."

"삼풍은 안 되겠소. 구경 가는 사람들로 교통체증이 엄청나요."

"난 지금 방송을 듣고 자원봉사 하러 가는 길인데 한시가 급해요."

마동달은 재빨리 자루를 열어 안전모와 작업도구를 보여주며 말했다.

"허, 그래요? 손님 정성을 봐서라도 가야겠구만."

마동달이 붕괴된 백화점 앞에 내린 시각은 사고가 난 지 두 시간 후인 오후 여덟시 경이었다. 대형 야광 조명등이 막 설치되어 끔찍한 재난 현장을 대낮같이 비추었고 각 방송 카메라는 스포츠 게임을 중계하듯 경쟁적으로 구조작업을 보도하고 있었다.

마동달은 잽싸게 작업복으로 갈아입고 안전모 목장갑 장화를 착용한 뒤 손전등을 들었다. 그대로 갖춰진 구조대원 모습이었다. 마동달은 현장을 한 바퀴 돌아본 결과 지휘체계가 엉망이라는 걸 한눈에 알아보았다. 기자들과 방송 카메라는 구조작업을 방해하면서까지 취재에 열을 올리고 소방관들과 해병 전우회는 구조방법에 대해 의견대립을 보이며 드잡이●를 하고 있었다. 방송을 듣고 달려온 자원봉사자들은 어디서 구조작업을 하라는 명령을 받지 못해 우왕좌왕하고 있고 사고수습 대책본부는 대책 없이 메가폰으로 자신들의 명령에 따를 것만을 주문하고 있었다.

마동달은 안전모를 깊이 눌러쓰고 공사판 감독관처럼 구조현장을 둘러보았다. 할 일 없이 부지런히 돌아다니는 사람들을 유심히 살펴보며 역시나 하는 쓴웃음을 지었다. 붕괴현장에는 하이에나 같은 좀도둑들이 쥐새끼 풀방구리° 드나들 듯 물건들을 물어나르고 있었다. 사고현장에는 어김없이 몰려드는 갈가위°떼들이었다. 초호화판 백화점이라 전국의 양아치, 밥풀떼기, 갈가위, 좀도둑들이 다 몰려들었군. 남의 불행을 틈타 제 잇속을 챙기는 갈가위떼들은 방독면을 쓰고 구조대원으로 가장하고 있는가 하면 흰 가운을 걸치고 의료대원으로 행세하고 있었다. 완장에 카메라를 메고 기자를 사칭하는 놈, 방성대곡을 터뜨리며 희생자 가족으로 위장한 놈 별의별 놈들이 사고현장 안에서 설치고 다녔다. 하지만 그들의 최종 발길은 오직 한 방향, 고가품이 궤짝으로 쌓여 있는 비동 지하 창고임을 단박에 알 수 있었다. 마동달은 경비요원임을 자처하고 궤짝을 통째로 날라가는 갈가위 한 놈을 붙잡아 들고 있던 백화점 내부 도면을 빼앗고 놓아주었다. 고맙다고 인사를 하고 가던 그 갈가위는 어둠 속에서 멈칫멈칫하더니 이내 하이에나처럼 슬금슬금 다가와서 수입 골프채 서너 개를 빼내어 잽싸게 도망쳤다.

° 드잡이　서로 머리나 멱살을 움켜잡고 싸우는 짓.
° 풀방구리　풀을 담아 놓은 작은 질그릇.
° 갈가위　인색하여 제 욕심만을 채우려는 사람.

일일구 구조대원들은 잔해 밖으로 튕겨지고 삐어져나온 수십 명의 부상자들을 구조해 정신없이 구급차로 나르고 있었다. 포크레인과 기중기가 그르렁거리며 잔해 더미를 긁어내고 관창수들은 중앙에서 솟아오르는 불길을 잡기 위해 소방호스를 겨누고 있었다. 그러나 야광 조명등과 방송 카메라 눈이 미치지 못하는 사각지대에는 색다른 구조작업이 벌어지고 있었다. 각종 모습으로 변장한 갈가위떼들이 수입제 고급 카메라와 무비 카메라, 손목시계, 의류, 악세서리, 구두, 넥타이, 화장품 심지어 전자밥통까지 잔해 더미에서 건져 올려 미리 준비해온 자루에 퍼담아 어둠 속으로 사라지고 있었다. 마동달은 그들의 궁상맞은 모습을 조소 어린 눈으로 바라보다 뺏은 설계도면을 꼼꼼히 살피며 목표지점인 엑스 지점을 찾았다.

"당신은 어디 소속이오?"

깐깐한 눈빛의 일일구 대원이 비동 지하에 서성거리고 있는 마동달을 세우며 추달했다•.

"붕괴 소식을 듣고 달려온 자원봉사자요."

"고맙군요. 그래, 무슨 기술이 있습니까?"

"용접 절단은 도사급입니다."

"그럼 먼저 저기 방열복으로 갈아입고 산소 용접기를 들고 날 따라오시오. 쓸데없이 뛰어다니는 사람들은 많지만 정작 구조에 필요한 용접공은 턱없이 부족하오."

마동달은 소방대원의 지시대로 방열복으로 갈아입었다.

"저쪽 엘리베이터 탑 쪽으로 파들어가는 구조대원들이 자원봉사단이오. 용접 절단이 급하니 합류해 주시오."

"알겠습니다."

마동달은 자원봉사단에 합류해 지하 슈퍼마켓 쪽에서 작업하는 오조에 지원했다. 지하는 고함지르는 소리, 절단기의 소음, 중앙에서 뿜어나오는 연기와 석면 분진으로 아수라장이었다. 마동달은 김 선생과 박 부장이라는 두 명의 조원들과 한팀이 되어 무너진 슈퍼마켓의 천장과 벽체를 뚫는 작업을 시작하였다. 콘크리트 더미는 엿가락처럼 휘어진 철골과 철제 에이치빔과 몇 아름이나 되는 기둥들이 뒤엉켜 있어 몸 하나가 간신히 들어갈 만한 구멍을 파나가는데 한 시간을 파도 일 미터를 나아가지 못했다.

"슈퍼마켓에는 생존자가 몇 명 있는 겁니까?"

마동달은 서투르게 절단기로 콘크리트 벽체를 잘라내는 김 선생에게 물었다.

"저기 박 부장이 생존자와 대화를 했소. 생존자 수대로 두드려 달라니까 돌을 아홉 번 두드리더랍니다."

김 선생은 해머를 잡고 콘크리트 덩어리를 깨뜨리는 박 부장을 가리키며 말했다. 박 부장은 부지런히 뛰어다니며 이쪽저쪽 망치질을 하지만 뒤집어진 거북이의 활갯짓처럼 아무런 성과를 내지 못하고 있었다.

"빨리 서둘러야지요. 늑장 부리다간 죽을지도 몰라요."

● 추달하다   '닦달하다'의 방언.

"박 부장은 지금 제정신이 아닙니다. 아내가 식품부에서 쇼핑하다 실종되었다고 하더군요."

"그렇군요. 김 선생님 가족도 혹시 여기에……"

마동달은 김 선생이 박 부장의 아내에 대해서 말할 때 얼굴에 교차되는 부러움과 괴로움을 읽었다. 적어도 박 부장은 희망을 갖고 작업을 하고 있지 않은가.

"제 딸은 희망이 없을 듯합니다. 삼층 아동복 매장에서 아르바이트생으로 일하고 있었지요. 위치로 보아 거의 매몰지역 중심인데다 불까지 났으니 십중팔구 죽었을 겁니다. 가만히 앉아서 기다리느니 콘크리트라도 깨부숴야 답답한 속이 좀 시원해질 것 같아서 이렇게 나섰지요."

김 선생의 말에 마동달은 고개를 끄덕이며 통로를 가로막고 있는 철제 에이치빔에 용접 불꽃을 튀겼다. 사방에서 쿵쿵거리는 진동음에 콘크리트 조각들이 비처럼 쏟아져 내리고 사십 도를 웃도는 열기로 속옷은 물걸레가 되었다. 곳곳에서 부상자들과 죽은 사체들이 무더기 쏟아져나왔고 잘려 나온 여자의 다리 한 짝을 들고 달려가는 구조대원도 보였다. 콘크리트 더미를 파헤치고 가는 작업은 지지부진했다. 몸만 간신히 빠져나가는 구멍을 뚫는 데도 한 시간에 일 미터를 전진하지 못했다. 돌로 벽을 두드리는 소리가 곳곳에서 들렸다. 그때마다 동작그만을 외치며 생존자의 위치를 탐문하다 보니 작업속도는 더욱 느려졌다.

오조는 여섯 시간의 사투 끝에 마침내 콘크리트 벽체를 부수고 슈퍼마켓 식품부로 진출했다. 무너져내린 천장과 찌그러진 대형 냉장

고가 만든 삿갓 틈새로 생존자들이 너구리 새끼처럼 서로 부둥켜안고 있었다. 아홉 명 중 살아 있는 사람은 여섯 사람이었다. 두 사람은 출혈과다로 죽고 한 명은 외상이 없는 걸로 봐서 질식사나 심장마비인 듯했다. 박 부장의 아내는 보이지 않았다.

마동달이 김 선생과 박 부장과 함께 지상으로 나온 시각은 별도 가물가물한 새벽 세시 경이었다. 셋은 백화점 바로 뒤편의 사법연수원으로 가서 담벼락에 지친 몸을 털썩 기대었다. 자원봉사단 부녀회에서 제공한 김밥과 컵라면을 뚝딱 해치웠으나 녹초가 된 셋은 잠잘 생각은 않고 뭔가 허전한 눈빛으로 서로를 바라보았다. 그때 마동달이 방열복 안에서 소주 세 병과 오징어 한 마리를 꺼내었다. 김 선생과 박 부장은 호우 하는 감탄사를 발하며 마동달 곁으로 궁둥이를 당겼다.

"마형은 솜씨도 좋소. 어느 틈에 이걸 챙겼단 말이오?"

식품부에서 아내를 발견하지 못한 때문인지 오후부터 작업속도가 현저히 떨어진 박 부장은 마동달이 라이터 밑둥으로 까준 소주병을 받고는 신기해했다.

"이런 재미라도 없다면 저 아수라장을 어떻게 견뎌내겠소."

김 선생은 마동달이 까준 소주병을 거꾸로 세워 벌컥벌컥 나발을 불었다.

"정말 개떡 같다. 이럴 줄 알았으면 딸년의 소원을 다 들어주는 건데. 늘 지나고 나서 후회하는 못난 애비라니."

김 선생은 서치라이트가 뿌옇게 밝힌 현장을 보며 자조 섞인 웃음을 지었다.

"김 선생님의 딸이 백화점에서 아르바이트를 했다문서요?"

마동달은 이빨로 간 술병을 터센• 삼풍 땅에 고시레•를 하고 한 모금 들이켰다.

"하루는 딸년이 말하더군. '아빠, 나도 삐삐를 사줘요. 요즘 삐삐가 없으면 사람 취급도 못 받아' 하길래 난 대뜸 '재수생이 공부는 않고 삐삐는 무슨 얼어죽을 삐삐냐. 난 못 사준다. 정 갖고 싶다면 너가 벌어서 삐삐를 사든 뿌뿌를 사든 맘대로 해!' 하고 야단을 쳐주었소. 그런데 아, 그년이 글쎄 다니던 학원을 달랑 그만두고 바로 저기에 취직해버린 거라오."

손가락으로 가리킨 사고현장은 부서진 욕망의 잔해들이 뒹굴고 있었다. 마동달은 이상하게도 수백 명의 인명을 삼킨 잔해더미가 새하얀 조명 빛을 받아 하얀 무서리가 앉은 듯 아름답게 느껴졌다.

"그때 애를 토닥이며 달래야 했는데 난 오히려 '넌 내 딸이 아니라'고 집 밖으로 쫓아버렸지. 명색이 애비가 선생인데 딸애의 성적은 늘 바닥이었소. 공부엔 통 관심이 없고 고만한 친구들과 어울려 다니는 게 평소의 큰 불만이었는데 그날은 자제를 못 하고 그만 폭발하고 말았던 거요. 본래 내 성격이 꼬장꼬장한 면이 있긴 하지만 그게 본심은 아닌데 이런 꼴을 당하고 보니 그놈의 삐삐를 안 사주고 집을 내쫓은 게 자꾸 마음에 걸리고……. 이 못난 애비가 내 딸 명희를 죽였지요."

새치가 희끗한 김 선생은 죄책감에 사로잡힌 듯 고개를 숙인 채 소주병을 만지작거렸다.

"그게 어디 김 선생 탓입니까. 하루가 멀다 하고 일어나는 대형 참사와 가진 놈들이 부추기는 과소비와 향락주의 때문이죠."

박 부장이 오징어를 가늘게 찢어놓으며 김 선생을 위로하며 나섰다.

"박 부장님도 과소비와 향락주의를 부추기는 가진 축일 텐데 그런 말씀 하슈?"

마동달은 좀 비꼬듯 박 부장을 보며 말했다. 사실 인명구조 작업을 벌이는 동안 박 부장은 그저 망치만 들고 허둥지둥대기만 했지 한 일이라고는 별로 없었다. 그에 비하면 김 선생은 처음에는 서툴렀으나 점차 일을 익혀 차분하게 작업에 임했다. 박 부장의 행동이 미심쩍은 것은 쇼핑 간 아내를 찾는다고 하면서 생존자들에게 아내의 행적을 적극적으로 수소문하지 않았을 뿐더러 차라리 시체로 발견되는 게 낫 겠다는 것인지 구조작업에 그닥 열의를 보이지 않았다. 아마도 아내가 당했다는 충격과 실의에 넋이 나가서 그렇겠지 마동달은 너그럽게 이해하기로 했다.

"아이고 나는 부자들 근방에도 가지 못해요. 부장이라도 조그만 판매회사의 영업부장입니다. 판매실적이 안 좋으면 언제라도 모가지죠. 허영심이 많은 아내가 가끔 여기로 찬거리도 살 겸 아이 쇼핑을 하러 왔는데 하필 어제 그런 일이 생길 건 뭡니까."

박 부장은 한숨을 푸욱 쉬며 밤하늘을 쳐다보았다.

"좌우간 선생님들 모두 열심히 하고 있잖아요. 하늘이 좋은 결과를

● 터센   터(가) 세다. (자리나 위치 따위가) 나쁜 일이 잇달아 일어날 정도로 좋지 않다.
● 고시레   고수레의 방언. 민간 신앙에서, 산이나 들에서 음식을 먹을 때나 무당이 굿을 할 때, 귀신에게 먼저 바친다는 뜻으로 음식을 조금 떼어 던지는 일.

안 내려주시겠소."

마동달은 지하실 열기에 반쯤은 익은 오징어 다리를 질겅질겅 씹으며 점차 흐려지는 하늘을 쳐다보았다.

사고 발생 후 사흘이 지나도 구조작업은 목표가 보이지 않았다. 생존자 위주로 수작업을 벌이면 크레인, 포크레인, 불도저 등 대형 장비를 사용하지 못해 속도가 느려져 생존자들이 죽을 가능성이 높아지는 모순이 있고 반면 대형 장비를 동원해 작업 속도를 빠르게 하면 콘크리트 틈새에서 간신히 버티고 있는 생존자들이 압사할 위험이 있다. 지휘본부의 방침은 시간이 걸리더라도 한 사람의 생존자라도 찾아야 한다는 것이었다. 희생자와 실종자 가족들은 처음엔 생존자 위주로 수작업만을 요구하더니 시간이 흐를수록 초조해져 중장비 동원을 요구했다. 마동달은 혼선을 빚는 지휘계통으로 작업이 끊어질 때마다 설계도면을 들여다보았다. 도면상 엑스 지점은 김 선생의 딸이 묻혀 있는 아동복 매장 위이다. 어디로 파고 나가야 가장 빠른 시간 내에 표시 지점에 도달할 것인가.

장마가 시작되었는지 어제 저녁부터 쏟아진 비는 오후가 되어도 주룩주룩 장대비를 내리고 있었다. 지하에는 무더위와 빗물에 부패한 시체의 냄새가 코를 찔렀다. 마동달이 조장이 된 오조는 언제 붕괴될지 모르는 지하 통로에서 위험을 무릅쓰고 수십 명의 사상자를 구해내며 계속 중앙을 향해 파들어갔다. 오후엔 웬디스 햄버거 점에서 햄버거를 먹다 죽은 사체 두 구를 인양했다.

"그런데 김 선생님은 따님이 일했던 매장이 어딘지 알고나 있는 거요? 내 말은 이왕 하는 작업, 그쪽으로 파들어가는 게 낫지 않겠나 그 말입니다."

마동달은 안주머니에서 팔절지 크기의 도면을 꺼내 폈다.

"아니, 마형. 어디서 이 지도를 구했습니까?"

"친구가 대책본부에 있어서요. 자, 보세요. 여기가 김명희가 있던 아동복 매장이고 우리가 있는 이곳이 슈퍼마켓을 지나 햄버거점입니다. 그러니 따님을 찾으려면 여길 지나 해외 수입 브랜드 매장과 주니어복 매장을 통과해야만 닿을 수 있습니다."

"이런 속도로 파나가단 크리스마스나 되어 딸을 만나겠군."

김 선생은 고개를 흔들며 절망적인 목소리로 말했다.

"최단 거리는 북쪽 식당에서 파나가는 겁니다. 그런데 이곳에는 어제부터 이미 용역회사에서 보낸 전문 구조요원이 투입되어 파고 있더군요. 절단기, 용접기는 물론이고 에어백, 콤프레서와 같은 최첨단 장비와 실종자 가족들이 반대하는 굴착기까지 동원해 빠른 속도로 작업을 진행하고 있어요. 그곳 일대는 폭삭 무너져내려 사람이 생존할 가능성이 전혀 없는 곳인데도 말입니다."

"왜 그런답니까?"

박 부장이 도면 위로 코를 들이밀며 물었다.

"가운데로 통로를 열어 바깥과 연결하려는 것이겠죠."

마동달은 이것으로 설명이 부족함을 느끼고 한마디 덧붙였다.

"아니면 누군가 돈 많고 빽 있는 사람이 아동복 매장 쪽으로 묻힌 가족을 찾든지요."

마동달은 정확하진 않지만 사실에 가깝게 말했다고 생각했다.

"그럴지도 모르겠군. 유력자*가 사람을 고용해 제 가족을 넌서 찾겠다는 고약한 심보일 수도 있겠군. 지금 생존자 구조가 한 시각이 급한데 그 지점은 생존 가능성이 전혀 없는 곳이잖아."

딸의 구조는 전혀 생각하지 않고 오로지 생존자 구조만을 위해 작업을 해왔던 김 선생은 땡감을 씹은 듯 떫은 표정을 지었다.

"이런 곳에서도 권력다툼이 일어나지요. 구조방법을 놓고 싸움을 하고 지휘계통을 누가 잡느냐고 드잡이를 하고 말입니다. 하지만 우리 조가 최선을 다해 파고들어 간다면 저들보다 한 발 빨리 닿을 수 있다고 생각합니다. 이제 그만 작업을 시작하죠."

마동달은 산소 용접기를 들고 통로로 걸어나갔다. 그는 보석상의 주인이 엑스 지점을 향해 파들어갈 것을 이미 예상하고 있었지만 너무 빨리 착수했다는 데 당혹감을 금치 못하고 있었다. 자칫하면 계획했던 모든 일이 물거품으로 돌아간다.

마동달은 낮에 컵라면으로 점심을 때우고 현장을 꼼꼼하게 둘러보았다. 아니나 다를까 자신이 진작부터 파들어가고 싶어하던 북쪽 식당에서 남몰래 작업하는 구조팀을 발견했다. 마동달은 회심의 미소를 지었다. 그러면 그렇지. 노다지*가 묻혀 있는 게 틀림없군. 그는 애당초 아동복 매장 위쪽에 보석상점이 있는 것에 주목해 엑스점을 찍었던 것이다. 판검사가 몰려사는 부자촌 노른자위에 자리잡은 이 보석상점은 전국에서 최고급의 보석만을 거래하고 있다. 마동달이 노리는 보석금고에는 적어도 십억 원대의 보석들이 들어 있을 것이다. 붕괴사고 직전 탈출한 보석상점의 주인은 금고를 찾기 위해 혈안이 되어 있었다. 용역회사를 통해 최고의 탐사 전문가들을 고용해 탐사작업을 초조하게 진두지휘하고 있었다. 그는 보석상 주인을 찾아

일부러 말을 걸었다.

"사장님, 여기는 생존 가능성이 없는 곳인데 파들어가도 되는 겁니까? 아직도 콘크리트 밑에서 구조의 손길을 기다리는 생존자들이 많은데요."

"당신 누구야? 이미 지휘본부로부터 허락을 받고 작업하는 거야. 내 딸이 저곳에 묻혀 있단 말이야."

"그러십니까? 하지만 그러면 실가협에 신고도 하셨겠네요."

"당신 정말 수상한 사람이군. 일도 없이 돌아다니며 구조작업을 방해하고 말이야! 한번 뒷조사를 해봐야겠군!"

마동달은 탐욕스런 주인의 얼굴에서 자신의 이익을 위해 타인의 생명을 제물로 삼는 또 하나의 삼풍귀*를 보는 듯했다. 그리고 기어코 엑스 지점을 먼저 선점해서 노다지를 캐리라고 마음먹고 돌아왔던 것이다.

중앙으로 파고들어 갈수록 틈이 없었다. 건물 더미와 죽은 사체들이 떡시루처럼 차곡차곡 포개져 있었다. 작업은 갈수록 힘들고 구조하다 탈진한 소방대원들이 건져낸 사체와 함께 구급차에 태워져 병원으로 후송되곤 했다. 해머로 콘크리트 더미를 깨뜨리다 마동달도 두어 번 정신이 희미해졌으나 다시 손을 불끈 쥐고 마구 장애물을 때렸다.

* 유력자 세력이나 재산이 있는 사람.
* 노다지 필요한 물건이나 이익이 한 군데서 많이 쏟아져 나오는 일, 또는 그 물건이나 이익.
* 삼풍귀 삼풍귀신.

오늘 톱뉴스는 사고현장에서 뒤늦게 값싼 물건을 주워 나가다 구속된 좀도둑들이었다. 남의 불행을 미끼로 제 잇속을 채우는 좀도둑들을 우리 사회의 인간 쓰레기로 매도하고 그들을 언론에 부각시킴으로써 부실 정권에 대한 국민의 분노를 희석시키려 했다. 하지만 정작 큰 도둑은 누구인가. 뒤늦게 잡혀 구속된 좀도둑보다 먼저 치고 빠져나간 갈가위떼들이 더 큰 도둑이고 갈가위보다 보석상 주인이 더 큰 도둑이고 보석상 주인보다 눈앞의 매출이익에 눈이 멀어 무너지는 건물에도 죽음의 쇼핑을 강행했던 삼풍측이 더 큰 도둑이 아닌가. 그리고 또 그보다 더 높은 도둑님은 없는 것인가.

마동달은 아무런 죄의식을 느끼지 않고 이런 질문을 해대는 자신이 도덕 불감증이 아닌가 하는 생각도 해보지만 결국 이런 불감증을 조장한 것은 가진 자들의 거대한 착취구조임을 깨닫는다. 그들은 백 마리의 소를 기르고 있으면서 한 마리 소를 가진 자의 소를 탐낸다. 반대로 그들은 백 마리의 소를 훔쳤으면서도 한 마리 소를 훔친 자에게 매질을 하고 감옥에 가둔다. 마동달은 언제부턴가 이런 깨달음을 얻고 난 뒤부터는 자신의 행동이 두렵지 않았다.

멀리서 희미한 굴착기 소리가 들려온다. 금고탐사팀이다. 작업의 진척속도를 봐서 늦어도 내일 밤 자정이면 엑스 지점에 도착할 것 같다. 그러나 오조는 아무리 빨라도 모레 새벽에나 보석상점 언저리에 닿을 듯하다. 이대로는 경쟁이 안 된다. 마동달은 작업 도중 수시로 도면을 꺼내 보며 지름길이나 빠른 길이 없는가고 찾아봤지만 뾰족한 방법이 없었다. 김 선생은 자신의 딸을 찾겠다는 전의에 불타서 마동달 못지않게 헌신적으로 작업을 하고 있어 믿음직하다. 하지만 아내를 잃었다는 박 부장은 갈수록 요령을 피우며 시간이나 때우려고 한다. 몸 하나가 간신히 빠져나가는 비좁은 통로를 만들고 있는 지금, 셋 중 한 명이 교대를 제대로 해주지 않으면 작업의 진척은 없고 둘만 녹초가 되고 만다.

마동달은 무료한 듯 담배를 물고 있는 박 부장을 쳐다보면 말했다.

"구조활동 하기가 힘드시죠."

"아내가 살아 있을 거라고 생각했던 처음엔 의욕도 나고 했는데 엿새가 지난 지금은 가망이 없다고 생각하니 영 맥이 빠져서."

박 부장은 힘없이 고개를 떨군다.

"흰 눈처럼 순수한 마음으로 구조활동을 하는 사람이 과연 몇이나 있겠어요? 구조가 밥그릇이기 때문에 아니면 위로부터 명령을 받아서 혹은 자기 가족이 묻혀 있기 때문에 이 힘들고 위험한 작업을 하는 것 아니겠어요? 물론 순수하게 참여한 자원봉사자들에겐 미안한 말이지만요."

"도대체 마형이 나에게 무슨 말을 하려는 거요?"

박 부장은 신경질적으로 담배 필터를 씹으며 물었다.

"무슨 저의*는 없습니다. 하지만 혹시 부장님의 사모님은 여기에 없지 않나 해서요."

"아니, 마씨 말이면 다 말인 줄 알아! 무슨 말을 그 따위로 하는 거야!"

---

* 저의 겉으로 드러나지 아니한, 속에 품은 생각.

"전 지금까지 부장님을 죽 지켜봤죠. 지켜본 결론은 허위 실종신고 자일 가능성이 높다는 것이죠."

"아니 저 젊은 놈이! 누구 앞에서 주둥아리를 함부로 놀리는 거야!"

"절 죽여서 구조한 시체라고 업고 나갈 작정인가요. 아내가 실종되 었으면 주변 친인척들이 찾아와야 할 것이 아닙니까. 헌데 지금까지 누가 박 부장을 찾아왔습니까? 그리고 부장님은 구조작업을 핑계로 실종자가족 대책협의회에는 이름만 걸어놓고 있었잖아요. 전화를 걸 때도 한국통신에서 무료로 제공하는 이동전화 차량을 사용하지 않고 먼 곳으로 가서 전화를 걸고 왔고요. 전 어쩌면 실종되었다는 사모님 에게 전화를 걸고 왔는지도 모른다고 추측해보기도 했었죠. 그리고 결정적인 증거는 부장님이 사모님의 핸드백을 콘크리트 더미 속에 넣 는 걸 제 눈으로 보았다는 겁니다."

마동달이 조목조목 제시하는 말에 박 부장은 쳐든 망치를 스르르 내리더니 중심을 잃고 무너졌다.

"마지막까지 잘만 버티면 보상금 이억 정도는 거머쥐겠죠. 물론 난 누구에게도 이 사실을 얘기하지 않을 겁니다. 단 한 가지 조건이 있어 요. 김 선생의 딸을 발견할 때까지 열심히 구조작업에 참여하는 겁니 다. 그 이후 보상금을 받고 안 받고는 보상심의위원회에서 결정할 문 제고요."

"제기랄, 삼풍 맞을 놈. 마동달, 넌 뭔가 노리고 여기에 들어왔다구. 난 진작부터 수상한 감을 잡았지. 순진한 김 선생을 등에 업고서 그곳 까지 파들어가 도대체 뭘 얻으려구 하는 거지? 말해봐! 말해보라구!"

박 부장의 소리는 통로를 울리곤 콘크리트 더미 속으로 자지러들었다.

"그만 하세요. 난 순수한 자원봉사자일 따름입니다. 조건이 맞으면 망치를 다시 들고 작업하세요!"

마동달은 박 부장을 노려보곤 되돌아서 절단기로 튀어나온 철근을 자르기 시작했다.

"마동달, 정말 무서운 녀석이군."

박 부장은 입 속으로 중얼거리며 망치를 들었다.

호기있게 내리던 장마비는 이제는 기세를 잃고 추적추적거렸다. 현장 주위에 설치된 대형 천막에는 탈진한 구조대원들이 코를 골며 자고 있었다. 악마적인 삼풍참사를 상쇄시킬 희생적인 영웅을 찾기 위해 매스컴이 경쟁적으로 구조활동을 보도한 것이 구조대원들을 탈진상태로 몰아넣었다. 마동달은 새우잠을 자고 있는 김 선생과 박 부장을 보다 가볍게 한숨을 쉬었다. 나 또한 사사로운 욕망을 채우기 위해 이들을 너무 몰아붙인 것은 아닌가. 천막 처마 가운데로 몰려 떨어지는 낙숫물을 보며 자문하기도 했다. 몇몇 잠을 이루지 못한 구조대원들은 담배를 물고 두런두런 잡담을 나누고 있었다.

"빌어먹을, 이제 끝낼 때도 됐잖아. 죽을 사람은 죽고 살 사람은 다 살았다구."

"그려, 포크레인으로 잔해물을 빨리 들어내야제. 아 여그도 끊어진 성수대교처럼 미술작품으로 만들 것이여."

"성수대교 얘기가 나와서 하는 말인데 대형 사고에서는 삶과 죽음이 순식간에 엇갈리잖아. 그때 버스를 탄 학생 중에 제일 재수없이 죽은 학생이 누군지 알아?"

"버스를 놓쳤는데 뛰어가 차벽을 두드려 간신히 올라탄 학생 아니냐?"

"그보다 더 재수없는 학생은 다리 전에 내려야 하는데 깜박 졸아 그만 한 구역을 더 가다 변을 당한 학생이야."

"재밌군. 그럼 이번엔 내가 문제를 내지. 이번 삼풍사고로 누가 제일 행복하지?"

"글쎄, 삼풍에 동냥하러 들어간 거지 아들을 둔 아버지 아니면 물건 훔치러 들어간 도둑놈의 아내?"

"땡, 제일 행복한 사람은 이혼하자고 해도 이혼을 거부하던 마누라가 옷 사러 왔다가 변을 당한 경우라구."

마동달은 구조대원들의 잡담을 듣고 쓴웃음을 지었다. 과연 인간의 생명은 무엇이고 돈은 또 무엇인가. 신이 내린 목숨이 돈으로 환원된다는 사실에서 벌써 돈은 신을 이기고 있다. 자본주의 사회에서 돈으로 살 수 없는 것이 과연 무엇이 있겠는가. 지위, 명예, 평화, 정조, 사랑, 생명까지 돈 앞에는 맥을 못 춘다. 하지만 돈은 또한 얼마나 파괴적인 속성을 갖고 있는가. 더 많은 돈을 추구하려는 인간의 욕망이 삼풍 대붕괴를 낳지 않았는가. 마동달은 자신의 삶을 비춰봐도 돈은 사람을 파괴하고 사람의 인생을 파괴한다고 결론지었다.

마동달의 아버지는 이북 출신의 가난한 광부였다. 이북 출신들은 이악스럽고● 생활력이 강해서 다들 잘 산다는데 동달의 아버지는 손대는 일마다 실패해서 결국은 월남할 때 들고 온 보따리마저 털어먹고 인생 막장인 광산으로 들어갔다. 동달은 어릴 때부터 술에 취한 아버지로부터 까닭 없이 매를 맞았고 쉬임 없는 어머니의 바가지 소리에 밖으로만 돌아다녔다. 밖에는 언제나 동달이를 환영해주는 비슷한 처지의 또래 집단이 있었다. 동달은 그들과 어울려 닭서리를 하거나 고물을 주워 엿과 바꿔먹고 누가 집에서 돈을 훔쳐 나온 애가 있으면 먼 읍내로 나가 영화 구경을 했다. 한 번은 동달이가 유흥비를 마련할 차례가 되어 아버지의 호주머니를 뒤지다 재수 없게 걸렸다. 화가 머리 끝까지 난 아버지는 곡괭이를 쳐들고 고리눈*을 번쩍이며 말했다.

"내 자식만은 그렇지 않을 거라고 믿은 내가 바본 기야! 실패한 놈은 대대로 실패하고 가난한 놈은 대대로 가난하게 사는 거라구!"

아버지는 팔을 부르르 떨며 곡괭이를 내려놓았다. 그때 처음 무섭기만 한 아버지의 눈에 약자의 설움이 고여 있음을 알았다.

아버지는 보통 사람들에 비하면 술을 많이 마셔도 다른 광부들에 비하면 오히려 적은 편이었다. 그렇게 자주 싸우던 어머니와도 다정하게 포옹을 하는 모습을 본 적이 많다. 그런 모습을 자식에게 들키면 어머니가 잘못된 일을 하다 들킨 듯 부리나케 부엌으로 도망가곤 했다. 그런데 어느 날 밤 어머니는 젊은 떠돌이 광부와 눈이 맞아 도망가버리고 말았다. 조그만 광산촌은 발칵 뒤집어졌으나 정작 아버지는 아무런 말이 없었다. 어머니의 야반도주와 아버지의 조용한 태도는 아직도 불가사의한 수수께끼로 남아 있다.

---

* 이악스럽다   억척스럽다. 달라붙는 기세가 굳세고 끈덕진 데가 있다.
* 고리눈   놀라거나 화가 나서 휘둥그레진 눈.

가정이 파괴된 많은 광산촌 아이들이 그러하듯 마동달은 고향을 뛰쳐나가 서울행 기차를 탔다. 서울로 무작정 상경한 시골 사람들의 운명은 대부분 서울역에서 보내는 며칠 사이에 결정된다. 동달이는 불행하게도 서울역에서 난장을 꿇리다 구걸로 업을 삼는 앵벌이에게 붙잡혀 껌팔이 신세로 전락했다. 그때부터 그는 앵벌이의 길을 걷게 되었다. 맹인 악사의 아들이 되어 플라스틱 소쿠리를 돌렸고 비오는 날에는 최대한 불쌍한 자세로 엎드려 지나가는 행인의 자비심을 긁어내야 했다. 타인의 동정심 위에서 교묘하게 생존하는 법칙을 배운 마동달은 한 걸음 더 나아가 타인의 동정심을 이용해 돈을 버는 갈가위가 되었다. 예식장과 초상집을 드나들면서 부조금을 가로채기도 하고 가짜 승려를 따라다니며 탁발을 하다 빈틈을 엿보아 물건을 집어나오곤 했다. 한밤중 길거리에 쓰러져 누워 있다 부축해주는 사람의 호주머니를 털었고 교통사고를 당해 쓰러진 사람들의 가방을 뒤졌다.

소년원을 들락거리면서 성인식을 치른 마동달은 이제 적극적으로 사람의 감정을 유인해서 돈을 버는 꾀쇠아비로 변해 있었다. 교통사고가 났으니 빨리 돈을 들고 나오라는 전화를 걸어 유유히 돈을 받고 사라지는가 하면 감옥에 들어간 자식을 구해보려고 발버둥치는 가족에게 접근해 석방을 미끼로 돈을 뜯어내었다. 도둑들도 자신의 전공 분야에 따라 천차만별이다. 한밤중에 월담하는 정통파 도둑은 그래도 점잖은 편이다. 이들은 주인과 부딪히면 미리 확보한 퇴로로 도망가지 엉뚱한 짓은 하지 않는다. 강도는 칼을 들이대고 강간범은 부녀자를 겁탈한다. 술 취한 사람을 때려눕혀 돈을 훔치는 아리랑치기가 있는가 하면 오토바이를 타고 다니면서 부녀자의 핸드백을 빼앗고 달아나는 날치기가 있고 만원 버스나 전철에서 뽀닥이다 지갑을 슬쩍하는 소매치기가 있다. 얼핏 비슷해 보여도 이들 사이에 뚜렷한 경계가 있어 자신의 전공 이외에는 손을 대지 않는다. 마동달은 인간의 미묘한 감정에 서식하는 앵벌이 갉아위 꾀쇠아비로 자신의 길을 일관되게 걸어왔다. 그러다 작년에 들어간 감옥에서 대도를 만나게 되었다. 그는 나름대로 철학을 가진 도둑이었다. 그는 마동달에게 꾀쇠아비를 할 머리가 있다면 크게 훔치라고 가르쳐주었다.

"큰 도둑은 절대 안 잡힌다."

이것이 대도의 제일 철학이었다. 대도는 한 번 작업을 할 때 최소한 열 번을 현장답사를 했다. 집주인이 몇 시에 움직이고 식구는 몇이며 자물쇠는 어떤 종류며 돈과 귀중품은 어디에 있는지를 완벽하게 파악하고 난 뒤에 행동을 개시했다.

"콩알 백 번 굴러도 호박 한 번 구르는 것만 못하다."

이것이 대도의 제이 철학이었다. 그는 집을 고를 때부터 고관대작*이나 재벌의 집만을 골랐다. 부패한 재물을 터는 활빈도*를 자처할 때 죄의식도 줄어들며 위험부담 많은 만큼 털 때의 즐거움도 컸다.

"수입의 십 분의 일은 가난한 사람 구제에 쓴다."

이것이 마지막 대도의 제삼 철학이었다. 비록 조그만 돈이라도 부

---

* 고관대작　지위가 높고 훌륭한 벼슬. 또는 그런 위치에 있는 사람.
* 활빈도　가난한 사람을 도와주는 도적의 무리.

자의 것을 가난한 자에게 옮기는 노력을 이제라도 시작하면 언젠가는 빈부의 격차가 줄어지지 않겠느냐는 대도의 소박한 믿음이 있었다. 대도철학은 이제까지 약자의 감정에만 기생해 온 쬐쇠아비 마동달의 가슴을 찔렀다. 단순명료하고 통쾌한 대도철학에 깊은 감명을 받았다. 이제 마동달은 이 밤을 지새면 감옥에서 키워온 대도의 꿈을 펼칠 때가 온 것이다.

콘크리트 더미와 엿가락처럼 휘어진 철근들이 가로막고 있었다. 마동달 김 선생 박 부장은 지도를 따라 절단기로 자르고 해머로 깨뜨리며 마지막 통로를 개척해나갔다. 통로는 점점 길어지고 깊어졌다. 그는 도면을 보고 노다지가 있는 지점을 정확히 계산해내었다. 앞으로 오 미터 정도 파들어가면 엑스 지점에 도달하게 된다. 박 부장이 열의를 다해서 작업에 임해주는 게 큰 도움이 되었다. 반대 방향에서 굴착음이 희미하게 들린다. 금고탐사반이 분명했다. 그쪽도 오 미터 정도를 남겨두고 마지막 박차를 가하고 있음에 틀림없다. 그런데 손전등을 비추며 절단 작업을 하던 김 선생이 소리를 쳤다. 통과하는 주니어복 매장 옆 콘크리트 더미 틈새로 시체를 발견한 것이다. 마른 몸매에 머리칼을 늘어뜨린 마네킹 같은 여자가 아무래도 자기 딸 같아 보인다며 눈자위가 벌겋게 변했다. 하지만 마동달은 이미 죽은 김 선생의 딸 때문에 대사를 그르칠 수 없다고 판단했다. 박 부장에게 김 선생 일을 도와주라고 말하고 계속 해서 콘크리트 덩이를 자르고 부수고 앞으로 파나갔다. 엑스 지점 사 미터 전방까지 접근한 순간 이게 웬 제석 항아리에 말 좆인가. 앞에는 거대한 장애물이 가로놓여 있었다. 백화점 한 가운데를 지탱하던 거대한 주기둥이 쓰러져 통로 앞을 가로막고 있는 것이다. 마동달은 완전히 절망감을 느꼈다. 이 기둥을 뚫든지 우회하든지 최소한 삼십 분은 더 소요될 것이기 때문이다. 마동달은 김 선생과 박 부장에게 도움을 요청하기 위해 되돌아나갔다. 박 부장은 구멍을 확장해 마네킹 아가씨를 끌어낼 출구를 만들고 있었고 김 선생은 소리없이 흐느끼고 있었다.

"선생님의 딸이 맞습니까?"

김 선생은 말없이 마동달의 플라스틱 명찰을 쥐어주었다.

'판매부 김명희'

출구를 확보한 박 부장은 시체를 끌어내 들것에 올리며 말했다.

"마 형, 수고하게나. 난 이제 실가협에 돌아가도 되는 거지? 애당초 찾는 게 김 선생의 따님이 아니었나?"

박 부장은 빈정거리듯 말하고 반쯤 넋을 잃은 김 선생과 함께 들것을 들고 나가버렸다.

마동달은 그 자리에 주저앉아 울고 싶은 심정이었다. 하지만 목표물을 목전에 두고 여기서 포기할 수 없다는 오기가 발동했다. 안 되더라도 가는 데까지 가보자. 여기까지 오느라 얼마나 많은 고생을 했던가. 그는 가로막는 주기둥의 위를 뚫고 넘어가기로 했다. 이미 진종일의 작업 끝에 몸뚱아리는 해면처럼 늘어졌고 머리는 수분이 증발해 텅 비어버린 듯했다. 자르고 깨고 부수기를 얼마나 했던가. 마침내 마동달은 주기둥 위를 뚫고 넘어가는 데 성공했다. 다행스럽게도 주기둥과 천장이 만나 사람이 기어갈 만한 긴 공간이 형성되어 있었다. 재빨리 도면에 나침반을 놓고 위치와 방향을 잡으니 이 기둥을 따라가서 엑스 지점과 가장 가까운 곳에서 파들어가면 이 미터 정도밖에 안 된다는 것을 알았다. 오히려 기둥을 통해 이 미터를 단축할 수 있는 것이다. 마동달은 흥분을 감추지 못하고 기둥으로 기어가 엑스 지점으로 파들어갔다. 그 순간 위에서 그러렁그러렁 캐터필러* 소리가 나고 콘크리트와 분진이 떨어지기 시작했다.

'이런 제기랄, 본격적인 포크레인 작업에 들어갔군. 서두르지 않으면 금고고 뭐고 생명마저 위험하겠는걸.'

마동달은 마지막 힘을 발휘하여 절단기로 물타기를 한 부실 콘크리트를 나무 자르듯 잘라냈다. 해머로 깨뜨리고 용접기로 엿가락처럼 휘어진 철근을 자르며 미친 듯이 앞으로 통로를 뚫어나갔다. 마침내 진열장의 유리 파편과 금붙이들이 보이기 시작했다. 그는 손전등으로 사방을 비추며 금고가 있을 곳을 찾았다. 콘크리트 더미 틈새로 뭔가 반짝이는 게 비쳤다. 다시 그곳을 비춰보니 바로 불과 일 미터 전방에 철제 금고가 보이고 빠개진 문짝 사이로 다이아몬드 목걸이와 머리띠 팔찌 등이 흘러나와 있었다.

'바로 저거야. 저거라구. 이제 삼십 분만 작업하면 내 손 안에 들어온다구!'

마동달은 가슴 속으로 환호를 질렀다. 하늘도 나를 돕는구나.

천장에서는 여전히 분진과 콘크리트 가루가 비처럼 떨어졌지만 반대편 탐사팀에서는 별 소리가 들리지 않았다. 내가 너무 앞질렀나. 마동달이 여유있게 절단기를 든 순간 철근을 두드리며 가녀리게 신음하는 소리가 들렸다.

"아저씨, 살려주세요!"

그는 뭔가 잘못 들은 것이라고 생각했다. 이곳은 오층 건물이 수직으로 내려앉은 곳인데다 유독가스를 내며 불길이 치솟은 중앙부여서 대책본부에서도 생존자는 없다고 버려둔 구역이었다. 그는 다시 한 번 귀를 기울여봤으나 반대쪽에서 파고들어오는 탐사반의 굴착기 소리만 들렸다. 거리로 보아 금고와 삼 미터 전방인 듯 했다. 마동달은 마음이 급해져 신음 소리를 환청으로 생각하고 계속 절단 작업에 들어갔다. 천장 상갑판이 내려오는 속도로 봐서 이제 머무를 틈은 거의 없을 것 같다.

그는 미친 듯이 금고를 향해 통로를 확보해나갔다. 또다시 철근을 두드리는 소리가 들렸다.

"아저씨 살려주세요. 자꾸만 천장이 내려와요. 제발 살려주세요."

이번에 소리는 아까보다 크고 또록또록하면서 다급했다. 마동달은 반사적으로 손전등을 휘두르며 소리의 진원지를 찾았다. 소리는 비스듬히 삼 미터 후방 천장 상갑판 바로 밑에서 들리고 있었다.

마동달은 순간적으로 어디로 파야 할지 망설여졌다. 한쪽에는 근칠 일 동안 사투를 벌이며 찾았던 십억 원대의 보석상자가 어둠 속에서 반짝이고 있고 한쪽에서는 생명을 구해달라는 여자의 목소리가 들린다. 망설이고 있는 동안에도 보석구조대는 한 걸음씩 다가온다. 금고를 눈앞에 둔 막판에 이런 선택의 기로에 설 줄은 전혀 예상하지 못했다. 그는 냉정해지기로 했다. 어차피 내가 아니더라도 저 여자는 죽

* 캐터필러 무한궤도(강판재의 판을 띠 모양으로 이어서 앞뒤의 바퀴에 벨트처럼 걸어 동력으로 회전시켜 주행하는 장치).

을 운명이었다. 대도의 원칙에도 저 여자는 나와 있지 않다. 난 나의 목적을 먼저 수행하고 시간이 남으면 저 여자를 구출하겠다. 그는 보석상자를 향하여 계속 밀고 갔다. 그러나 작업이 잘 진척되지 않았다. 손은 자꾸만 떨리고 다리는 후들거렸다.

"살려주세요. 아저씨! 이젠 앉아 있지도 못하겠어요. 목도 말라요."

공포에 질린 가냘픈 신음소리가 계속 들려온다.

"난 아가씨를 구할 재간이 없어요."

"자꾸만 천장이 내려와요. 질식할 것만 같아요. 목이 말라요. 물이 있으면 좀 주세요."

"물이야 바닥에 흥건하지 않소."

"더러워서 도저히 마실 수가 없어요. 전 물을 한 방울도 마시지 못했어요."

"정말 곱게 자란 아가씨로군. 우리 동네 사람들은 막장이 무너져 갇혔을 때 오줌물을 받아 마시면서 버텼는데. 석탄에 설핏 고인 습기를 핥아먹기도 했다구. 지금이라도 물을 핥아봐요."

"물에는 유독물질이 녹아 있어서 마시면 죽을 것 같아요."

"고결하군, 그래. 살려면 고린내나는 양말에 축여 마셔보라구. 안되면 오줌물을 받아 마시든지!"

마동달은 신경질적으로 소리지르며 어느덧 소리의 진원지를 따라 파들어가고 있었다.

"안 돼요. 나가서 마실래요. 더워서 미칠 것만 같아요. 한증막 같아요. 지금 천장은 계속 낮아지고 있어요. 뭐 하세요. 빨리 파들어오지 않고요!"

"아가씨는 이름이 무엇이오?"

"정명숙이에요."

"명이 긴 이름 같군. 나이는?"

"스물둘이에요."

"대학생인가?"

"예, 미국에서 다니다 한국에 잠시 들러 쇼핑 왔다가 변을 당했어요."

"대단하군. 집은 몇 평이오?"

"오십 평요. 그건 왜 물어요?"

"난 아직도 집이 없소."

"예? 아저씨 점점 무슨 말씀을 하실 작정이에요?"

"묻는 말에나 대답해요. 부모님의 직업은 뭐요?"

"공무원입니다."

"대한민국에서 공무원이 월급만으로 오십 평짜리 아파트에 살면서 딸을 외국으로 유학 보낼 수 있는 거요? 혹시 뇌물을 받고 부실공사를 허가 내주는 건축과 공무원 아니오? 부정축재를 했겠지. 공갈 협박을 하면서 말이오."

"아저씨 저는 지금 충격을 받아 심신이 죽어가고 있어요. 제발 좀 부드럽게 대해 주세요."

"탐욕과 오만이 쌓아 올린 바벨탑이 무너진 거요. 아가씨의 가족도 이 탑을 쌓지 않았나요? 이 탐욕의 잔해들을 보시오. 이젠 가진 자들이 신의 저주를 받을 차례요."

"도대체 아저씨는 사람을 구소하러 오셨나요, 속이사고 오셨나요?

난 아녜요. 돈이 뭔지 탐욕이 뭔지도 몰랐어요. 순수해요. 단지 몰랐던 것뿐이라구요."

"몰랐다구? 자본주의 사회에서 돈을 몰랐다구? 돈으로 할 수 없는 것이 뭣이 있어. 지위, 명예, 평화, 정조, 사랑, 생명까지 돈 앞에는 맥을 못 추지, 암. 그래서 돈의 바벨탑을 쌓고 있는 거야. 우상을 섬기지 말라고? 돈을 그렇게 섬기면서 제사는 우상이어서 모시면 안 된다구, 삼풍 맞을! 난 보석을 훔치러 온 도둑놈이지. 칠 일간 죽을 고생을 하며 보석을 찾아 헤매다 바로 코앞에 보석상자를 두고 아가씨 때문에 방향을 틀었소. 저 보석이면 집도 사고 자가용도 사고 사랑도 사서 한평생 잘 먹고 잘살 수 있을 텐데. 누가 하나 거들떠도 안 보는 꾀쇠아비 앞에서 모두들 굽실굽실 할 텐데. 이젠 틀렸어."

"아녜요. 돈으로 살 수 없는 것도 많잖아요. 금고를 포기하고 생명을 구하려는 아저씨의 마음요. 그건 돈으로도 살 수 없는 거잖아요. 그 밖에도 참으로 많이 있을 것 같아요. 난 아저씨의 마음을 믿어요."

"난 그런 낯간지러운 소릴 듣자고 아가씰 구조하는 게 아니오. 나를 화나게 만들지 말아요. 삼풍 맞을, 놈들이 파들어오고 있소. 아마 아가씨를 구할 즈음에는 그 보석상자는 주인에게 돌아가 있겠지. 하지만 금고의 주인이 누구요? 먼저 차지한 놈이 임자지. 그들도 그리 해왔잖소. 무엇이 당신을 짓누르고 있는지 아쇼? 상갑판이나 콘크리트와 철골이? 천만에. 가진 자들의 탐욕스런 손이 짓누르고 있소. 그들은 이윤을 남기기 위해서는 불가사리처럼 닥치는 대로 삼키고 파괴하고 터뜨리지."

"제발 좀 그만하세요. 아저씨는 온통 가진 자들에 대해 적의뿐이군요."

"난 이제까지 그들이 베푼 변덕스런 호의를 빌어먹고 살았소. 그러나 앞으론 그들에 대한 적의를 먹고 사는지도 모르겠소."

"아저씨, 빨리 구해주세요. 이제 머리조차 움직일 수 없을 것 같아요."

마동달은 도대체 무엇이 이 붕괴현장으로 자신을 내몰았는지 되돌아보면서 한숨을 쉬었다. 이 탐욕의 잔해들 속에서 보석을 찾으려는 자신도 결국 탐욕의 노예가 되어 있지 않았는가. 나의 영혼은 죽어가는 저 처녀에 비해 얼마나 맑은가. 몸부림치면서 죽어가는 한 생명 앞에서 주장할 그 무엇이 있겠는가. 마동달은 미친 듯이 정명숙을 향해 파들어가고 있었다.

마동달은 다시 공사판으로 되돌아왔다. 경비원 박씨가 방충망 그물 뒤로 고개를 흔들며 말했다.

"어이, 자네 일주일 동안 어딜 쏘다니다 이제 왔는가."

"관절이 안 좋아 요양하러 간다고 했잖아요."

"젊은 사람이 조금 아프다고 일주일이나 빠져? 여기 텔레비전 좀 보라구. 칠 일간이나 지하에 매몰되었던 여자도 건강하게 인터뷰를 하고 있잖아."

마동달은 방충망 너머로 티브이 화면을 보았다. 병상에 누운 정명숙은 기자들의 인터뷰에 또박또박 대답하고 있었다.

"지금까지 죽음의 공간에서 어떻게 견뎌왔죠."

"처음엔 그냥 아무것도 먹지 않다가 마지막엔 양말에 축인 물과 오줌을 받아 먹었어요. 생명의 소중함을 깨달은 거죠."

"와우, 정말 뜻밖의 대답인데요. 구출된 지금 누가 제일 보고 싶어요."

"엄마라 하면 아빠가 서운할 테구요. 절 구해준 구조대원 아저씨가 제일 보고 싶어요. 만약 아저씨가 이 티브이를 보고 있으면 꼭 한 마디하고 싶은 말이 있어요."

"그게 뭐지요?"

"사랑은 보석으로도 살 수 없지만 아름다운 마음에는 쉽게 깃든다고요."

"저 봐, 동달이. 배운 사람은 말을 해도 뭔가 좀 달라. 자네도 보고 좀 배우라구. 칠 일 동안 굶고도 또록또록 말하는 것 좀 보라구. 정말 천운을 타고났어."

마동달은 천천히 공사판을 향해 걸어가면 중얼거렸다.

"삼풍 맞을, 이 마동달의 마음이 아름답다는 거야, 뭐야."

타락한 사회를 변화시키는 힘

현대사회에서 발생하는 수많은 병리현상들, 예를 들어 불평등, 폭력, 소외, 탐욕, 허영과 같은 것은 이제 현대인의 삶과 불가분의 관계가 되었습니다. 자본주의 사회에서 대다수의 사람들에게 돈은 삶의 목적이자 최고의 가치가 되었고, 돈을 향한 욕망과 물질에 대한 탐욕은 삶을 지탱해 가는 원동력이 된지 오래입니다. 다른 이들도 다 그렇게 살고 있기 때문에 나도 그런들 어떠냐며 정당화하고 더한 탐욕 속에 자신을 내던지기도 합니다. 이런 사회에서 선한 가치와 선한 욕망, 올바른 신념을 지켜내기가 얼마나 어려운지 구구절절이 설명하지 않아도 알 것입니다.

이 소설의 배경인 삼풍백화점 붕괴 현장은 탐욕으로 파국을 맞은 처참한 인간의 모습을 적나라하게 보여주고 있습니다. 이 가운데 주인공 '마동달'이 있습니다. 그 역시 물질적 욕망에 충실한 인간이었습니다. 그런데 그가 결정적인 순간에 보석 금고를 포기하고 인명을 구조하였습니다. 그에게 어떤 심경의 변화가 있었길래 선한 행동을 선택하게 되었을까요?

마동달은 인명구조 자원봉사자로 위장하여 붕괴 현장에 잠입합니다. 그의 진짜 목적은 백화점 지하에 묻힌 보석 금고를 털어 크게 한 몫 챙기고, 가난한 사람들에게 조금의 돈이나마 나누어주려는 것이었습니다. 그가 사기꾼으로서 감옥을 드나들며 느끼게 된 것은 세상은 돈 위에 세워진 물질적 욕망으로 돌아간다는 것이었습니다. 자본주의 사회에서는 가진 자들이 최고 강자이며 모두들 가진 자가 되기 위해 발버둥 친다는 것이었습니다. 그래서 부정부패로 부를 축적한 부자들보다는 약자들의 물질적 욕망과 약점을 꼬투리 삼아 기생하는 자신이 더 나은 삶을 살고 있다고 정당화했습니다. 그러던 그가 다른 삶에 눈을 뜨게 되었습니다. 그 계기는 감옥에서 알게 된 '대도(大盜)의 철학' 때문이었습니다. 마치 소설『임꺽정』에 등장하는 의협심이 있는 도둑과 같은, 대도의 철학을 들은 마동달은 약자들이나 등쳐먹는 사기꾼 나부랭이보다는 대도와 같은 삶을 살겠다는 목표를 갖게 되었습니다. 그 목표를 실현시켜 줄 것이 바로 보석 금고였던 것입니다.

마동달은 다른 삶을 욕망하게 된 것일 뿐, 탐욕의 굴레에서 벗어난 것은 아니었습니다. 대도도 도둑일 뿐이니까요. 그런데 도둑이라는 목표를 세운 그에게 선한 욕망이 일어나게 된 것은 무엇 때문이었을까요? 붕괴 현장에는 각양각색의 인간군상이 있었습니다. 좀도둑과 사기꾼, 탐욕스런 언론 기자들과 보석상점 사장처럼 이기적인 자들이 있었는가 하면 응급구조대원, 인명구조 자원봉사자, 피해자와 실종자 가족들처럼 약하지만 이타적인 자들도 공존했습니다. 그 속에서 마동달은 목적이야 어찌됐든 이타적인 사람들과 한 덩어리가 되어 인명 구조 작업을 이어갔습니다. 극심한 피로에 탈진되어가면서도 한 명이라도 더 구조하려고 애쓰는 모습을 보며 그는 탐욕만이 세상을 움직이는 것은 아니라는 것을 몸소 경험했을 것입니다. 탐욕과 상관없이 선한 가치를 가지고 순수한 휴머니즘을 실천하는 사람들을 보며 마음속으로 자신과의 대화를 나누었을지도 모릅니다. 어느 것이 옳은 것인지 말입니다.

마동달이 선과 악, 옳고 그름에 대한 판단 앞에서 갈등하며 내면적 대화를 하는 모습은 소설 곳곳에서 나타납니다. 가진 자들의 탐욕에 대한 비판도, 물질적 욕망으로 병든 사회에 대한 비판도 모두 그의 성찰에서 비롯된 것입니다. 내면적 성찰은 올바른 방향으로 변화될 가능성을 담고 있습니다. 그렇기에 마동달의 선한 선택 역시 이미 예견되어 있었던 것 아닐까 해석해 봅니다. 그는 '아무리 탐욕스런 사회지만 인간이란 서로 도와주고 의지함으로써 붕괴를 헤쳐 나올 수 있는 존재이다, 약자라고 무조건 탐욕에 희생되어 살지는 않는다'는 진실을 결론으로 얻었을 것입니다. 정명숙을 구하기로 마음먹으며, 마동달이 한 독백은 그의 진심을 잘 드러내 줍니다.

'이 탐욕의 잔해들 속에서 보석을 찾으려는 자신도 결국 탐욕의 노예가 되어 있지 않았는가. 나의 영혼은 죽어가는 저 처녀에 비해 얼마나 맑은가. 몸부림치면서 죽어가는 한 생명 앞에서 주장할 그 무엇이 있겠는가.'

아무리 악이 만연한 사회라 할지라도 이런 선한 행위는 가능합니다. 이 소설은 모두가 탐욕의 노예로 살아가지는 않는다는 것과 자신과의 대화를 통해 성찰하는 삶을 살면 악한 욕망에서 빠져나올 수 있다는 것을 깨닫게 합니다. 내적 대화를 통한 성찰은 폭력적인 삶에서 벗어나기 위해 할 수 있는 구체적인 실천방안입니다. 물질보다 인간이 중요한 삶, 공존하는 평화로운 삶을 최고의 가치로 둔다면 선한 욕망은 반드시 되살아납니다. 우리는 이 점을 잊지 말아야 합니다. 탐욕과 폭력으로 지쳐 있는 우리에게 마동달의 이야기는 흐뭇한 미소를 전해주고 있습니다.

불안한 인간관계의 파탄과 회복

형은 동생 제로니모의 의심과 불신을 회복하기 위해 어떻게 했나요?

여러분은 살면서 친하다고 생각했던 사람에게 불신을 느껴본 적이 있나요? 불신으로 인해 관계가 파탄 났던 경험이 있다면, 무엇 때문에 그런 것인지, 신뢰와 우정을 다시 회복할 수 있는 방법은 무엇인지 생각해 봅시다.

눈 먼 제로니모와 그의 형

아르투어 슈니츨러 1862~1931

오스트리아의 소설가이자 극작가. 정신과 의사이자 신 빈파의 대표 작가로서 주로 인간의 모순된 심리와 충동 세계를 특유의 섬세함으로 묘사한 작품을 썼다. 작품에 희곡 『초록 앵무새』, 장편소설 『테레제, 어떤 여자의 일생』 등이 있다.

장님 제로니모는 자리에서 일어나 테이블 위 포도주 잔 옆에 놓여 있던 기타를 집어들었다. 첫 마차들이 달려오는 소리가 멀리서 들려왔다. 이제 그는 익히 아는 통로를 따라 열려 있는 출입문 쪽으로 가서, 식탁들이 늘어서 있는 앞마당으로 통하는 나무계단을 따라 내려갔다. 형이 뒤따라왔고, 두 형제는 습하고 차가운 바람을 피할 요량으로 등을 벽 쪽으로 대고 계단 바로 옆에 자리를 잡았다. 바람은 열려 있는 대문을 통해 축축하고 지저분한 땅바닥을 훑으며 들이쳤다.

　스텔비오 협곡(이탈리아 북단의 티롤 지방으로 이어지는 협곡)을 통과하는 모든 마차는 이 오래된 음식점과 이어져 있는 어둠침침한 아치형 대문 통로를 어김없이 지나갈 터였다. 이탈리아에서 티롤 지방(이탈리아 북단에서 오스트리아 남단까지 이어져 있는 알프스 고산지대)으로 가려는 여행객들한테는 여기가 고산지대로 접어들기 전의 마지막 쉼터인 셈이었다. 하지만 오래 머물 곳은 못 되었다. 바로 여기까지가 그나마 길이 평탄한 셈이긴 했지만, 길 양옆은 깎아지른

절벽이어서 시야가 트이지 않았기 때문이다. 이탈리아인 장님 제로니모와 그의 형 까를로는 여름철 몇 달은 이곳에 상주하다시피 했다.

우편마차가 도착했고, 연이어 다른 마차들도 따라왔다. 외투를 입고 폭이 넓은 머플러를 두른 여행객들 대부분은 마차 안에 그대로 앉아 있었고, 몇몇은 마차에서 내려 초조한 걸음으로 대문 사이를 왔다갔다 했다. 날씨가 점점 나빠지더니 이윽고 차가운 비가 몰아쳤다. 며칠 동안 날씨가 반짝 하더니 갑자기 가을이 너무 빨리 오는 것 같았다.

장님 제로니모가 기타 반주에 맞추어 노래를 부르기 시작했다. 그는 이따금 괴성처럼 들리기도 하는 고르지 않은 목소리로 노래를 불렀는데, 술을 한잔 걸치면 늘 그런 식이었다. 때로는 들어주는 사람 없는 하소연이라도 하듯이 고개를 높이 쳐들기도 했다. 하지만 검은 턱수염을 짧게 기르고 입술이 파리한 얼굴 표정만큼은 조금도 바뀌지 않았다. 그의 형 역시 거의 꼼짝도 하지 않고 옆에 서 있었다. 그는 들고 있는 모자에 누군가가 동전 한닢을 떨어뜨려주면 고맙다고 고개를 주억거리면서* 선심을 베푼 사람의 얼굴을 정신나간 사람처럼 흘깃 쳐다보았다. 하지만 그러다가도 금방 거의 울상을 지으며 시선을 돌려 동생처럼 허공을 쳐다보았다. 그는 장님인 동생한테는 비치지 않는 빛이 자기 눈에는 비친다는 걸 미안해하는 듯한 표정을 짓고 있었다.

* 주억거리다   천천히 위아래로 끄덕거리다.

"포도주 한 잔만 갖다줘."

제로니모가 그렇게 말하면 형은 언제나 고분고분 시키는 대로 했다. 형이 계단을 올라가는 동안 제로니모는 다시 노래를 부르기 시작했다. 그는 이미 오래전부터 자기 자신의 목소리를 듣지 않았는데, 그렇게 해야 가까이에서 일어나는 일을 알아차릴 수 있었다. 지금은 아주 가까운 데서 두 사람이 귀엣말을 주고받는 소리가 들려왔다. 젊은 남자와 젊은 여자의 목소리였다. 제로니모는 이 두사람이 이 길을 몇 번이나 왕래했을지 생각해보았다. 앞을 못 보는 데다 대개는 취해 있어서 때로는 매일 똑같은 사람들이—어떤 때에는 북쪽에서 남쪽으로, 어떤 때에는 남쪽에서 북쪽으로—이 협곡을 지나가는 듯한 느낌이 들었던 것이다. 그래서 이 젊은 남녀 역시 오래 전부터 익히 알던 사람들로 생각되었다.

까를로가 내려와 포도주 잔을 내밀었다. 제로니모는 젊은 커플을 향해 잔을 높이 쳐들고 건배를 했다.

"안녕하세요, 좋은 여행 되십시오!"

"고마워요."

젊은 남자는 그렇게 인사를 했으나, 여자 쪽에서 얼른 남자를 끌고 갔다. 여자는 이 장님을 보자 기분이 상했던 것이다.

이번에는 마차 한 대가 떠들썩한 일행을 태우고 도착했다. 아버지, 어머니, 세 아이, 그리고 가정부가 탄 마차였다.

"독일 사람들이네."

제로니모가 낮은 목소리로 까를로에게 말했다.

아버지 되는 사람은 아이들한테 동전을 한닢씩 주어서 거지가 들고 있는 모자에 던져넣게 했다. 아이들이 동전을 던져넣을 때마다 제로니모는 고맙다고 고개를 숙여 절을 했다. 맏이인 사내아이는 겁이 나면서도 호기심을 이기지 못해 장님을 바라보았다. 까를로는 그 꼬마를 자세히 살펴보았다.

저런 꼬마애들을 볼 때마다 까를로는 제로니모가 불의의 사고로 실명했을 때가 꼭 저애만 했는데, 하는 생각이 들었다. 어언 이십년이 지났지만 그날 일은 지금도 생생하게 기억에 남아 있어서 하나도 빠짐없이 되살아난다. 어린 제로니모가 풀밭에 쓰러져서 귀청이 찢어지도록 울부짖는 소리가 지금도 귓전에 울리고, 하얀색 정원 담벼락에 햇살이 눈부시게 쏟아지던 지금도 눈에 선하며, 바로 그 순간 울려퍼지던 일요일 교회 종소리가 지금도 그대로 들려온다. 그날 까를로는 노상 하던 대로 담장 옆에 서 있는 물푸레나무를 향해 입으로 불어서 쏘는 총으로 볼트를 쏘고 있는 중이었다. 그러다가 동생 제로니모의 비명을 듣는 순간, 옆을 지나가던 동생이 볼트를 맞아 다쳤구나 하는 생각이 퍼뜩 들었다. 그는 손에 들고 있던 총을 힘없이 떨어뜨리고 창문을 타넘어 정원으로 달려갔다. 동생은 풀밭에 쓰러져 양손으로 얼굴을 감싸쥔 채 비명을 지르고 있었다. 오른쪽 볼을 타고 목덜미 쪽으로 피가 흘러내리고 있었다. 거의 동시에 밭에서 일하던 아버지가 뜰로 통하는 덧문을 열고 달려왔다. 아버지와 까를로는 비명을 지르는 아이 옆에 무릎을 꿇고 앉아 어쩔 줄 몰라했다. 이웃 사람들도 달려왔다. 바네띠 할머니가 나서서 어린 동생의 손을 얼굴에서 떼어냈다. 그다음에는 대장간집 아저씨가 나섰는데, 당시 까를로는 그 아저씨 밑에서 대장간 일을 배우고 있는 중이었고, 아서씨는 산난한 응급

처치법 정도는 아는 사람이었다. 아지씨는 동생의 오른쪽 눈이 실명했다는 걸 금방 알아차렸다. 저녁 무렵 포쉬아보에서 모셔온 의사도 어떻게 손을 써볼 도리가 없었다. 뿐만 아니라 다른 쪽 눈에도 위태로운 조짐이 보인다고 완곡하게 일러주었다.

의사의 말은 적중했다. 그로부터 일년 후 제로니모한테는 세상이 깜깜한 암흑으로 바뀌었다. 처음에는 어른들이 더 자라면 고칠 수 있을 거라고 제로니모를 달랬고, 제로니모 역시 그 말을 믿는 눈치였다. 하지만 영영 고칠 수 없다는 걸 잘 아는 까를로는 밤낮을 가리지 않고 포도밭 자락이며 숲속길을 헤매고 돌아다녔고, 거의 자살하기 일보 직전의 상태였다. 그러던 중에 까를로가 믿고 따르던 신부님이, 살아남아 동생을 위해 인생을 바치는 것이 곧 그의 의무라고 알아듣게 타일러주었다. 까를로는 신부님 말씀이 옳다고 생각했다. 동생이 한없이 불쌍했다. 어린 동생 곁에서 머리를 쓰다듬어주거나, 이마에 입을 맞추거나, 옛날이야기를 해주거나 집 뒤에 있는 밭으로 나가 포도밭 사이를 걷는 걸 도와줄 때만 그나마 괴로움을 누그러뜨릴 수 있었다. 얼마 지나지 않아서 대장간 일을 배우는 것도 소홀히 하게 되었다. 동생 곁에서 떨어지고 싶지가 않았던 것이다. 그리고 얼마 후에는, 아버지가 일을 계속 배우라고 하면서 걱정했지만 과연 대장간 일을 계속 배워야 할지 판단이 서지 않았다.

그러던 어느날 까를로는 제로니모가 이제는 자신의 불행을 더 이상 하소연하지 않는다는 걸 알게 되었다. 까를로는 금방 그 이유를 알아차렸다. 제로니모는 이제 자신이 하늘도, 언덕도, 길도, 사람들도, 빛도 영영 볼 수 없다는 걸 알게 된 것이다. 그러자 까를로는 전보다 더 괴로웠다. 일부러 이런 불행을 초래한 건 아니라고 마음을 진정시켜보려고 해도 소용이 없었다. 그리고 이따금 아침 일찍 잠이 깨 옆에 누워 자고 있는 동생을 바라볼 때면 동생이 잠에서 깨어나는 것을 지켜보기가 너무 괴로워서 뜰로 뛰쳐나갔다. 매일같이 아침에 일어나면 이미 죽은 눈으로 영영 꺼져버린 빛을 찾는 듯한 동생의 모습을 차마 지켜볼 수 없었다. 그 무렵 까를로는 동생이 목소리가 좋으니 음악 공부를 시키면 좋겠다는 생각이 떠올랐다. 그리하여 톨라의 음악 선생님이 일요일이면 가끔 들러 동생한테 기타 치는 법을 가르쳐 주었다. 그 무렵만 해도 앞을 못 보는 제로니모는 새로 익힌 기타 연주가 장차 그의 밥벌이 밑천이 될 줄은 몰랐다.

그해 여름날 그 불행한 사건이 있고부터 이미 노년에 접어든 레가르디 씨 집에는 좋지 않은 일이 연이어 들이닥쳤다. 해마다 농사는 흉작이었다. 노인네가 절약해 모아두었던 얼마 안되는 돈마저 친척한테 사기를 당해 날리고 말았다. 그리고 노인네 자신은 어느 무더운 여름날 밭에서 뇌졸중으로 쓰러져 그 자리에서 세상을 떴다. 노인네가 남긴 건 빚뿐이었다. 보잘 것 없는 집과 밭마저 빚잔치로 팔려나갔고, 맨손에 오갈 데 없는 처지가 된 형제는 마을을 떠났다.

그때 까를로의 나이 스무 살, 제로니모의 나이 열다섯살이었다. 형제는 그때부터 정처 없이 떠도는 거지생활을 시작해 오늘에 이르렀다. 까를로는 처음에는 둘이 먹고살 만한 일자리를 궁리해보았지만 그런 일자리는 좀처럼 나오지 않았다. 게다가 제로니모가 한 곳에 가만히 붙어 있지 못하고 자꾸만 어디로 떠나자고 했다.

이렇게 이탈리아 북쪽 끝과 디롤 남쪽 자락 사이로 나 있는 길과 협곡을 오가며 거지생활을 해온 지 어언 이십 년이 되었다. 형제는 여행객들이 북적거리는 이 일대만 줄곧 맴돌았다.

까를로는 처음 한동안은 햇빛이나 수려한 경치를 보면 가슴이 미어지는 것 같았다. 세월이 한참 흐른 후 심한 고통은 사라졌으나, 가슴 아픈 연민의 정은 그대로 남아 자신도 모르는 사이 심장의 박동이나 호흡에까지 배어 있었다. 하지만 제로니모가 취하는 걸 보면 그도 기분이 좋아졌다.

독일 가족이 탄 마차도 떠나갔다. 까를로는 늘 하던 대로 계단의 맨 아래칸에 걸터앉았고, 제로니모는 팔을 늘어뜨리고 고개를 쳐든 채 그대로 서 있었다.

식당 종업원으로 일하는 마리아가 식당에서 나왔다.

"오늘은 많이 벌었나요?"

그녀가 아래를 향해 큰 소리로 물었다.

까를로는 꼼짝 않고 그대로 앉아 있었다. 제로니모는 몸을 숙여 땅바닥에 있던 포도주 잔을 들더니 마리아를 향해 건배를 해 보였다. 마리아는 날이 어두워지면 이따금 두 형제가 앉아 있는 식당 옆자리에 다가앉았다. 제로니모는 마리아가 예쁘다는 것도 안다.

까를로는 고개를 내밀고 길거리 쪽을 내다보고 있었다. 바람이 들이치고 비가 세차게 쏟아지는 소리에 마차가 다가오는 소리도 파묻혔다. 까를로는 다시 일어나서 동생 옆에 자리를 잡았다.

마차가 도착하는 사이에 제로니모는 노래를 부르기 시작했다. 마차 안에 타고 있는 사람은 한 명뿐이었다. 마부는 서둘러 말을 마차에서 풀어주고는 황급히 식당으로 올라갔다. 승객은 갈색 우비로 몸을 꼭 감싼 채 한동안 마차 안에 그대로 앉아 있었다. 노랫소리는 전혀 들리지 않는 모양이었다. 잠시 후 그가 마차에서 내리더니 마차 주위를 분주하게 왔다갔다했다. 그러면서 손을 따뜻하게 하려고 줄곧 비벼댔다. 그제야 거지가 있다는 걸 알아챈 모양이었다. 그는 거지 형제 앞으로 다가가 한참 찬찬히 살펴보았다. 까를로는 가볍게 고개를 숙여 인사하는 시늉을 했다. 이 여행객은 아주 젊고, 수염이 없는 얼굴이 잘생겼으나 눈매는 불안했다. 그렇게 한참 거지 형제 앞에 서 있던 여행객은 다시 여기를 떠날 때 통과하게 될 맞은편 대문 쪽으로 가더니 비가 오는데다 안개까지 끼어서 전망이 신통치 않자 짜증스러운 표정으로 고개를 설레설레 저었다.

"어때 보여?"

제로니모가 형한테 물었다.

"아직은 아니야."

까를로가 대답했다.

"하지만 떠날 무렵엔 주겠지."

여행객은 다시 돌아오더니 마차 기둥에 몸을 기대고 섰다. 제로니모는 다시 노래를 부르기 시작했다. 이번에는 젊은이 쪽에서도 갑자기 상당히 흥미롭게 듣는 눈치였다. 그때 마부가 나타나 말을 다시 마차에 매었다. 젊은이는 그제야 생각이 났다는 듯 주머니를 뒤지더니 까를로한테 일 프랑을 주었다.

"아이구, 감사합니다요, 고맙습니다요!"

까를로가 고맙다는 인사를 했다.

여행객은 다시 마차에 오르더니 우비 입은 몸을 단속했다. 까를로는 바닥에 있던 잔을 들고 나무계단을 올라갔다. 제로니모는 노래를 계속 불렀다. 젊은 여행객은 마차 밖으로 고개를 내밀더니 우쭐함과 서글픔이 뒤섞인 표정으로 고개를 가로저었다. 그런데 갑자기 무슨 생각이 들었는지 슬며시 미소를 흘렸다. 그러더니 두어 걸음밖에 떨어져 있지 않은 장님 거지한테 물었다.

"이름이 뭐냐?"

"제로니모라고 합니다요."

"그래, 제로니모, 속지 않게 조심해."

바로 그때 계단 맨 위에 마부가 나타났다.

"무슨 말씀이신지요? 속다니요?"

"나는 네 옆에 있는 친구한테 이십 프랑짜리 금화를 주었거든."

"아이쿠! 정말 감사합니다요!"

"그래, 그러니까 조심하란 말이다."

"제 형인걸요. 형은 날 속이지 않아요."

젊은이는 잠시 머뭇거리면서 머리를 굴리는 듯했고, 그러는 사이에 마부가 마부석에 올라타고 떠날 채비를 하고 있었다. 젊은이는 다시 마차 안으로 고개를 집어넣으면서 고개를 갸웃거렸는데, 마치 그래, 과연 어떻게 될지 어디 한번 운에 맡겨보자, 하고 말하는 듯한 표정이었다. 그리고 마차는 떠나갔다.

마차가 떠나가는 동안 제로니모는 두 손을 열심히 흔들면서 감사의 뜻을 표했다. 그때 식당에서 막 나온 까를로의 목소리가 들려왔다. 까를로는 아래쪽을 향해 소리쳤다.

"제로니모, 올라와! 식당 안은 따뜻해. 마리아가 불을 피웠거든."

제로니모는 고개를 끄덕이고는 기타를 팔 사이에 끼고 계단 옆을 짚으며 계단 쪽으로 갔다. 그는 계단을 올라서자마자 소리쳤다.

"한번 만져보게 해줘! 금화를 만져본 지가 까마득하잖아!"

"무슨 소리야?"

까를로가 되물었다.

"무슨 얘길 하는 거냐?"

계단을 다 오른 제로니모는 양손으로 형의 머리를 잡고 얼굴을 맞대었다. 기쁨이나 애정을 표현할 때면 늘 하는 몸짓이다.

"까를로 형, 세상에는 어진 사람도 있어, 안 그래!"

"그럼, 지금까지 모은 거 합하면 이 리라하고 삼십 센트야. 여기 오스트리아 동전도 하나 있는데, 오십 센트짜리는 돼 보여."

"그럼 이십 프랑은 어디 있어? 이십 프랑 말이야!"

제로니모가 소리쳤다.

"나도 안단 말이야!"

그는 비틀거리며 식당 안으로 들어가 의자에 털썩 주저앉았다.

"뭘 안다는 거니?"

까를로가 물었다.

"농담 그만해! 내 손에 한번 올려봐 봐! 금화를 만져 본 지가 까마득하잖아!"

"무슨 소릴 하는 거야? 내가 어디서 금화를 구해와? 이삼 리라가 전부라니까."

그러자 제로니모는 테이블을 쾅 내리쳤다.

"이제 좀 그만해! 그만하라고! 나 모르게 꼬불치려는 거야?"

까를로는 걱정스럽고 어리둥절한 표정으로 동생을 바라보았다. 그는 동생 옆에 바싹 다가앉아 달래듯이 팔을 꼭 잡아주었다.

"너 모르게 꼬불치는 거 없어. 어떻게 그런 생각을 할 수 있니? 도대체 나한테 금화를 줄 사람이 세상에 어디 있겠니?"

"하지만 그 양반이 그랬다니까!"

"누구 말이야?"

"거 있잖아, 왔다갔다하던 젊은 양반 말이야."

"뭐라고? 정말 무슨 얘기 하는지 모르겠다."

"그 양반이 나한테 그랬다니까. 이름이 뭐냐고 묻더니 속지 않게 조심하라고 했단 말이야!"

"네가 꿈을 단단히 잘못 꾼 모양이구나. 제로니모. 말도 안되는 소리야!"

"말도 안된다고? 내가 분명히 들었다니까. 내가 귀는 멀쩡하잖아. 속지 않게 조심해, 금화를 주었으니까, 아니, 이십 프랑짜리 금화를 주었으니까, 라고 분명히 말했다니까 그래."

그때 음식점 주인이 들어오며 말했다.

"그런데 왜 그러고들 있어? 오늘은 영업 안할 거야? 방금 사두마차가 왔는데."

"어서 가자!"

까를로가 소리쳤다.

"어서 가자니까!"

하지만 제로니모는 자리에서 일어나지 않았다

"왜? 내가 왜 가야 하지? 그래봤자 무슨 소용이야? 어디 형이 한번 해보지그래."

까를로는 동생의 팔을 잡아끌었다.

"그만하고 내려가자니까!"

제로니모는 입을 다물고 형을 따라갔다. 하지만 계단을 내려오면서도 계속 투정을 부렸다.

"나하고 얘기 좀 해! 얘기 좀 하자니까!"

까를로는 도대체 무슨 일이 있었는지 영문을 알 수 없었다. 제로니모가 갑자기 미쳤나? 화를 잘 내긴 했지만 이런 식으로까지 말한 적은 없었던 것이다.

방금 도착한 마차에는 영국사람 둘이 타고 있었다. 까를로는 그들 앞쪽에 모자를 들고 섰고, 제로니모는 노래를 불렀다. 그중 한 사람이 마차에서 내리더니 까를로의 모자에 동전 몇닢을 던져주었다. 까를로는 "감사합니다요" 하고 인사하고는 자기도 모르게 "이십 센트나 되네"하고 중얼거렸다. 영국인 둘을 태운 마차도 떠나갔다.

형제는 말없이 계단을 올라갔다. 제로니모는 의자에 앉았고, 까를로는 난롯가에 서 있었다.

"왜 아무 말도 안 하는 거야?"

제로니모가 물었다.

"너한테 말한 그대로가 전부야."

까를로가 약간 떨리는 목소리로 대꾸했다.

"뭐라고 했는데?"

제로니모가 재차 물었다.

"그 사람이 미쳤나보다."

"미쳤다고? 그것 참 근사한 말이군! 네 형한테 이십 프랑을 주었다. 하고 말하는 사람이 미쳤다 이거지! 에이, 그런데 어째서 속지 않게 조심하라고 했을까, 응?"

"그래, 미친 사람은 아닌지도 모르겠다…… 하지만 우리처럼 불쌍한 사람들한테 장난치는 사람들도 있단다……."

"에이, 무슨 소리를 하는 거야!"

제로니모가 소리쳤다.

"장난을 쳐? 그래, 그렇게 말할 수밖에 없겠지. 그렇게 말할 줄 알았어!"

그러고는 탁자 위에 놓여 있는 포도주 잔을 다 비웠다.

"제발, 제로니모!"

까를로는 그렇게 소리쳤으나 기가 막혀서 말도 제대로 나오지 않았다. "대체 내가 왜 그러겠니……넌 또 왜 그런 생각을 하고……."

"어째서 형 목소리가 떨리는 거지? 어째서……."

"제로니모, 너한테 분명히 말하지만, 난……."

"에이, 형 말은 못 믿겠어! 이젠 웃기까지 하네…… 형이 웃고 있다는 거 다 안다고!"

그때 아래쪽에서 사환이 부르는 소리가 들려왔다.

"이봐, 장님 양반, 손님들 왔어!"

형제는 건성으로 일어서서 계단을 내려갔다. 마차 두 대가 동시에 도착해 있었는데, 한 대에는 남자 셋이, 다른 한 대에는 노인 부부가 타고 있었다. 제로니모는 노래를 불렀다. 까를로는 그 옆에 맥없이 서 있었다. 이제 어떻게 해야 하지? 동생이 나를 믿지 않다니! 어떻게 이런 일이 있을 수 있지? 그런 생각을 하면서 제로니모를 바라보았다. 동생 역시 맥없는 목소리로 노래를 부르고 있었는데, 옆에 있는 형한테 신경쓰는 눈치였다. 동생의 이마 위로 여태까지 한번도 보지 못한 골똘한 생각의 흔적이 얼핏 스쳐갔다.

마차들은 벌써 떠나갔지만, 제로니모는 노래를 멈추지 않았다. 까를로는 노래를 그만하라고 말할 엄두가 나지 않았다. 뭐라고 해야 좋을지 난감했다. 자기 목소리가 다시 떨릴까 봐 겁도 났다. 그때 위쪽에서 웃는 소리가 들려왔다. 마리아였다.

"그런데 어째서 여태까지 노래를 부르는 거야? 계속 그러고 있으면 오늘은 국물도 없어!"

제로니모는 멜로디를 이어가던 중간에 뚝 그쳤다. 그의 목소리와 기타줄이 동시에 끊어지는 듯한 소리와 함께 노래가 멎었다. 그러고서 그는 다시 계단을 올라갔고, 까를로가 그 뒤를 따랐다. 식당에 들어가자 까를로는 동생 옆에 앉았다. 이제 어떻게 해야 하지? 다시 동생을 달래보는 수밖에 다른 도리가 없었다.

"제로니모, 너한테 맹세하는데…… 다시 한번 생각해 봐. 제로니모. 어떻게 그런 생각을 할 수 있니, 어떻게 내가……."

제로니모는 말이 없었다. 그의 죽은 눈은 창밖으로 희뿌연 안개를 내다보는 것 같았다. 까를로는 하던 말을 계속했다.

"그래, 그 사람이 미치지는 않았다 해도, 뭔가 착각했는지도 모르잖아…… 그래, 그 사람이 착각한 거야……."

하지만 그렇게 말하면서도 자기가 하는 말을 자기 자신도 믿지 못하겠다는 느낌이 들었다.

제로니모는 못 참겠다는 듯이 자리에서 벌떡 일어섰다. 하지만 까를로는 이야기를 계속 했다. 이번에는 격한 어조로 말했다.

"내가 뭣 때문에 그러겠니? 너도 알잖아. 절대 너보다 많이 먹고 많이 마시지 않는다는 거. 새 점퍼를 하나 사도, 네가 입고 있는 것보다 좋은 건 안 산다는 거 알잖니…… 나한테 뭣 때문에 그렇게 큰 돈이 필요하겠어? 설령 큰 돈이 생긴들 그걸로 내가 뭘 하겠니?"

그러자 제로니모는 이를 가는 듯한 목소리로 쏘아붙였다.

"거짓말하지 마! 거짓말이라는 거 다 알아!"

"거짓말 하는 거 아니야, 제로니모! 난 거짓말 안해!"

까를로가 기겁을 하고 말했다

"에이, 왜 그래. 그 여자한테 벌써 줬지, 그렇지? 아니면 나중에 주기로 했나? 제로니모가 고함을 질렀다.

"마리아 얘기냐?"

"그럼 마리아 말고 누가 있어? 에이, 거짓말쟁이, 도둑놈!"

그러면서 제로니모는 한자리에 앉아 있기도 싫다는 듯 형을 옆으로 밀쳐냈다.

까를로는 자리에서 일어섰다. 그는 동생을 노려보다가 식당을 나와 계단을 거쳐 마당으로 내려왔다. 눈을 크게 뜨고 엷은 갈색 안개 속에서 저 멀리 아래쪽으로 이어져 있는 도로를 바라보았다. 이제 비는 잦아들었다. 까를로는 바지주머니에서 손을 찔러넣고 야외로 나갔다. 동생한테 쫓겨난 듯한 심정이었다. 도대체 어떻게 된 영문일까?…… 도무지 이해할 수 없었다. 그 사람은 대체 어떤 인간일까? 일

프랑을 주고는 이십 프랑을 줬다고 하다니! 틀림없이 그럴 만한 이유가 있었을 것이다…… 까를로는 혹시 어디선가 누군가와 원수진 일이 없는지 곰곰이 되새겨보았다. 혹시 그런 사람이 있다면 복수를 하려고 다른 사람을 보냈을지도 모를 일이었다…… 하지만 아무리 돌이켜보아도 누구한테 모욕을 준 일도 누구하고 다툰 적도 없었다. 그는 지난 이십년 동안 음식점 마당에서 혹은 길가에서 모자를 들고 구걸한 것 말고는 아무짓도 하지 않았다……그럼 혹시 여자 때문에 나한테 악감정을 품은 사람이라도 있나?……하지만 여자를 만난 지도 한참 되었다. '라로자'식당에서 일하던 여자가 마지막이었는데, 그건 벌써 작년 초의 일이었다……하지만 그 여자 때문에 질투할 사람이 있을 리는 만무했다……도무지 영문을 모르겠군!……내가 알지 못하는 저 넓은 세상에는 도대체 어떤 인간들이 살고 있을까?……도처에서 사람들이 몰려왔다……그들에 대해 도대체 뭘 알고 있지?……네 형한테 이십 프랑을 주었다고 제로니모한테 말한 그 낯선 사람은 도대체 무슨 생각으로 그런 말을 했을까?……도무지 모르겠어……이제 어떻게 해야 하지?…… 제로니모가 자기를 믿지 않는다는 생각이 불현 듯 분명해졌다…… 그건 도저히 견딜 수 없었다. 뭔가 대책을 세워야만 했다…… 그는 급히 오던 길을 되돌아갔다.

까를로가 식당 안으로 들어갔을 때 제로니모는 긴 의자에 드러누워 있었고, 형이 들어온 줄도 모르는 것 같았다. 마리아가 두 사람한테 먹고 마실 것을 가져다주었다. 두 사람은 묵묵히 먹기만 했다. 마리아가 접시를 치우는 동안 제로니모가 갑자기 웃음을 터뜨리면서 그녀한테 물었다.

"그걸로 도대체 뭘 살 거야?"

"도대체 무슨 얘기야?"

"말해봐, 뭘 살 거냐고? 새 치마, 귀걸이?"

"이 친구가 대체 나한테 무슨 소릴 하는 거야?"

그녀가 까를로 쪽으로 보고 물었다.

그러는 사이 마당에서 짐을 실은 화물마차가 굉음을 울리며 들어오는 소리와 와자지껄하는 사람들 소리가 들려오자 마리아는 급히 아래로 내려갔다. 잠시 후 마부 셋이 들어와서 한쪽 테이블에 자리를 잡았다. 주인이 그들 쪽으로 가서 인사를 건넸다. 마부들은 험한 날씨 때문에 욕을 늘어놓았다.

"오늘밤에는 눈까지 온다지."

그중 한 명이 얘기했다.

그러자 다른 한 명이 십년 전 팔월 중순에 협곡에서 눈을 만나 얼어 죽는 줄 알았다는 얘기를 했다. 마리아가 마부들 테이블에 함께 끼어 앉았고, 사환도 그 자리로 가서 저 아래 보르미오에 사는 부모님 안부를 물었다.

다시 여행객들을 태운 마차가 한 대 도착했다. 제로니모와 까를로는 아래로 내려가, 제로니모는 노래를 부르고 까를로는 그 옆에 모자를 들고 섰다. 여행객들은 적선을 해 주었다. 이제 제로니모는 아주 차분해졌다. 그는 때때로 "얼마야?"하고 묻고는 까를로의 대답에 가볍게 고개를 끄덕였다. 그러는 사이 까를로는 생각을 가다듬어보려고 했다. 하지만 아무리 궁리해보아도 뭔가 아주 고약한 일이 벌어졌고 자기가 완전히 속수무책이라는 막막한 느낌밖에 들지 않았다.

형제가 다시 식당으로 올라갔을 때 마부들은 와자지껄 떠들며 웃어대고 있었다. 그중 가장 젊어 보이는 마부가 제로니모한테 소리쳤다.

"어디 한곡 뽑아보라고! 돈은 줄 테니까! 정말이지?"

그러면서 젊은 마부는 일행한테 돈을 주겠다는 다짐을 받았다.

그때 막 붉은 포도주 병을 들고 오던 마리아가 참견했다.

"오늘은 귀찮게 하지 마세요. 기분나쁜 일이 있나봐요."

그런데 제로니모는 아무런 대답도 않고 식당 가운데로 걸어가더니 노래를 부르기 시작했다. 그가 노래를 마치자 마부들은 박수를 쳤다.

"까를로, 이리 오게!"

그중 한명이 불렀다.

"우리도 저 아래 있는 손님들처럼 자네 모자에 돈을 넣어줄 테니까!"

그들 중 한 명이 까를로를 부르고는 작은 동전 한닢을 높이 쳐들고 그가 내민 모자에 동전을 떨어드릴 듯한 자세를 취했다. 그때 제로니모가 마부의 손을 잡고 이렇게 말했다.

"저한테 주세요! 저한테요! 엉뚱한 데로 샐지도 모르거든요!"

"엉뚱한 데라니?"

"에이, 다 아시면서! 마리아의 가랑이 사이로요!"

모두가 폭소를 터뜨렸다. 주인도. 마리아도. 다만 까를로만이 꼼짝 않고 서 있었다. 제로니모가 이런 농담을 한 적은 한 번도 없었는데!⋯⋯.

"우리하고 합석하세!"

마부들이 소리쳤다.

"자네 정말 재미있는 친구로군!"

그러면서 마부들은 제로니모한테 자리를 만들어주기 위해 옆으로 조금씩 당겨 앉았다. 일행은 점점 더 시끌벅적하게 떠들어댔다. 제로니모 역시 평소보다 크고 흥겨운 목소리로 이야기에 끼어들었고, 쉴 새없이 마셔댔다. 마리아가 자리로 돌아오자 제로니모는 마리아를 자기 몸 쪽으로 바싹 끌어당기려 했다. 그러자 마부 중 한 명이 껄껄 웃으면서 말했다.

"자넨 이 여자가 예쁘다고 생각하나? 이 여자는 늙고 못생겼다고!"

그러거나 말거나 앞을 못 보는 제로니모는 마리아를 품에 안으며 말했다.

"모두들 멍청하구먼요. 내가 눈이 없다고 못 보는 줄 아슈? 지금 까를로가 어디 있는지도 안다 이겁니다. 에이! 저기 난롯가에 서 있잖아요. 손은 바지주머니에 찔러넣고, 웃고 있구먼요."

그러자 모두들 까를로가 있는 쪽을 쳐다보았다. 까를로는 입을 벌린 채 난롯가에 기대서서 정말로 씽긋 웃고 있었다. 마치 동생을 거짓말쟁이로 만들어서는 안될 것처럼.

그때 사환이 들어왔다. 어두워지기 전에 보르미오에 닿으려면 서둘러야 한다고 했다. 마부들은 자리에서 일어서면서 떠들썩하게 작별인사를 하고는 밖으로 나갔다. 두 형제는 다시 식당에 단둘이 남게 되었다. 평소 같으면 대개는 잠시 눈을 붙일 시간이었다. 이른 오후 이맘때면 늘 그렇듯이 식당에는 정적이 감돌았다. 테이블 위에 머리를 처박고 있는 제로니모는 잠이 든 것 같았다. 까를로는 식당 안을 오락가락하다가 자리에 앉았다. 피로가 몰려왔다. 악몽을 꾸고 있는 것만 같았다. 온갖 상념이 떠올랐다. 어제, 그저께, 그리고 동생과 함께 지내온 모든 날들이 하나씩 떠올랐고, 특히 따사로운 여름날 동생과 함께 걸었던 하얀 시골길이 자꾸만 생각났다. 하지만 그 모든 기억들이 까닭 없이 너무 아득히 멀어져서 이제는 두 번 다시 그럴 수 없을 것 같았다.

오후 늦게 티롤에서 우편마차가 왔고, 얼마 안 있어 우편마차와 마찬가지로 남쪽으로 내려갈 마차들이 왔다. 그렇게 해서 형제는 네 번을 더 마당으로 내려가야 했다. 마지막 손님을 보내고 올라왔을 때는 어느덧 저녁놀이 지고 있었고, 나무로 된 천장에서 늘어뜨린 석유들에 불을 붙였다. 인근 채석장에서 일하는 인부들이 돌아왔다. 그들은 식당 아래쪽으로 이백 보쯤 떨어진 곳에 목재 가건물을 지어 숙소로 쓰고 있었다. 제로니모는 그들과 합석했고, 까를로는 혼자 자기 자리를 지키고 있었다. 이 외로움이 아주 오래전부터 계속되어온 듯한 느낌이 들었다. 저쪽 자리에서 제로니모가 거의 고함을 지르다시피 떠들썩하게 웃으면서 어린 시절 이야기를 하고 있는 소리가 들려왔다. 제로니모는 어린 시절에 직접 보았던 온갖 것들을, 사람과 사물들을 지금도 생생하게 기억하고 있었다. 아버지가 들에서 일하던 모습, 담장 곁에 물푸레나무가 서 있는 조그만 뜰, 지붕이 낮았던 그들 소유의 집, 신발가게 집의 어린 두 딸, 교회 뒤에 있던 포도밭, 심지어 어렸을 적에 거울에 비쳤던 자기 얼굴 생김새까지도 생생히 기억하고 있었다. 까를로는 이 모든 이야기를 얼마나 자주 들었던가.

그런데 오늘은 도저히 그 이야기를 잠고 늘을 수가 없었나. 이선과는 전혀 다른 느낌이 들었던 것이다. 제로니모가 하는 말 한마디 한마디가 다른 뜻으로 다가왔고, 자신을 겨냥한 얘기처럼 들렸다. 까를로는 다시 식당에서 나와 도로를 따라 걸어갔다. 이제 길은 완전히 어둠에 잠겨 있었다. 비는 그쳤고, 공기가 무척 차가웠다. 이대로 계속 저 어둠속으로 끝없이 걸어가다가 길가의 아무 구덩이에나 몸을 눕히고 잠이 들어서 다시는 깨어나지 말았으면 하는 생각이 간절했다.

그런 생각에 잠겨 있던 차에 갑자기 마차 소리가 들려왔다. 등불을 두 개 매단 마차가 점점 다가오고 있었다. 지나갈 때 보니 마차 안에는 두 남자가 타고 있었다. 둘 중 수염이 없고 얼굴이 갸름한 사람이 어둠속에서 등불에 비친 까를로의 모습이 어른거리자 화들짝 놀랐다. 까를로는 다시 칠흑 같은 어둠 속에 홀로 남게 되었다. 그는 갑자기 흠칫하며 놀랐다. 난생처음 어둠이 무섭다는 생각이 들었다. 단 일분일초도 이 어둠을 견딜 수 없을 것 같았다. 그 두려움은 의식이 멍한 상태에서도 앞 못 보는 동생에 대한 괴로운 연민의 감정과 기묘하게 뒤섞여서, 그는 동생이 있는 식당을 향해 쏜살같이 달려갔다.

식당에 들어서자 조금 전에 마차를 타고 지나갔던 두 남자가 테이블에 자리를 잡고 붉은 포도주를 마시면서 아주 심각한 표정으로 이야기를 나누고 있었다. 두 사람은 까를로가 들어온 것도 알아차리지 못하는 듯했다.

다른 테이블에는 아까와 마찬가지로 제로니모가 인부들 틈에 끼어 있었다.

문간에 들어서자마자 주인이 말했다.

"도대체 어디 처박혀 있다 온 거야, 까를로? 동생을 저렇게 혼자 두면 어떡해?"

"무슨 일이 있었나?"

까를로가 깜짝 놀라 물었다.

"제로니모가 저 사람들한테 한턱낸다고 저러고 있잖아. 나야 뭐 아무래도 상관없지만, 그래도 이제 곧 힘든 계절이 닥쳐온다는 것도 생각해야지."

까를로는 동생한테로 가서 "일어서자!"하고 팔을 잡았다.

"왜 그러는 거야?"

제로니모가 소리를 버럭 질렀다.

"자러 가자고."

까를로가 말했다.

"날 내버려둬! 내버려두라고! 돈을 버는 건 나란 말이야. 내 돈이니까 내 맘대로 할 수 있는거 아냐! 형이 다 꼬불치면 안되지! 여러분들은 형이 나한테 다 준다고 생각하는지 모르겠는데, 천만에 말씀! 나는 앞을 못 보는 장님이잖아! 하지만 세상에는 좋은 사람들도 있어. 형한테 이십 프랑을 주었다고 말해주는 사람도 있다, 이거야!"

인부들이 폭소를 터뜨렸다.

"그만 하면 됐어. 어서 가자!"

그러면서 까를로는 동생을 잡아끌다시피 해서 층계를 올라가 형제가 숙소로 쓰고 있는 어둠침침한 지붕밑 방으로 들어갔다. 올라가는 내내 제로니모는 고래고래 소리를 질렀다.

"그래, 이제는 들통났지! 이젠 알겠어! 그래 어디 두고보자고! 그 여자는 어디 있는 거야? 마리아는 어디 있어? 너사노 어디에 쏘불겼나?

이보라고, 내가 형을 위해 노래도 불러주고 기타도 쳐주고 하는데, 내 덕에 먹고사는 형이 도적질을 해!"

그러더니 짚을 넣은 담요 위로 쓰러졌다.

복도에서 희미한 불빛이 새어들어왔다. 복도 저편으로 이 집의 유일한 손님방으로 통하는 문이 열려 있었고, 손님이 묵을 잠자리를 정리해주는 마리아가 보였다. 까를로는 앞에서 동생이 쓰러져 자는 모습을 바라보았다. 얼굴은 부어올랐고 입술은 파리했으며 땀에 전 머리칼이 이마에 달라붙어 있었다. 실제 나이보다 훨씬 늙어 보였다. 그제야 뭔가 감이 오기 시작했다. 앞을 못 보는 동생의 불신은 오늘 갑자기 생긴 게 아니라 이미 오랜 전부터 속에서 꿈틀댔던 게 분명했다. 단지 불신을 터뜨릴 계기가 없었거나, 말을 꺼낼 용기가 없었을 뿐이다. 까를로가 동생을 위해 해준 모든 일은 이제 수포로 돌아갔다. 뉘우쳐도 소용없었고, 그의 인생을 다 바쳤는데도 헛수고가 되었다. 그럼 이제 어떻게 해야 한단 말인가? 앞으로도 매일같이 이 끝없는 어둠 속을 헤매며 동생을 데리고 다니면서 동생을 위해 구걸해야 한단 말인가? 이런 생활이 언제까지 계속될지도 알 수 없고, 그래봤자 돌아오는 건 불신과 욕설뿐인데? 동생이 나를 도둑놈이라고 여긴다면, 지금 내가 하는 역할은 아무 상관도 없는 그 누구라도 해낼 수 있고, 오히려 더 잘해낼 수도 있다. 그래, 혼자 내버려두고, 영영 헤어지는 거야. 그게 상책이야. 그러면 제로니모도 제 잘못을 깨닫게 되겠지. 그러면서 사람한테 속고 도둑질당하고 외롭고 비참한 게 어떤 건지 똑똑히 알게 될 테니까. 그럼 나는 어떻게 되는 거지? 나는 무슨 일을 새로 시작해야 하지? 그래, 아직 늙지는 않았잖아. 홀몸이라면 이것저것 새로 시작할 수 있어. 식당 종업원 같은 일자리는 널려 있어. 하지만 까를 로는 머릿속으로는 이런 생각을 하면서도 동생한테서 눈을 떼지 않았 다. 불현듯 동생이 혼자 있는 모습이 떠올랐다. 햇볕이 내리쬐는 길가 바위에 혼자 앉아서 허연 눈을 치뜨고 하늘을 바라보겠지만, 아무리 햇살이 쨍쨍해도 눈이 부시지도 않고, 언제나 주위를 감싸고 있는 깜 깜한 어둠속을 손으로 더듬어야만 할 것이다.

그러자 동생한테는 이 세상에서 의지할 사람이라곤 자기밖에 없 고, 그 역시 동생밖에 없다는 생각이 들었다. 동생에 대한 사랑이 자 신의 인생 전부라는 걸 깨달았다. 그리고 동생이 언젠가는 형의 사랑 에 응답해주고 형을 용서해줄 거라고 굳게 믿었기 때문에 지금까지 아무리 비참한 생활도 묵묵히 감내할 수 있었다는 걸 처음으로 아주 명확하게 깨달았다. 이 희망을 하루아침에 포기할 수는 없었다. 동생 한테 자기가 없어선 안될 존재이듯 자기한테도 동생은 꼭 필요한 존 재였다. 동생을 혼자 두고 떠날 수는 없었다. 절대로 그럴 수 없었다. 동생의 불신을 묵묵히 감수하든지, 그런 의심이 전혀 근거가 없다는 것을 납득시킬 수 있는 방도를 찾아야만 했…….

그래, 그거야! 어떻게 해서든 금화 하나를 구할 수만 있다면! 그러 면 내일 아침에 동생한테 이렇게 말할 수 있겠지.

"내가 이걸 따로 보관해두었던 것은 네가 인부들과 술을 마시느라 다 써버릴까 봐 그랬던 거야. 너한테 맡기면 누가 훔쳐갈까봐 걱정되 기도 했고."

……아, 정말 다른 방도가 없을까…….

나루셌난 쪽에서 발소리가 가까워졌나. 너행색들이 사러 오는 모양이었다. 그때 갑자기 어떤 생각이 뇌리에 스쳤다. 건넌방으로 가서 낯선 투숙객들한테 오늘 있었던 일을 사실대로 털어놓고, 이십 프랑만 적선해 달라고 하면 어떨까. 하지만 그래봤자 전혀 가망이 없을 거라는 사실을 금방 깨달았다. 자신의 이야기를 믿어주지 않을 게 뻔했다. 그런데 아까 깜깜한 데서 자신이 갑자기 마차 옆에 나타나자 안색이 창백해 보이던 사람이 소스라치게 놀랐던 일이 그제야 생각났다.

까를로는 이부자리에 드러누웠다. 방안은 깜깜했다. 인부들이 뭐라고 떠들면서 무거운 발걸음으로 나무계단을 내려가는 소리가 들려왔다. 그러고는 곧바로 양쪽 대문이 닫혔다. 사환이 마지막으로 한 번더 계단을 오르내리는 소리가 들리고는 온 집안이 조용해졌다. 이제는 제로니모가 코고는 소리밖에 들리지 않았다. 까를로 역시 이런저런 생각을 하다가 비몽사몽간에 잠이 들었다. 그가 깨어났을 때는 아직도 한밤중이었다. 그는 창문쪽을 바라보았다. 눈을 바짝 뜨고 보니까 칠흑같은 어둠속에서 짙은 회색 사각형이 눈에 들어왔다. 제로니모는 여전히 술기운에 곯아떨어져 단잠을 자고 있었다. 까를로는 날이 새면 또 어떻게 하나 하는 생각에 벌써 몸이 떨려왔다. 전날 밤의 일과 내일 벌어질 일, 그리고 장차 수없이 벌어질 일들을 생각하니 앞으로 견뎌야 할 외로움에 몸서리가 쳐졌다.

왜 어젯밤에 용기를 내지 못했을까? 어째서 투숙객을 찾아가 이십 프랑을 적선해달라고 구걸하지 못했을까? 어쩌면 자기 신세를 가엾게 여겼을지도 모르는데. 하지만 다시 생각해보니 그리지 않은 게 다행이었다. 그런데 어째서 다행이지?…… 그는 잔뜩 힘을 주면서 일어나 앉아 두근거리는 가슴을 만져보았다. 어째서 구걸하지 않은 게 다행인지 알 것 같았다. 만약 투숙객들이 적선을 거절했다면 그들 역시 자기 말을 믿지 않는다는 뜻이 되는 셈이다. 하지만 그래도…… 그는 회뿌옇게 밝아오기 시작하는 회색 사각형 창문을 골똘히 쳐다보았다…… 의지와 상반되게 자꾸만 뇌리에 맴도는 생각을 뿌리치려고 안간힘을 썼다. 그건 안돼! 절대로 안돼!…… 건너편 방의 문은 잠겨져 있고, 더구나 투숙객들이 벌써 일어났을 수도 있었다…… 하지만 어둠 속에서 차츰 밝아오는 창문은 곧 날이 샌다는 걸 의미했다.

까를로는 자리에서 일어나 자기도 모르게 창문 쪽으로 다가가 차가운 유리창에 이마를 기댔다. 그런데 내가 왜 일어난 거지? 생각을 하려고?…… 한번 해보려고?…… 내가 무슨 생각을 하는 거지?…… 그건 안될 일이었다. 그건 범죄가 아닌가. 그런데 정말 죄가 될까? 그저 재미삼아 천릿길을 마다 않고 여행을 하는 사람들한테 이십 프랑이 무슨 의미가 있을까? 이십 프랑쯤이야 없어져도 알아채지 못할 것이다…… 그는 문쪽으로 가서 문을 살며시 열었다. 두 걸음이면 닿을 건넌방 문은 닫혀 있었다. 복도 기둥에 박혀 있는 못에 옷가지가 걸려 있었다. 까를로는 옷을 더듬었다…… 그래, 사람들이 지갑을 주머니에 넣어두고 자면 인생이 아주 수월하게 풀릴 텐데. 그러면 굳이 구걸하러 다닐 필요도 없잖아…… 하지만 주머니는 텅 비어 있었다. 이런, 이제 어떻게 하지? 그는 다시 방으로 돌아와 자리에 드러누웠다. 어쩌면 덜 위험하고 더 정당하게 이십 프랑을 마련할 방도가 있을지도 몰랐다. 구걸해서 생긴 돈에서 매번 몇 센트씩 모아두었다가 이십 프랑이 차면, 그러면 그걸 금화로 바꾸면 되지 않을까…… 하지만 그러려면 도대체 얼마나 걸릴까. 여러 달, 아니 꼬박 일년은 걸릴 것이다. 이,

제발 용기를 내보자!

　그는 다시 복도로 나가서 건넌방 문을 바라보았다…… 그런데 위에서 바닥까지 수직으로 보이는 저 검은 띠는 뭐지? 이럴 수가? 문이 잠겨 있지 않단 말인가?…… 그런데 내가 왜 이렇게 놀라지? 벌써 여러 달째 문을 잠가놓지 않았는데. 무엇 때문에 문을 잠가? 그제야 지난여름 동안 이 방에 손님이 든 것은 세 번뿐이었다는 게 생각났다. 두 번은 직공들이, 한번은 발을 다친 여행객이 이용했었다. 문은 닫혀 있지 않았다. 이제 용기만 내면 되었다. 그러면 행운이 굴러오는 것이다! 그런데 어디까지 용기를 내야 하지? 최악의 경우 두 여행객이 깰 수도 있다. 그러면 핑계를 둘러댈 수도 있겠지. 그는 문틈으로 방안을 들여다보았다. 아직은 상당히 어두워서 침대 위에 두명이 자고 있는 형체만 어렴풋이 눈에 들어올 뿐이었다. 가만히 귀를 기울이자 편안하게 고른 숨소리가 들려왔다. 창문 맞은편 벽쪽으로 침대 두 개가 나란히 놓여 있었다. 방 한가운데에는 탁자가 있었다. 까를로는 탁자가 있는 데까지 살금살금 걸어갔다. 탁자 위를 더듬으니 열쇠 꾸러미와 면도칼, 소책자 한권이 손에 잡혔다. 다른 건 아무 것도 없었다…… 그러면 그렇지, 어떻게 지갑을 탁자 위에 두고 자겠어! 아, 지금이라도 방에서 나갈 수 있다!…… 하지만 손 한번 잘 놀리면 복이 굴러오는데…… 그는 탁자 옆에 있는 침대 쪽으로 다가갔다. 안락의자 위에도 뭔가 놓여 있었다. 권총이었다. 까를로는 흠칫했다…… 이걸 얼른 챙겨두는 게 좋지 않을까? 어째서 권총을 옆에 두고 자는 거지? 손님이 잠을 깨서 자기가 들어온 걸 알기라도 하면…… 하지만 그래도 별일 없을 거야. 손님, 벌써 세시가 되었습니다, 일어나시지요, 하면 그만이지…… 그는 권총을 그대로 두었다.

까를로는 좀더 으슥한 곳까지 살금살금 걸어갔다. 맞은편 안락의자에 옷가지가 걸려 있었다…… 바로 이거야! 지갑이 손에 잡혔다. 그는 지갑을 꺼내들었다. 바로 그때 살짝 삐걱거리는 소리가 들렸다. 그는 잽싸게 침대 발치에 엎드려 몸을 숨겼다…… 다시 한번 침대가 삐걱거리는 소리가 들렸고, 깊은 숨을 토해내는 소리, 목이 그르렁거리는 소리가 들리더니 다시 조용해졌다. 방안은 아주 조용했다. 까를로는 지갑을 손에 쥔 채 바닥에 엎드려서 때를 기다렸다. 이제 아무 소리도 들리지 않았다. 어느새 먼동이 트면서 방안이 차츰 밝아지기 시작했다. 까를로는 겁이 나서 일어서지 못하고 살금살금 기어서 몸이 빠져나갈 수 있을 만큼 널찍하게 열려 있는 방문을 통과해 복도까지 나온 다음에야 깊은 숨을 들이마시면서 살그머니 일어섰다.

지갑을 열어보았다. 주머니가 세 겹으로 되어 있고 왼쪽과 오른쪽 주머니에 은화 잔돈이 들어 있었다. 지퍼로 잠겨 있는 가운데 주머니를 열었더니 이십 프랑짜리 금화 세 개가 들어 있었다. 잠시 그중에 두 개를 집을까 하는 생각도 들었으나 이내 유혹을 물리치고 금화 하나만 꺼내고는 다시 지갑을 닫았다. 그러고는 무릎으로 살살 기어가서 방문 사이로 방안을 들여다보았더니 방안은 여전히 매우 조용했다. 그는 지갑을 밀쳐서 두 번째 침대 밑까지 미끄러져 가게 했다. 손님이 아침에 일어나면 틀림없이 지갑이 소파에서 떨어졌나보다 하고 생각할 것이다. 까를로는 천천히 몸을 일으켰다. 그때 마룻바닥이 살짝 삐걱거리는 소리가 났고, 그와 동시에 방안에서 사람 소리가 들려왔다.

"무슨 소리지? 대체 무슨 소리야?"

까를로는 숨을 죽인 채 얼른 두 걸음을 뒷걸음질해서 자기 방으로 들어섰다. 그러고는 안심하고 가만히 귀를 기울였다…… 다시 한 번 건넌방에서 침대가 삐걱거리는 소리가 들리더니 조용해졌다. 그는 손가락 사이로 금화를 쥐어보았다. 드디어 성공했구나! 성공이야! 이제는 이십 프랑짜리 금화가 있으니 동생한테 이렇게 말할 수 있다. '이젠 보다시피 내가 도둑놈이 아니라는 걸 알겠지!' 그리고 우리는 날이 밝는 대로 남쪽으로 떠나는 거야. 보르미오로, 그리고 또 벨틀린을 지나서, 그러고는 티라노로, 또 다시 에돌레로, 그리고 브레노로…… 그렇게 계속 가면, 지난해에도 그랬듯이, 마침내는 이세오 호수에까지 다다르겠지…… 그런다고 의심하는 사람은 아무도 없을 거야. 마침 그저께 주인한테 "며칠 안으로 남쪽으로 내려가야겠네"라고 말했으니까.

날이 밝으면서 방안으로 아침놀이 희미하게 비쳐들었다. 제발 제로니모가 빨리 일어나면 좋으련만! 새벽길이 얼마나 상쾌한데! 해가 뜨기 전에 떠날 수 있겠지. 주인한테 인사를 하고. 사환과 마리아한테도. 그러고는 떠나는 거야…… 두 시간만 걸어가면 계곡 입구에 다다르고, 그때면 제로니모한테 말을 꺼낼 수 있겠지.

제로니모가 목이 마른지 입맛을 쩝쩝 다시면서 기지개를 폈다.

까를로는 "제로니모!" 하고 불러서 동생을 깨웠다.

"응, 왜 그래?"

그러면서 제로니모는 양손으로 바닥을 짚고 일어나 앉았다.

"제로니모, 일어나."

"왜 그래?"

제로니모는 죽은 눈으로 형 쪽을 바라보면서 물었다. 까를로는 제로니모가 지금 어제 일을 생각하고 있다는 걸 안다. 그리고 동생이 다시 취하기 전에는 어제 일에 대해 한마디도 하지 않을 거라는 것도 안다.

"제로니모, 이제 날이 추워지니까 떠나야겠다. 올해는 날씨가 좋아질 것 같지 않아. 그러니 그만떠나는 게 좋겠어. 점심 무렵이면 볼라도레까지는 갈 수 있을 거야."

제로니모가 일어났다. 집안 여기저기서 인기척이 들리기 시작했다. 아래쪽 마당에서는 주인이 사환과 얘기를 하고 있었다. 까를로는 일어서서 아래층으로 내려갔다. 그는 언제나 일찍 일어났고, 동틀 무렵이면 곧잘 길거리로 산책을 나갔다. 그는 주인이 있는 쪽으로 가서 말했다.

"이젠 떠나야겠어."

"아니, 오늘 벌써 떠나려고?"

주인이 되물었다.

"그래. 벌써 이렇게 춥고 바람도 차서 마당에 서 있기가 그러네."

"그럼 할 수 없지. 보르미오에 가거든 발데티한테 안부 좀 전해주게. 그리고 잊지 말고 석유 좀 보내달라고 하고."

"그래, 전해주지. 그리고 오늘밤 잠자리도 좀 부탁했으면 싶은데."

그러면서 그는 가방을 집어들었다.

"그런 걱정 말게."

주인이 말했다.

"그렇지 않아도 자네 동생한테 이십 센트를 주려던 참이네. 동생 얘기는 나도 들었네. 그럼 잘 가게."

"고맙네."

까를로가 말했다.

"아무튼 뭐 서두를 필요는 없으니 느긋하게 출발하려고 해. 자네가 오두막에 갔다가 돌아오면 떠나려고. 보르미오가 어디로 사라지지는 않을 테니까. 안 그래?"

까를로는 웃으면서 나무계단을 올라갔다.

방안에 있던 제로니모가 "이젠 떠날 준비가 됐어" 하고 말했다.

"얼른 가자."

까를로가 채근했다.

그리고 방구석에 놓여 있는 낡은 함에서 그동안 모아둔 몇푼 안되는 돈을 꺼내 봉지에 쌌다. 그러고는 이렇게 말했다.

"날은 좋은데 제법 춥구나."

"그런 것 같네."

제로니모가 맞장구를 쳤다. 형제는 방을 나왔다.

"조용히 내려가자."

까를로가 말했다.

"어젯밤에 온 손님 둘이 이 방에 묵고 있거든."

두 사람은 조심해서 아래층으로 내려갔다.

"주인이 너한테도 안부 전하더라. 오늘밤에 잘잘 비용으로 이십 센트까지 주더구나. 지금 막 오두막으로 나갔는데, 두어 시간은 있어야 돌아올 거야. 내년에나 다시 보지 뭐."

제로니모는 아무 대답도 하지 않았다. 형제는 아침놀이 비치는 도로를 따라 걸어갔다. 까를로는 동생의 왼팔을 잡아주었고, 두 사람은 말없이 계곡을 따라 내려갔다. 얼마 안 가서 어느새 도로가 길게 커브를 그리며 넓어지는 곳에 이르렀다. 계속 아래쪽에서 안개가 피어올랐고, 높은 봉우리들은 구름에 잠겨 있었다. 까를로는 지금 말할까, 하고 생각했다.

하지만 까를로는 아무 말 없이 주머니에서 금화를 꺼내 동생한테 건네주었다. 동생은 오른손으로 금화를 받아들더니 그걸 얼굴과 이마에 대보면서 고개를 끄덕이며 말했다.

"이럴 줄 알았어."

"그랬어?"

까를로가 의아한 표정으로 제로니모를 바라보면서 물었다.

"그 낯선 양반이 얘기해주지 않아도 알았을 거야."

"그래?"

까를로가 당황해서 말했다.

"어제 내가 어째서 다른 사람들 앞에서 금화를 받은 적이 없는 체했는지 이제 알겠지? 게다가 네가 한꺼번에 다 써버릴까 봐 걱정도 됐고. 제로니모, 그렇다고 널 못 믿는다는 건 아니고, 네가 이제 점퍼를 살 때가 된 것 같아서. 속옷과 신발도 사고. 그래서……."

그러자 제로니모가 고개를 설레설레 저었다.

"뭣 하러 또 사?"

그는 한손으로 점퍼를 만져보면서 말했다.

"이만하면 아직 널썽한네. 따뜻하기도 하고. 너구나 이젠 님쪽으로 가잖아."

까를로는 어째서 제로니모가 좋아하지 않는지, 또 어제 일로 미안하다는 말을 하지 않는지, 납득이 되지 않았다. 까를로는 계속해서 말을 이었다.

"제로니모, 내가 잘못한 거냐? 도대체 어째서 좋아하지 않니? 어떻든 금화가 우리 수중에 있잖아, 안 그래? 이젠 우리 거란 말이야. 내가 만약 어제 금화가 생겼다고 말했더라면 무슨 일이 벌어졌을지 어떻게 알아…… 너한테 얘기하지 않은 건 잘한 거야. 그렇다니까!"

그러자 제로니모가 소리쳤다.

"거짓말 좀 그만해, 형! 이젠 질렀어!"

까를로는 걸음을 멈추고 동생의 팔을 놓으며 말했다.

"난 거짓말 안했어!"

"난 알아. 형이 거짓말하는 거 다 안단 말이야!……노상 거짓말했으면서!……수백번도 더 속였잖아!…… 이것도 형이 가지려고 하다가 찔리니까 준 거잖아!"

까를로는 고개를 떨구고 아무 말도 하지 않았다. 그는 다시 동생의 팔을 잡고 가던 길을 계속 갔다. 제로니모가 저런 식으로 말하다니, 마음이 아팠다. 하지만 이상하게도 어제만큼은 슬프지 않았다.

안개가 걷히기 시작했다. 형제는 한동안 말이 없다가 제로니모가 먼저 입을 열었다.

"날씨가 따뜻해지네."

그는 그저 건성으로 그렇게 말했는데, 물론 이미 수백번도 더 한 말이었다. 그 순간 까를로는 제로니모는 전혀 마음이 바뀌지 않았구나,

하는 생각이 퍼뜩 들었다. 제로니모는 지금도 나를 도둑놈이라고 생각하는구나.

"배고프지 않니?"

까를로가 물었다.

제로니모는 고개를 끄덕이더니, 점퍼 주머니에서 치즈와 빵을 꺼내 먹기 시작했다. 요기를 한 후 두 사람은 다시 걷기 시작했다.

얼마 후 보르미오에서 오는 우편마차와 마주쳤다. 마부는 두 형제를 보고는 "벌써 내려오나?"하고 소리쳤다. 다른 마차들도 마주쳤는데, 모두 위쪽으로 가는 참이었다.

"계곡에서 바람이 불어오네."

제로니모가 말했다. 바로 그때 길이 급하게 꺾이면서 저 아래로 벨틀린 마을이 보였다.

그렇구나, 마음이 조금도 바뀌지 않았어. 나는 저 때문에 도둑질까지 했는데, 그것도 허사가 되고 말았구나. 까를로는 생각했다.

계속 아래 안개가 점점 엷어졌고, 내리쬐는 햇볕이 여기저기 안개 틈새로 비쳐들었다. 까를로는 이런 생각이 들었다. 이렇게 급하게 식당을 떠나온 건 잘못한 거야…… 지갑이 침대 밑에 떨어져 있으니 수상하게 여기지 않을까…… 그런데 내가 왜 그런 헛수고를 했지! 더 이상 나빠질 게 뭐가 있다고. 형 때문에 눈을 잃은 동생이 형한테 도둑질당한다고 생각하고 있고, 벌써 십수년 동안이나 그런 생각을 해왔는데, 더 나빠질 게 뭐가 있지?

아래를 보니 하얀색 커다란 호텔이 아침 햇살을 받으며 서 있었고, 계곡이 넓게 트이기 시작하는 더 아래쪽으로 마을이 길게 이어져 있었다. 형제는 말없이 계속 걸었다. 까를로는 줄곧 동생의 팔을 잡고 있었다. 호텔 주차장을 지나갈 때는 가벼운 여름옷을 입은 투숙객들이 테라스에 앉아서 아침식사를 하는 모습이 눈에 들어왔다.

"어디서 쉬면 좋겠니?"

까를로가 물었다.

"'독수리 식당'에서. 늘 그랬잖아."

형제는 마을 끝에 있는 작은 식당으로 들어갔다. 두 사람은 자리를 잡고 포도주를 시켰다.

"왜 이렇게 이른 철에 내려오나?"

주인이 물었다.

까를로는 주인의 물음에 약간 당황하면서 대답했다.

"그렇게 이른가? 오늘이 구월 십일인가 십일일 아냐?"

"지난해에는 훨씬 늦게 내려왔잖아."

"위쪽은 벌써 무척 추워."

까를로가 말했다.

"어젯밤에는 으스스하더라고. 정말이야. 그런데 잊지 말고 저 위에 석유 좀 배달해주게."

식당 안은 후덥지근했다. 까를로는 이상하게 불안했다. 빨리 밖으로 나가서 큰길을 따라 티라노로, 에돌레로, 이세오 호수로, 그보다 더 멀리까지 가고 싶었다. 그는 자리에서 벌떡 일어났다.

"벌써 떠나려고?"

제로니모가 물었다.

"오늘 점심때까지 발라도레에 닿아야지. 마차 손님들이 대개 '사슴 식당'에서 점심식사를 하잖니. 길목이 좋은 집이지."

형제는 다시 걷기 시작했다. 이발사 베노치가 이발소 앞에서 담배를 피우고 있었다. 그가 알은체를 했다.

"그동안 잘들 지냈나? 위쪽 날씨는 어때? 간밤에는 눈까지 왔다면서?"

"그럼, 그랬지."

까를로는 얼른 대답하고는 발길을 재촉했다.

이제 마을도 멀어졌고, 초원과 포도밭 사이로 나 있는 도로는 점점 넓어지고 있었다. 길 옆에서는 콸콸거리는 시냇물 소리가 들려왔다. 하늘은 파랗고 청명했다. 왜 이런 짓을 했지, 하고 까를로는 생각했다. 동생의 옆모습을 바라보았다. 표정이 평소와 다름없잖아? 그렇다면 언제나 날 불신했다는 뜻인데. 난 언제나 혼자였구나. 제로니모는 언제나 날 미워했고. 그런 생각이 들자 까를로는 몸이 천근같이 무거워졌고, 자기를 짓누르는 이 고통에서 영영 헤어날 수 없을 것 같았다. 그리고 온 천지에 햇살이 가득하건만 옆에서 걷고 있는 제로니모처럼 눈앞이 캄캄해지는 것 같았다.

형제는 한동안 그렇게 계속 걸었다. 이따금 제로니모가 이정표가 새겨진 바위에 걸터앉아 쉬거나, 둘이서 함께 다리 난간에 기대앉아 쉬기도 했다. 다시 마을이 나왔다. 마차들이 서 있는 식당이 보였고, 마차에서 내린 승객들이 이리저리 거닐고 있는 모습도 보였다. 하지만 두 형제는 그 식당 앞에서 구걸을 하지 않고 마을을 지나쳐서 다시 탁트인 큰길로 나왔다. 해가 거의 중천에 떠 있었다. 점심때가 가까운 모양이었다. 따지고 보면 평소와 다름없는 날이었다.

"발라도레 탑이 보이네."

제로니모가 말했다. 까를로는 고개를 들고 올려다보았다. 제로니모가 저렇게 먼 거리에 있는 것을 정확히 식별하다니 놀라웠다. 정말 지평선 위로 발라도레의 탑이 나타났던 것이다. 그리고 상당히 떨어진 거리에서 누군가가 두 사람이 있는 쪽으로 걸어오고 있는 모습도 눈에 띄었다. 까를로는 자기가 마치 통행에 방해라도 되듯이 벌떡 일어났다. 행인은 점점 가까이 다가오고 있었다. 좀더 가까이서 보니 경찰이었다. 이렇게 도로를 따라 걸을 때 경찰과 마주치는 일은 흔했다. 그렇지만 까를로는 흠칫 놀랐다. 알고 보니 삐에뜨로 떼넬리 경관이었다. 지난 오월에 '라가찌 식당'에서 형제는 이 경관과 합석한 적이 있었는데, 당시 그는 언젠가 강도한테 칼에 찔려서 죽을 뻔했다는 무용담을 들려주었다.

"어떤 사람이 서 있네."

제로니모가 말했다.

"떼넬리 씨야, 경찰관 말이야."

까를로가 일러주었다.

형제는 경찰관 옆으로 지나갈 참이었다.

"안녕하십니까, 떼넬리 씨!"

까를로는 이렇게 인사하고는 경찰관 앞에서 걸음을 멈췄다.

그러자 경찰관이 말했다.

"일이 공교롭게 되었군. 발라도레 경찰서까지 잠시 함께 가줘야겠어."

"에이, 무슨 말씀이세요!"

제로니모가 아무 영문도 모르고 말했다.

하지만 까를로는 안색이 창백해졌다. 그는 속으로 생각했다. 어떻게 이런 일이 가능하지? 금화 때문은 아닐거야. 그사이 이 아랫동네 사람이 금화 사건을 알 리가 없잖아.

"이제 남쪽으로 이동하는 모양이군."

경찰관이 웃으며 말했다.

"자네들한테는 아무 탈 없을 거야. 그냥 함께 가주기만 하면 돼."

"형은 왜 아무 말이 없어?"

제로니모가 채근했다.

"그래, 내가 한번 말해볼게…… 경찰관 나리, 대체 무슨 영문인지 좀 알 수 없을까요?…… 우리가 대체 뭘 어쨌다고…… 아니, 제가 뭘 어쨌다고……정말 무슨 영문인지 모르겠군요…….."

"공교롭게 그렇게 됐어. 자넨 잘못한 게 없을 거야. 난 자네를 잘 아니까. 어떻든 지급전보를 받았는데, 자네 둘을 붙잡아두라는 거야. 자네들한테 혐의가 있다는 거야. 그것도 혐의가 아주 짙다나. 저 위쪽 사람들이 돈을 도둑맞았다는 거야. 하지만 자네들이 결백하다는 걸 입증할 수 있겠지. 그럼 어서 가자고!"

"어째서 아무 말 않는 거야, 형?"

다시 제로니모가 채근했다.

"응, 말해볼게. 그래, 말해보지 뭐……."

"어서 가자니까! 무슨 생각들을 하느라고 그렇게 멍하니 서 있어? 햇살도 뜨거운데. 한 시간만 걸으면 도착할 거야. 어서 가자고!"

까를로는 평소와 다름없이 제로니모의 팔을 잡았고, 두 사람은 친천히 걸음을 옮겼다. 경찰관이 뒤에서 따라왔다.

"형, 왜 아무말 않는 거야?"

제로니모가 재차 다그쳤다.

"왜 자꾸 그래, 제로니모? 무슨 이야기를 하라는 거야? 좀 있으면 모든 게 밝혀질 텐데. 나도 모르겠다⋯⋯."

그때 어떤 생각이 뇌리를 스쳐갔다. 조사를 받기 전에 동생한테 사실대로 털어놓을까?⋯⋯ 아냐, 그러면 안돼. 경찰관이 우리 이야기를 엿들을 테니까⋯⋯뭐가 중요한지 한번 생각해 보자. 재판을 받을 때는 사실대로 얘기할 수 있겠지. 이렇게 말할 거야. 재판장님, 제 경우는 보통의 도둑질과는 다릅니다. 그러니까 제가 왜 이 금화를 훔치게 되었는지 말씀드리면⋯⋯ 그러면서 까를로는 어떻게 하면 사건의 전말을 명료하고 알아듣기 쉽게 설명할 수 있을지 생각해보았다. 어제 어떤 신사분이 마차를 타고 왔습니다⋯⋯ 아마 정신이 좀 이상한 사람이었던 모양입니다. 아니면 착각했는지도 모르겠습니다만⋯⋯그리하여 저는⋯⋯.

하지만 이 얼마나 황당한 이야기인가! 이런 이야기를 누가 믿어줄까?⋯⋯ 길게 해명할 시간도 주지 않을 것이다. 이 황당한 이야기를 믿어줄 사람은 아무도 없다⋯⋯ 제로니모도 안 믿을 텐데⋯⋯ 까를로는 이런 생각을 하면서 제로니모의 옆모습을 바라보았다. 앞을 못 보는 제로니모는 이미 오래전부터 길을 걸을 때면 고개를 아래위로 흔들었지만, 표정은 변함이 없었고, 눈동자가 없는 눈은 허공을 응시하고 있었다.

그때 까를로의 뇌리에 또다른 생각이 스쳐갔다. 사실대로 얘기하면 제로니모는 어떻게 생각할까? 틀림없이 이렇게 생각할 것이다. 그런 줄은 몰랐네. 형이 내 돈뿐만 아니라 다른 사람 돈까지 훔치는 줄은 몰랐어…… 그럴 수도 있겠네. 눈이 멀쩡하니까, 멀쩡한 눈을 이용해서…… 그래, 제로니모는 그렇게 생각할 것이다. 틀림없어…… 그런데 나한테 돈이 없다고 해도 빠져나갈 도리가 없을 거야. 재판관도 날 믿지 않을 테고, 제로니모도 날 믿지 않을 테니. 그들은 나를 감옥에 처넣을 테고, 제로니모는……이런, 제로니모한테 금화가 있으니 제로니모도 나처럼…… 더 이상 생각을 이어갈 수 없었다. 모든 게 너무나 혼란스러웠다. 도무지 이 모든 일이 어쩌다가 이렇게 꼬였는지 도무지 이해할 수 없었다. 다만 한 가지 분명한 것은, 일년 정도 감옥살이는 달게 받아들일 자신이 있다는 것이었다…… 혹시 제로니모가 오직 자신 때문에 형이 도둑질을 했다는 걸 알아주기만 한다면 십년이라도 기꺼이 감방에서 썩을 수 있었다.

그때 제로니모가 갑자기 걸음을 멈추었고, 그래서 까를로 역시 제자리에 멈춰서지 않을 수 없었다.

"왜 그래? 무슨 일이야?"

경찰관이 짜증스럽다는 듯이 말했다.

"어서 가자니까! 어서 걸어!"

그런데 제로니모가 기타를 털썩 땅바닥에 떨어뜨리고는 두 손을 뻗어 형의 얼굴을 더듬는 걸 보고는 어리둥절해졌다. 제로니모는 입술을 까를로의 입에 갖다대면서, 역시 영문을 몰라서 어리둥해 있는 형에게 키스를 했다.

"이놈들이 놀았나?"

경찰관이 한마디했다.

"어서 가자니까! 어서! 나는 햇볕에 타는 거 안 좋아해."

제로니모는 바닥에 떨어져 있는 기타를 말없이 집어들었다. 까를로는 깊은 숨을 내쉬면서 다시 동생의 팔을 잡아주었다. 어떻게 이런 일이? 동생이 자기한테 화를 내지 않잖아? 동생도 마침내 진실을 깨달은 걸까? 까를로는 긴가민가하면서 동생의 옆모습을 바라보았다.

"빨리 가자니까!"

경찰관이 다시 다그쳤다.

"자꾸 꾸물거릴 거야!"

그러면서 까를로의 옆구리에 주먹을 한방 먹였다.

까를로는 동생의 팔을 꼭 잡고 발걸음을 옮겼다. 발걸음이 전에 없이 가벼웠다. 제로니모가 부드럽고 행복한 표정으로 미소를 머금고 있는 걸 보았던 것이다. 눈을 잃기 전 어린 시절 이후로 이런 표정을 보기는 처음이었다. 까를로의 얼굴에도 미소가 번졌다. 이제는 절대로 나쁜 일은 생기지 않을 것이다. 법정에서도, 이 세상 어디에서도. 이제 동생을 되찾았으니까⋯⋯ 아니, 생전처음으로 동생의 사랑을 확인했으니까⋯⋯.

불안한 인간관계의 파탄과 회복

인간관계가 견고하지 못할 때, 누군가 이간질을 하면 금방 관계가 틀어지게 됩니다. 서로 평등한 관계라고 생각하지만, 어느 한 쪽에서 상대방 때문에 희생당하고 있고, 지배당하고 있다고 생각하면 조그만 자극에도 마음이 쉽게 흔들립니다. 친구와의 우정, 형제간의 우애 등 모든 인간관계에 적용 가능한 이야기입니다. 인간관계에서 신뢰, 우정, 사랑을 쌓는 것은 참으로 어려운 과정입니다. 때로는 이유없이 의심과 미움, 원망을 받을 수 있습니다. 관계는 깊어가지만, 불편함이 쌓이고, 쌓였던 불편함이 드러나면서 서로 자신의 정당함만을 주장하게 되면 문제 상황은 점점 심각해져서 해결할 수 없는 상황으로까지 치닫게 됩니다. 자기의 생각이 옳다는 데 사로잡히면 남의 이야기가 들리지 않고, 또 주변상황이 보이지 않게 됩니다. 그러나 자신의 정당성이 받아들여지지 않는 상황에 절망하거나 관계를 포기해서는 문제를 해결할 수 없습니다. 누군가 먼저 한 발 물러나서 상대방에게 자신을 맞추어주는 자기희생을 할 때, 불신으로 인해 파괴된 인간관계를 회복할 수 있습니다.

이 소설 속의 형 까를로와 동생 제로니모는 서로에게 지배당하고 있다고 생각합니다. 동생은 형 때문에 눈이 멀었고, 자기가 노래를 불러서 먹고 살고 있기 때문에 자기가 희생당하고 있다고 생각합니다. 반대로 형은 앞을 보지 못하는 동생 때문에 자기가 희생당하고 있다고 생각을 합니다. 다른 사람이 보기에는 형제가 서로 부족한 점을 채우며 의지하며 살아가는 모습이 평화로워 보입니다. 그러나 젊은 여행객의 뜻하지 않은 말 한마디에 이 형제의 평화는 쉽게 깨어집니다. 동생 제로니모는 오랜 시간 자신과 함께 했던 형보다 낯선, 젊은 여행객의 말 한마디를 더 신뢰합니다. 형의 입장에서는 자기가 지금까지 희생하며 살았는데, 그런 노력은 인정하지 않고, 자기를 의심하고 있는 동생에게 서운하고 원망하는 마음이 들었을 것입니다. 동생은 형이 자기를 이용하면서 산 것은 아닌지, 자기를 진정 동등한 사람으로 인정하는지, 형이 자신에게 얽매여 사는 것은 아닌지 한 번 떼를 부리며 확인하고 싶었을 것입니다. 또 지금까지 형에게 의지하고 살았던 자신을 부정하고 자신이 형을 지배하고 있다는 것을 입증하고 싶었을 것입니다.

형과 동생은 서로 대화를 해도 오해만 쌓일 뿐 갈등은 해결되지 않습니다. 동생은 형이 어떻게 나오는가 보려고 계속해서 고집을 부립니다. 형은 고심한 끝에 자신이 원하는 것을 포기하고 동생이 원하는 대로 해줍니다. 동생의 의심을 말로써 풀어주지 못하는 상황에서 동생의 선입견에 자신을 맞추어 줍니다. 그제서야 동생은 '내가 형의 모든 것을 의심하고 오해했음에도 불구하고, 형은 모든 것을 버리고 나를 위해 맞춰줬구나'라고 생각하며, 형의 삶 전 과정에 대해서 이해하고 깨닫게 됩니다. 형과 동생의 가깝고도 멀었던 애매모호한 상황이 이러한 계기를 통해서 더욱 견고하고 단단한 관계로 거듭납니다.

약한 사람들이 서로 의지하고 살아가는 모습은 참으로 아름답습니다. 그러나 약자들이 잘 지내는 것을 보고 심술을 부리며 괴롭히고 싶은 욕구를 가진 강자들이 있습니다. 이 작품에서 젊은 여행객과 같은 사람입니다. 잘 지내고 있는 사이에 불쑥 들어와 이간질을 시키고 관계를 틀어지게 합니다. 우리도 살아가면서 젊은 여행객과 같은 사람을 종종 만날 때가 있습니다. 젊은 여행객은 인간관계에서 갈등의 소지가 되는 약한 고리 역할을 합니다. 겉으로는 안정된 것 같지만, 사소한 말 한 마디에 관계가 틀어지는 토대가 약한 불안정한 인간관계를 의미한다고 볼 수 있습니다.

여러분도 학교생활을 하다보면 친했던 친구와의 관계에서 서로 오해가 생겨서 관계가 서먹서먹해지는 경우가 있었을 것입니다. 갈등은 주로 작은 오해와 서운함에서 시작을 해서 미움으로 발전했겠지요? 친구가 오해를 풀기 위해 진실을 이야기해도 그것이 거짓말처럼 느껴지고, 친했던 친구의 말보다 다른 사람의 말이 더 진실하게 느껴진 경험이 있나요? 여러분의 삶에서 젊은 여행객과 같은 사람은 여러분을 어떻게 괴롭혔나요?

견고하게 보였던 관계도 사소한 원인으로 쉽게 깨질 수 있습니다. 진정한 우정은 자기희생을 통해서 지켜내는 것입니다. 여러분도 살아가면서 두 형제와 같은 문제 상황을 만날 때가 있을 것입니다. 그럴 때 어떻게 문제를 해결해야 할까요? 어떻게 진실과 화해의 길에 도달할 수 있을까요? 누군가의 이간질로부터 친구와의 우정을, 평화로운 관계를 지켜낼 수 있는 방법에 대해서 생각하는 계기가 되었으면 좋겠습니다.

인간관계 파탄(고립)의 한 원인 : 공감 구걸

자신의 처지에 대해 공감을 얻으려고 하는 것은 정당한 것처럼 보입니다. 하지만 실은 타인에게 자신의 처지를 이해받기 위해 관계에 구걸하는 것이라고 볼 수 있습니다. 이런 행동을 하는 이유는 무엇일까요?

공감을 구걸하는 것은 심하게는 인간 관계를 단절시키는 길이 될 수 있습니다. 여러분은 이런 경험이 있나요? 혹은 주변에서 그런 관계를 본 적이 있나요?

애수

안톤 파블로비치 체호프1860~1904

19세기 러시아를 대표하는 소설가이자 극작가. 프랑스의 소설가 모파상과 함께 단편소설의 형식을 확립한 소설가이자 현대 연극을 창시한 사람 중 한 사람으로 꼽힌다. 「지루한 이야기」, 「사할린 섬」, 「대초원」, 「갈매기」, 「벚꽃 동산」 등 많은 희곡과 소설을 남겼다.

누구에게 나의 슬픔을 이야기 하나…….

　황혼(黃昏). 크고 축축한 눈송이는 방금 불이 켜진 가로등 옆을 너
울너울 춤추면서, 지붕이며 말 잔등이며 어깨며 모자 위로 떨어져서
는 얄팍하고 포근한 층(層)을 이룬다. 마부(馬夫) 이오나 뽀따뽀프는
유령처럼 전신이 새하얗다. 그는 살아 있는 육체가 굽힐 수 있는 데까
지 최대한도로 몸을 굽히고 마부대(馬夫臺)에 앉은 채, 꼼짝달싹 않
고 있다. 만일 그 위에 눈사태가 떨어진다 해도, 그는 자기 몸에서 눈
을 털어 버릴 필요성을 느끼진 않았으리라……. 그의 말도 역시 새하
얗고 움직일 줄을 모른다. 그 부동성(不動性)•, 모가 난 형태, 말뚝처
럼 꼿꼿한 다리로 해서 가까운 곳에서 보아도 1코페이카짜리 설탕과
자 말과 흡사하다. 그 말은 어느 모로 보나, 무슨 생각에 잠겨 있는 것
이 분명했다. 쟁기에서 벗어나고 낯익은 평범한 경치에서 떠나서, 괴
물과 같은 불빛이며 멈출 줄 모르는 소음이며 부산스럽게 뛰어 다니
는 사람들로 뒤덮인 이 도가니 속에 굴러 떨어졌으니, 어찌 생각에 잠

기지 않을 수 있으랴…….

이오나와 그의 말은 벌써 오랫동안 그 자리에서 움직이지 않고 있는 것이다. 그들은 점심 전에 숙소에서 나온 것이지만, 아직껏 개시*를 못 하고 있다. 그러나 거리에는 벌써 저녁의 어둠이 깃들기 시작했다. 파리하던 가로등 불빛은 그 자리를 생생한 빨간색에다 양보하고 거리의 혼잡은 점점 소란해진다.

"마부, 비브르그스까야까지!"

이오나는 이런 소리를 듣는다.

"마부!"

마부는 부르르 몸부림을 치고, 눈에 뒤덮인 속눈썹 너머로 두건 달린 털외투의 군인을 본다.

"비보르그스까야까지!"

하고 군인은 되풀이한다.

"아니, 넌 졸고 있냐? 브이보르그스까야까지!"

알아들었다는 표시로 이오나는 말고삐를 당긴다. 그러자 말 잔등과 그의 어깨에서 눈 층(層)이 허물어 떨어진다……. 군인은 썰매에 앉는다. 마부는 쯧쯧 입술을 빨고는 백조처럼 목을 빼고 몸을 일으키며, 필요해서라기보다는 오히려 습관에 의해 회초리를 흔든다. 말도 역시 길게 목을 빼고 그 말뚝처럼 꼿꼿한 다리를 굽히며 어슬렁어슬

---

* 부동성 사물이 움직이거나 변화하지 않는 성질.
* 개시 일이나 행동을 시작함.

렁 걸음을 옮긴다…….

"어딜 가는 거야, 이 자식아!"

맨 처음 이오나는 앞뒤로 움직이고 있는 새까만 군중 속에서 이런 고함 소리를 듣는다.

"어딜 가는 거야? 좀 더 오른쪽으로 가!"

"넌 말을 몰 줄 모르냐! 오른쪽으로 가!"

군인도 화를 내서 외친다.

사륜마차(四輪馬車)의 마부가 욕설을 퍼붓는다. 길을 건너려다가 말 콧등에 어깨를 부딪친 통행인이 험상궂은 눈초리를 바라보고는 소매에 묻은 눈을 털어 버린다. 이오나는 바늘방석에라도 앉은 듯, 마부대에서 갈팡질팡하며 팔꿈치를 양쪽으로 내어 밀고, 미친 사람 모양, 마치 자기가 어디에 있으며 어째서 이런 곳에 있는지조차 모르겠다는 듯 눈만 두리번거리고 있다.

"바보 녀석들 같으니!"

하고 군인은 투덜거린다.

"말에 부딪치려는 자가 없나, 말 밑으로 기어들려는 자가 없나, 모두 같은 놈들이야."

이오나는 손님 쪽을 돌아보고 입술을 오물거린다. 분명히 무슨 말인지 하고 싶은 것 같았으나, 그의 목구멍에서는 코고는 듯한 목소리 외엔 아무 소리도 나오지 않는다.

"뭐라고?"

하고 군인은 묻는다.

이오나는 히죽이 웃으며 입을 찡그리고 목구멍에 힘을 주어 쉰 목소리로 말한다.

"저 말입니다, 나리…… 제 아들놈이 이번 주일에 죽었답니다."

"으흠!…… 어떻게 죽었지?"

이오나는 온몸을 손님 쪽으로 돌리며 말한다.

"그런 걸 누가 압니까! 아마 열병인 것 같습니다…… 사흘 동안 병원에 누워 있다가 죽었으니까요…… 모두 하느님의 뜻이겠죠."

"옆으로 비켜, 이 악마야!"

어둠 속에서 이런 소리가 들린다.

"뭘 꾸물거리고 있어, 이 늙은 개새끼야! 눈은 뒀다 뭘 하는 거야!"

"자, 좀 더 달려, 달려……."

하고 손님은 말한다.

"이래 가지곤 내일까지도 못 가겠다. 좀 더 몰아봐!"

마부는 또다시 목을 빼고 몸을 일으키고는 아주 대견스러운 표정으로 회초리를 흔든다. 그 후에도 이오나는 여러 번 손님 쪽을 돌아보지만, 손님은 눈을 감은 채 아무리 봐도 자기 말을 들어 줄 것 같은 표정이 아니다.

브이보르그스까야 거리에서 손님을 내리우자, 그는 음식점 옆에 말을 멈추고 마부대에 몸을 굽히고는 또다시 움직이지를 않는다. 축축한 눈송이는 다시금 이오나와 말을 새하얗게 뒤덮어 버린다. 한 시간, 두 시간, 시간은 흐른다.

요란스럽게 덧신을 두드리며, 고래고래 소리를 지르면서 세 사람의 젊은이가 인도를 지나간다. ─그 중 두 사람은 호리호리하게 크고, 한 사람은 난쟁이 꼽추다.

"마부, 경찰교(警察橋)까지!"

하고 째는 듯한 목소리로 꼽추가 외친다.

"세 사람에 20코페이카다!"

이오나는 고삐를 당기고 쯧쯧 입술을 빤다. 20코페이카는 가격이 아니지만, 그는 가격 같은 것에 상관이 없다. 루블이건, 5코페이카건 지금의 그에게는 마찬가지이다. 손님만 있으면 되는 것이다. 청년들은 이리저리 떠밀고 욕설을 주고받으며 썰매 옆으로 다가온다. 세 사람이 함께 좌석으로 기어오른다. 그런데 두 사람은 앉고 한 사람은 서야 했는데, 이 때 누가 설 것인가에 대해서 옥신각신 논쟁이 벌어진다. 한참 동안 욕설과 각자의 주장과 비난이 있은 다음, 가장 작다는 이유로 꼽추가 서게 됨으로써 일단락을 짓는다.

"자, 가자!"

꼽추는 자리를 잡고 서자, 이오나의 뒤통수에 입김을 불어대며 찢어지는 소리로 외친다.

"내리 쳐! 도대체 영감, 그 모잔 뭔가! 뻬쩨르부르크를 모조리 훑어도 그보다 나쁜 건 찾아내지 못할 거다."

"흐흐……흐흐……."

하고 이오나는 웃는다.

"어쨌든 내 모자니……."

"내 것이건 뭐건 빨리 달리기나 해! 이런 식으로 쭉 갈 참인가? 응? 그럼 목덜미를 후려갈길 테다!"

"머리가 깨지는 것 같군."

키다리 중의 한 사람이 말한다.

"어제 두끄마쏘프의 집에서 바시까와 둘이 꼬냑 네 병이나 마셨으니 말야."

"무슨 소리야, 거짓말 마!"

하고 또 한 사람의 키다리가 성을 낸다.

"거짓말을 해도 분수가 있지."

"하늘에 걸고 맹세하지, 정말이라고……."

"벌레가 기침을 한다는 것도 정말이지."

"허허허!" 하고 이오나가 이를 드러내며 히죽 웃는다.

"재미있는 분들이셔!"

"아니, 제기랄……."

하고 꼽추가 화를 낸다.

"이 늙은이야, 지금 가는 거야, 안 가는 거야? 계속 이렇게 갈 거냐고? 채찍질하라니까! 빌어먹을! 임마! 좀 더 달려 봐!"

이오나는 자기 등에서 꼽추의 몸놀림과 떨리는 음성을 느낀다. 그는 자기에게 퍼붓는 욕설을 들으며, 사람들을 보면서, 자기 가슴속에 점점 고독감이 사라져 감을 느낀다. 꼽추는 목이 메고 기침이 나올 때까지 험담하고 욕설을 퍼붓는다. 키가 큰 두 사람은 나제쥬다 뻬뜨로브나라는 어떤 여자에 대해서 말을 시작한다.

이오나는 가끔 그들을 돌아본다. 잠시 말이 끊어진 틈을 타서, 그는 다시 뒤돌아보며 중얼거린다.

"이번 주일에…… 제 아들놈이 죽었습니다!"

"사람은 모두 죽게 마련이야……."

하고 꼽추는 기침을 한 다음, 입술을 닦으면서 헐떡이는 소리로 말한다.

"자, 달려, 달려! 여보게, 이렇게 간다면, 난 도저히 참질 못하겠어! 도대체 언제까지 갈 생각인가!"

"영감, 좀 더 기운을 내라. 목덜미를 후려갈겨!"

"아니, 이 영감이 말을 듣나, 먹나? 모가지를 비틀어야 알겠어. 점잖게 대해주니까 아예 걸어가는군! 너 말이야. 이무기라고 불러줄까? 아니면 어떤 욕을 해줄까?"

이오나는 뒤통수를 때리는 소리를 아무 느낌없이 듣는다.

"허허허……." 하고 그는 웃는다.

"재미있는 분들이군. 제발 건강들 하슈!"

"마부, 자네에겐 마누라가 있나?"

하고 키다리 중의 한 사람이 묻는다.

"저 말이요? 흐흐흐…… 재미있는 분들이셔! 지금 제겐 마누라가 하나 있지요. 축축한 땅 덩어리…… 히히히…… 즉 무덤이란 말요! 아들놈도 죽었는데 저는 살고 있습니다. 이상한 일도 있어요. 염라대왕께서 문을 잘못 들었습죠. 저한테 올 것이 아들놈한테 갔으니 말입니다."

그리고 이오나는 아들이 어떻게 죽었는가를 설명하려고 뒤돌아보지만, 이 때 꼽추는 안도의 숨을 내쉬며 겨우 목적지에 닿았다는 것을 알린다. 20코페이카를 받아 쥔 다음에도 이오나는 한동안 어두운 입구로 사라져 가는 건달들의 뒷모습을 바라본다. 다시 혼자가 된 그를 정적이 감싼다. 잠시 잠잠했던 애수가 다시 살아나 아주 강하게 가슴에 밀어닥친다. 이오나의 시선이 거리 양옆을 바쁘게 오가는 사람들을 좇아 불안하고 고통스럽게 흔들린다. 이렇게 많은 사람들 속에서 그의 말을 들어줄 이가 한 명도 없는 것일까? 그도 그의 애수도 아랑곳하지 않고 군중들은 바삐 지나다니고 있다. 애수는 그 끝을 알 수 없이 거대하다. 이오나는 가슴을 찢고 그 애수를 밖으로 쏟아 낸다면 아마도 온 세상이 잠길 테지만, 그렇지만 그 애수는 보이지 않는다. 애수는 밝은 대낮에도 보이지 않는 아주 작은 껍질 속에 자리 잡고 있다.

이오나는 문지기를 발견하고 그에게 말을 걸어 본다.

"이보시오, 지금 몇 시요?"

하고 그는 묻는다.

"아홉 시 넘었소. 그런데 왜 여기 마차를 세워놓는거요? 빨리 가시오!"

이오나는 그곳을 떠나 조금 가다가, 몸을 구부리고 애수에 젖는다. 그는 사람에게 말을 건다는 것이 이미 소용없는 것이라고 생각한다. 그러나 5분도 채 지나지 않았을 무렵, 그는 몸을 곧게 세우고, 마치 날카로운 아픔이라도 느낀 듯 머리를 흔들고는 고삐를 잡아당긴다. 그는 더 이상 참을 수 없었던 것이다.

'숙소로 돌아가자.' 하고 그는 생각한다. '숙소로!'

그러자 말도 그의 마음을 짐작이라고 한 듯 빨리 달리기 시작한다. 한 시간 반 가량 지난 후, 이오나는 벌써 크고 더러운 난롯가에 앉아 있다. 난로 위에도, 마루 위에도, 벤치 위에도, 사람들이 코를 골며 자고 있다. 공기는 숨이 막힐 정도로 후텁지근하다. 이오나는 잠자는 사람들을 둘러보고 몸을 긁으면서, 이렇게 빨리 숙소로 돌아온 것을 우회한다.

'귀리 값도 못 벌었어.' 하고 그는 생각한다. '그러니까 이렇게 마음이 우울하지. 자기 일을 잘하는 사람은…… 배를 곯지도 않고, 말에게도 배고픈 맛을 보이지 않으니, 언제나 마음이 편할 수밖에…….'

한쪽 구석에서 젊은 마부 한 사람이 일어나서, 졸린 듯이 중얼거리며 물통 쪽으로 허둥지둥 걸어간다.

"물을 마시려고?" 하고 이오나는 묻는다.

"그래요, 목이 말라요!"

"그렇군. 많이 마시게…… 그런데 말야, 젊은이 내 아들놈이 죽었다네…… 자네 들었나? 이번 주일에 병원에서 말야…… 세상이란!"

이오나는 젊은이에게 자기 말이 어떤 효과를 일으켰는가를 보려고 하지만, 아무것도 볼 수가 없다. 젊은이는 머리부터 푹 이불을 뒤집어쓰고 벌써 잠들고 말았다. 늙은 이오나가 한숨을 몰아쉬고 머리를 긁적인다. 젊은이가 물을 마시고 싶었던 것처럼, 그는 이야기를 무척이나 하고 싶었던 것이다. 아들이 죽은 지 한 주일이 되지만, 그는 아직 누구에게도 이것을 말한 적이 없다. 말하려면, 요령 있게 자세히 말하지 않으면 안 된다. 어떻게 병에 걸렸고, 얼마나 괴로워했으며, 죽기 전에 뭐라고 말했는지, 죽을 때는 어떠했는가, 이것을 말하지 않으면 안 된다. 장례식은 어떠했는지, 죽은 아들의 옷을 찾으러 병원에 갔을 때의 일까지 말해야 한다. 시골에는 딸 아니시야만 남았다. 그 딸에 대해서도 말하지 않으면 안 된다. 그렇다, 지금 그가 해야 할 말은 얼마나 많은가? 이 말을 듣는 사람은 감동한 나머지, 한숨을 몰아쉬며 가슴 아프게 생각할 것임에 틀림없다. 상대편이 여자라면 더욱 그렇다. 여자라면, 가령 아무리 바보라 해도 단 두 마디에 벌써 울음을 터뜨리고 말리라.

'말이라도 가서 볼까.' 이오나는 생각한다. '자기에는 너무 일러. 조금 있다가 실컷 자야지.'

그는 옷을 걸치고 자기 말이 매여 있는 마구간으로 간다. 그는 귀리며, 건초며, 날씨에 대해서 생각한다. 혼자 있을 때는 아들에 대해서 생각할 수가 없다. 누구든지 말을 들어 주는 사람이 있으면 몰라도 혼자서 외로이 생각에 잠겨 아들의 모습을 상기한다는 것은 참을 수 없이 괴로운 것이다…….

"건초를 먹니?"

이오나는 반짝반짝 빛나는 말의 눈을 바라보며 물어 본다.

"자, 어서 먹어라, 어서…… 귀리 값을 못 벌면 건초라도 먹어야지…… 그래…… 마차를 끌자니 이미 몸은 늙어 버렸고…… 아들놈이 끌어야 해, 내가 아니라…… 그 앤 참 훌륭한 마부였어. 그놈만 살아 있다면…….."

이오나는 잠시 가만있다가 다시 말을 잇는다.

"그렇다, 얘야……꼬지마 이오니치는 이 세상에 없다…… 먼 곳으로 떠나갔어. 허무하게 떠나버렸다고…… 자, 네게 새끼 말이 있고, 넌 그 새끼 말의 엄마라고 하자…… 그런데 갑자기 그 새끼 말이 어딘지 먼 곳으로 가 버렸단 말이다…… 얼마나 괴롭겠니?"

말은 먹이를 씹으며, 귀를 기울이기도 하고, 주인의 손에 입김을 불기도 한다. 이오나는 흥분한 어조로 아주 열심히 말에게 모든 것을 이야기한다…….

인간관계 파탄(고립)의 한 원인 : 공감 구걸

　주인공 이오나는 얼마 전 사랑하는 아들을 잃은 슬픔 때문에 눈이 오는 어느 날 늙은 말과 함께 눈을 맞으며 생각에 잠겨있었습니다. 군인과 세 젊은이들을 목적지까지 태워다 주면서 이오나는 아들의 죽음에 대해서 더 많은 이야기를 하고 싶어합니다. 그러나 손님들은 목적지까지 빨리 가자고 재촉하거나, 자기들끼리 신나게 떠들거나 욕설을 하며 이오나의 슬픔에 대해서는 관심을 가지지 않습니다. 실망한 이오나는 숙소에 가서 자다 깬 젊은 마부에게 죽은 아들 이야기를 하려고 하지만, 젊은 마부 역시 이오나의 슬픔에 관심을 가지지 않고, 그냥 잠들어 버립니다. 아무도 자신의 이야기를 들어주지 않자, 마구간에 있는 자신의 늙은 말을 찾아가 그 어떤 사람도 귀 기울여주지 않았던 자신의 슬픔을 털어놓습니다.

　인간은 누구에게나 자신의 이야기를 나누고 싶어 하는 욕망이 있고, 누군가와의 소통을 통해 삶에 대한 해답을 얻고 싶어합니다. 사람은 그냥 살아가기만 하는 것이 아니라, 살면서 어쩔 수 없이 겪게 되는 슬픔에 대한 응어리들을 누군가에게 풀어내야만 살 수 있는 존재이기 때문입니다. 그래서 이오나의 행위는 아들이 죽은 슬픔만을 이야기하는 것이 아니라, 삶의 막다른 상황에서 자기 인생에 대한 답을 찾기 위해 이야기를 하는 과정이라고 볼 수 있습니다. 그러나 사람들에게 이야기를 해도 삶에 대한 답을 찾지 못합니다. 그가 만나는 사람들은 각자 자기의 삶을 사느라 바쁘고, 바쁜 생활에 지쳐서 다른 사람의 이야기를 들어줄 마음의 여유가 없고, 자기 아닌 다른 사람의 삶에 관심도 없습니다.

이러한 상황을 고려하지 않고, 다른 사람에게 자신의 처지를 공감 받으려고 애쓰는 이오나의 행위는 심리적으로 공감을 구걸하는 것과 다름없습니다. 다른 사람과 원활하게 대화하기 위해서는 대화의 분위기와 상대방의 반응 등을 종합적으로 살피면서 상대방을 배려하며 대화를 주고받아야 합니다. 그러나 이오나는 외형적으로는 대화라는 형태로 이야기하고 있을 뿐, 실질적으로는 혼잣말에 가까운 자기중심적 대화를 하고 있습니다. 이오나는 대화의 방법을 잘 모르기 때문에, 타자와 대화를 주고받으며 공감과 위로를 받을 수 없었습니다. 작가는 '애수'라는 제목을 통해 어쩌면 아들의 죽음을 공감 받지 못하는 주인공의 상황이 슬픈 것이 아니라, 타인의 공감을 구걸하고 다니는 이오나의 행위 자체가 슬픔이라고 이야기를 하고 있는 것 같습니다.

여러분도 슬픔을 이야기하는 가운데, 이 소설에서의 인물(군인, 세 젊은 이들, 젊은 마부)과 같은 사람들을 만난 적이 있거나, 때로는 여러분이 그런 사람이 된 적이 있을 것입니다. 아들이 죽은 슬픔 때문에 일을 손에 잡지 못하고 누군가에게 그 죽음에 대해 말을 하고 싶어하는 이오나, 이오나의 말을 단 한 마디도 들으려고 하지 않는 사람들, 즉, 이오나의 고독과 사람들의 무관심 모두 우리들의 모습은 아닐까요?

힘든 일을 겪거나 억울한 일을 당했을 때, 친한 친구에게 이야기를 털어놓는 것만으로도 마음이 편해지고 힘을 낼 수 있습니다. 그러나 다른 사람과 나누고 싶은 이야기가 있는데 상대방이 내가 하려는 이야기에 별로 관심을 보이지 않을 때, 상대방이 나의 이야기에 제대로 공감을 해주지 않을 때, 고민을 이야기하지만 문제가 해결되지 않아 소통의 한계를 느낄 때, 혼자 더욱 외로워지기도 합니다. 결국 인생이란 혼자서 해결해가는 과정임을 깨닫게 되지요.

이렇게 누군가와 대화를 나눌 수 없는 상황일 때에는 애써 타인의 공감을 얻으려고 하기보다는 자기 자신과 조용하고 진지하게 이야기를 나누는 것이 필요합니다. 이것이 바로 자기우정을 위한 자기대화입니다. 슬픔에 빠져 있는 자기 자신을 스스로 위로하며, 품어주고 이해해주는 것입니다.

"그래, 너의 아들이 죽었으니 얼마나 괴롭겠니?"

"너의 슬픔을 공감해주는 사람이 없어서 많이 외롭지? 그래도 내가 있잖아. 나에게 모든 것을 다 털어놓아봐. 내가 다 들어줄게."

"그래, 정말 많이 힘들었겠다. 그래도 이 힘든 시간도 다 지나 갈거야. 조금만 더 힘을 내자."

"그래, 잘 하고 있어."

슬픔에 대해 이야기할 수 없는 상황에 절망하기 보다는 대화의 상대를 여러분 안에서 찾아보는 것은 어떨까요? '나'라는 존재는 언제나 가장 솔직하게 말할 수 있는 비밀 친구이니까요.

인간관계 파탄(적대)의 한 원인 : 위선

인간관계를 파탄시키는 원인에는 여러 가지가 있습니다. 등장인물 아보긴의 행동은 어떤 면에서 인간관계를 파탄나게 했나요?

여러분은 타인의 위선으로 관계가 파탄 났던 경험이 있나요? 혹은 자신이 위선자가 된 적은 없었나요?

적들

안톤 파블로비치 체호프 1860~1904

19세기 러시아를 대표하는 소설가이자 극작가. 프랑스의 소설가 모파상과 함께
단편소설의 형식을 확립한 소설가이자 현대 연극을 창시한 사람 중 한사람으로
꼽힌다. 「지루한 이야기」, 「사할린 섬」, 「대초원」, 「갈매기」, 「벚꽃 동산」 등 많은 희
곡과 소설을 남겼다.

어두컴컴한 9월의 저녁 9시 무렵이었다. 지방의회 부속병원 의사인 키릴로프의 하나밖에 없는 여섯 살 난 아들이 디프테리아*로 막 숨을 거두었다. 키릴로프의 아내는 죽은 아들이 누워 있는 침대 곁에 무릎을 꿇고 앉아 있었다. 절망감이 그녀의 온몸을 감싸고 있을 때 현관에서 벨소리가 날카롭게 울려 퍼졌다.

디프테리아로 인해 하인들은 아침부터 모두 집 밖으로 나간 상태였다. 평소처럼 조끼를 풀어 헤치고 프록코트*도 입지 않은 키릴로프는 눈물범벅이 된 얼굴과 소독약이 스며든 손을 닦지도 않고 문을 열어주기 위해 현관 쪽으로 갔다. 현관은 어두웠기에 들어온 사람이 단지 중간 정도의 키에 하얀 목도리를 하고 있으며, 크고 매우 창백한 얼굴을 하고 있다는 정도만 분간되었다. 그의 얼굴 때문에 현관이 밝아진 느낌이 들 정도로 너무도 창백한 얼굴이었다.

"의사 선생님 계십니까?"

방문객은 서둘러 물었다.

"내가 의사요."

키릴로프가 대답했다.

"무슨 일이시오?"

"아, 당신이 의사 선생님이십니까? 정말 반갑습니다!"

방문객은 기뻐하며 어둠 속에서 의사의 손을 찾아서는 자신의 두 손으로 꽉 쥐면서 말했다.

"정말로, 정말로 기쁩니다! 우린 언젠가 만난 적이 있습니다! 저는 아보긴이라고 합니다. 지난 여름 그누체프 집에서 선생님을 뵐 영광을 가졌습니다. 이렇게 다시 만나게 돼서 정말로 기쁩니다. 제발, 거절하지 마시고 저와 함께 좀 가주십시오. 제 아내가 정말로 위독한 상태입니다. 마차를 준비했습니다."

방문객의 목소리와 행동으로 보아 그가 매우 흥분한 상태임을 느낄 수 있었다. 마치 불이 났거나 미친개에 쫓기는 사람처럼 놀란 그는 가쁜 숨을 겨우 진정시키면서 떨리는 목소리로 서둘러 말을 했지만, 그의 말 속에는 어린아이 같은 수줍지만 정말로 진실한 무언가가 묻어났다. 놀라거나 정신이 나간 사람처럼 그는 짧고 단편적인 말들과 용무와 전혀 상관없는 불필요한 말들을 무수히 내뱉었다.

"저는 당신을 뵙지 못할까 봐 두려웠습니다."

그는 계속해서 말을 이어갔다.

• 디프테리아   간균의 일종인 디프테리아균 때문에 생기는 급성 감염 질환.

• 프록코트   무릎까지 내려오는 신사용 검은색 양복저고리, 보통 예복으로 쓰임.

"이곳으로 오는 내내 긱징스린 마음뿐이었습니다. 옷을 입으시고, 제발 같이 좀 가주십시오. 무서운 일이 일어났습니다. 당신도 아는 알렉산드르 세묘노비치 파프친스키가 저희 집을 방문했습니다. 우리는 같이 이야기도 하고 앉아서 차도 마셨습니다. 그런데 갑자기 아내가 비명을 지르며 가슴을 움켜잡더니 의자에서 쓰러졌습니다. 아내를 침대로 옮기고 암모니아와 알코올 솜으로 관자놀이를 닦기도 하고 물을 뿌려보기도 했지만 죽은 사람처럼 누워있습니다. 혹시 동맥류가 아닌가 걱정됩니다. 같이 좀 가주십시오. 장인어른도 동맥류로 돌아가셨습니다."

키릴로프는 마치 러시아어를 이해하지 못하는 사람처럼 듣고 있었고, 아무 말도 하지 않았다.

아보긴이 다시 파프친스키와 아내의 아버지 이야기를 하고, 다시금 어둠 속에서 의사의 손을 찾기 시작했을 때 의사는 고개를 가로저으며 무심하게 한 마디 한 마디 뱉어냈다.

"미안합니다. 저는 갈 수 없습니다. 오 분 전에 제 아들이, 아들이 죽었습니다."

"정말입니까?"

아보긴이 뒷걸음치면서 나지막이 말했다.

"아, 이럴 수가! 제가 정말 좋지 않을 때에 왔군요! 놀랄 만큼 불행한 날이군요, 놀랄 만큼! 마치 일부러 그런 것처럼 어떻게 이렇게 일이 겹칠 수가 있단 말입니까!"

아보긴은 문의 손잡이를 잡고서는 주저하듯 고개를 떨어뜨렸다. 그는 그냥 가야 할지 아니면 의사에게 계속 부탁해야 할지를 몰라서 망설이고 있는 것 같았다.

"잠시만요."

그는 키릴로프의 옷자락을 잡으면서 열정적으로 말했다.

"저는 당신의 상황을 너무도 잘 이해합니다! 신께 맹세컨대 이런 상황에서 제가 당신의 배려를 구한다는 게 얼마나 무례한 일인지 잘 알고 있습니다. 그래도 어떻게 하겠습니까? 제가 누구에게 갈 수 있단 말입니까? 당신을 제외하곤 이곳에 의사는 아무도 없지 않습니까? 제발 같이 가주십시오! 제 자신을 위해 부탁을 하는 게 아닙니다. 제가 아픈 게 아닙니다!"

침묵이 흘렀다. 키릴로프는 아보긴에게서 등을 돌리고 잠시 서 있다가 현관에서 응접실로 천천히 걸어갔다. 그 순간과 전혀 어울리지 않는 기계적인 걸음걸이로 응접실로 가서 불 꺼진 램프의 비틀어진 갓을 바로잡고 탁자 위에 놓인 두꺼운 책을 바라보고 있는 그는 그 순간 어떠한 계획도 어떠한 희망도 어떠한 생각도 하지 않고 있는 것처럼 보였고, 심지어 그의 집 현관에 낯선 사람이 서 있다는 사실조차 기억하고 있지 못하는 듯했다. 응접실의 어둠과 정적은 그를 더욱 명한 상태로 만드는 듯했다. 응접실에서 나와 서재로 가면서 그는 오른발을 필요 이상으로 높이 들면서 손을 더듬어 문기둥을 찾았다. 그 순간 그의 몸에 마치 낯선 집에 들어올 때나 태어나서 처음으로 술을 먹고 취해 느껴지는 어떤 부자연스러움이 스며든 것 같았다. 서재의 한쪽 벽의 책장으로 넓은 한 줄기 빛이 비쳤다. 불쾌하고 답답한 페놀과 에테르 같은 소독약 냄새와 함께 그 빛은 서재에서 침실로 통하는 살짝 열려진 문 틈새에서 새어나왔다. 의사는 탁자 앞의 안락의자에 널

썩 주저앉아 빛에 비친 책들을 멍하니 잠시 바라보더니 일어나서 침실로 갔다.

그곳 침실에는 죽음 같은 고요가 지배하고 있었다. 침실에 있는 모든 것은, 지극히 사소한 것까지도 방금 전에 일어난 폭풍같이 힘들었던 일들과 피로함에 관해 상세하게 이야기해주고 난 뒤 휴식을 취하고 있는 듯 보였다. 등받이 없는 의자 위의 약병, 상자, 빈병들 사이에는 촛불이 켜져 있었고, 서랍장 위의 커다란 램프는 방 전체를 환히 비추고 있었다. 창문 근처의 침대 위에는 놀란 표정을 하고 있는 어린아이가 눈을 뜬 채로 누워 있었다. 아이는 움직이지 않았지만, 그의 눈동자는 시시각각 점점 더 어두워지고 두개골 내부로 함몰되고 있는 것 같았다. 아이의 몸 위에 팔을 얹고 침대 시트에 얼굴을 파묻은 채 어머니는 침대 앞에 무릎을 꿇고 있었다. 아이와 마찬가지로 어머니는 조금도 움직이지 않았지만 그녀의 몸과 손의 아주 미세한 움직임 속에서 살아 있는 사람의 움직임이 감지되었다! 그녀는 마치 자신의 지친 몸을 위해 겨우 찾아낸 평안하고 편안한 자세가 무너질까 두려워하는 것처럼 온 힘과 열정을 다해 필사적으로 침대에 매달려 있었다. 담요, 걸레, 대야, 마루 위에 고인 물, 여기저기 널브러져 있는 솔과 숟가락들, 석회수가 들어 있는 약병, 그리고 숨 막히게 답답한 공기. 이 모든 것이 순간적으로 얼어붙어 방 안을 끝없는 정적 속으로 빠져들게 하고 있는 것 같았다.

의사는 손을 바지주머니에 집어넣은 채 아내 곁에 서서 고개를 비스듬히 기울이고 아들을 바라보았다. 그의 얼굴은 냉담해 보였는데, 턱수염을 적신 눈물방울이 아니었다면 그가 방금까지도 울었다는 사실을 알 수 없었을 것이다.

죽음에 관해 이야기할 때 사람들이 일반적으로 생각하는 그런 혐오스런 공포감은 그 침실에는 존재하지 않았다. 집 안 전체에 흐르는 무거운 분위기와 어머니의 자세, 그리고 의사의 얼굴에 나타나는 냉담함 속에는 사람의 마음을 끌어당기고 감동을 주는 무언가가 있는 듯했다. 그것은 배워서 쉽게 이해하거나 묘사할 수 있는 것이 아닌, 오직 음악으로만 전달할 수 있는 섬세하고 아주 미묘하게 포착되는 인간의 슬픔에서 나오는 아름다움이었다. 그 아름다움은 음울한 정적 속에서도 느껴졌다. 키릴로프와 그의 아내는 아들을 잃었다는 고통 외에도 자신들이 처한 상황의 감정 자체를 인정이라도 하는 듯 아무런 말도 없었고 더 이상 울지도 않았다. 이미 아이와 함께 그들의 젊음은 예전에 지나가버렸고, 이제 그들에게는 더 이상 아이를 가질 수 있다는 가능성이 영원히 사라지고 만 것이었다! 의사는 이미 백발이 희끗희끗한 노년을 바라보고 있는 마흔네 살이었고, 그의 아내는 병들고 초췌한 서른다섯이었기 때문이다. 안드레이는 그들의 유일한 아들이었을 뿐만 아니라 마지막 아들이었다.

자신의 아내와는 대조적으로 의사는 정신적인 고통이 찾아올 때 오히려 더 활동적인 움직임을 보이는 그런 부류의 사람이었다. 아내 곁에서 약 오 분쯤 서 있던 그는 오른발을 높이 들고 걸으면서 침실에서 나왔다. 그리고 크고 넓고 소파 겸 침대가 방의 절반을 차지하고 있는 작은 방으로 들어갔다가 부엌으로 향했다. 벽난로와 하녀의 침대 주변을 왔다 갔다 하다가 몸을 숙이고 작은 문을 통해 현관으로 나왔다.

현관에서 그는 하얀 목도리를 한 창백한 얼굴을 보았다.

"드디어 나오셨군요!"

아보긴은 문의 손잡이를 잡으면서 한숨을 쉬며 말했다.

"같이 가주십시오!"

의사는 그의 얼굴을 보고 그가 누군지 생각해내고서는 몸서리를 쳤다.

"이보시오, 갈 수 없다고 이미 말씀드렸잖소!"

그는 단호하게 말했다.

"정말로 이상하군요! 의사 선생님, 저는 멍청하게 서 있는 조각상이 아닙니다. 당신의 상황을 정말로 잘 이해하고 있습니다. 당신에게 연민을 느낍니다!"

아보긴은 자신의 손을 목도리에 대면서 애원하는 목소리로 말했다.

"그렇지만 제가 제 자신의 몸을 위해 부탁드리는 게 아니지 않습니까? 제 아내가 죽어가고 있단 말입니다! 만일 선생님께서 아내의 신음 소리와 얼굴을 보신다면 제가 왜 이렇게까지 매달리는지 이해하실 겁니다! 아, 전 당신이 가시려고 옷을 입으러 가신 줄 알았습니다! 의사 선생님, 한시가 급합니다! 가주십시오, 제발 부탁드립니다!"

"저는 갈 수 없습니다!"

키릴로프는 응접실로 발길을 돌리면서 띄엄띄엄 말했다.

아보긴은 그의 뒤를 따라가서 옷자락을 붙잡았다.

"선생님께서 지금 겪고 계시는 고통을 이해합니다. 그렇지만 제가 그저 이빨을 치료하거나 건강 검진을 받기 위해 당신에게 부탁드리는 게 아닙니다. 사람의 목숨을 구하는 일입니다!"

그는 거의 거지가 구걸하듯이 애원했다.

"사람의 목숨은 개인적인 슬픔보다 더 중요하다고 생각합니다! 당신의 용기와 헌신에 호소합니다! 박애정신으로 부탁드립니다!"

"박애정신은 이도저도 아닌 애매한 것이오!"

키릴로프가 흥분된 목소리로 말했다.

"그렇다면 나도 그 박애정신에 입각해 나를 데리고 가지 말아달라고 당신에게 부탁하겠소. 정말로 이상한 일 아니오? 나는 지금 서 있을 힘조차 없는데 당신은 박애정신으로 나를 협박하고 있지않소! 지금 나는 아무 데도 쓸모없고 가야 할 이유도 모르겠소. 게다가 지금 아내를 어떻게 혼자 내버려두고 간단 말이오? 그럴 순 없소, 안 되겠소."

키릴로프는 손사래를 치며 뒤로 물러섰다.

"그리고, 그리고 제발 나에게 부탁하지 마시오!"

그는 겁에 질린 듯한 목소리로 말을 이었다.

"나를 용서하시오. 러시아 법전 십삼 권●에 따르면 나는 지금 가야 할 의무가 있고, 그래서 당신은 내 목덜미를 잡아끌고서라도 데리고

● 러시아 법전 십삼 권 1832년에서 1857년까지 모두 15권으로 편찬된 제정 러시아 시대의 법전. 키릴로프가 언급한 13권은 식료품, 교육, 의료행위에 관한 법을 다루고 있다. 아보긴이 말한 '박애정신'과 키릴로프가 언급한 의사의 의무에 대한 내용은 다음과 같다. "모든 의사의 첫 번째 의무는 다음과 같다. 박애정신으로 어떠한 경우라도 병에 걸린 모든 사람의 부름에 적극적으로 도움을 줄 준비가 되어 있어야 한다.(중략) 의사직을 실제적으로 그만두지 않는 의사는 환자의 진찰 요구에 응해야 할 의무가 있다."

갈 권리가 있소. 끌고 가려면 그렇게 하시오. 하지만 나는 지금 아무 쓸모가 없소. 심지어 말할 힘조차 없소. 미안하오."

"의사 선생! 당신이 그런 말투로 말해도 아무 소용이 없소!"

아보긴은 다시 의사의 옷자락을 잡고서 말했다.

"그런 법률 따위 알게 뭡니까? 저에게 당신의 의지를 강제할 어떤 권리도 없습니다. 원하신다면 가시면 되고 원하지 않으신다면 할 수 없죠. 그렇지만 저는 당신의 의지가 아니라 당신의 감정에 호소하는 겁니다. 젊은 여자가 죽어가고 있단 말입니다! 방금 당신 아들이 죽었다고 말씀하셨죠? 당신이 아니라면 누가 나의 공포감을 이해할 수 있단 말입니까?"

아보긴이 흥분하며 떨리는 목소리로 말했다. 이러한 떨림과 말투는 말보다 더 설득력이 있었다. 아보긴은 진심을 담아 말했지만, 놀랍게도 그가 방금 뱉어냈던 구절들과 그의 입에서 나온 모든 말은 마치 지금 의사 집안 분위기와 어딘가에서 죽어가고 있는 여자를 모욕하는 것처럼 과장되고 고루하고 시기적절하지 않은 화려한 말처럼 들렸다. 그 자신도 말을 하면서 이러한 것을 느꼈고, 의사가 오해할까 두려웠다. 그래서 아보긴은 만일 말로써 전달이 안 된다면 진심 어린 말투로써 의사를 설득하기 위해 자신의 목소리에 부드러움과 공손함이 묻어나도록 온 힘을 다해 노력했다. 일반적으로 말이란 아무리 화려하고 깊이가 있어도 별다른 감정이 없는 사람에게만 효력을 발할 뿐, 행복이나 불행에 빠져 있는 사람에게는 언제나 만족을 주지 못하는 법이다. 따라서 말을 하지 않는 것이 때로는 행복이나 불행을 표현하는 보다 효과적인 방법이 될 수도 있는 것이다. 사랑하는 사람들은 말을 하지 않을 때 오히려 서로를 더 잘 이해하기도 하고, 장례식 때 낭독되는 열정적이며 애정어린 조사(弔辭)*는 단지 제3자에게만 감동을 줄 뿐, 죽은 사람의 부인과 아이들에게는 아무 반응도 얻지 못하는 무용지물이 되기도 한다.

키릴로프는 아무 말 없이 서 있었다. 아보긴이 의사의 고상한 사명, 자기 헌신 등에 관한 말들을 다시 뱉어내기 시작하자 의사는 힘없이 그에게 물었다.

"거리가 얼마나 되오?"

"십삼사 베르스타* 정도쯤 됩니다. 제게 아주 훌륭한 말이 있습니다, 의사 선생님! 왕복으로 한 시간이면 충분하다고 확실하게 약속드리겠습니다. 단지 한 시간이면 됩니다!"

아보긴의 마지막 말이 의사의 사명이니 박애정신이니 하는 말보다 의사의 마음을 강하게 움직였다. 그는 잠시 생각하더니 한숨을 쉬며 말했다.

"좋소, 갑시다!"

키릴로프는 이번에는 확실한 걸음걸이로 서둘러서 서재로 가더니, 잠시 후 긴 프록코트를 입고 돌아왔다. 기뻐서 어쩔 줄 모르는 아보긴은 의사 곁에서 종종걸음으로 왔다갔다 하면서 그가 외투를 입는 것을 도와주었고 그와 함께 집을 나왔다.

집 앞 마당은 어두웠지만 현관보다는 밝았다. 어둠 속에서 길고 좁

---

* 조사   죽은 사람을 슬퍼하여 조문의 뜻을 표하는 말이나 글.
* 베르스타   과거 러시아에서 쓰이던 길이의 단위로 1베르스타는 1.0668km임.

게 자란 턱수염, 매부리코, 구부정하게 키가 큰 의사의 모습이 선명하게 드러났다. 창백한 얼굴 외에 드러난 아보긴의 모습에서 커다란 머리에 정수리를 겨우 덮을 만한 작은 학생모가 보였다. 하얀 목도리는 앞에서만 보이고 뒤쪽은 긴 머리에 덮여 있었다.

"믿어주십시오. 저는 당신의 관대함을 고귀하게 간직하겠습니다."

아보긴은 의사가 마차에 오르는 것을 도와주면서 웅얼거렸다.

"빨리 도착할 겁니다. 이봐, 루카! 가능한 빨리 좀 가주게, 어서!"

마부는 서둘러 출발했다. 처음에는 병원의 마당을 따라 서 있는 볼품없는 건물들이 보였다. 사방은 어두웠고, 단지 마당 안쪽의 깊숙한 곳의 창문에서 나온 선명한 불빛이 집 앞 작은 정원을 비추고 있었다. 그래서 바로 위층 병동에 붙어 있는 세 개의 창문은 더 창백해 보였다. 잠시 후 마차는 버섯의 습한 냄새와 나무들이 속삭이는 소리만 들려오는 짙은 어둠속으로 달려가고 있었다. 나무 위에서는 시끄러운 마차바퀴 소리 때문에 잠을 깬 까마귀들이 나뭇잎을 밟아대며, 마치 의사의 집에 아들이 죽은 것과 아보긴의 아내가 아프다는 것을 아는 것처럼 불안하고 애처로운 울음소리를 냈다. 그러나 곧 나무 한 그루 한 그루의 모습과 덤불이 어슴푸레 보이기 시작했고, 커다란 검은 그림자가 드리워진 연못이 음울하게 반짝거렸다. 마차는 평평한 들판을 달렸다. 까마귀 울음소리가 멀리 뒤쪽에서 희미하게 들리더니 곧 완전히 조용해졌다.

마차를 타고 가는 내내 키릴로프와 아보긴은 아무 말이 없었다. 오직 한 번 아보긴이 깊은 한숨을 내쉬면서 웅얼거렸을 뿐이었다.

"정말 괴로운 상황이군! 사랑하는 사람을 잃어버릴 위기에 처할 때에만 진정으로 사랑하게 되는군."

마차가 조용히 강을 건너기 시작했을 때 키릴로프는 마치 물결소리에 놀란 것처럼 갑자기 몸을 떨더니 이리저리 뒤척이기 시작했다.

"이보시오, 나를 보내주시오."

침울한 목소리로 키릴로프가 말했다.

"당신 부인에게는 나중에 다시 가겠소. 아내에게 조수라도 좀 보내야겠소. 그녀는 지금 혼자 있단 말이오!"

아보긴은 아무 대답도 하지 않았다. 마차는 흔들리기도 했고 돌에 부딪히기도 하면서 강가의 백사장을 지나서 앞으로 계속 달려나갔다. 키릴로프는 우울한 마음에 휩싸여 주변을 둘러보았다. 뒤로는 희미한 별빛을 통해 지나온 길과 어둠 속에서 보이지 않았던 강가의 버드나무들이 보였다. 오른쪽으로는 마치 하늘처럼 평평하고 끝이 보이지 않는 들판이 누워 있었다. 들판 먼 곳의 이곳저곳에서, 아마도 이탄(泥炭)* 습지 같은 곳에서 불꽃들이 희미하게 빛을 발하고 있었다. 왼쪽으로는 길과 나란히 키 작은 나무가 우거진 언덕이 뻗어 있었고 언덕 위로는 커다란 반달이 움직이지도 않고 떠 있었다. 그리고 마치 달이 빠져나가지 못하도록 감시라도 하는 듯 안개와 작은 구름이 붉은빛이 감도는 반달 주변을 둘러싸고 있었다.

이 모든 자연 풍경에서 희망 없고 병적인 듯한 뭔가가 느껴졌다. 마치 어두운 방에 홀로 앉아 지나간 일들을 생각하지 않으려고 애쓰고

---

* 이탄(泥炭)   석탄의 일종으로 신생대 제 3, 4기의 물이끼 등의 습지대 식물이 탄화한 것.

있는 쇠약한 여자처럼 대지는 봄과 여름에 대한 회상으로 괴로워하면서 피할 수 없이 다가오는 겨울을 멍하니 기다리고 있는 것 같았다. 아무리 사방을 둘러봐도 자연은 키릴로프도 아보긴도 붉은 반달도 벗어날 수 없는 어둡고 끝없이 깊고 차가운 수렁처럼 느껴졌다.

마차가 목적지에 다가갈수록 아보긴은 더욱더 초초한 모습을 보였다. 그는 몸을 비틀어대기도 하고 벌떡 일어서기도 하고 마부의 어깨 너머로 앞쪽을 바라보기도 했다.

마침내 마차가 줄무늬 아마포*로 아름답게 장식된 현관 계단에 도착했다. 아보긴은 이층의 불 켜진 창문을 바라보았을 때 자신의 호흡이 가빠지는 소리를 들었다.

"만일 무슨 일이 일어났다면 저는 살 수 없을 겁니다."

의사와 함께 현관으로 들어오면서 흥분된 상태로 손을 비비면서 그가 말했다.

"그러나 난리법석 떠는 소리가 들리지 않는걸 보니 아직은 별일 없다는 뜻이겠죠."

집 안에 맴도는 정적을 느끼면서 그가 덧붙여 말했다. 현관에서는 사람들의 목소리나 발자국 소리도 들리지 않아 불이 환하게 밝혀 있음에도 마치 집 전체가 잠든 것처럼 느껴졌다. 지금껏 어둠속에 있었던 의사와 아보긴은 그제야 서로서로를 살펴볼 수 있었다.

의사는 키가 컸고 등이 구부정했으며 초라한 옷차림에 잘생긴 얼굴은 아니었다. 흑인처럼 두툼한 입술과 매부리코, 생기 없이 냉담한 눈초리에는 왠지 불만이 가득했고 무뚝뚝하면서도 날카롭기도 하고 매우 엄격한 듯한 느낌을 주었다. 머리는 빗질을 하지 않아 헝클어져 있었고, 관자놀이는 움푹 파져 있었고, 길고 좁게 난 턱수염은 이른 나이에도 백발이었고, 피부는 윤기 없는 회색빛이었고, 거동은 왠지 모르게 조심성 없고 어색해 보였다. 전체적으로 느껴지는 의사의 냉담한 모습은 그가 가난과 불행을 뼈저리게 체험했으며, 삶과 사람들에 의해 많은 괴로움을 당했을 거라는 생각이 들게 했다. 이러한 냉담한 모습 때문에 그에게 아내가 있다는 사실과 아들 때문에 눈물을 흘렸다는 사실이 믿기지 않았다.

아보긴은 뭔가 다른 느낌을 풍겼다. 아보긴은 건장하고 당당한 체격에 금발이었고, 머리가 크긴 했지만 얼굴의 윤곽선은 부드럽고, 최신 유행을 따르는 말쑥한 옷차림을 하고 있었다. 그의 당당한 태도, 단정하게 단추를 채운 프록코트, 말갈기처럼 긴 머리와 얼굴에선 뭔가 품위 있고 사자 같은 위엄을 느낄 수 있었다. 그는 고개를 똑바로 들고 가슴을 앞으로 펴고 걸었으며, 듣기 좋은 바리톤 같은 목소리로 말했으며, 목도리를 풀거나 머리칼을 매만질 때는 섬세하면서도 거의 여자와 같은 우아함이 묻어났다. 심지어 옷을 벗으면서 이층으로 통하는 계단을 바라보면서 보인 창백함과 어린아이와 같은 공포심도 그의 당당한 태도를 훼손시키지 못했으며, 그의 모습 전체에서 느껴지는 흡족함, 건강함, 자신감을 축소시키지 못했다.

"아무도 없고 아무 소리도 들리지 않는군요."

계단을 올라가면서 아보긴이 말했다.

● 아마포 아마의 실로 짠 얇은 천.

"소동도 없는 것 같고 아직까지는 다행인 것 같습니다."

그는 현관을 지나 검은색 피아노가 흐릿하게 보이고 하얀 천으로 덮여 있는 샹들리에가 있는 응접실로 의사를 데리고 갔다. 그리고 두 사람은 장밋빛깔 같은 어두움이 안락함을 느끼게 해주는 작고 매우 쾌적하고 아름다운 객실로 들어갔다.

"음, 여기 앉으십시오, 의사 선생님."

아보긴이 말했다.

"잠시만 기다려주십시오. 제가 가서 살펴보고 선생님이 오신 걸 알리겠습니다."

키릴로프는 혼자 남게 되었다. 객실의 화려함도, 안락함을 느끼게 하는 어두움도, 낯설고 알지 못하는 사람의 집에 올 때 느끼게 되는 설렘도, 분명 그에게 아무런 감흥도 주지 못했다. 그는 안락의자에 앉아 소독약이 묻어 있는 자신의 손을 바라보았다. 그러고는 선명한 붉은색을 띤 램프 갓과 첼로케이스를 힐끔 쳐다보고, 재깍재깍 시계 소리 나는 곳으로 눈을 돌렸을 때 마치 아보긴처럼 건장하고 풍만한 인상을 주는 박제된 늑대가 눈에 들어왔다.

사방이 고요했다. 그러다 옆방 어디선가 누군가의 "아!" 하는 탄식 소리가 들렸고 장롱 유리문 같은 것이 삐거덕거리는 소리가 들려오더니 잠시 후 다시 조용해졌다. 오 분 정도 기다리고 있다가 키릴로프는 자신의 손을 쳐다보는 것을 그만두고 눈을 들어 아보긴이 들어간 방문 쪽을 쳐다보았다.

문지방에 아보긴이 나타났지만 들어갈 때 보았던 그가 아니었다. 그의 몸에서 느껴졌던 풍만함과 섬세한 세련미는 사라져버렸고, 그의 얼굴·손·몸짓은 공포로 인한 혐오스런 표정도 아니고 육체적 질병으로 인한 고통스런 표정도 아닌 그 무엇으로 일그러져 있었다. 그의 코·입술·콧수염 등 얼굴의 모든 것이 떨고 있었고 마치 얼굴에서 떨어져나가려는 듯이 보였고, 눈은 고통으로 오히려 웃고 있는 것처럼 보였다.

아보긴은 힘겹게 한 걸음 한 걸음 걸어서 객실 가운데로 와서는 고개를 떨어뜨리고 깊은 탄식을 하면서 두 주먹을 불끈 쥐었다.

"그년이 속였어!"

'속였어'라는 단어를 강하게 발음하면서 그가 소리쳤다.

"속였다고요! 떠났어요! 아프다고 해놓고, 의사 선생을 불러달라고 나를 보내놓고서 그 광대 같은 파프친스키와 도망갔다고요! 어떻게 이런 일이!"

아보긴은 의사 쪽으로 힘겹게 발걸음을 옮기고서는 하얗고 부드러운 두 주먹을 흔들어대면서 계속 탄식을 쏟아냈다.

"떠나버렸어요! 속였다고요! 대체 왜 이런 거짓말을? 어떻게 이런 일이! 어떻게! 대체 왜 이런 더럽고 야비한 속임수를 쓰고 악마같이 비열한 짓을 벌였단 말입니까? 내가 무슨 잘못을 했단 말입니까? 떠나버렸다고요!"

그의 눈에서 눈물이 흘러내렸다. 그는 한 발로 돌아서서 객실을 서성이기 시작했다. 짧은 프록코트, 몸통과 어울리지 않은 가는 다리가 드러나 보이는 유행을 따라 입은 통 좁은 바지와 커다란 머리와 긴 머리카락으로 그가 사자와 정말 닮았다는 생각이 다시 들었다. 냉담한 의사의 얼굴이 호기심으로 빛나기 시작했다.

"그래, 환자는 어디 있소?"

그가 질문했다.

"환자? 환자라고요?"

아보긴은 주먹을 계속 흔들어대면서 웃다가 울면서 소리쳤다.

"환자가 아니라 저주받을 년입니다! 더러운 년! 악마보다 더 비열하고 뻔뻔한 년! 도망치기 위해, 그 광대 같은, 바보 같은 광대놈, 알퐁스*같은 놈하고 도망치기 위해 나를 보내버리다니! 오, 신이여! 차라리 그년이 죽어버렸으면 좋겠습니다! 참을 수가 없습니다! 도저히 참을 수가 없다고요!"

의사는 자세를 고쳐 앉았다. 눈물이 고여 눈을 껌뻑거렸고 좁은 턱수염과 턱이 좌우로 흔들렸다.

"그래, 대체 어떻게 된 일입니까?"

상황을 자세히 알고 싶어 하는 눈빛으로 의사가 질문했다.

"조금 전 내 아들은 죽었고 상심 가득한 아내는 홀로 집에 있소. 사흘 밤낮을 잠을 못 잔 나는 지금 두 다리로 겨우 서 있소. 대체 이게 무슨 일이오? 나를 데려다 어떤 저속한 희극의 역할을, 그것도 우스꽝스런 소도구의 역할을 맡기고 있는 겁니까? 도저히 이해할 수 없소!"

아보긴은 한쪽 주먹을 펴더니 움켜쥐고 있던 구겨진 메모지를 바닥에 내동댕이쳤다. 그리고 그것을 마치 벌레를 밟아 죽일 때처럼 마구 짓밟았다.

"나도 모르겠습니다. 나도 이해할 수 없단 말입니다!"

그는 마치 사람들이 자신의 몸에 난 물집을 억지로 짜낼 때와 같은 일그러진 표정으로 움켜쥔 주먹을 얼굴 근처에서 흔들어대면서 굳게

다문 입술 사이로 말을 뱉어냈다.

"나는 그가 왜 매일같이 우리 집에 왔는지를 눈치 채지 못했고, 오늘은 카레타*를 타고 온 것도 눈치 채지 못했습니다. 왜 카레타를 타고 왔을까? 그걸 눈치 채지 못하다니, 정말 바보같이!"

"이해가 안 되는군요!"

의사가 나지막이 말했다.

"정말이지, 이게 대체 뭐하는 짓이오? 이건 사람을 우롱하고 인간의 고통을 조롱하는 처사로군요! 이건 정말 있을 수도 없고……. 태어나서 이런 경우는 처음이오!"

사람들에게 호되게 모욕당했다는 것을 막 알아차릴 때 인간은 멍한 상태로 놀라기 마련이다. 그런 멍한 상태를 느끼면서 의사는 어깨를 으쓱거리며 두 손을 들어 올리고는 무슨 말을 해야 할지 무엇을 해야 할지 모른 채 기진맥진해 안락의자에 주저앉았다.

"그래, 좋다고요. 내가 싫어지고 다른 놈을 사랑하게 되었다고 칩시다. 그럼 그냥 떠나면 그만이지, 왜 이런 속임수를, 무엇 때문에 이런 비열하고 배신감을 느끼게 하는 속임수를 쓰냔 말입니다!"

아보긴은 울먹이는 목소리로 말했다.

"왜? 무엇 때문에? 내가 무슨 짓을 했기에? 한번 들어보십시오, 의사 선생님."

---

* 알퐁스 알렉상드르 뒤마(1802~1870)의 희극 〈므시외 알퐁스〉(1873)에 나오는 주인공. 알퐁스라는 이름은 여자한테 빌붙어 사는 정부(情夫)의 대명사처럼 쓰임.
* 카레타 용수철 달린 사륜마차. 주로 덮개가 있어 장거리 여행에 많이 이용됨.

그는 키릴로프에게 다가가면서 흥분한 목소리로 말했다.

"당신은 본의 아니게 제 불행의 목격자가 되셨습니다. 저는 당신에게 진실을 숨기지 않겠습니다. 맹세컨대 저는 그 여자를 사랑했습니다. 마치 종처럼 경건한 마음으로 사랑했습니다! 그녀를 위해서 저는 모든 것을 희생했습니다. 그녀 때문에 부모님과 사이가 멀어졌고, 일도 음악도 모두 내팽개쳤습니다. 어머니나 누이동생에게도 허락하지 않은 것들을 그녀에게는 모두 허용했습니다. 한번도 그녀를 의심의 눈길로 본 적도 없었고 저 역시 그 어떤 원인도 제공하지 않았습니다! 그런데 대체 왜 이런 거짓말을 했을까요? 제가 사랑을 요구한 것도 아닌데 대체 왜 이런 추악한 속임수를 썼을까요? 사랑하지 않으면 그렇다고 직접 솔직하게 이야기하면 될 것을, 더군다나 내 마음을 알고 있으면서도……."

아보긴은 온몸을 떨었고, 눈물을 흘리면서 의사에게 자신의 온 마음을 진실하게 쏟아 부었다. 그는 두 손으로 가슴을 누른 채 흥분된 어조로 마치 가슴 속에 꼭꼭 담아두었던 비밀을 마침내 폭로하게 되어 기쁨을 느끼는 사람처럼 자신의 가정사를 의사에게 조금의 망설임도 없이 죄다 털어놓았다. 만일 이런 식으로 한 시간이나 두 시간 정도 자신의 마음을 토로할 수 있었다면 아보긴은 분명 한결 가벼워졌을 것이다. 그리고 아마도 의사가 자신의 말을 잘 들어주고 그에게 진심 어린 연민의 감정을 가져주었더라면 아보긴은 종종 그러는 것처럼 불필요하게 어리석은 짓을 하지 않고 별다른 저항 없이 자신의 슬픔과 화해했을지도 모를 일이다.

그러나 일은 다르게 진행되었다. 아보긴이 말하는 동안 모욕당한 의사는 눈에 띄게 변해버렸다. 그의 얼굴에 나타나 있던 냉담함과 놀람은 조금씩 쓰라린 모욕감과 분노와 격분의 감정에게 자리를 양보했다. 그의 얼굴은 점차 더 날카롭고 더 싸늘하고 더 불쾌하게 변해갔다. 아보긴이 그의 눈앞에 아름답지만 마치 수도녀처럼 건조하고 무표정한 젊은 여인의 사진을 들이밀면서 이러한 얼굴이 과연 거짓말을 할 수 있겠느냐고 한번 생각해보라고 말했을 때, 의사는 갑자기 벌떡 일어나 눈을 크게 뜨고서는 거칠고 단호하게 말했다.

"대체 왜 내게 이런 말들을 하는 거요? 나는 당신이 하는 말을 듣고 싶지 않소! 듣고 싶지 않단 말이오!"

의사는 주먹으로 탁자를 내리치면서 소리쳤다.

"당신의 저속한 비밀 따윈 내게 필요 없단 말이오! 그 따위 것은 악마에나 들려주시오! 어떻게 내게 그런 저속한 것들을 말할 수 있단 말이오! 혹시 당신은 나를 더 모욕하고 싶은 게요? 나를 끝없이 모욕당해도 상관없는 하인 정도로 여기는 거요? 그런 거요?"

아보긴은 키릴로프에게서 물러서서 놀란 눈으로 그를 쳐다보았다.

"대체 당신은 왜 나를 이곳으로 데려온 거요?"

턱수염을 떨며 의사가 말을 이었다.

"당신이 복에 겨워 결혼을 하고, 복에 겨워 잘 먹고 잘 살고 있고, 멜로드라마 따위를 연기한다고 칩시다. 그런데 대체 나는 왜 필요한 거요? 당신의 연애 사건과 내가 무슨 상관이 있소? 날 좀 평안하게 내버려두시오! 고상한 부농 행세나 잘 하시고, 휴머니즘적 사상으로 마음껏 우쭐대시고, 악기나 (의사는 첼로 케이스를 힐끗 쳐다보았다) 콘트라베이스인지 트롬본 따위나 연수하시고, 서세한 닭처럼 살이나 씨란 말이오, 그렇지만 인격을 모독하지는 마시오! 인격을 존중할 줄 모르 거든 아예 관심조차 갖지 말란 말이오!"

"미안합니다만, 대체 무슨 말씀이십니까?"

아보긴이 얼굴을 붉히며 말했다.

"사람을 가지고 장난치는 것은 야비하고 비열하다는 말이오! 나는 의사요. 당신네들은 의사나 향수 냄새가 나지 않는 노동자를 매춘부 나 자신의 하인이나 멍청한 사람으로 여기고 있소. 좋소, 그렇게 생각 하시오. 그렇지만 누구도 당신네들에게 고통 받는 인간을 우스꽝스 런 소도구로 만들 권리를 주지 않았소!"

"당신은 어떻게 나에게 이런 식으로 말씀하실 수 있습니까?" 아보 긴은 조용한 목소리로 되물었지만, 그의 얼굴은 분노로 가득 차 떨리 고 있었다.

"아니오. 오히려 당신이 나의 슬픔을 알고 있으면서도 어떻게 나를 이리로 데려와서 이런 저속한 얘기나 듣게 하는 거요?"

의사는 또다시 주먹으로 탁자를 내리치며 소리쳤다.

"누가 당신에게 다른 사람의 고통을 조롱할 수 있는 권리를 주었단 말이오?"

"당신 미쳤군요!"

아보긴이 소리쳤다.

"정말 너무하시는군요! 나는 지금 정말 불행한 처지에 놓였고 그리 고……"

"불행한 처지라?"

의사는 경멸의 웃음을 지으며 말했다.

"그런 말은 입 밖에도 꺼내지 마시오. 당신과는 정말 어울리지 않는 말이오. 어음을 돈으로 바꿀 줄 모르는 게으름뱅이도 자신을 불행하다고 말하는 법이오. 뒤룩뒤룩 살이 쪄가는 거세한 수탉도 자신이 불행하다고 생각하오. 당신은 정말 쓸모없는 사람이오!"

"친애하는 나리, 당신은 정말 미쳐버렸군요!"

아보긴이 신경질적으로 소리쳤다.

"그런 말을 하시면 맞을 수도 있습니다! 아시겠습니까?"

아보긴은 황급히 주머니에 손을 넣어 돈지갑을 꺼냈다. 지갑에서 지폐 두 장을 빼내서 탁자 위에 집어던졌다.

"이건 당신의 왕진 비용이오!"

코를 벌렁거리며 아보긴이 말했다.

"당신에게 대가를 지불했소."

"감히 나에게 이런 식으로 돈을 지불하다니!"

의사는 탁자에서 바닥으로 돈을 쓸어내리면서 소리쳤다.

"사람을 모욕한 대가는 돈으로 지불할 수 없는 법이오!"

분노에 휩싸인 아보긴과 의사는 얼굴을 마주보고 서서 서로에게 이유 없는 모욕을 계속 퍼부었다. 그들은 인생을 살아오면서, 심지어 헛소리를 할 때조차도 지금처럼 그렇게 말도 안 되고 잔인하고 어리석은 말을 해본 적이 없었을 것이다. 두 사람에게서 불행에 빠진 사람의 강한 이기심이 드러나고 있었다. 불행에 빠진 사람은 이기적이 되고, 악하게 되고, 불공평해지고, 잔인해지고, 어리석은 사람보다 더 서로를 이해할 줄 모르게 된다. 불행은 사람을 화합시키지 못하고 분리시킨다. 심지어 똑같은 슬픔을 낭해 서도 설속할 것 같은 사람들도 비교적 만족한 삶을 사는 사람보다 더 불공평하고 잔인하게 된다.

"나를 집으로 보내주시오!"

의사가 숨을 헐떡거리며 소리쳤다.

아보긴은 신경질적으로 벨을 눌렀다. 그의 부름에 아무도 나타나지 않았다. 아보긴은 다시 벨을 누르고 나서 분을 이기지 못하겠다는 듯 종을 바닥에 집어던졌다. 둔탁한 소리를 내면서 양탄자 바닥에 던져진 종에서 마치 죽음을 목전에 둔 사람에게서 들을 수 있는 애절한 신음소리 같은 것이 들렸다.

"대체 어디에 숨어 있다 이제 오는 거야, 이 빌어먹을 놈아!"

주인은 주먹을 움켜쥐고 하인에게 달려들었다.

"어디에 있었어? 어서 가서 이분에게 마차를 내어주고 내가 탈 카레타를 준비시켜! 잠시 기다려 봐!"

하인이 나가려고 할 때 아보긴이 소리쳤다.

"내일 내 집에 한 명의 배신자도 남아 있지 못하게 할 거야! 모두 꺼져버려! 새로운 놈들을 고용할 거야, 더러운 놈들!"

마차를 기다리면서 아보긴과 의사는 침묵했다. 아보긴은 서서히 이전의 풍만함과 섬세한 우아함을 갖춘 모습으로 돌아왔다. 그는 우아하게 고개를 끄덕거리면서 객실을 왔다 갔다 했다. 분명 뭔가를 계획하고 있는 듯 보였다. 분노는 아직 가라앉지 않았지만 그는 자신의 적에게 그런 모습을 보여주지 않으려고 노력하고 있는 듯 보였다. 의사 역시 서 있었는데, 그는 한 손으로 탁자 끝을 잡고 약간은 냉소적이며 불쾌한 감정을 가지고 깊은 경멸의 눈초리로 아보긴을 쳐다보았다. 그것은 단지 슬픔과 불행만 느끼는 사람이 자신 앞에 포만감과 우아함을 지닌 사람을 쳐다볼 때 나오는 감정이었다.

얼마 지나지 않아 마차를 타고 집으로 떠날 때에도 의사는 계속 경멸의 시선을 유지하고 있었다. 한 시간 전보다 더 어두웠다. 붉은 반달은 이미 언덕 뒤로 넘어가버렸고, 그것을 지키고 있던 구름은 검은 반점처럼 별 주위에 드리워져 있었다. 붉은 등불을 달고 있는 카레타는 소리 내며 길을 따라 달리다가 의사의 마차를 앞질러 갔다. 아보긴은 저항하기 위해, 어리석은 짓을 하기 위해 그 마차를 타고 달려가고 있었다.

집으로 돌아오는 내내 의사는 자신의 아내도 아니고 자신의 아들 안드레이도 아닌 아보긴과 방금 전에 머물렀던 집에 살고 있는 사람들을 생각했다. 그의 생각은 불공평했고 비인간적일 정도로 잔인했다. 그는 돌아오는 내내 아보긴과 그의 아내, 파프친스키, 그리고 장밋빛 어둠 속에 살고 있는 모든 사람과 향수 냄새를 풍기는 사람을 비난했고, 증오했고, 가슴에 통증이 생길 정도로 경멸했다. 그리고 그의 머릿속에는 그런 사람들에 대한 확고한 신념이 생겼다.

시간이 지나면 키릴로프의 슬픔은 사라질 것이다. 그러나 인간의 마음에 새겨진 불공평하고 부적합한 이러한 신념은 의사가 무덤에 갈 때까지 사라지지 않고 그의 머릿속에 남아 있을 것이다.

인간관계 파탄(적대)의 한 원인 : 위선

방금 전 하나밖에 없는 아들을 잃고 슬픔에 빠진 의사 키릴로프에게 불청객이 찾아옵니다. 키릴로프와 그의 아내가 죽은 아이 옆에서 슬퍼하며 탄식을 하는 장면이 미쳐 전개될 틈도 없이 아보긴이라는 이름의 지주가 찾아와 부부의 애도를 방해합니다. 아보긴의 아내가 동맥류로 발작을 일으켰다며 의사에게 도움을 청하러 온 것입니다. 키릴로프는 자신의 아들이 방금 죽었으며, 슬픔에 빠진 아내를 혼자 두고 갈 수 없다고 거절합니다.

그러나 아보긴은 인류애니, 의사의 사명이니, 왕복 한 시간 정도 밖에 안되는 거리라는 등의 온갖 이유를 들어 집요하게 의사를 설득합니다. 결국 아보긴의 끈질긴 설득에 못이겨 키릴로프는 아보긴의 집으로 진료를 갑니다. 그러나 정작 아보긴의 집에 도착해보니 아내의 발작은 꾀병이었고 그녀는 남편을 속이고 다른 남자와 도망을 치고 없었습니다. 아내에 대한 배신감에 사로잡힌 아보긴은 허탈감과 분노로 가득찬 의사를 아랑곳하지 않은 채, 의사에게 자신의 신세타령을 늘어놓습니다. 이에 격분한 의사는 아보긴과 심한 욕을 주고받으며 격렬한 말다툼을 벌입니다. 당장 집으로 데려다 달라는 키릴로프를 마부에게 맡기고 아보긴은 다른 마차를 몰고 아내를 찾으러 갑니다. 자신이 탄 마차를 앞지르는 아보긴을 보고 키릴로프는 아보긴 집안의 사람들이 비인간적일 정도로 잔인하다고 경멸하면서 집으로 돌아갑니다.

아보긴은 겉으로는 고상한 사상과 섬세한 감정을 내세우지만, 속은 다른 사람의 고통은 눈에 보이지 않고, 오로지 자기 문제밖에 보지 못하는 위선적인 인물입니다. 그래서 상대방이 현재 처한 상황과는 상관없이 이기적인 요구를 하며 자신의 뜻을 상대방에게 강요합니다. 상상력을 발휘해서 다른 사람의 처지에 서보고, 그 사람의 느낌과 관점을 이해하는 것이 공감입니다. 그러나 공감 능력이 부족한 사람은 다른 사람에게 아무렇지도 않게 피해를 줍니다. 딱히 악의가 있는 것은 아니었지만 결과적으로 그렇게 됩니다. 아보긴이 아들을 잃은 사람의 슬픔에 대해서 조금이라도 이해를 했다면 과연 키릴로프에게 진료를 부탁할 수 있었을까요? 아보긴은 자신의 불행에 집중한 나머지 키릴로프가 느꼈을 허탈감과 분노감을 전혀 눈치채지 못합니다. 미안한 마음을 표현하는 사과 대신 자신의 처지와 불행에 대해 키릴로프에게 이해와 동정을 요구합니다. 이러한 아보긴의 이기적인 태도와 불공평함과 잔인함은 키릴로프에게 적의와 분노를 불러일으킵니다 세상에는 눈에 보이게 다른 사람을 탄압하며 착취하며 이기적으로 살아가는 적이 있는가하면, 겉으로는 고상하지만 말과 행동이 일치되지 않는 위선적인 적들이 존재합니다. 아보긴처럼 위선적인 적들은 자기의 잘못을 모르기 때문에 자신의 잘못에 대한 반성과 사과조차 하지 못합니다.

우리는 아보긴을 통해 잔인하고 이기적인 상류 계급과 부르주아 계급의 모습을 보게 됩니다. 그리고 키릴로프를 통해 전문노동자인 의사의 의무와 개인적인 삶 사이의 갈등을 읽을 수 있습니다. 하나밖에 없는 어린 아들을 잃은 의사가 아들이 죽은 지 한 시간 남짓 되는 동안 본의 아니게 아들에 대한 생각까지도 잊은 채 계급적 분노에 사로잡히게 됩니다. 그래서 작가는 시간이 흐르면 키릴로프가 아들을 잃은 슬픔은 잊겠지만 아보긴과 같은 부류의 사람들에 대한 증오는 무덤까지 가지고 갈 것이라고 끝을 맺습니다. 작가는 남의 비위에 맞도록 꾸민 달콤한 말과 이로운 조건을 내세워 꾀는 말을 하며 다른 사람을 속이는 사람을 단순한 비판의 대상이 아니라 적이라고 규정하고 있습니다. 제목이 '적'이 아니라 '적들'인 이유도 그런 부류의 사람은 '나의 적'일 뿐만 아니라 '사회 즉, 공공의 적'이기 때문입니다.

이 소설은 아보긴과 키릴로프를 통해서 타인의 절실한 상황을 무시한 채 자신의 처지만을 생각하는 사람은 아무리 고상한 가치관과 이론을 내세워도 다른 사람에게 증오의 대상이 되고, 결국은 적이 된다는 것을 잘 보여줍니다. 그럼 어떻게 했어야 둘이 서로 적이 되지 않았을까요? 아보긴의 부인이 도망한 것을 확인한 순간 아보긴은 화를 낼 것이 아니라, 키릴로프에게 사과를 했어야 합니다. 자식을 잃은 키릴로프의 아픔에 공감하면서, 난처한 상황을 만든 자신의 잘못을 인정하고, 진정한 사과를 했어야 합니다.

우리 주변에는 아보긴처럼 타인의 아픔과 슬픔에 대해 공감하지 못하고, 자신의 입장만 내세우며 자기중심적으로 말과 행동을 하면서 다른 사람들에게 피해를 주는 사람들이 많이 있습니다. 그들은 자신이 사과를 해야 하는 상황에서도 자신의 잘못을 뉘우치지도 못하고, 사과할 생각도 하지 못합니다. 그러다보니 주변 사람들과 적이 되는 경우가 많습니다. 여러분은 적을 만들지 않아도 되는 상황인데, 친구와 적이 된 경우는 없었나요? 어떻게 해서 친구와 적이 되었는지 곰곰이 생각하면서, 주변사람들과 적이 되지 않는 관계를 위해서 필요한 것은 무엇인지 생각해봅시다.

극심한 고립과 물화

작품 속 주인공의 가족관계는 파괴되고 해체된 모습을 보입니다. 요즘 여러분의 가정은 어떤가요? 각자 가정의 모습을 떠올려보고, 현재 그 모습이 된 이유는 무엇인지 생각해 봅시다.

사회에서 인정받지 못하고 가정에서마저도 버림을 받는다면, 단절된 사람들은 어떤 선택을 할 수 있을까요?

변신

프란츠 카프카 1883~1924

오스트리아 · 헝가리 제국의 유대계 소설가. 운명의 부조리, 인간 존재의 불안을 통찰하였다. 특히 현대 인간의 실존적 체험을 극한에 이르기까지 표현하여 실존주의 문학의 선구자로 높이 평가받는다. 대표작으로 「관찰」, 「단식광대」, 「소송」 등이 있다.

1

어느 날 아침 뒤숭숭한 꿈에서 깨어난 그레고르 잠자는 자신이 침대에서 흉측한 모습의 한 마리 벌레로 변한 것을 알아차렸다. 그는 철갑처럼 딱딱한 등을 대고 침대에 누워 있었다. 머리를 약간 들어 보니 아치형의 각질 부분들로 나누어진 불룩하게 솟은 갈색의 배가 보였다. 금방이라도 주르르 흘러내릴 것 같은 이불은 배의 높은 부위에 가까스로 걸쳐져 있었다. 몸뚱이에 비해 애처로울 정도로 가느다란 수 많은 다리들은 그의 눈앞에서 어른거리며 하릴없이 버둥거리고 있었다.

'나에게 대체 무슨 일이 생긴 걸까?' 그는 생각했다. 이게 꿈은 아니었다. 좀 작기는 해도 사람이 살기에 손색이 없는 그의 방은 낯익은 네 면의 벽에 조용히 둘러싸여 있었다. 풀어헤쳐 놓은 옷감 견본 모음집이 펼쳐져 있는 탁자 위에는—잠자는 출장 영업 사원이었다—그가 얼마 전에 그림이 많이 들어 있는 잡지에서 오려 내 아기자기한 금박

액자에 끼워 넣은 그림이 놓여 있었다. 그림에는 모피 모자를 쓰고 모피 목도리를 두른 숙녀가 반듯한 자세로 앉아 있었다. 그녀는 그림을 보는 사람을 향해 팔뚝을 전부 가리는 묵직한 모피 토시를 들어 보이고 있었다.

그러고 나서 그레고르는 창문 쪽으로 눈길을 돌렸다. 그런데 우중충한 날씨에 그의 기분은 더할 나위 없이 울적해졌다. 창문의 함석판을 후드득 두들기는 빗방울 소리가 들려왔다. '잠을 약간 더 자서 이런 말도 안 되는 상황을 죄다 잊어버리는게 어떨까?'하고 그는 생각했으나 이는 도저히 실행할 수 없는 일이었다. 그는 오른쪽으로 누워 자는 버릇이 있었지만 지금의 상태로는 그런 자세로 누울 수 없었기 때문이었다. 몸을 오른쪽으로 돌리려고 아무리 뒤척여 보아도 번번이 흔들거리며 등을 바닥에 대고 누운 자세로 되돌아올 뿐이었다. 그는 한 백 번쯤 그런 일을 시도해보았고, 멋대로 버둥거리는 다리들을 보지 않으려고 두 눈을 꼭 감았다. 그러다가 지금껏 느껴 보지 못한 가볍고 뻐근한 통증을 옆구리에서 느끼기 시작했을 때야 비로소 그러기를 그만두었다.

'아아, 원 세상에' 그는 생각했다. '어쩌다가 이런 고달픈 직업을 택했단 말인가! 날이면 날마다 여행이나 다녀야 하다니, 사무실에서 근무하는 것보다 업무상 스트레스가 훨씬 더 심하다. 게다가 여행하다 보면 골치 아픈 일들이 한두 가지가 아니야. 기차를 제대로 갈아타려고 신경 써야 하는 일, 불규칙하고 형편없는 식사, 상대가 늘 바뀌는 탓에 결코 지속될 수도 없고 진실해질 수도 없는 만남 따위들, 이 모든 짓을 왜 악마가 잡아가시 않는지 모르겠다!'

그는 배 위쪽이 약간 가려운 것을 느꼈다. 머리를 더 잘 쳐들 수 있도록 그는 등으로 몸을 밀면서 느릿느릿 침대 기둥 쪽으로 더 가까이 다가갔다. 그는 근질거리는 부위를 발견했다. 그곳에는 뭔지 알 수 없는 깨알같이 작은 흰 반점들이 나 있었다. 그래서 그는 다리 하나를 내밀어 그 부위를 건드려 보려고 했지만, 이내 다리를 움츠리고 말았다. 다리가 그곳에 닿자마자 온몸에 오싹하는 소름이 돋았기 때문이었다.

그는 미끄러지며 다시 이전 자세로 되돌아갔다. '이렇게 일찍 일어나니' 그는 생각에 잠겼다. '사람이 아주 멍청해진단 말이야. 잘 만큼 푹 자야 하는데, 다른 출장 영업 사원들은 하렘의 여자들처럼 살고 있지 않은가. 가령 주문받은 물건을 장부에 적어 넣으려고 오전 중에 여관에 돌아와 보면 그 작자들은 그제야 일어나 앉아 아침을 들고 있지 않은가. 만일 내가 사장 앞에서 그러다간 당장 쫓겨나고 말 거야. 하기야 그러는 편이 나에게는 훨씬 더 나을지도 모르지. 그동안 부모를 생각해서 꾹 참아 왔지만 그렇지 않았더라면 진작 사표를 던지고, 사장 앞으로 걸어 나가 가슴에 묻어 두었던 생각을 그에게 다 털어놓았을지도 몰라. 그랬다면 사장은 틀림없이 책상에서 굴러떨어졌을 거야! 책상 위에 걸터앉아 아래를 내려다보며 직원에게 말하는 꼬락서니는 참 별나기도 하지. 게다가 사장은 귀가 어두워 직원들은 그에게 바짝 다가가서 말해야 해. 그렇다고 아직 희망을 완전히 접은 것은 아니야. 언젠가 내가 돈을 제법 모아 부모님이 그에게 진 빚을 다 갚게 되면―아직 한 5, 6년 걸리겠지―꼭 그렇게 하고 말거야. 그러면 일생일대의 전기(轉機)˙가 마련되겠지. 5시면 기차가 떠나니까 지금 당장은 물론 일어나는 일이 급선무야.'

그러고서 그는 서랍장 위에서 재깍거리며 가고 있는 자명종 시계 쪽을 건너다보았다. '아이고, 하느님 맙소사!' 하고 그는 마음속으로 외쳤다. 벌써 6시 반이 아닌가. 시곗바늘은 조용히 앞으로 나아가고 있었다. 어느새 30분을 지나 벌써 45분에 가까워지고 있었다. 혹시 자명종이 울리지 않은 것이 아닐까? 네 시에 정확히 맞추어져 있는 게 침대에서도 보였다. 자명종이 울린 게 분명했다. 하지만, 정말이지 온 방안을 뒤흔들 정도로 요란한 그 소리를 듣고도 마냥 편히 잠잔다는 것이 가능한 일이었을까? 하긴 편히 잠을 잔 것은 아니었다 해도, 그런 만큼 깊은 잠에 빠져든 것만은 분명하다. 하지만, 그는 이제 어떻게 해야 한단 말인가? 다음 기차는 7시에 있었다. 그 기차를 놓치지 않으려면 부리나케 서둘러야 했다. 그런데 견본 모음집은 아직 꾸려 놓지도 않았다. 그런데다가 기분이 별로 상쾌하지 않았고 몸도 그리 거뜬하지 않았다. 그리고 설령 그 기차를 잡아탄다 해도 사장의 불호령은 피할 수 없을 것이다. 사환(使喚)* 녀석이 5시 기차에 맞추어 대기하고 있다가 그가 타지 않은 사실을 진작 일러바쳤을 테니까. 사장의 꼭두각시나 다름없는 그는 줏대도 사려분별도 없는 녀석이었다. 이렇게 된 바에야 몸이 아프다고 알리면 어떨까? 하지만 이는 지극히 곤혹스러운 일이고 수상쩍은 핑계일지도 모른다. 그레고르는 회사에 5년간 근무하는 동안 한 번도 아파 본 적이 없었기 때문이다. 사장

---

* 전기(轉機)　전환점이 되는 기회나 시기.
* 사환(使喚)　잔심부름을 시키기 위해 고용한 사람.

은 의료 보험 조합의 의사를 대동하고 나타나, 게으른 아들을 두었다고 부모님을 질책할 것이 뻔하다. 그리고 의사의 소견을 빌려 어떤 핑계를 대도 묵살해 버리고 말 것이다. 의사가 보기에는 아주 건강하면서도 일하기 싫어하는 사람들이 얼마든지 있기 때문이다. 그런데 아닌게 아니라 이 경우에 그의 견해가 아주 완전히 틀렸다고 할 수 있겠는가? 그레고르는 잠을 오래 자고도 여분으로 좀 남아 있는 졸린 기운 말고는 사실 몸의 컨디션이 아주 좋았고, 유달리 왕성한 식욕마저 느꼈다.

침대에서 나가야겠다는 결심을 하지 못하고 이 모든 생각에 잠겨 있을 때—이때 바야흐로 6시 45분을 알리는 자명종 소리가 울렸다—그의 침대 머리맡의 문을 조심스럽게 두드리는 소리가 들렸다. 이어서 '그레고르야!' 하는 소리가 들렸다. 어머니의 목소리였다.

"6시 45분이다. 출근 안 할 거니?"

참으로 부드러운 목소리였다! 그레고르는 대답하는 자신의 목소리를 듣고 흠칫 놀랐다. 그것은 자신의 예전 목소리임에 틀림없었다. 그렇지만 거기에는 저 아래쪽에서 울려 나오는 듯한, 억누를 길 없고 고통스러운 찍찍거리는 소리가 섞여 있었다. 그 소리 때문에 그가 하는 말은 첫 순간만 제법 또렷하게 들리다가 뒤이어 메아리치는 울림에 그만 묻혀 버리고 말았다. 그래서 그가 무슨 말을 했는지 제대로 알아들을 수 없었다. 그레고르는 상세하게 대답하며 자초지종을 설명하고 싶었지만 자신이 처한 사정이 이러하므로 '네, 네, 고마워요. 어머니, 벌써 일어났어요.'라고 말하는 도리밖에 없었다. 문이 나무로 되어 있어 밖에서는 그레고르의 목소리가 변했다는 것을 아마 알아채지 못한 모양이었다. 어머니는 이러한 대답을 듣고 안심한 듯 신을 질질 끌며 가 버렸기 때문이다. 하지만 이 짤막한 대화로 인해 다른 식구들도 그레고르가 뜻밖에도 아직 출근하지 않았다는 사실에 주목하게 되었다. 그리고 아버지가 약하긴 하지만 벌써 한쪽 옆문을 주먹으로 두드리는 것이었다.

"그레고르야! 그레고르야!"

아버지가 소리쳤다.

"대체 어찌 된 일이니?"

그러고 나서 잠시 후 다시 한 번 보다 낮은 음으로 '그레고르야! 그레고르야!' 하고 부르며 대답을 다그쳤다. 하지만 이번에는 다른 쪽 옆문에서 여동생이 나지막한 소리로 호소하듯 말했다.

"오빠? 어디 몸이 안 좋아? 뭐 필요한 거 있어?"

그레고르는 양쪽을 향해 대답했다.

"이제 준비 다 됐어요."

그는 극도로 세심하게 발음하고 말과 말 사이에 잔뜩 뜸을 들여 자신의 목소리가 이상하게 들리지 않도록 무진 애를 썼다. 아버지도 아침 식사를 하러 돌아갔으나 여동생은 속삭이듯 말했다

"오빠, 문 좀 열어 줘. 제발 부탁이야."

하지만 그레고르는 문을 열 생각은 조금도 하지 않고, 집에서도 밤중에는 모든 문을 걸어 잠그는, 이런 조심스런 습관이 여행하면서 몸에 배게 된 것을 다행으로 여겼다.

우선 그는 아무에게도 방해받지 않고 조용히 일어나 옷을 입고는 무엇보다 아침 식사부터 하고 싶었다. 그다음 일은 그때 가서야 곰곰

이 생각해 볼 예정이었다. 침대에 누워서는 아무리 골똘히 생각해 봤자 신통한 결론이 나오지 않을 것임을 그는 잘 알고 있었기 때문이었다. 그는 간혹 불편한 자세로 자는 바람에 가벼운 통증을 느낀 기억을 떠올렸다. 그러다가 막상 일어나 보면 그 통증은 순전히 공상에 불과했음이 드러나곤 했다. 그래서 오늘의 상상은 어떻게 서서히 사라져 갈 것인지 자못 궁금해졌다. 목소리가 변한 것은 출장 영업 사원의 직업병인 감기에 단단히 걸릴 징조란 것을 그는 조금도 의심치 않았다.

이불을 걷어 내는 일은 그야말로 식은 죽 먹기였다. 몸을 부풀리기만 하면 되었는데, 그러니까 그것이 저절로 흘러내리는 것이었다. 그러나 그 다음부터가 어려웠다. 그의 몸이 엄청 넓게 옆으로 퍼져 있어서 특히 그러했다. 몸을 일으켜 세우려면 팔과 손이 있어야 하지 않겠는가. 그런데 이젠 그런 것 대신에 쉬지 않고 제멋대로 움직이는 수많은 가느다란 다리들밖에 없었다. 더구나 그는 그 다리들을 마음대로 다룰 수 없었다. 어떤 다리를 한번 구부려 보려고 하면 그것이 오히려 맨 먼저 쭉 펴지는 것이었다. 그런데 그 다리로 마침내 그가 원하는 바를 수행하는 데 성공했다손 치더라도 그러는 사이에 다른 다리들은 마치 구속에서 풀려난 듯 고통스럽게 극도로 흥분해서 난리법석 피웠다.

"이렇게 침대에만 죽치고 있다가는 죽도 밥도 안 되겠어."

그레고르는 혼자말로 중얼거렸다.

먼저 그는 몸의 아랫부분을 움직여 침대 밖으로 나가 보려고 했다. 하지만 더군다나 그가 아직 보지도 못했고, 어떻게 생겼는지 그럴듯하게 상상조차 할 수 없는 하반신을 움직이는 게 말할 수 없이 어려운 일임을 그는 깨달았다. 그래서 일이 아주 더디게 진행되었다. 그러다가 급기야는 너무 화가 난 나머지 앞뒤 생각하지 않고 앞쪽으로 몸을 냅다 밀쳤다가, 그만 방향을 잘못 잡는 바람에 아래쪽 침대 기둥에 세차게 부딪치고 말았다. 쿡쿡 쑤시고 화끈거리는 듯한 통증이 느껴졌다. 보아하니 현재로서는 하반이 그의 몸에서 가장 예민한 급소인 모양이었다.

이 때문에 그는 먼저 상반신을 침대 밖으로 나오게 하려고 머리를 침대 가장자리 쪽으로 조심스럽게 돌렸다. 이 동작은 힘들이지 않고 쉽게 할 수 있었다. 몸뚱이가 넓적하고 무거웠지만 결국 머리가 돌아가는 방향을 따라 서서히 움직였다. 하지만 이윽고 머리가 침대 밖의 허공에 떠 있게 되자 이런 식으로 계속 밀고 나가기가 덜컥 겁이 났다. 그러다가 마침내 몸이 떨어지기라도 하면 기적이 일어나지 않고는 머리를 다치는 수밖에 없을 것 같아서였다. 그런데 어떤 일이 있더라도 바로 지금은 의식을 잃어서는 안 되었다. 그래서 차라리 침대에 그냥 머물러 있기로 했다.

다시 같은 노력을 기울인 끝에 그는 아까와 같은 자세로 돌아와 안도의 한숨을 쉬었다. 하지만 다시 그의 가느다란 다리들이 더욱 못되게 굴며 서로 아귀다툼을 벌이는 모습이 보였고, 이렇게 제멋대로 굴다가는 안정과 질서를 회복할 가능성이 없어 보였다. 그는 다시 혼자말로 중얼거렸다.

"침대에 그냥 죽치고 있을 수는 없어. 어떤 희생이 있더라도 침대에서 벗어날 수 있는 희망이 조금이라도 있다면 그러는 편이 최고 상책이야."

하지만 이와 동시에 그는 그러는 와중에도 자포자기해서 결단을 내리는 것보다 차분하게, 아주 차분하게 곰곰 생각하는 편이 훨씬 더 낫다는 사실을 잊지 않았다. 그 순간 그는 되도록 날카로운 시선으로 창밖을 내다보았다. 하지만 유감스럽게도 좁은 골목길의 건너편까지 아침 안개로 자욱이 뒤덮여 있는 광경에서 어떤 낙관적인 기대나 쾌활한 기분을 얻을 수는 없었다.

"벌써 7시구나."

자명종이 새로운 시간을 알리자 그는 혼자말로 중얼거렸다

"벌써 7시인데도 여전히 저렇게 안개가 끼어 있구나."

그리고 한동안 그는 약하게 숨을 쉬며 조용히 누워 있었다. 행여나 쥐 죽은 정적이 감돌아 현실적인 정상 상태로 회복되기를 기다리기라도 하듯이 말이다.

하지만 그런 다음 그는 다시 중얼거렸다. "어떻게 해서든 7시 15분이 되기 전에 침대에서 완전히 벗어나야 해. 아닌 게 아니라 또한 그 때까지는 회사에서 누군가 나에게 물어보러 올 거야. 7시 전에 사무실 문을 여니까 말이야."

그리고 이제 그는 온몸에 고르게 힘을 주어 몸을 흔들면서 침대에 벗어나려고 했다. 이런 식으로 침대에서 떨어진다면 아마 머리를 다치는 일은 없을 것이다. 떨어질 때 머리를 번쩍 치켜들면 말이다. 등은 단단해 보였다. 그러니 양탄자 위에 떨어지면 아마도 등은 아무 문제가 없을 것이다. 떨어질 때 쿵 하고 시끄러운 소리가 날까 봐 가장 염려되었다. 그 소리에 문 밖의 식구들은 공포는 느끼지 않더라도 필경 무슨 일인가 하고 걱정은 할 것이다. 그렇지만 해보지 않을 수 없

는 일이었다.

그레고르의 몸이 어느새 절반쯤 침대 밖으로 나오게 되자─새로운 이 방법은 힘든 일이라기보다는 일종의 놀이와도 같아서, 계속 몸을 좌우로 흔들어 주기만 하면 되었다─누가 자신을 도와주면 이 모든 일이 얼마나 간단할까 하는 생각이 불현듯 들었다. 힘센 사람이 두 명만 있으면 충분할 것 같았다. 그는 아버지와 하녀를 떠올렸다. 그들이 둥글게 휘어진 그의 등 아래에 팔을 집어넣고 그를 침대에서 들어내고는 허리를 굽혀 바닥에 내려놓으면 될 텐데, 그런 다음 그가 바닥에서 몸을 뒤집을 때까지 조심스레 참아 주기만 하면 될 텐데. 그러면 그의 가느다란 다리들이 아마도 바닥에서 제 구실을 하게 될 것이다. 그러니 문들이 꽁꽁 잠겨 있는 것은 별도로 치치더라도 이젠 정말 도와 달라고 소리쳐야 하지 않을까? 비록 곤경에 처해 있기는 하지만 이런 생각을 하면서 그는 쓴웃음을 짓지 않을 수 없었다.

벌써 조금만 더 세게 흔들면 그는 더 이상 균형을 잡지 못할 상태에 있었다. 이제 얼른 최종 결정을 내리지 않을 수 없었다. 5분만 있으면 7시 15분이기 때문이었다. 그때 현관문에서 초인종 소리가 울렸다.

"회사 사람이 온 모양이야."

이렇게 중얼거리는 그의 몸은 거의 굳어 버렸고, 그러는 동안 그의 가느다란 다리들은 더욱 격렬하게 춤을 추어 댔다. 일순간 사방이 쥐 죽은 듯 조용해졌다.

"문을 안 열어 주겠지."

그레고르는 말도 안 되는 희망에 사로잡혀 혼자말로 중얼거렸다. 하지만 그런 다음 물론 여느 때처럼 하녀가 힘찬 발걸음으로 현관문을 향해 걸어가 문을 열어 주었다. 그레고르는 방문객의 첫마디 인사말만 듣고도 그가 누구인지 단번에 알 수 있었다. 지배인이 직접 나타난 것이었다. 어쩌다가 그레고르는 조금만 게을러도 곧장 터무니없이 커다란 의심을 사게 되는 이런 회사에 근무하는 신세가 된 것일까? 직원들은 죄다 하나같이 건달 나부랭이란 말인가? 대체 그들 중에 충실하고 헌신적인 인간은 눈을 씻고 봐도 없다는 말인가? 아침나절 한두 시간만이라도 회사를 위해 열심히 일하지 않으면 양심의 가책으로 머리가 좀 이상해져 그야말로 침대에서 벗어나지도 못하는 그런 인간 말이다. 사실 사환을 보내 알아봐도 충분하지 않았을까? 진상을 파악하는 것이 꼭 필요하다면 말이다. 이렇게 굳이 지배인이 직접 와야 한단 말인가? 그리하여 이 수상쩍은 사안에 대한 조사가 지배인의 판단에만 맡겨질 수 있다는 사실이 아무런 영문도 모르는 전 가족에게 알려져야 한단 말인가? 제대로 된 어떤 결심을 해서라기 보다는 이런 문제들을 골똘히 생각하다 보니 절로 흥분이 된 그레고르는 있는 힘을 다해 침대 밖으로 몸을 훌쩍 날렸다. 시끄러운 소리가 나긴 했지만 아주 요란한 소리는 아니었다. 양탄자 덕분에 떨어지는 충격이 다소 약해졌고, 등도 그레고르가 생각했던 것보다 탄력이 있었다.

그 때문에 좀 둔탁한 소리가 나긴 했지만 그리 남의 이목을 끌만한 정도는 아니었다. 제대로 주의를 기울여 머리를 쳐들지 않는 바람에 머리를 살짝 부딪쳤을 뿐이었다. 그는 머리를 돌리고는, 화도 나고 아프기도 해서 머리를 양탄자에 비벼 댔다.

"저 안에서 뭔가 떨어진 모양입니다."

지배인이 왼쪽 옆방에서 말했다. 그레고르는 오늘 자신한테 일어난 것과 비슷한 일이 언젠가는 지배인한테도 일어날 수 있지 않을까 상상해 보려고 했다. 사실 그럴 가능성을 아주 부인할 수는 없는 노릇이었다. 그 순간 마치 이런 질문에 거칠게 대답이라도 하는 듯 지배인은 이제 옆방에서 또박또박 몇 걸음을 옮기며 에나멜 구두에서 삐걱거리는 소리를 냈다. 오른쪽 옆방에서는 여동생이 속삭이는 소리로 그레고르에게 귀띔을 해주었다.

"오빠, 지배인이 왔어."

"알고 있어."

그레고르는 혼자 중얼거렸다. 하지만 여동생이 들을 수 있을 정도로 큰 소리로 말하지는 못했다. 감히 목소리를 높일 수 없었던 것이다.

"그레고르야!"

이번엔 왼쪽 옆방에서 아버지 목소리가 들렸다.

"지배인님이 오셔서 왜 새벽 열차를 타지 않았느냐고 물으신다. 그분께 무슨 말을 해야 할지 모르겠구나. 아무튼 지배인님은 너하고 직접 말하고 싶어 하신다. 그러니 문을 좀 열거라. 방이 어지럽혀져 있어도 충분히 이해해 주실 거야."

"안녕하시오, 잠자 씨!"

그러는 사이 지배인이 다정하게 소리쳤다.

"몸이 좋지 않은가 봐요."

아버지가 문에 대고 계속 말하는 동안 어머니가 지배인에게 말했다.

"몸이 좋지 않은가 봐요. 제 말을 믿어 주세요, 지배인님. 그렇지 않고서야 그레고르가 어떻게 기차를 놓치겠어요! 저 아이 머릿속엔 온통 회사 일밖에 없답니다. 저녁에도 통 밖으로 나가는 일이 없으니 제가 다 화가 날 지경이에요. 이번에도 이 도시에서 지낸 지 일주일이나 되었지만, 매일 저녁마다 집에만 틀어박혀 있었어요. 집에 있을 때는 책상에 앉아 조용히 신문을 읽거나 기차 시간표를 들여다보지요. 그러다가 심심하면 실톱으로 목공일에 열중하면서 기분을 푼답니다. 가령 저녁에 2, 3일 동안 일해서 조그만 액자를 만들어 내기도 했답니다. 얼마나 아기자기한지 보시면 놀랄 거예요. 저 방 안에 걸려 있답니다. 그레고르가 문을 열면 금방 보일 거예요. 그건 그렇고 지배인님이 이렇게 와 주셔서 얼마나 다행스러운지 몰라요. 우리 힘만으로는 그레고르가 문을 열게 하지 못했을 거예요. 걔 고집이 얼마나 센지 몰라요. 몸이 안 좋은 게 분명해요. 아까는 그렇지 않다고 부인했지만요."

"곧 나가요."

그레고르는 느릿느릿 신중하게 말했다. 그러고는 밖에서 나누는 대화를 한마디도 놓치지 않으려고 꼼짝도 하지 않고 있었다.

"저도 달리는 설명할 수 없군요. 부인."

지배인이 말했다.

"뭐 대수롭지 않은 일이겠죠. 또한 다른 한편으로 생각해 보면, 우리 같은 사업가들은—이를 유감으로 생각해야 할지 다행이라 생각해야 할지는 생각하기 나름입니다만—몸이 좀 불편한 경우라도 사업을 생각해서 그냥 눈을 질끈 감고 이겨내야지요."

"그럼 지배인님이 네 방으로 들어가도 되겠지?"

조바심이 난 아버지는 이렇게 묻고는 다시 문을 두드렸다.

"안 돼요."

그레고르가 말했다. 왼쪽 옆방에서는 어색한 침묵이 흘렀고, 오른

쪽 옆방에서는 여동생이 흐느껴 울기 시작했다.

대체 여동생은 왜 다른 사람들이 있는 쪽으로 가지 않은 걸까? 이제 방금 잠자리에서 일어나 옷도 채 입지 않은 모양이었다. 그럼 대체 왜 우는 걸까? 그가 일어나지 않고 지배인을 방에 들이지 않아서일까? 아니면 그가 직장을 잃게 될까 봐? 그렇게 되면 사장이 밀린 빚을 독촉하며 부모님을 못살게 굴까 봐? 하지만 지금으로서는 쓸데없는 걱정에 지나지 않았다. 그레고르가 아직은 여기에 누워 있고, 가족을 저버릴 생각은 조금도 하지 않고 있으니까. 어쩌면 그가 잠시 양탄자 위에 누워 있을지도 몰랐다. 그가 현재 처한 상황을 아는 사람이라면 아무도 지배인을 들여보내라고 그에게 진지하게 요구하지 않을 것이다. 하지만 이런 사소한 결례(缺禮)*를 범했다 해서 그가 당장 회사에서 쫓겨나지는 않을 것이다. 나중에 적당한 핑계를 둘러대며 가볍게 넘어 갈 수 있을 테니까. 그레고르가 생각하기에 눈물을 흘리고 설득하며 방해하기보다는 자신을 이대로 가만히 놔두는 것이 훨씬 더 현명한 처사인 듯싶었다. 하지만 바로 이러한 불확실한 점 때문에 다른 사람들은 답답해했고, 이러니 그들의 태도를 용서해 주지 않을 수 없었다.

"잠자 씨!"

이제 지배인이 언성을 높이며 소리쳤다.

"대체 무슨 일인가? 무슨 까닭으로 문을 걸어 잠그고 방안에 틀어박

---

* 결례 예의를 갖추지 못함.

혀 그저 네, 아니요, 로만 대답하면서 공연히 부모님께 큰 걱정을 끼쳐 드리는 건가? 말이 나왔으니 하는 말인데, 자넨 정말 들어 보지 못한 파렴치한 방식으로 회사 직무를 태만히• 하고 있는 거네. 이 자리에서 자네 부모님과 사장님의 이름으로 말하는데, 지금 당장 명확하게 해명해 주기를 아주 진지하게 부탁하네. 난 놀랐네. 정말 놀랐어. 차분하고 분별 있는 사람인 줄 알았는데, 이제 보니 느닷없이 별난 객기를 부리기라도 하려는 모양이지. 사실 오늘 아침에 사장님이 자네가 직무에 태만할 만한 이유를 나에게 넌지시 암시하더구먼. 그건 얼마 전부터 자네에게 맡긴 수금에 관한 일이었어, 하지만 난 내 명예를 걸다시피 하면서 절대 그런 일이 아닐 거라고 생각했네. 하지만 이제 자네가 이처럼 고집을 부리며 이해할 수 없는 행동을 하니 자네를 적극 옹호해 주고 싶은 생각마저 싹 달아나 버리는군. 그리고 자네 일자리가 무슨 철밥통인 줄 아나 보지. 난 원래 이 모든 이야기를 자네와 단둘이서 할 생각이었네. 하지만 자네가 이렇게 쓸데없이 내 시간을 축내니 자네 부모님도 알지 말아야 할 이유가 없겠어. 최근 들어 자네의 영업 실적이 사실 아주 형편없었네. 지금이 유달리 영업이 잘 되는 계절이 아니란 점은 우리도 인정하겠네. 하지만 영업이 안 되는 계절이란 절대로 있을 수 없는 일이고, 또한 있어서도 안 되는 거야, 잠자씨."

"하지만 지배인님!"

그레고르는 자신도 모르게 버럭 소리치고는 흥분한 나머지 다른 일은 죄다 잊어버리고 말았다.

"지금 당장 문을 열어 드리지요. 몸이 좀 불편한데다 갑자기 머리가 어지러워 일어나지 못했어요. 저는 아직 침대에 누워 있습니다. 하지만 지금은 다시 기력이 좀 회복되었어요. 이제 막 침대에서 일어나는 중입니다. 잠시만 좀 참아 주세요! 아직은 생각만큼 몸이 그리 좋지 않아요. 하지만 벌써 기분이 좋아지네요. 어떻게 이런 일이 사람에게 이토록 급작스럽게 생길 수 있는지 알다가도 모르겠어요! 어제 저녁까지만 해도 컨디션이 아주 좋았어요. 부모님도 아시다시피 말입니다. 아니 어찌 보면 어제 저녁에 벌써 조짐이 약간 있었는지도 몰라요. 제 안색을 보면 금방 알아챌 수 있었을 겁니다. 미리 회사에 알릴 걸 그랬어요! 하지만 사실 사람들은 집에 있지 않고 출근하면 병을 이겨 낼 거라고들 늘 생각하지요. 지배인님! 제 부모님은 가만히 놔 주세요! 지배인님이 지금 제게 퍼붓고 있는 비난들은 정말이지 모두 아무 근거 없는 것들입니다. 저에게 그런 말을 한 사람이 아무도 없었거든요. 지배인님은 아마 제가 최근에 보낸 주문서들을 아직 읽어 보지 않으신 모양입니다. 뭐 그건 그렇고, 8시 기차로는 출발하도록 하겠습니다. 몇 시간 쉬었더니 힘이 나는군요. 지배인님, 여기서 이렇게 시간을 허비하지 마십시오! 곧 회사에 나가겠습니다. 그러니 외람됩니다*만 사장님께 그렇게 말씀해 주시고, 저의 안부를 전해 주시기 바랍니다!"

그레고르는 이 모든 말을 속사포처럼 내뱉었지만 자신이 무슨 말을 하는지도 잘 알지 못했다. 그러는 중에 이미 침대에서 연습해 본

---

* 태만히 열심히 하려는 마음없이 게으르게.
* 외람되다 하는 짓이 분수에 지나치다. 분에 넘치다.

덕택으로 서랍장 쪽으로 수월하게 다가갈 수 있었다. 그러고는 이제 거기에 기대어 몸을 일으켜 보려고 했다. 그는 정말 문을 열고, 실제로 자신의 모습을 보이며 지배인과 대화하려는 것이었다. 지금 문을 열라고 다그치는 저들이 자신의 모습을 보고 무슨 말을 할 건지 알고 싶어 견딜 수 없었다. 그들이 질색을 하고 놀란다면 그레고르는 이에 더는 책임질 필요 없이 가만히 있으면 될 일이었다. 하지만 그들이 모든 일을 차분히 받아들인다면 그도 흥분할 이유가 없을 것이다. 그리고 부리나케 서두른다면 정말 8시에 역에 다다를 수 있을지도 모른다. 처음에는 몇 번이나 매끄러운 서랍장에서 미끄러졌지만 젖 먹던 힘까지 짜내 몸을 일으켜 결국 똑바로 설 수 있었다. 아랫배가 쿡쿡 쑤시고 화끈거렸지만 그런 통증 따위는 아랑곳하지 않았다. 이젠 가까이에 있는 의자의 등받이로 몸을 날려 가느다란 다리들로 그 가장자리를 꽉 움켜잡았다. 하지만 그렇게 해서 몸을 제대로 가눌 수 있게 되었을 때 그는 입을 다물고 말았다. 지배인의 목소리가 다시 들려왔기 때문이었다.

"저 말을 한마디라도 알아들으셨나요?"

지배인이 부모님께 물어보았다.

"설마 그가 우리를 바보 취급하는 것은 아니겠지요?"

"원, 그럴 리가요!"

어머니가 외치는 목소리에는 이미 울음기가 섞여 있었다.

"몸이 너무 아파서 그런지도 몰라요. 그러니 우린 저 애를 들들 볶고 있는 거예요. 그레테야! 그레테야!"

어머니는 그러고 나서 이렇게 소리쳤다.

"엄마, 왜요?"

여동생이 맞은편 방에서 소리쳤다. 이들은 그레고르의 방을 사이에 두고 서로 말을 주고받았다.

"당장 의사 선생님을 모셔와야겠다. 그레고르가 아픈 모양이다. 퍼뜩 의사 선생님을 불러와라. 지금 그레고르가 하는 말을 못 들었니?"

"그건 짐승의 소리였어요."

지배인은 어머니가 외치는 소리에 비해 눈에 띄게 나지막한 소리로 말했다.

"아냐! 아냐!"

아버지가 응접실 저쪽 부엌을 향해 소리치며 손뼉을 쳐 댔다.

"당장 열쇠 수리공을 불러와라!"

어느새 두 처녀는 치맛자락이 스치는 소리를 내며 응접실을 지나 내달려서는—대관절* 여동생은 어찌 그렇게도 빨리 옷을 입었단 말인가?—현관문을 홱 열어젖혔다. 문이 쾅 하고 닫히는 소리는 들리지 않았다. 그들은 문을 그냥 열어 두고 나간 모양이었다. 커다란 재앙이 닥친 집에서 으레 그러하듯이 말이다. 하지만 그레고르는 훨씬 더 침착해졌다. 귀에 익숙해진 탓인지 그에게는 자신의 말이 제법 또렷하게, 전보다 더 또렷하게 들린다고 생각되었지만 다른 사람들은 그의 말을 이제 하나도 알아듣지 못하는 모양이었다. 하지만 어쨌거나 사람들은 그의 상태가 아주 정상은 아니라는 사실을 믿게 되어, 그를

---

* 대관절 여러 말 할 것 없이 요점만 말하건대.

도와주려는 마음가짐을 갖게 되었다. 그들이 처음으로 취한 조치에서 보여 준 굳건한 기대와 확신에 그는 다소 마음이 놓였다. 그는 다시 인간 사회에 받아들여지는 기분이 들었고, 의사와 열쇠 수리공 중에 누구라고 딱히 구분해서 말하지는 못하겠지만, 두 사람이 대단하고 놀랄 만한 활약을 펼칠 걸로 기대했다. 결정적인 순간이 다가오자 그때 되도록 또렷한 목소리를 내기 위해 그는 몇 번 헛기침을 해보았다. 물론 그러면서 소리를 아주 죽여서 하려고 애를 썼다. 행여 그 소리마저 사람의 기침 소리와 다르게 들릴지도 모르는 일이기 때문이었다. 그 자신은 이를 더 이상 다르게 판정할 자신이 없었다. 그러는 사이 옆방은 쥐 죽은 듯 조용해졌다. 아마 부모님이 지배인과 탁자에 마주 앉아 귓속말을 주고받고 있거나, 또는 다들 문에 기대어 엿듣고 있을지도 몰랐다.

그레고르는 안락의자를 천천히 문 쪽으로 밀고 가서 거기에 놓아두었다. 그러고서 문을 향해 몸을 던지고는 거기에 기대어 몸을 똑바로 일으켜 세웠다. 가느다란 다리의 불룩한 끝에는 점액질이 약간 묻어 있었다. 이처럼 힘을 쏟느라 피곤해진 그는 잠시 그곳에서 휴식을 취했다. 잠시 그러고 나서, 그는 입으로 자물쇠 속의 열쇠를 돌리는 일에 착수했다. 하지만 그에게는 제대로 된 이빨이 없는 것 같았다. 그러니 무엇으로 열쇠를 집어야 한단 말인가? 하지만 다행히도 그에게는 무척 억센 턱이 있었다. 그 덕분에 정말로 그는 열쇠를 움직일 수 있었다. 입에서 갈색의 액체가 흘러나와 열쇠를 타고 흘러내리며 바닥으로 뚝뚝 떨어지는 것을 보아, 그러다가 분명 어딘가에 상처를 입은 모양인데 그런 것에도 그는 아랑곳하지 않았다.

"잘 좀 들어 보세요!"

지배인이 옆방에서 말했다.

"열쇠를 돌리고 있어요."

이 말을 들으니 그레고르는 새로 힘이 생겼다. 하지만 다들 그에게 소리치며 응원해 주면 좋을 텐데, 아버지와 어머니도.

'힘내, 그레고르야!'

이렇게 외쳐 주었으면 좋을 텐데.

'계속 돌려, 열쇠를 꼭 붙잡고!'

그리고 자신이 있는 힘을 다해 애쓰고 있는 것을 다들 숨죽이고 지켜보고 있다는 생각에 젖 먹던 힘까지 다 짜내 정신없이 열쇠를 꽉 깨물었다. 열쇠가 돌아감에 따라 그의 몸도 자물쇠 주위를 춤추듯 돌아갔다. 이제 그는 입으로만 몸을 지탱하고 있었다. 그리고 필요할 때는 열쇠에 매달리기도 하고, 또는 그러다가 다시 온몸의 체중을 실어 그것을 내리누르기도 했다. 그러다가 마침내 자물쇠가 '찰칵' 하고 열리는 청아한 소리에 그레고르는 정신이 번쩍 들었다. 그는 안도의 한숨을 내쉬며 혼자말로 중얼거렸다.

"그러니 열쇠 수리공을 부를 필요가 없었어."

그리고 문을 활짝 열기 위해 머리를 손잡이 위에 올려놓았다.

이런 식으로 문을 열지 않을 수 없었으므로 문이 아주 활짝 열리게 되었지만, 그 자신은 아직 눈에 보이지 않았다. 그는 일단 한쪽 문짝을 따라 천천히 돌아 나가야 했다. 그런데 방으로 들어가기 바로 전에 뒤로 벌렁 나둥그러지지 않으려면 여간 조심해서는 안 되었다. 그는 힘겨운 동작에 한눈을 파느라 다른 데 신경을 쓸 여유가 없었다. 그때 바로 지배인이 '앗!' 하고 크게 내지르는 소리가 들려왔다. 마치 바람이 윙 하고 스쳐 지나가는 소리처럼 들렸다. 지배인과 마찬가지로 이제 그레고르도 그를 보았다. 문가에 바짝 붙어 있던 그는 벌어진 입을 손으로 막으며 어물어물 뒤로 물러서고 있었다. 마치 한결같이 작용하는, 눈에 보이지 않는 힘이 그를 몰아내고 있는 것 같았다. 어머니는 지배인이 와 있는데도 간밤에 풀어헤쳐 놓아 마구 헝클어진 머리를 하고 서 있었다. 어머니는 두 손을 맞잡은 채 먼저 아버지를 쳐다본 다음 그레고르 쪽으로 두어 걸음 걸어가더니 치마가 사방으로 쫙 펴지는 가운데 그 속에 푹 쓰러져 버렸다. 얼굴은 가슴에 푹 파묻혀 하나도 보이지 않았다. 아버지는 그레고르를 방 안으로 도로 밀어 넣으려는 듯 적의에 찬 표정으로 주먹을 불끈 쥐고는 거실 안을 불안하게 두리번거렸다. 그리고 양손으로 두 눈을 가리고는 억센 가슴이 들썩거릴 정도로 꺼이꺼이 울어 대기 시작했다.

이제 그레고르는 거실로 나가지 않고 단단히 빗장을 걸어 잠근 문짝의 안쪽에 기대어 섰다. 그리하여 그의 몸은 절반밖에 보이지 않았고, 그 위로는 다른 사람들을 건너다보기 위해 옆으로 기울인 머리가 보였다. 어느새 날이 훤히 밝아 있었다. 길 건너편으로 마주 바라보고 있고 끝이 보이지 않는 짙은 회색 건물의 일부분이 또렷하게 눈에 들어왔다. 그것은 병원이었다. 그 건물의 전면에는 벽을 뚫고 창문들이 일정한 간격으로 나 있었다. 아직 비가 추적추적 내리고 있었다. 하지만 하나하나 눈에 보일 정도로 굵다란 빗방울들이 땅바닥에 뚝뚝 떨어지고 있었다. 식탁 위에는 아침 식사에 쓰인 그릇들이 잔뜩 놓여 있었다. 아버지는 세 끼 식사 중에 아침 식사를 제일 중요하게 생각했기 때문이었다. 그는 여러 가지 신문들을 읽으며 몇 시간에 걸쳐 아침 식사를 했다. 바로 맞은편 벽에는 그레고르가 소위로 근무하던 시절에 찍은 사진이 걸려 있었다. 대검에 손을 얹고 아무 걱정 없이 미소 짓고 있는 그는 자신의 자세와 제복에 경의를 표할 것을 요구하고 있었다. 현관문도 열려 있었기 때문에 현관 앞과 아래층으로 내려가는 계단의 윗부분이 내다보였다.

"자, 그럼."

이렇게 말하는 그레고르는 자신이 유일하게 침착성을 유지하는 사람임을 잘 알고 있는 것 같았다.

"후딱 옷을 입고 견본 모음집을 챙겨 떠나겠어요. 제가 떠나도록 해 주시겠지요? 자, 지배인님, 아시다시피, 저는 고집불통이 아니라 일하는 것을 좋아합니다. 여행하는 게 고달프긴 하지만, 여행하지 않고는 살지 못할지도 몰라요. 지배인님, 어디로 가실 건가요? 회사로 가실 건가요? 그래요? 모든 일을 사실 그대로 보고하실 겁니까? 지금 당장은 일을 할 능력이 없어 보일지도 모르지만 오히려 바로 이때야말로 예전 실적을 떠올려 생각해 볼 좋은 기회가 아닐까요. 나중에는, 그러니까 장애를 없앤 후에는 말할 것도 없이 더욱 열심히, 보다 집중해서 일할 테니까요. 지배인님도 아시다시피 전 사장님께 크게 신세지고 있어요. 다른 한편으로 저는 부모님과 여동생을 돌보아야 해요. 저는 곤경에 처해 있긴 하지만, 다시 빠져나오고야 말 겁니다. 하지만 제 처지를 지금보다 더 어렵게 만들지는 말아 주세요. 회사에서 제 편을 들어주세요! 사람들이 출장 영업 사원을 좋아하지 않는다는 건 저도 알고 있습니다. 떼돈을 벌어 띵띵거리며 살아간다고를 생각하시요. 사실 그런 편견을 바로잡아줄 이렇다 할 계기도 따히 없지요. 하지만 지배인님, 지배인님은 다른 직원들보다 회사가 돌아가는 사정을 더 훤히 내다보고 있잖아요. 우리끼리 하는 말이지만, 심지어 사장님 자신보다 더 훤히 내다보고 있잖아요. 사장님이야 회사의 주인이다 보니, 분별력을 잃고 직원에게 불리한 판정을 내리기 쉽겠지요. 지배인님도 아주 잘 알고 계시다시피, 거의 1년 내내 회사 바깥에서 근무하는 출장 영업 사원은 험담이나 우발적인 사건, 근거 없는 비방에 쉽게 희생될 수 있습니다. 그런 일들에 맞서 자신을 방어한다는 건 전혀 불가능합니다. 대개는 그 내용을 하나도 모르기 때문이지요. 그러다가 녹초가 된 몸으로 출장을 마치고 회사에 돌아와서야 비로소 좋지 않은 결과를 피부로 생생히 느끼게 되지요. 하지만 그 이유를 도저히 알 수 없으니 어떻게 해볼 도리가 없어요. 지배인님, 돌아가시기 전에 한마디라도 해주세요. 제 말이 적어도 어느 정도는 일리가 있다고 말입니다!"

그러나 지배인은 그레고르가 처음 하는 몇 마디 말을 듣더니 몸을 홱 돌려 버렸다. 그러고는 입술을 삐죽 내밀고 어깨를 으쓱하며 그 너머로만 그레고르 쪽을 돌아볼 뿐이었다. 그리고 지배인은 그레고르가 말하는 동안 그에게서 눈을 떼지 않은 채 잠시도 가만히 있지 않고, 문 쪽으로 슬금슬금 달아나는 것이었다. 하지만 방을 나가지 말라는 남모르는 금지령이라도 내려진 듯 아주 느릿느릿 움직였다. 그는 어느새 응접실에 가 있었다. 하물며 그가 거실에서 마지막으로 화들짝 발을 빼는 동작을 본 사람이라면, 그가 그 순간 불에 발바닥을 데었다고 생각할지도 몰랐다. 그런데 응접실을 나서면서 그는 계단 쪽으로 오른손을 쭉 내뻗었다. 마치 그곳에 이 세상의 것을 초월한 구원의 손길이 기다리기라도 하듯이.

그레고르는 회사에서 자신의 위치가 극도로 위태로워지지 않으려면 지배인이 이런 기분으로 가게 해서는 절대 안 된다는 것을 절감했다. 부모님은 이 모든 사정을 제대로 이해하지 못하고 있었다. 그들은 여러 해가 지나면서 그레고르가 평생 회사에 다닐 수 있을 거라는 확신을 품게 되었던 것이다. 그런데다 이들은 이제 코앞에 닥친 걱정거리에 온통 정신을 빼앗긴 나머지 앞일이고 뭐고 생각할 겨를이 없었다. 하지만 그레고르는 앞일을 걱정하고 있었다. 지배인을 가지 못하게 해서 마음을 가라앉히고 설득한 다음 어떻게든 환심을 사 두어야 했다. 그레고르와 그의 가족의 장래는 바로 그에게 달려 있었던 것이다! 여동생이 이 자리에 있으면 좋을 텐데! 그 애는 영리했다. 여동생은 그레고르가 등을 대고 조용히 누워 있을 때 벌써 울지 않았던가. 그 애가 설득했으면 여자에게 약한 지배인이 분명 맘을 돌려 먹었을 텐데. 그 애라면 현관문을 닫고 응접실에서 그의 공포를 달래 줄 수 있었을 텐데. 그러나 여동생이 지금 이 자리에 없는 관계로, 그레고르가 직접 나설 수밖에 없었다. 그래서 그는 자신이 현재 움직일 수 있는 능력이 어느 정도인지 생각하지 않고, 또한 다른 사람들이 자신의 말을 아마도, 아니 분명히 또다시 알아듣지 못했다는 사실도 생각하지 않고, 이를 전혀 염두에 두지 않은 채, 문짝에서 몸을 떼고는 거실로 몸을 들이밀었다. 곧장 지배인한테 달려갈 작정이었다. 지배인은 우스꽝스럽게도 벌써 현관 앞의 난간을 두 손으로 꽉 붙잡고 있었다. 하지만 방에서 나온 그레고르는 몸을 지탱할 곳을 찾다가 소스라게 비명을 지르며 자신의 수많은 다리들을 끌고 금방 넘어지고 말았다. 이런 자세가 되자마자 그는 이날 아침 처음으로 몸이 편해진 기분을 느꼈다. 가느다란 다리들이 바닥을 확고하게 디딜 수 있게 된 것이다. 다리들이 그의 마음대로 따라 주는 것을 깨닫고 그는 너무 기뻤다. 심지어 그는 자신이 가고자 하는 곳으로 몸을 이끌고 앞으로 나아가려고 애를 쓰기도 했다. 벌써 그동안의 온갖 고통이 사라지고 얼마 안 있으면 몸이 완전히 회복될 수 있을 것 같았다. 그런데 어머니로부터 그리 멀지 않은 곳에 이르렀을 때였다. 움직임을 멈추는 바람에 흔들거리는 몸으로 그가 어머니를 바로 마주보며 바닥에 엎드려 있는 순간, 완전히 정신을 잃고 있는 듯이 보였던 어머니가 별안간 벌떡 일어나더니 두 팔을 내뻗고 손가락을 쫙 펴며 외쳐 대는 것이었다.

"사람 살려, 제발 사람 좀 살려!"

어머니는 그레고르의 모습을 좀 더 잘 보려는 듯 잠시 머리를 기울였지만 처다보기는커녕 그 반대로 정신없이 뒤로 달아나기 시작했다. 자신의 뒤쪽에 식탁이 차려져 있다는 것도 까맣게 잊어버렸다. 식탁에 이르자 넋 나간 사람처럼 황급히 그 위에 올라앉는 바람에 옆에 있던 커피포트가 쓰러져 양탄자 위로 커피가 줄줄 흐르는 것도 알아차리지 못하는 것 같았다.

"어머니, 어머니!"

그레고르는 나지막하게 말하며, 어머니 쪽을 쳐다보았다. 잠시 지배인 생각은 까맣게 잊어버렸다. 반면에 커피가 흘러내리는 것을 보자 마시고 싶은 충동을 이기지 못하고 몇 번이나 허공을 덥석 물어 댔다. 그 모습을 본 어머니는 다시 비명을 지르며 식탁에서 뛰어내려 맞은편에서 달려오던 아버지의 품 안에 쓰러졌다. 하지만 그레고르는 부모에게 신경을 쓸 겨를이 없었다. 지배인이 벌써 계단을 내려가고 있었기 때문이었다. 턱을 난간에 대고 그는 마지막으로 뒤돌아보는 것이었다. 그레고르는 어떻게든 그를 꼭 따라잡기 위해 도움닫기 자세를 취했다. 지배인은 무슨 예감이 들었는지 한달음에 여러 계단을 뛰어 내려가서는 이내 종적을 감춰 버리고 말았다. 하지만 그가 사라지면서 '어휴!' 하고 내지른 소리가 계단 전체에 울려 퍼졌다.

지금까지 비교적 침착한 태도를 유지한 아버지도 지배인이 도망치는 모습을 보고 유감스럽게도 완전히 혼란에 빠진 듯했다. 지배인을 붙잡으러 직접 달려가지는 않더라도 적어도 그를 뒤쫓는 그레고르를 방해하지는 말아야 할 텐데. 그러는 대신 아버지는 오른손으로 모자랑 외투와 함께 지배인이 안락의자 위에 두고 간 지팡이를 움켜쥐었고, 왼손으로는 식탁에 놓인 커다란 신문을 집어 들었다. 그러고는 발을 쿵쿵 굴러 대며 지팡이와 신문을 마구 흔들어 그레고르를 제 방 안으로 도로 몰아넣으려고 했다. 그레고르가 아무리 애원해도 소용없었다. 애원하는 그의 말을 알아들을 수도 없었다. 그가 할 수 없이 고분고분한 태도로 고개를 돌려도 아버지는 더욱 세차게 발을 굴러 댈 뿐이었다. 저쪽에서는 날씨가 쌀쌀한데도 어머니가 창문을 활짝 열어젖히고는, 상체를 창밖으로 쑥 내밀고 얼굴을 두 손에 파묻고 있었다.

골목과 계단 사이에서 세찬 바람이 일더니 커튼이 펄럭이며 나부꼈다. 식탁 위의 신문들도 살랑거리다가 한 장 한 장 바닥 위로 흩날렸다. 아버지는 사정없이 그레고르를 몰아대면서 미친 사람처럼 '쉿 쉿' 하는 소리를 질러 냈다. 하지만 그레고르는 뒤로 가는 연습을 아직 한 번도 해보지 않아서 움직이는 동작이 정말 너무 더뎠다. 몸을 돌릴 수만 있어도 금방 자기 방에 들어갔을 것이다. 하지만 그가 몸을 돌리느라 꾸물거리면 아버지가 참지 못할까 봐 겁이 났다. 그리고 손에 쥔 지팡이로 아버지가 당장이라도 등이나 머리통을 박살낼 것 같아 등골이 오싹했다. 하지만 결국 그레고르로서는 별다른 뾰족한 수가 없었다. 뒤로 갈 때는 방향조차 제대로 잡을 수 없다는 것을 깨닫고 소스라치게 놀랐기 때문이었다. 그래서 그는 아버지 쪽을 계속 불안하게 곁눈질하면서 되도록 빨리, 하지만 실제로는 아주 느릿느릿 몸을 돌리기 시작했다.

아버지는 그에게 적의가 없는 것을 아마 눈치 챈 모양이었다. 아버지는 몸을 돌리는 그를 방해하지 않고, 심지어 멀찍이 떨어져서 이따금씩 지팡이의 끝으로 그가 도는 동작을 지휘하기까지 했던 것이다. 참기 어려운 '쉿쉿' 하는 저 소리만 없어도 좋으련만! 그 소리에 그레고르는 혼이 싹 달아나 버렸다. 이제 거의 다 돌았나 싶었는데 이 '쉿쉿' 하는 소리에 계속 신경 쓰다 보니 그만 헷갈려서 몸이 다시 약간 옆으로 돌아가게 되었다. 그런데 결국 다행히도 문이 열려 있는 곳 앞에 머리가 닿긴 했지만, 곧장 문을 통과하기에는 그의 몸통이 너무 넓었다. 물론 아버지의 현재 심신 상태로는, 가령 다른 쪽 문짝을 열어 그레고르가 지나갈 만한 통로를 충분히 마련해 주어야겠다는 생각 같은 것은 조금도 할 수 없었다. 그는 그레고르가 되도록 속히 자기 방으로 들어가야 한다는 단 한 가지 생각밖에 하지 않았다. 아까 방에서 나올 때처럼 몸을 일으켜 세우면 쉽게 문을 통과할 수 있겠지만, 아버지는 그러는 데 필요한 번거로운 준비 절차들도 결코 용납하지 않을 것이다.

오히려 그는 아무 문제 될 게 없다는 듯 이젠 괴상한 소리를 질러 대며 그레고르를 앞으로 몰아댔다. 그레고르의 뒤에서 들리는 소리는 어느덧 아버지 한 사람이 혼자서 내는 목소리가 더 이상 아닌 것 같았다. 이쯤 되니 정말 더는 장난이 아니었다. 그래서 그레고르는 이제 될 대로 되라는 심정으로 문 안으로 밀치고 들어갔다. 몸 한쪽이 들리면서 그의 몸 전체가 문 입구에 비스듬히 걸리게 되었다. 그러는 와중에 그의 옆구리가 쓸리는 바람에 심한 상처를 입게 되어, 하얀 문에 보기 흉한 얼룩이 남게 되었다. 이내 그의 몸이 문에 꽉 끼게 되어, 혼자 힘으로는 더는 꼼짝달싹할 수 없게 되고 말았다. 한쪽 다리들은 바르르 떨며 허공에 걸려 있었고, 다른 쪽 다리들은 바닥에 짓눌려 욱실욱실 아파 왔다. 그때 아버지가 뒤에서 그를 힘껏 걷어차는 바람에 이제 그야말로 구원을 얻게 되었다. 그리고 그는 피를 철철 흘리며 방 안 깊숙이 날아가 버렸다. 아버지가 지팡이로 문을 쾅 닫고 나자 드디어 사방이 조용해졌다.

2

어스름한 저녁 무렵에야 비로소 그레고르는 죽다 깨어난 것 같은 깊은 잠에서 깨어났다. 방해를 받지 않았더라도 분명 훨씬 더 오래 자지는 못했을 것이다. 쉴 만큼 충분히 쉬었고, 잘 만큼 푹 잤다고 느꼈기 때문이었다. 하지만 휙 스쳐 지나가는 발자국 소리와 응접실로 통하는 문이 조심스레 닫히는 소리에 깨어난 것처럼 생각되었다. 가로등의 전기 불빛이 방의 천장과 가구의 윗부분을 여기저기 으슥하게

비추고 있었지만 그레고르가 누워 있는 아래쪽은 칠흑 같은 어둠에
잠겨 있었다. 그는 이제야 진가를 제대로 알게 된 더듬이로 아직은 서
투르게나마 더듬더듬 문 쪽을 향해 천천히 몸을 움직여 갔다. 문 밖에
서 무슨 일이 일어났는지 살펴보기 위해서였다. 왼쪽 옆구리에는 기
다란 상처 자국이 나 있는 것 같았다. 팽팽히 당겨지는 느낌에 기분이
과히 좋지 않았지만, 어쩔 수 없이 두 줄의 다리들을 절뚝거리며 나아
갈 수밖에 없었다. 게다가 다리 하나는 오전에 불의의 사고를 당해 심
하게 다치는 바람에—다리를 딱 하나만 다쳤다는 것은 거의 기적이나
다름없었다—맥없이 질질 끌려갔다.

　　문가에 이르러서야 비로소 그는 자신이 무엇에 이끌려 그곳에 오
게 되었는지 알아채게 되었다. 그것은 바로 음식 냄새였다. 그곳에는
맛 좋은 우유가 가득 담긴 사발이 놓여 있었고, 그 안에는 조그만 흰
빵조각이 둥둥 떠 있었다. 너무 기쁜 나머지 그는 하마터면 웃음을 터
뜨릴 뻔했다. 아침때보다 더욱 배가 고파서였다. 그래서 거의 눈 위에
까지 잠길 정도로 머리를 곧장 우유 속에 집어넣었다. 하지만 이내 실
망해서 머리를 도로 빼내고 말았다. 왼쪽 옆구리가 결려 먹는 게 불편
하기도 했지만—거칠게 숨을 몰아쉬며 온몸을 함께 사용해야 겨우 먹
을 수 있었다—그것 말고도 영 우유 맛이 나지 않았던 것이다. 평소에는
그가 가장 좋아하는 음료인데 말이다. 분명 그 때문에 여동생이 그것을
방 안에 들여놓았을 것이다. 정말이지 그는 역겨운 기분마저 들어 사
발에서 머리를 돌려 버리고는 방 한가운데로 기어서 돌아왔다.

　　문틈으로 들여다보니 거실에는 가스등이 켜져 있었다. 하지만 평
소에는 이 시간쯤에 아버지가 어머니에게, 때로는 여동생에게도 석

간신문을 소리 높여 읽어 주곤 했는데 오늘은 아무 소리도 들리지 않았다. 신문을 읽어 주는 일을 여동생이 그에게 늘 이야기해 주고, 편지로 써 주었는데, 최근 들어서는 이제 그런 일을 아예 하지 않는 모양이었다. 사방이 쥐 죽은 듯 조용했지만 그렇다고 집이 텅 비어 있지 않은 것만은 분명해 보였다.

"우리 가족이 이렇게 조용히 생활하다니!"

그레고르는 이렇게 혼잣말을 하며 눈앞의 어둠 속을 뚫어져라 바라보았다. 그러면서 부모님과 여동생이 이런 멋진 집에서 이런 안락한 생활을 할 수 있게 해준 사람이 바로 자신이라는 생각에 커다란 자부심을 느꼈다. 하지만 이 모든 안락과 유복함 및 만족이 이제 끔찍한 종말을 맞이하게 되면 어떡하지? 이런 쓸데없는 상념에 빠져들지 않으려고 그레고르는 차라리 몸을 움직이며 방안을 이리저리 기어 다녔다.

길고 긴 저녁나절 동안 한 번은 한쪽 옆문이, 또 한번은 다른 쪽 옆문이 빠끔 열렸다가 다시 급히 닫혀 버렸다. 누군가가 들어오려다가 선뜻 들어오지 못하고 자꾸만 망설이는 모양이었다. 그래서 그레고르는 머뭇거리는 방문자가 어떻게든 들어오게끔, 또는 적어도 그 사람이 누구인지 알아내야겠다고 작정하고 거실 문 바로 옆에 가만히 엎드려 있었다. 그러나 문이 다시는 열리지 않았고, 그레고르가 아무리 기다려 봐도 말짱 허사였다. 아침에 문이 꽁꽁 잠겨 있을 때는 다들 들어오려고 법석을 떨더니, 문이 다 열려 있는 지금은 아무도 들어오려고 하지 않았다. 한쪽 문은 아침에 그가 열었고, 다른쪽 문들은 분명 그가 잠들어 있는 동안 누군가 열어놓은 모양이었다. 그리고 이젠 열쇠들도 모두 바깥쪽에 꽂혀 있는데 말이다.

　밤늦게야 거실의 불이 꺼졌다. 그로 보아 부모님과 여동생은 밤늦게까지 잠자리에 들지 않은 게 분명했다. 세 사람 모두 지금 조심조심 발끝으로 걸으며 멀어져 가는 소리가 또렷이 들렸기 때문이었다. 이제 내일 아침까지는 아무도 그레고르의 방에 들어오지 않을 것이 분명했다. 따라서 그는 이제 어떻게 자신의 생활을 새로 꾸려 나가야 할 것인가에 대해 아무런 방해도 받지 않고 곰곰 생각해 볼 시간을 넉넉히 갖게 되었다. 그러나 그가 속절없이 납작 엎드려 있지 않을 수 없는 높다랗고 휑한 방이 그의 마음을 불안하게 했다. 왜 이런 마음이 드는지는 통 알 수 없었다. 그가 무려 5년 동안이나 살아온 자신의 방이건만, 그는 반쯤은 자신도 모르게 몸을 돌린 뒤 왠지 알 수 없는 가벼운 수치심마저 느끼며 소파 밑으로 급히 기어 들어갔다. 등이 약간 눌리고 고개도 이젠 쳐들 수 없었지만 금세 마음이 편안해졌다. 딱 하나 유감스러운 점이라면, 이제 그의 몸이 너무 넓적해서 소파 밑으로 완전히 들어갈 수 없다는 것뿐이었다.

　그는 밤새도록 그곳에서 지냈다. 그동안 때로는 얕은 잠에 들었다가 배가 고픈 나머지 몇 번이고 놀라 벌떡 잠이 깨기도 했고, 때로는 걱정에 사로잡히거나 막연한 희망을 품으며 시간을 보내기도 했다. 하지만 이 모든 생각의 결과 우선은 침착하게 행동해야 한다는 결론을 얻게 되었다. 그리고 결국 자신의 현재 상태 때문에 어쩔 수 없이 일어나게 되는 불편한 일들을 견뎌 내고 가족을 최대한 배려함으로써 참아내는 수밖에 없다고 생각했다.

　벌써 이른 새벽이었지만 아직은 거의 밤이나 다름없었다. 이때 방금 결심한 것의 효력을 시험해 볼 기회가 그레고르에게 찾아왔다. 옷을 다 갖춰 입은 여동생이 응접실 쪽에서 다가와 문을 열고는 잔뜩 긴장해서 방 안을 들여다본 것이다. 그녀는 그를 금방 찾아내지 못했다. 하지만 그가 소파 밑에 있는 것을 알아채자—원 참, 그가 어딘가에는 있어야 하지 않겠는가, 그가 그냥 어딘가로 날아가 버릴 수는 없지 않은가—그녀는 소스라치게 놀란 나머지 어찌 할 바를 모르고 밖에서 문을 다시 쾅 닫아버렸다. 그러나 자신의 행동을 후회라도 했는지 곧 다시 문을 열고는 마치 중환자나 낯선 사람 곁으로 다가오기라도 하듯 발끝으로 조심조심 들어왔다. 그레고르는 소파의 가장자리까지 머리를 내밀고 밀고 그녀를 쳐다보았다. 자신이 우유를 마시지 않고 그냥 내버려 둔 것을 혹시 알아차릴까? 더구나 마시지 않은 것이 결코 배가 고프지 않아서가 아니란 것도? 그리고 그녀가 그의 입맛에 더 잘 맞는 다른 음식을 들여보내 줄까? 만약 그녀가 자발적으로 그 일을 하지 않는다면 그러도록 주의를 환기(喚起)●시키느니 차라리 굶어죽고 말 거야, 그렇지만 실은 당장 소파 밑에서 뛰쳐나가 여동생의 발치에 몸 던지고는 먹기 좋은 음식을 좀 갖다 달라고 애원하고 싶은 생각이 굴뚝같았다. 그런데 여동생은 우유가 주변에 약간 흘러나와 있을 뿐 아직도 사발에 가득 차 있는 것을 금방 알아채고는, 이를 의아해하면서도 이내 맨손이 아니라 걸레로 그것을 싸서는 그 사발을 집어 들고 바깥으로 나가 버렸다. 그레고르는 그 대신에 여동생이 무엇을 가

● 환기 주의나 여론, 생각 따위를 불러일으킴.

지고 올지 무척 궁금해하며, 별별 상상을 다 해보았다. 하지만 마음씨 착한 여동생이 실제로 무엇을 가져올지 도저히 알아맞힐 수 없었다. 이윽고 여동생은 그의 입맛을 시험해 보기 위해 여러 음식을 잔뜩 가지고 와서 그것들을 낡은 신문지 위에 쫙 펼쳐 놓았다. 반쯤 썩은 오래된 야채에다 저녁에 먹다 남은 뼈다귀가 있었는데, 거기엔 흰 소스가 굳은 채 주위에 엉겨 붙어 있었다. 건포도와 아몬드 몇 개, 그레고르가 이틀 전에 먹지 못하겠다고 말한 치즈 조각도 있었다. 그리고 말라붙은 빵과 버터 바른 빵, 소금을 뿌린 빵도 있었다. 게다가 그녀는 이 모든 것 말고도 아마 그레고르 전용으로 정해 둔 것 같은 사발을 갖다 놓았는데, 그 속에는 물이 담겨 있었다. 여동생은 자기가 보는 앞에서는 그레고르가 음식을 먹지 않으리라는 것을 알고 자상하게 배려하여 부리나케 방에서 나가 주었다. 그러고는 그레고르가 편한 마음으로 실컷 먹어도 된다는 것을 알아차릴 수 있도록 심지어 열쇠를 돌려 문을 잠가 주기까지 했다. 이제 먹으러 간다는 생각에 그레고르의 가느다란 다리들은 바르르 떨리고 있었다. 게다가 그의 상처도 어느새 완전히 다 나은 모양인지 아무런 장애도 느낄 수 없었다. 그야말로 놀라운 일이었다. 한 달도 전에 칼에 아주 살짝 베인 손가락의 상처가 그저께까지만 해도 제법 아팠던 생각이 났다.

"이제 내 감각이 둔해진 걸까?"

이런 생각을 하며 그는 걸신들린 듯 치즈를 빨아먹었다. 다른 어떤 음식물보다 먼저 치즈가 즉각 그의 마음을 강하게 사로잡았던 것이다. 그는 너무 만족스런 나머지 눈물까지 글썽이며 치즈랑 야채랑 소스를 차례차례 허겁지겁 먹어 치웠다. 반면에 신선한 음식들은 맛이 없었다. 그런 것들의 냄새마저 도저히 참을 수 없어서 그는 먹고 싶은 음식들만 한쪽으로 끌어다 놓기까지 했다. 그는 일찌감치 이 모든 음식을 다 먹어 치우고 바로 그 자리에 늘어져 게으르게 누워 있었다. 그때 이제 물러나라는 신호인 듯 여동생이 천천히 열쇠를 돌리는 소리가 들렸다. 벌써 반쯤 스르르 잠이 잠에 빠져 있었지만 그는 화들짝 놀라 다시 부랴부랴 소파 밑으로 기어 들어갔다. 여동생이 아주 잠시 동안 방 안에 있었지만 소파 밑에 들어가 있으려면 그로서는 대단한 극기심(克己心)*이 필요했다. 배부르게 먹어 몸이 약간 둥그스름하게 되는 바람에 비좁은 그곳에서 제대로 숨을 쉴 수 없어서였다. 갑자기 숨이 막히는 증세를 겪으며 그는 약간 튀어나온 두 눈으로 아무것도 모르는 여동생의 행동을 지켜보았다. 그녀는 먹다 남은 음식 찌꺼기뿐만 아니라 그레고르가 손도 안 댄 음식까지도 이제 못 먹게 되었다는 듯 빗자루로 쓸어 모았다. 그리고 이것을 서둘러 어떤 통에 붓고는 뚜껑으로 덮어서 밖으로 가져 나갔다. 그녀가 돌아서자마자 그레고르는 소파에서 기어 나와 웅크리고 있던 몸을 쭉 펴서 불룩하게 만들었다.

그레고르는 이제 날마다 이런 식으로 하루에 두 번 음식을 받아먹었다. 부모님과 하녀가 아직 잠들어 있는 아침 시간과 모두들 점심 식사를 하고 난 후에 말이다. 점심을 들고 나면 부모님은 잠시 또 낮잠을 잤고, 하녀는 여동생이 이런저런 심부름을 시켜 밖으로 내보냈기

---

* 극기심 자기의 감정이나 욕심, 충동 따위를 스스로 눌러 이기는 마음.

때문이었나. 그들도 분명 그레고르가 굶어죽는 것은 바라지 않았겠지만, 여동생이 들려주는 것 이상은 그의 식사에 대해 알고 싶지 않은 모양이다. 여동생도 또한 아무리 사소한 일이나마 되도록 부모님에게 슬픈 소식을 들려주고 싶지 않았을 것이다. 그러지 않아도 사실 그들은 충분히 고통을 겪고 있었으니까.

그날 오전에 어떤 핑계를 대서 의사와 열쇠 수리공을 돌려보냈는지 그레고르는 도저히 알 수가 없었다. 그의 말을 알아들을 수 없었으므로, 그도 다른 사람들의 말을 알아들을 수 있을 거라고는 아무도 생각하지 않았던 것이다. 여동생도 그 점에서는 다른 식구들과 마찬가지였다. 그래서 그는 여동생이 그의 방에 들어와 있을 때에도 그녀가 가끔씩 한숨을 짓거나 성자들의 이름을 부르는 소리를 듣는 것으로 만족하지 않을 수 없었다. 나중에 가서 여동생이 이 모든 것에 약간 익숙해졌을 때에야 비로소—물론 그렇다고 완전히 익숙해진다는 것은 말도 안 되는 일이었다—그레고르는 다정한 의미로 하거나, 또는 그렇게 해석할 수 있는 짤막한 말을 간혹 들을 수 있었다.

"오늘은 맛있었나 봐."

그레고르가 왕성한 식욕으로 그릇을 깨끗이 비웠을 때는 이렇게 그녀가 말했다. 반면에 그 반대의 경우에는 거의 슬픈 듯이 이렇게 말하곤 했다. "아니 또 그대로 남겼네." 그런데 이런 경우가 점점 더 자주 되풀이되었다.

그레고르가 직접 새로운 소식을 들을 수는 없었지만 그래도 옆방에서 들려오는 이런저런 소리들을 엿들을 수는 있었다. 일단 목소리가 들리기만 하면 그는 그쪽 문으로 달려가서 온몸을 문에 바짝 들이

댔다. 특히 처음 얼마 동안은 모든 대화가 어떤 식으로든, 비록 은밀하게 나누더라도 다 그와 관계되는 이야기였다. 처음 이틀 동안은 식사 때마다 이제 어떻게 행동해야 할 것인가에 대해 상의하는 소리가 들렸다. 하지만 식사 시간이 아닐 때도 같은 주제에 대한 이야기를 주고받았다. 아무도 집에 혼자 남아 있으려고 하지 않았고, 그렇다고 집을 완전히 비워 둘 수도 없었기에 적어도 두 사람은 언제나 집에 있어야 했기 때문이었다. 또한 하녀는 그 일이 있던 바로 그 첫날—그녀가 이 불의의 사건에 대해 무엇을 얼마나 알고 있는지는 그리 분명치 않았으나—자신을 당장 내보내 달라고 어머니께 무릎 꿇고 애원했다. 그런 지 15분 후 작별 인사를 하면서 자신을 내보내 준 것에 대해 눈물까지 흘리며 고마워했다. 마치 그것이 이 집에서 그녀에게 베풀 최고의 은혜인 듯 말이다. 그리고 그녀에게 요구하지도 않았는데도 이 집에서 일어난 일을 아무에게도 일체 발설하지 않겠다고 누누이 맹세했다. 이제 여동생이 어머니와 힘을 합쳐 요리도 해야 했다. 물론 식구들이 거의 먹지 않았기 때문에 일은 별로 힘들지 않았다. 그들은 서로 음식을 권했지만 아무 소용이 없었다. 그레고르는 이런 장면 말고도, "됐어, 많이 먹었어."라든가 이와 비슷한 대답을 수없이 들었다. 또 마실 것도 당췌 마시지 않는 모양이었다. 여동생이 아버지에게 맥주를 드시지 않겠느냐고 몇 번이나 물어보면서, 그럴 의향이 있다면 직접 그것을 사 오겠다고 선뜻 나서기까지 했지만 아버지는 아무런 대답이 없었다. 여동생은 아버지의 난처한 입장을 생각해서 여자 건물 관리인을 시켜 사 오게 할 수 있다고 말했지만, 아버지는 마침내 큰 소리로 "됐다!" 하고 딱 한마디 내던질 뿐이었다. 그래서 이에 대해 다시는 입도 뻥긋하지 않게 되었다.

　그 일이 일어난 바로 그날에 벌써 아버지는 집의 전반적인 재정 상태와 앞으로의 전망에 대해 어머니와 여동생에게 설명해 주었다. 이따금씩 그는 식탁에서 일어나더니 비밀 금고에서 무슨 증빙 서류나 장부 같은 것을 꺼내 오기도 했다. 그건 5년 전 아버지 사업이 망했을 때 용케 건져 낸 것이었다. 그가 복잡하게 생긴 자물쇠를 열어서는 찾으려는 물건을 꺼낸 뒤 다시 자물쇠를 채우는 소리가 들렸다. 아버지가 설명한 이러한 내용은 그레고르가 자신의 방에 갇히고 나서 듣게 된 이야기들 중에서 어느 면에서는 처음으로 기쁜 소식이었다. 그는 아버지가 사업이 망할 때 한 푼도 건지지 못했다고 생각해 왔다. 적어도 아버지는 그와 상반되는 이야기를 한 적이 없었고, 그레고르 역시 이에 대해 물어본 적이 없었던 것이다. 그 당시 그레고르가 걱정한 유일한 관심사는 있는 힘을 다해, 온 가족을 완전히 절망의 구렁텅이에 빠뜨린 그 불행한 일을 식구들이 되도록 빨리 잊도록 하는 것이었다. 그래서 그는 그때 눈코 뜰 새 없이 열심히 일하기 시작하여 거의 하룻밤 사이에 말단 직원에서 일약 출장 영업 사원으로 승진하게 되었다. 물론 그렇게 되면 전혀 다른 방법으로 돈을 벌 수 있는 기회가 있었다. 즉 계약이 성사되면 수수료 조로 당장 현금을 손에 넣을 수 있었던 것이다. 집에 돌아와 현금을 식탁에 올려놓으면 식구들은 입을 떡 벌리며 행복해서 어쩔 줄 몰라했다. 정말 잘 나가던 시절이었다. 그런데 시간이 지나 그레고르가 온 가족의 생활비를 감당할 수 있을 정도가 되고, 또 실제로도 돈을 많이 벌어 생계를 감당하게 되자, 적어도 이렇게 찬란한 모습은 그 뒤로 다시는 되풀이되지 않았다. 가족뿐만 아니라 그레고르도 사실 그런 것에 익숙해져 버린 것이었다. 식구들은 그레고르가 벌어다 준 돈을 받으며 고마워했고 그는 그 돈을 흔쾌히 내놓았지만, 서로 간에 이렇다 할 따스한 정 같은 것은 더 이상 오가지 않았다. 그래도 여동생만은 그레고르와 가깝게 지냈다. 그리고 자신과 달리 음악을 무척 좋아하고 심금을 울릴 정도로 기가 막히게 바이올린을 연주할 줄 아는 여동생을 그는 내년에 음악 학교에 보내 주려고 은밀하게 계획하고 있었다. 그러려면 돈이 엄청나게 들겠지만 비용 따위는 생각하지 않기로 했다. 그리고 어떻게 해서든 그 돈을 대 줄 수 있으리라 생각했다. 그레고르가 잠시 집에 와 있을 때면 여동생과 음악 학교 이야기를 나누곤 했다. 하지만 그건 언제나 이루어질 수 없는 아름다운 꿈에 불과했고, 부모님은 이런 철없는 이야기를 아예 귀담아들으려고도 하지 않았다. 하지만 그레고르는 이에 대해 아주 확고한 계획이 서 있었고, 성탄절 저녁에 그 계획을 엄숙하게 발표할 예정이었다.

몸을 반듯이 세우고 문 옆에 바짝 붙어 밖에서 들리는 소리를 엿듣고 있는 동안 지금 같은 처지에서는 아무짝에도 쓸모없는 생각들이 그의 뇌리를 스치고 지나갔다. 때때로 온몸에 피로가 몰려와 더는 귀를 기울일 수 없게 되어 자신도 모르게 그만 머리를 문에 부딪치기도 했지만, 그때마다 그는 얼른 머리를 다시 똑바로 세웠다. 부딪칠 때 난 조그마한 소리가 옆방까지 들린 모양인지 다들 입을 다물어 버렸기 때문이었다.

"또 뭔 짓을 하는 모양이지."

잠시 후 아버지의 복소리가 들렸다. 문 쪽을 향해 말하는 소리가 분

멍했다. 그제야 내화가 끊어졌다가 점차 다시 시작되었다.

그레고르는 이제 충분히 알게 되었다. 아버지가 몇 번이고 자꾸 설명을 되풀이하곤 했기 때문이었다. 그것은 한편으론 그 자신이 그런 이야기를 해본 지가 워낙 오래된 탓도 있고, 또 다른 한편으론 어머니가 무슨 말이든 한 번에 알아듣지 못한 탓이기도 했다. 좌우간 그동안 온갖 불행한 일을 당했음에도 얼마 되진 않지만 옛날 재산의 일부가 아직 남아 있었고, 그동안 조금씩 불어난 이자를 하나도 손대지 않아 재산이 약간이나마 불어났다는 것이었다. 게다가 그레고르가 다달이 집에 가져온 돈도—그 자신은 용돈을 몇 굴덴*밖에 쓰지 않았다—다 써 버리지 않고 차곡차곡 모아 두어 이제는 그 액수가 제법 된다고 했다. 문 뒤에서 이 이야기를 듣고 있는 그레고르는 연신 고개를 끄덕이며, 뜻밖에 이처럼 신중하게 절약한 것에 꽤 기뻐해마지 않았다. 사실 정말이지 이 정도로 남는 돈이 있으면 아버지가 사장에게 진 빚을 계속 갚아 나갈 수 있었을 것이다. 또한 그랬다면 그가 직장을 그만큼 빨리 그만둘 수 있었을 것이다. 하지만 지금으로서는 말할 것도 없이 아버지가 그러기를 참 잘한 셈이었다.

그렇긴 하지만 거기서 나오는 이자로 온 가족이 먹고 살아가기에는 액수가 턱없이 모자랐다. 가족이 기껏해야 1, 2년 동안 버티기에는 충분할지 몰라도 그 이상은 아니었다. 그러니까 그것은 되도록 손을 대서는 안 되는 돈이자, 만일의 경우를 위해 남겨 둬야 하는 비상금일 뿐이었다. 무엇보다 먹고 살기 위한 돈은 꼬박꼬박 벌어야 했다. 아버지는 사실 몸이 건강하긴 했지만 벌써 5년째 아무 일도 하지 않아 어쨌거나 자신감이 많이 떨어진 노인에 불과했다. 힘들게 일하면서도 성공을 거두지 못한 그의 삶에서 최초의 휴가가 된 이 5년 동안 그는 살이 피둥피둥 쪄서 몸이 많이 둔해져 있었다. 그렇기 때문에 늙은 어머니가 돈을 벌어 와야 한단 말인가? 천식을 앓고 있는 어머니는 집 안을 놀아다니는 것도 무척 힘들어했다. 이틀에 한 번꼴로 호흡 곤란을 일으켜 창문을 열어젖힌 채 소파에 누워 지내야 했다. 그렇기 때문에 아직 어린애에 불과한 열일곱짜리 여동생이 돈을 벌어 와야 했다. 그런데 지금까지 살아온 그녀의 생활 방식이란 옷을 깔끔하게 입고, 잠을 실컷 자고, 집안일을 거들고, 수수한 무도회에 몇 번 참석하고, 무엇보다도 바이올린을 켜는 게 전부가 아니었던가? 돈을 벌어 오는 게 필요하다는 말이 옆방에서 나올 때마다 그레고르는 문에서 벗어나 옆에 놓인 서늘한 가죽 소파 위로 몸을 던지곤 했다. 너무나 창피하고 서글픈 나머지 얼굴이 화끈 달아올랐기 때문이었다.

종종 그는 긴긴 밤이 새도록 그곳에 누워 한숨도 자지 못하고 몇 시간 동안이나 애꿎은 가죽만 긁어댔다. 어떤 날은 엄청나게 힘에 부치는 것도 마다하지 않고 안락의자를 창가로 밀고 갔다. 그러고 나서 창에 기어 올라가 안락의자에 의지한 채 창문에 몸을 기댔다. 이는 분명 전에 창밖을 내다보면서 느꼈던 해방감에 대한 아련한 추억 때문이었을 것이다. 사실 집에서 얼마 떨어져 있지 않은 사물들마저 하루가 다르게 점점 더 흐릿하게 보이고 있었다. 전에는 날이면 날마다 눈만 뜨면 보여 지긋지긋하게 생각되었던 맞은편 거리의 병원 건물도 이젠

* 굴덴 네덜란드의 화폐 단위. 현재는 유로화를 씀.

너는 눈에 들어오시 않았나. 비록 조용하긴 하나 어디까지나 도시 한 가운데인 이 샤를로텐 가에 살고 있다는 사실을 정확히 알고 있지 않았더라면, 그는 자신이 창밖으로 내다보고 있는 이 풍경이 회색의 하늘과 회색의 땅이 하나로 어우러져 그 경계를 분간할 수 없는 어느 황무지라고 생각했을지도 모른다. 주의 깊은 여동생은 안락의자가 창가에 놓여 있는 것을 딱 두 번 보았을 뿐인데도 그 후에는 방을 치우고 나갈 때마다 그 안락의자를 정확히 창가 그 자리에 밀어다 놓곤 했다. 정말이지 이제부터는 심지어 창의 안쪽 덧문까지 열어 놓는 것이었다.

그레고르가 여동생과 대화를 나눌 수 있었더라면, 그리고 그녀가 자신을 위해 해주어야 했던 모든 일에 고마움을 표할 수 있었더라면 그는 그녀가 시중드는 것을 보다 홀가분한 마음으로 견뎌 냈을지도 모른다, 하지만 그럴 수 없어 그는 마음이 아팠다. 여동생은 마땅히 이러한 곤혹스러운 모든 상황을 될 수 있는 한 지워버리려고 했으며, 시간이 흐를수록 그것은 좀 더 수월하게 이루어졌다. 하지만 그레고르도 시간이 흐름에 따라 모든 일을 보다 정확하게 꿰뚫어 보게 되었다. 여동생이 방에 들어오는 기척만 있어도 벌써 그의 가슴이 철렁 내려앉았다. 전에는 아무도 그레고르의 방을 들여다보지 못하게 신경을 쓰던 그녀였건만, 이제는 방에 들어서기 무섭게 방문을 닫을 새도 없이 곧장 창문 쪽으로 달려갔다. 마치 숨이 막혀 죽을 것 같다는 듯 두 손으로 황급히 창문을 홱 열어젖히고는, 아무리 날씨가 추워도 잠시 창가에 서서 심호흡을 하는 것이었다. 하루에 두 번이나 이렇게 달려가 소란을 피우며 그레고르를 놀라게 했다. 그러는 동안 줄곧 그는 소파 밑에서 사시나무 떨듯 떨고 있어야 했지만, 그녀가 창문이 닫힌 채로 그레고르와 함께 방 안에 있을 수 있었다면 분명 그런 일로 자신을 괴롭히지 않았을 것임을 아주 잘 알고 있었다.

어느덧 그레고르가 갑충으로 변한 지 한 달쯤 되어 이제 여동생이 그레고르의 모습을 보고도 특별히 놀랄 이유가 없었던 어느 날, 그녀는 보통 때보다 조금 일찍 오는 바람에 그가 창밖을 내다보는 장면을 그만 목격하게 되었다. 꼼짝도 않고 창가에 서 있는 그의 모습은 사람을 놀라게 하기에 딱 맞았다. 그녀가 방에 들어오지 않았다 해도 그레고르로서는 그리 뜻밖의 일이 아니었을지도 모른다. 그가 창가에 서있어서 여동생이 즉각 창문을 여는 데 방해가 되었기 때문이다. 하지만 그녀는 들어오지도 않았을 뿐만 아니라, 심지어 놀라서 뒤로 흠칫물러서며 문을 닫아 버렸던 것이다. 사정을 모르는 사람이라면 그레고르가 숨어서 기다리고 있다가 그녀를 물어뜯으려 했다고 생각할 수도 있었을 것이다. 물론 그레고르는 부리나케 소파 밑으로 몸을 숨겼다. 하지만 그날 점심때가 되어서야 여동생은 다시 모습을 드러냈다. 그리고 그녀는 평소 때보다 훨씬 더 불안해 보였다. 이런 사실로 그는 여동생이 자신의 모습을 여전히 참을 수 없어하며, 앞으로도 계속 그럴 거라는 사실을 깨달았다. 그리고 소파 밑으로 비죽 튀어나와 있는 자기 몸의 일부를 보고도 혼비백산해 달아나지 않으려면 그녀가 이를 악물고 자신을 이겨내야 한다는 사실도 비로소 알게 되었다. 하루는 그녀에게 자신의 이러한 모습을 보이지 않으려고 침대 시트를 등에 얹어 소파 위에 날라다 놓고는 자신의 모습이 완전히 가려져 여동생이 허리를 굽혀도 자기가 보이지 않도록 해놓았다. 그가 이 일을 하는 데는 무려 네 시간이나 걸렸다. 그녀가 이런 시트 따위는 필요 없다고 생각했다면 그걸 치워 버릴 수도 있었을 것이다. 그렇게 자신의 몸을 완전히 가리고 있는 게 그레고르로서도 결코 즐거운 일이 아님은 누가 봐도 분명한 사실이었기 때문이다. 하지만 그녀는 시트를 있는 그대로 놓아두었다. 그리고 그레고르는 자신이 이처럼 새로 시트를 소파에 갖다 놓은 것을 여동생이 어떻게 생각하는지 알아보기 위해, 한 번은 머리로 조심스레 시트를 살짝 들추어 보고 심지어 고마워하는 눈빛을 얼핏 눈치 챘다고 생각했다.

처음 2주일 동안 부모님은 그의 방에 들어와 볼 엄두조차 내지 못했다. 하지만 그는 지금 여동생이 하고 있는 일을 부모님이 전적으로 인정해 주는 소리를 가끔씩 들을 수 있었다. 사실 지금까지는 부모님이 볼 때 여동생은 아무짝에도 쓸데없는 딸아이에 불과했기 때문에 걸핏하면 야단맞기 일쑤였다. 하지만 이제는 여동생이 그레고르의 방을 치우는 동안 아버지와 어머니, 두 분이 함께 방문 앞에서 종종 기다리곤 했다. 그래서 그녀는 방에서 나오자마자 방 안 모습이 어떠한지, 그레고르가 무엇을 먹었는지, 이번에는 어떤 행동을 보였는지, 그리고 혹시 회복되는 기미라도 보이는지에 대해 부모님에게 아주 시시콜콜 이야기해야 했다. 아닌 게 아니라 어머니는 비교적 단시일 내에 그레고르를 만나보고 싶어 했지만, 아버지와 여동생은 처음에 몇 가지 합리적인 이유를 들어 어머니를 만류했다. 그 이유들에 아주 주의 깊게 귀 기울인 그레고르는 그것들이 전적으로 수긍할 만하다고 인정했다. 하지만 나중에는 어머니를 완력으로 제지해야 했다. 그러다가 어머니는 이렇게 소리치기도 했다.

"그레고르한테 가게 해줘요. 걔는 불쌍한 내 아들이란 말이에요! 내가 걔한테 가겠다는 걸 왜 이해하지 못하는 거예요?"

이러한 절규를 들은 그레고르는 어머니가 그렇다고 물론 매일은 아니더라도 일주일에 한 번쯤은 들어오는 게 좋지 않을까 생각했다. 누가 뭐래도 여동생보다는 어머니가 모든 일을 훨씬 더 잘 이해해 줄 것이다. 여동생은 비록 용기는 가상하다 해도 아직 어린애에 지나지 않은가. 그리고 그녀가 이렇게 막중한 임무를 떠맡은 것도 따지고 보면 단지 어린애처럼 경솔해서 그랬는지도 모른다.

어머니를 보고 싶어 하는 그레고르의 소망은 곧 실현되었다. 이제 낮에는 부모님을 생각해서 창가에 얼쩡거리려고 하지 않았다. 그렇다고 몇 평방미터밖에 안 되는 방바닥 위를 마냥 기어 다닐 수도 없는 노릇이었다. 가만히 누워 있는 일은 이젠 밤에도 견디기가 힘들었고, 음식을 먹는 일도 얼마 가지 않아 조금도 즐거움을 안겨 주지 못했다. 그리하여 그는 심심풀이 삼아 벽과 천장을 종횡무진으로 기어 다니는 습관을 들이게 되었다. 특히 천장에 매달려 있는 것을 좋아했다. 그건 방바닥에 누워 있는 것과는 비교도 되지 않았다. 숨쉬기가 훨씬 수월했고, 몸이 가볍게 떨리는 현상이 온몸으로 퍼져 나갔다. 간혹 저 위에 매달린 채 주체할 수 없는 행복감에 겨워 멍하니 있다가 저도 모르게 다리들을 떼는 바람에 방바닥으로 털썩 떨어져 혼비백산하는 일도 있었다. 하지만 이젠 물론 예전과는 전혀 딴판으로 자신의 마음대로 놀릴 수 있었기 때문에 그렇게 높은 데서 떨어져도 다치는 일은 없었다. 그러자 여동생은 그레고르가 스스로를 위해 발견해 낸 이러한 새로운 오락거리를 금방 알아차렸다. 그건 그러니까 그가 기어 다니면서 여기저기에 섬액질 사국 또한 남겨 놓았기 때문이었다. 그래서 그녀는 그레고르가 최대한 넓은 공간에서 기어 다닐 수 있도록, 이에 방해가 되는 가구들, 그러므로 무엇보다 서랍장과 책상을 치워 주기로 마음먹었다. 그렇지만 그녀 혼자 힘으로 이 일을 할 수는 없었다. 아버지한테는 감히 도와 달라는 말을 꺼낼 수 없었고, 하녀도 그녀를 도와주지 않을 것이 자명했다. 열여섯 살가량 되는 이 소녀는 이전 하녀가 그만둔 후 기특하게도 잘 버텨 왔으나, 부엌은 항상 잠가 두도록 하고 특별한 용무로 부를 때만 열도록 해야 한다고 특별히 허가를 받아 놓았기 때문이었다. 그래서 여동생은 언젠가 아버지가 집에 없을 때를 틈타 어머니에게 도움을 청하는 수밖에 다른 도리가 없었다. 어머니는 기쁨에 들떠 환성을 지르며 여동생의 말에 따랐지만, 막상 그레고르의 방문 앞에 와서는 그만 입을 꾹 다물어 버렸다. 물론 여동생은 먼저 방안에 아무 이상이 없는지 살펴본 다음에야 어머니를 들어가게 했다. 그레고르가 후닥닥 시트를 뒤집어쓰는 바람에 그것에 주름이 더 깊고도 더 많이 생기게 되었다. 그 모습은 정말이지 침대 시트를 아무렇게나 소파 위에 던져 놓은 것처럼 보였다. 이번에는 시트를 살짝 들추며 엿보는 일도 하지 않았다. 이번에는 어머니를 보지 않기로 했던 것이다. 그리고 어머니가 이제 그의 방에 들어온 것으로 그저 한량없이* 기쁠 따름이었다.

"어서 들어와요. 오빠는 안 보여요."

여동생은 이렇게 말하며, 어머니의 손을 잡고 방안으로 모셔 오는 게 분명했다.

이제 연약한 두 여자가 힘을 합쳐 어쨌거나 그 무거운 낡은 서랍장을 조금씩 밀어 옮기는 소리가 들려왔다. 너무 무리할까봐 염려해서 주의를 주는 어머니의 말도 듣지 않고 줄곧 여동생이 대부분의 일을 도맡아하고 있는 모양이었다. 시간이 한참 걸렸다. 한 15분쯤 지났나 싶었을 때 어머니가 말했다.

"서랍장을 여기에 차라리 그대로 놓아두는 게 좋겠다!"

첫째, 장이 너무 무거워 아버지가 돌아오기 전까지 일을 다 끝내지 못할 것 같다는 것이다. 그리고 장을 방 한가운데 놓아두게 되면 그레고르가 다니는 길이 모조리 막히게 된다는 것이다. 둘째, 가구들을 치워 놓는다 하더라도 그레고르가 과연 좋아할지 알 수 없는 일이라는 것이다. 어머니 생각으로는 오히려 그 반대일 것 같다고 했다. 텅 빈 벽을 바라보면 가슴이 미어터지는데, 그레고르라고 왜 똑같은 느낌을 받지 않겠느냐고 했다. 더구나 이 가구들과 오래전부터 정이 듬뿍 들었는데, 방안이 휑뎅그렁하게 되면 자신이 버림받은 느낌을 받을 지도 모른다고 했다.

"만일 그렇게 되면……."

어머니는 거의 속삭이듯이 아주 나지막하게 말을 맺었다. 정말이지 어머니는 그레고르가 정확히 어디에 있는지는 몰랐으나, 그가 목소리의 음색조차 듣지 못하게 하려는 것 같았다. 그가 말을 알아듣지 못한다는 점을 확신하고 있었기 때문이었다.

"가구를 모두 치워 버리면, 걔의 병세가 나아지리라는 희망을 깡그

● 한량없이 끝이나 한이 없이.

리 포기하는 것처럼 보이지 않겠니? 그리고 걔 혼자 무정하게 내버려 두는 것처럼 보이지 않겠니? 방을 원래 상태대로 놓아두는 게 제일 좋겠다. 그래야 걔가 다시 우리에게 되돌아왔을 때 하나도 변한 게 없음을 알고 그동안의 일을 보다 수월하게 잊을 수 있지 않겠니?"

어머니의 이러한 말을 들으며 그레고르는 이 두 달 동안 자신의 머릿속이 뒤죽박죽이 된 게 아닌가 싶었다. 식구들에게만 에워싸여 날이면 날마다 똑같은 생활을 하는 탓에, 사람들과 직접 대화를 나누지 못하는 바람에 말이다. 그게 아니라면, 어떻게 자신의 방이 텅텅 비어 버리기를 진지하게 바랄 수 있단 말인가. 너무 고립되어 지낸 탓이라고밖에는 도저히 설명할 길이 없었다. 대대로 물려받은 가구들로 꾸며진 따스하고 아늑한 방을 삭막한 동굴로 바꾸고 싶은 생각이 정말 있었던 걸까? 물론 방이 텅 비게 되면 사방으로 마음대로 기어 다닐 수야 있겠지만, 이와 동시에 자신이 과거에 인간이었다는 사실을 깡그리 잊어버리게 되지나 않을까? 하긴 그는 지금 벌써 거의 잊어먹고 있었다. 그러다가 오랜만에 어머니 목소리를 듣고 정신이 번쩍 든 것이었다. 아무것도 치워서는 안 될 일이다. 모든 게 제자리에 있어야만 한다. 그는 가구들로부터 좋은 영향을 받으며 살아가는 게 꼭 필요했다. 가구들이 하릴없이 이리저리 기어 다니는 그를 방해한다면 그건 그에게 해가 되는 게 아니라 커다란 이득이 될 것이다.

하지만 유감스럽게도 여동생의 생각은 달랐다. 그러는 사이 그녀는 부모의 뜻을 거슬러 그레고르에 관한 일이라면 뭐든지 정통한 사람처럼 행세하는 데 익숙해졌다. 물론 그럴 자격이 전혀 없는 것은 아니었다. 이제 어머니의 충고가 도리어 여동생이 자신의 고집을 부리는 좋은 빌미가 되기도 했다. 말하자면 처음에는 서랍장과 책상만 치울 생각이었다가, 이젠 없어서는 안 되는 소파를 제외하고는 모든 가구를 모조리 치워 버려야겠다고 주장하는 것이었다. 물론 이 같은 주장은 어린애나운 반항심이나 최근에 늦지 않게 어렵게나마 얻게 된 자신감 때문만은 아니었다. 여동생은 그레고르에게는 기어 다닐 공간이 충분히 필요하다는 것을 실제로 눈으로 목격했던 것이다. 반면에 누가 봐도 뻔히 알 수 있듯이 가구들은 아무짝에도 소용없다는 것이었다. 하지만 기회만 있으면 제 뜻을 충족시키려고 하는 그녀 또래의 소녀들이 지니고 있는 열광적인 심정도 어쩌면 함께 작용했을지도 모른다. 그러한 심정으로 이제 그레테는 그레고르의 상황을 보다 소름끼치게 만든 후 그를 위해 지금까지보다 더욱더 많은 일을 하고 싶은 유혹을 느꼈는지도 모른다. 만일 텅 빈 공간에서 그레고르 혼자 휑한 벽을 마구 기어 다니고 있다면 그레테 말고는 아무도 감히 방에 들어갈 엄두를 내지 못할 테니까.

어머니가 그렇게 말렸건만 여동생은 자신의 결심을 굽히려 들지 않았다. 어머니는 가구가 있는 이 방에서도 불안감을 감추지 못하고 안절부절못하는 것 같았지만, 이내 말문을 닫고는 여동생을 도와 서랍장을 밖으로 내가는 일에 온 힘을 쏟았다. 이렇게 된 이상 그레고르로서는 부득이한 경우 서랍장은 없어도 그럭저럭 지낼 수 있었지만, 책상만은 꼭 있어야 했다. 두 여자가 낑낑거리며 서랍장을 밖으로 내가자마자 그레고르는 소파 밑으로 머리를 빠끔 내밀었다. 신중하고도 되도록 사려 깊게 이 일에 어떻게든 개입할 수 있는지 살펴보기 위해서였나. 그러나 불행하게도 하필이면 어머니가 먼저 방으로 돌아오고 말았다. 그동안에 여동생은 옆방에서 장을 부둥켜안고 혼자서 이리저리 움직여 보려고 진땀을 흘리고 있었지만, 물론 그것은 제자리에서 꿈쩍도 하지 않았다. 하지만 어머니는 그레고르의 모습에 익숙해져 있지 않아서, 그를 본 충격에 몸져누울지도 모르는 일이었다. 그래서 화들짝 놀란 그레고르는 급히 뒷걸음질 쳐서 소파의 반대편 끄트머리까지 기어 들어갔다. 그 바람에 시트의 앞쪽 약간 움직거렸지만 이는 어쩔 수 없는 노릇이었다. 하지만 그것만으로도 어머니의 주의를 끌기에는 충분했다. 어머니는 순간 멈칫하고는 가만히 서 있다가 곧바로 그레테한테 되돌아가 버렸다.

그레고르는 무슨 특별한 일이 벌어지는 것이 아니라 가구가 몇 점 옮겨지는 것뿐이라고 몇 번이고 자신을 타일렀다. 그렇지만 그가 곧 인정하지 않을 수 없듯이 두 여자가 왔다 갔다 하는 소리, 조그만 목소리로 서로를 부르는 소리, 가구가 바닥에 긁히는 소리 등이 한데 어우러져 사방에서 큰 소동이 벌어지며 그를 향해 달려드는 듯한 기분이었다. 머리와 다리를 최대한 잡아당기고 몸을 바닥에 바짝 붙이고 있었지만 이 모든 자세를 오래 견디지는 못할 것임을 어쩔 수 없이 인정하지 않을 수 없었다. 어머니와 여동생은 그의 방에 있던 가구를 치우고 있었고, 그와 정이 든 물건을 죄다 앗아가고 있었다. 실톱이며 다른 공구들이 든 서랍장은 이미 밖으로 들려 나갔다. 이제 방바닥에 단단히 붙박여 있는 책상마저 들어내려는 참이었다. 상업 학교와 중학교에 다닐 때는 말할 것도 없이, 심지어 초등학교에 다닐 때 앉아서 숙제를 하던 책상이었다. 이젠 정말 더는 두 여자의 선한 의도고 뭐고 따져 볼 겨를이 없었다. 아닌 게 아니라 그는 어느새 두 사람의 존재를 거의 잊고 있었다. 이제 거의 파김치가 된 그들은 말없이 사람의 일에만 열중하고 있었기 때문이었다. 그들이 더듬거리며 힘겹게 발을 떼는 소리만이 들려올 뿐이었다.

그래서 그는 소파 밑에서 불쑥 튀어나왔다. 두 여자는 잠시 숨을 좀 돌리려고 마침 옆방의 책상에 몸을 기대고 있었다. 그레고르는 네 번이나 방향을 바꾸며 이리저리 달려 보았지만, 먼저 무엇부터 구해 내야 할지 도저히 알 수 없었다. 그때 이미 텅 비어 버린 벽에 그나마 아직 걸려 있는 그림이 눈에 들어왔다. 몸을 온통 모피로 감싸고 있는 여인의 그림이었다. 그는 허겁지겁 벽을 타고 기어 올라가 액자 유리를 지그시 배로 눌렀다. 그의 몸에 찰싹 달라붙은 유리가 뜨뜻한 그의 배에 닿으니 기분이 좋아졌다. 적어도 그레고르가 지금 완전히 가리고 있는 이 그림만은 결단코 아무에게도 뺏기지 않으리라. 그는 두 여자가 돌아오는 것을 지켜보려고 거실 문 쪽으로 고개를 돌렸다.

두 사람은 그리 오래 휴식을 취하지 않고 벌써 돌아오고 있었다. 그레테는 한쪽 팔로 어머니의 허리를 감싸고 거의 안다시피 하고 있었다.

"그럼 이제 뭘 나를까요?"

그레테는 이렇게 말하며 주위를 둘러보았다. 이때 그녀의 시선이 벽에 매달려 있는 그레고르의 시선과 딱 마주치고 말았다. 어머니가 옆에 있어서인지 그녀는 애써 침착한 척하며, 어머니가 주위를 둘러보지 못하도록 머리를 어머니 쪽으로 구부리며 말했다.

"가요, 엄마, 우리 잠시 거실 쪽에 가 있지 않을래요?" 아무렇게나 되는 대로 말하는 그녀의 목소리가 떨리고 있었다. 그레고르가 보기에 그레테의 의도는 불을 보듯 뻔했나. 먼저 어머니를 안전한 곳에 피신시킨 다음 그를 쫓아 벽에서 내려오게 할 작정이었다. 좋아, 어디 한번 덤빌 테면 덤벼 보라지! 그는 그림을 깔고 앉아 절대 내주지 않을 태세였다. 그림을 내주느니 차라리 그레테의 얼굴에 달려들리라.

그러나 그레테의 말에 어머니는 더욱 불안해졌다. 어머니는 옆으로 비켜서더니 꽃무늬가 있는 벽지에 붙어 있는 엄청 커다란 갈색 얼룩을 발견하고는 절규하듯 거친 목소리로 외쳐 대는 것이었다.

"아니, 맙소사, 대체 저게 뭐야!"

자신이 본 얼룩이 그레고르라는 것을 미처 깨닫기도 전이었다. 그러고 나서 어머니는 모든 것을 포기한 사람마냥 양팔을 쫙 벌린 채 소파 위로 푹 쓰러지더니, 다시는 꼼짝도 하지 않았다.

"오빠, 정말 왜 이러는거야!"

여동생은 주먹을 치켜들고 잡아먹을 듯한 눈초리로 소리쳤다. 그레고르가 변신한 이후로 그녀가 그에게 처음으로 던진 말이었다. 그녀는 실신한 어머니를 깨어나게 할 무슨 약물이라도 가져오려는지 옆방으로 득달같이 달려갔다. 그레고르도 어떻게든 돕고 싶었다. 아직 그림을 구해 낼 시간은 있었다. 하지만 유리에 너무 딱 달라붙어 있어서 억지로 몸을 떼어 내야 했다. 벽에서 내려온 다음 예전처럼 여동생에게 무슨 충고라도 해줄 수 있다는 듯 그도 옆방으로 달려갔다. 하지만 막상 가서는 그녀 뒤에 우두커니 서 있을 수밖에 없었다. 그녀는 여러가지 조그만 병들을 마구 뒤지다가 문득 뒤를 돌아보고는 또 소스라치게 놀라고 말았다. 그 바람에 병 하나가 바닥에 떨어져 산산조각이 나고 말았다. 깨진 병 조각에 그레고르는 그만 얼굴을 다치고 말았다. 뭔지 모를 부식성 약품이 그의 주위에 흐르고 있었다. 그녀는 더는 우물쭈물하지 않고 집어 들 수 있는 만큼 조그만 약병들을 두 손 가득 들고는 어머니가 쓰러져 있는 방으로 달려 들어갔다. 그러고는 발로 문을 쾅 닫아 버렸다. 이제 그레고르는 어머니와 떨어져 있게 되고 말았다. 자신 때문에 자칫하다간 어머니가 목숨을 잃을지도 모르는 일이었다. 그러니 문을 열어서는 안 되었다. 그는 어머니 옆에 붙어 있어야 하는 여동생을 다시 쫓아내고 싶지 않았다. 그는 이제 아무 일도 하지 않고 그냥 기다리는 수밖에 없었다. 자책감과 걱정에 시달리며 여기저기를 기어 다니기 시작했다. 벽이며 가구며 천장이고 할 것 없이 닥치는 대로 마구 기어 다녔다. 그러다가 방 전체가 그의 주위에서 빙글빙글 도는 것처럼 느껴지자, 마침내 그는 자포자기 심정으로 커다란 식탁 한가운데로 뚝 떨어지고 말았다.

얼마간의 시간이 흘렀다. 그레고르는 기진맥진해 누워 있었고 위는 고요했다. 어쩌면 이는 좋은 조짐일지도 몰랐다. 그때 초인종이 울리는 소리가 들렸다. 물론 하녀는 문을 걸어 잠그고 부엌에 틀어박혀 있었으므로 그레테가 문을 열러 나가야 했다. 아버지가 돌아온 것이었다.

"무슨 일이 있었니?"

그는 첫마디로 이렇게 말했다. 그레테의 모습을 보고 다 눈치 챈 모양이었다.

"엄마가 기절했어요. 하지만 이젠 많이 나아졌어요. 오빠가 뛰쳐나와서요."

목소리가 둔탁하게 나는 것으로 보아 아버지의 가슴에 얼굴을 파묻고 대답하는 것이 분명했다.

"내 그럴 줄 알았다."

아버지가 말했다.

"내가 늘 말하지 않았느냐. 그런데 여자들이 통 내 말을 듣질 않으니."

그레고르의 생각으로는 아버지가 그레테의 아주 짤막한 이야기를 듣고 나쁘게 해석하여, 그레고르가 무슨 폭행이라도 저지른 것으로 미루어 짐작하고 있는 것이 분명했다. 그 때문에 이제 그레고르는 어떻게든 아버지의 흥분을 가라앉혀야 했다. 아버지에게 진상을 깨우쳐 줄 시간도 그럴 가능성도 없었기 때문이었다. 그래서 아버지가 응접실에서 이쪽으로 발을 들여놓는 즉시 그레고르가 자기 방으로 곧장 되돌아가려는 너무나 선한 의도를 가지고 있다는 것을 볼 수 있도록, 그는 얼른 자기방의 문 쪽으로 도망쳐 몸을 문에 바짝 갖다 댔다. 그리고 그를 쫓아 들여보낼 필요 없이 문을 열어 주기만 하면 그 즉시 사라질 거라는 것을 볼 수 있도록 말이다.

그러나 아버지는 그렇게 고상한 의도까지 알아차릴 기분이 아니었다. "아!" 집 안으로 들어서자마자 그는 화가 나기도 하고 기쁘기도 하다는 어조로 소리쳤다. 그레고르는 고개를 돌려 아버지 쪽을 쳐다보았다. 그는 지금 저기에 서 있는 것과 같은 아버지의 모습을 정말이지 상상도 하지 못했다. 물론 그는 최근 들어 새로운 방식으로 기어 다니는 데 정신이 팔리는 바람에 예전처럼 집안이 돌아가는 사정에 신경을 쓰지 못한 것이 사실이었다. 그리고 사실이지 변화된 상황에 대처하겠다는 마음의 각오를 단단히 하고 있어야 했다. 그럼에도, 아무리 그렇다고 해도 저 분이 과연 아버지란 말인가? 전에 그레고르가 출장을 떠나려고 할 때 지친 모습으로 침대에 파묻혀 누워 있던 바로 그 아버지란 말인가? 집으로 돌아오는 날 저녁이면 잠옷 바람으로 팔걸이 의자에서 그를 맞아 주던 그 아버지란 말인가? 제대로 일어날 수도 없어서 기쁘다는 표시로 겨우 양팔만 들어 올리던 그 아버지 말이다. 그리고 1년에 몇 번 일요일이나 큰 명절에 어쩌다가 산책을 나갈 때면 안 그래도 천천히 걷는 그레고르와 어머니 사이에서 자꾸 처지며 더 느리게 걷던 그 사람이 맞는 걸까? 낡은 외투를 푹 뒤집어쓰고 T자형 지팡이를 조심조심 짚으며 힘들게 발걸음을 옮기다가, 무슨 할 말이 있으면 꼭 발걸음을 멈추고는 앞에 가던 가족을 주위에 불러 모으곤 하던, 그 사람이 정말 맞는 걸까? 그런데 지금 눈앞의 아버지는 허리를 꼿꼿이 세우고 있는 게 아닌가. 게다가 은행 수위가 입는 것 같은 금색 단추가 달린 빳빳한 푸른 제복을 입고 있었다. 빳빳하게 치켜세운 상의의 옷깃 위로는 억세 보이는 이중 턱이 툭 불거져 나와 있었고, 숱이 무성한 눈썹 아래로는 검은 눈동자가 생기 넘치고 주의 깊은 눈빛을 내뿜고 있었다. 평소엔 마구 헝클어져 있던 흰 머리칼도 보기 거북할 정도로 정확하게 가르마를 타서 반드르르하게 빗어 내렸다. 그는 어느 은행의 마크인 듯한 금색 머리글자가 찍혀 있는 모자부터 벗어 던졌다. 모자는 긴 아치를 그리며 거실을 날아가 소파 위에 떨어졌다. 그는 기다란 제복 상의의 끝자락을 뒤로 젖히고 양손을 바지 주머니에 넣은 채 화난 표정을 지으며 그레고르를 향해 다가왔다. 무슨 일을 하려는지 그 자신도 잘 모르는 것 같았다. 어쨌든 그는 보통 때와는 달리 두 발을 높이 치켜들며 걸어왔다. 그래서 그레고르는 아버지의 구두 밑창이 엄청나게 넓은 것에 놀라움을 감추지 못했다. 하지만 그는 이에는 크게 개의치 않았다. 정말이지 새로운 생활이 시작되던 초창기부터 그는 아버지가 그에게 최대한 엄격하게 대하는 것만을 상책이라고 생각하고 있음을 알고 있었던 것이다. 그래서 그는 아버지가 다가오면 앞으로 달아났고, 아버지가 멈추면 그도 멈추었으며, 아버지가 움직이기만 하면 그도 다시 부리나케 앞으로 달렸다. 이런 식으로 두 사람은 거실을 몇 바퀴나 돌았지만, 그렇다고 무슨 결정적인 일은 일어나지 않았다. 정말이지 이 모든 일은 더딘 속도로 일어났기 때문에 얼핏 보기엔 쫓고 쫓기는 것처럼 보이지도 않았다. 그 때문에 그레고르도 당분간은 방바닥에 그대로 있기로 했다. 특히 벽이나 천장으로 도망치면 특별한 악의가 있는 걸로 아버지가 곡해•할까 봐 우려되기 때문이었다. 물론 그는 이렇게 달리는 것도 오래 버티지는 못할 거라고 혼자말로 중얼거리지 않을 수 없었다. 아버지가 한 걸음을 내디딜 때 그는 무수히 많이 다리를 움직여야 했던 것이다. 안그래도 원래부터 폐가 그리 튼튼한 편은 아니었던 관계로 벌써부터 눈에 띄게 숨이 가빠 오기 시작했다. 그는 이제 갈지자•로 비틀거리며 달렸고, 달리는 일에 온 힘을 쏟느라 눈도 제대로 뜰 수 없었다. 게다가 머리마저 흐리멍덩해져서 이렇게 거실 바닥을 달리는 일 말고는 다른 구원책은 아예 생각지도 못했다. 벽으로 달아날 수 있다는 사실은 거의 잊고 있었던 것이다. 물론 이곳의 거실 벽들은 톱니와 레이스 모양의 장식으로 가득 찬, 정교하게 세공된 가구들로 가로막혀 있었지만 말이다. 그때 바로 그의 곁으로 휙 하고 가볍게 던진 무슨 물체가 떨어지더니 그의 앞으로 떼구루루 굴러왔다. 그건 사과였다. 곧

이어 두 번째 사과가 그를 향해 날아왔다. 그레고르는 깜짝 놀라 그 자리에 우뚝 멈추어 섰다. 계속 달아나 봐야 아무 소용없는 짓이었다. 아버지는 사과로 그에게 폭탄 세례를 퍼붓기로 작심한 모양이었기 때문이었다. 아버지는 찬장 위의 과일 접시에서 사과를 몇 개 꺼내 주머니에 가득 채운 다음, 제대로 겨냥하지도 않고 사과들을 하나씩 던져 댔다. 조그만 빨간 사과들은 마치 전기 충격이라도 받은 듯 이리저리 나뒹굴며 서로 맞부딪쳤다. 약하게 날아온 사과 하나가 그레고르의 등을 살짝 스치고 지나갔지만, 상처를 입히지 않고 미끄러지며 굴러 떨어졌다. 반면에 바로 뒤이어 날아온 사과는 그레고르의 등에 정통으로 박히고 말았다. 자리를 옮기면 깜짝 놀랄 만큼 믿을 수 없는 통증이 가실지도 모른다는 생각에 그레고르는 몸을 질질 끌며 앞으로 나아가려고 했다. 그렇지만 마치 못 박힌 듯 꼼짝할 수 없다는 기분과 모든 감각이 극도로 혼란스러워지는 기분을 느끼며 그만 그 자리에 쭉 뻗어 버리고 말았다. 마지막 순간 자기 방의 문이 휙 열리더니 비명을 지르는 여동생 앞으로 어머니가 속옷 바람으로 뛰쳐나오는 것만 보일 뿐이었다. 기절한 어머니가 숨쉬기 편하도록 여동생이 옷을 벗겨 놓았던 것이다. 어머니가 아버지를 향해 냅다 달려가는 도중에 끈이 풀린 속치마들이 바닥으로 하나 둘 흘러내렸다. 이윽고 어머니는 그 치마들에 걸려 비트적거리며 아버지를 향해 달려들어 그를 껴안으

● 곡해   사실을 옳지 아니하게 해석함. 또는 그런 해석.
● 갈지자   갈지(之)와 같은 모양의 걸음. 몸을 좌우로 비틀거리며 걷는 걸음.

변신   359

면서, 아버지와 완전히 한 덩어리가 되더니—하지만 그러는 중에 그레고르의 시력이 벌써 가물가물해지고 있었다—두 손으로 아버지의 뒷머리를 부여잡으며 애원했다. 제발 그레고르를 살려 달라고.

3

부상이 너무 심해 그레고르는 한 달도 넘게 고생해야 했다. 누구도 감히 빼낼 엄두를 내지 못하는 바람에 사과는 눈에 띄는 기념물로 계속 살 속에 박혀 있었다. 그레고르가 현재 비참하고 역겨운 모습을 하고 있긴 하지만 그래도 가족의 일원이라는 사실을 아버지조차 기억에 떠올린 모양이었다. 그래서 그를 원수처럼 대할 것이 아니라, 그에 대한 혐오감을 꿀꺽 삼켜 버리고 참는 것, 그저 참을 수밖에 없는 것이 가족으로서 지켜야 할 마땅한 의무라는 것을 되새긴 모양이었다.

그 부상으로 인해 그레고르는 행여 움직이는 능력을 영원히 상실할지도 몰랐다. 그리고 지금으로서는 자기 방을 가로질러 가는데도 늙은 상이군인*처럼 오랜 시간이 걸렸고, 높은 곳으로 기어 올라가는 일은 생각도 할 수 없었다. 그럼에도 그는 자신의 상태가 이렇게 악화된 것에 대해 충분한 것 이상으로 보상을 받았다고 생각했다. 그런 일이 있은 후로는 늘 저녁 무렵이면 그가 이미 한두 시간 전부터 뚫어져라 바라보곤 하던 거실 문이 열렸던 것이다. 그래서 그는 거실에서는 그의 모습이 보이지 않게 어두운 자기 방에 누워, 환하게 불이 켜진 식탁에 둘러앉은 온 가족의 모습을 지켜볼 수 있었고, 그들이 오순도순 나누는 이야기를, 어느 정도는 모두의 허락을 받고, 그러니까 전과는 아주 딴판으로, 들을 수 있게 되었다.

물론 그 대화가 이젠 예전과 같은 활기찬 담소는 아니었다. 그레고르는 조그만 호텔방에 들어가 지친 몸을 침대 시트에 던져야 할 때면 항상 아련한 그리움을 느끼며 그런 대화를 떠올리곤 했다. 지금은 다들 대체로 아주 조용하게 지낼 뿐이었다. 아버지는 저녁 식사를 하고 나면 이내 안락의자에 앉아 잠이 들었고, 어머니와 여동생은 서로 조용히 하라고 주의를 주었다. 어머니는 불빛 아래 허리를 잔뜩 구부리고 양장점에 넘길 고급 속옷을 바느질했고, 점원으로 취직한 여동생은 나중에 언젠가 더 나은 일자리를 얻기 위한 것인지 저녁에 속기[●]와 불어를 배웠다. 이따금씩 아버지는 잠에서 깨어나, 자신이 잠을 사실을 전혀 모르는 듯 어머니에게 이렇게 말하기도 했다.

"오늘도 뭘 그리 늦게까지 바느질하는 거요!"

그러고 나서 이내 다시 잠이 들면, 어머니와 여동생은 지친 기색으로 서로에게 미소를 지어 보였다.

일종의 고집을 부리는 건지 아버지는 집에서도 수위 제복을 벗으려 들지 않았다. 그리하여 옷걸이에 잠옷이 아무 쓸데없이 걸려 있는 동안 아버지는 옷을 완전히 차려입고 제자리에서 꾸벅꾸벅 졸고 있었다. 그는 언제라도 근무할 태세를 갖추고 집에서도 마치 상관의 분부를 기다리고 있는 사람 같았다. 그러다 보니 애당초부터 새 것이 아니

[●] 상이군인 전투나 군사상 공무 중에 몸을 다친 군인.
[●] 속기 빨리 적어내는 일.

던 제복은 어머니와 여동생이 세심하게 관리하고 있음에도 점점 더러움을 타게 되었다. 그리고 그레고르는 때때로 저녁 내내 온통 얼룩덜룩한 이 제복을 바라보곤 했다. 그래도 늘 잘 닦여 있는 금색 단추들만은 반짝거리고 있었다. 그런 옷을 입은 연로한 아버지는 자세는 아주 불편하지만 그래도 편안히 주무셨다.

시계가 10시를 치면 어머니는 나지막하게 타이르는 말로 아버지를 깨워 침대에 가서 자도록 설득하느라 애를 썼다. 여기서는 제대로 잠을 잘 수 없으며, 6시면 근무를 시작해야 하는 아버지에게는 그것이 꼭 필요했기 때문이었다. 그러나 은행 수위가 된 후부터 별스런 아집에 사로잡힌 아버지는 어김없이 잠이 들면서도 매번 그 자리에 더 있겠다고 고집을 부렸다. 아닌 게 아니라 그렇게 떼를 쓰게 되면 안락의자에서 침대로 자리를 옮기도록 하기가 여간 어려운 일이 아니었다. 그러면 어머니와 여동생이 온갖 잔소리를 해대며 아무리 귀찮게 굴어도 아버지는 15분 가량은 느릿느릿 고개만 가로저을 뿐 두 눈을 지그시 감은 채 일어날 생각을 하지 않았다. 어머니가 옷소매를 잡아당기며 입을 귀에 대고 알랑거리는 말로 구슬려 보아도, 여동생이 하던 숙제를 멈추고 어머니를 거들어 보아도 아버지는 그야말로 요지부동이었다. 도리어 아버지는 더욱 깊숙이 안락의자 속으로 빠져 들어갈 뿐이었다. 두 여자가 겨드랑이 아래에 팔을 넣고 그를 일으켜 세울 때야 비로소 그는 눈을 번쩍 뜨고는 어머니와 여동생을 번갈아 바라보며 말하곤 했다.

"인생이란 이런 거야. 이것이 내 말년의 휴식이야."

그리고 두 여자의 부축을 받아 몸을 일으키며 아버지는 마치 자신이 스스로에게 더할 나위 없이 무거운 짐이라도 되는 듯 성가시다는 표정을 지었다. 여자들의 손에 이끌려 문까지 가서는 아버지는 그만 물러가라고 손짓을 하고는 거기서부터는 제 힘으로 혼자서 걸어 들어갔다. 그렇지만 어머니와 여동생은 각각 바느질감과 펜을 황급히 던져 놓고는 방으로 뒤따라 들어가 아버지를 계속 거들어 주었다.

이렇게 말할 수 없이 혹사당해 피곤에 지친 가족들 중에 누가 꼭 필요 이상으로 그레고르를 돌보아 줄 수 있었겠는가? 살림이 점점 더 쪼들리는 바람에 이제 하녀마저 내보내야 했다. 그 대신 백발이 흩날리고 뼈대가 굵은 거구의 파출부가 아침저녁으로 와서 힘든 일을 해 주었다. 나머지 일은 죄다 어머니가 그 많은 바느질 일을 하면서 틈틈이 해나갔다. 심지어 어머니와 여동생이 전에 즐거운 모임이나 명절 때 차고 다니며 무척 행복해했던, 집안 대대로 내려온 여러 가지 장신구마저 팔아 치우기까지 했다. 그레고르는 어느 날 저녁 가족이 다 모여 그런 패물을 얼마나 받고 팔아야 할지 상의하는 것을 듣고 이런 사실을 알게 되었다. 하지만 현재의 형편으로는 너무 큰 이 집을 떠나 이사를 갈 수 없다는 것이 늘 가장 큰 불만이었다. 아무리 생각해 봐도 그레고르를 옮길 방도가 떠오르지 않았던 것이다. 하지만 그레고르는 가족이 이사를 못 가는 것이 자신을 배려해서만은 아니라는 사실을 잘 간파하고 있었다. 자기 정도야 숨 쉴 구멍을 몇 개 뚫은 적당한 궤짝에 넣으면 손쉽게 운반할 수 있었을 테니까. 가족이 집을 옮기지 못하는 진짜 이유는 오히려 다른 친척과 친지들 가운데 유독 자기들만 이런 불행을 당하고 있다는 생각과 완전한 절망감 때문이었다. 이들은 세상에서 가난한 사람들에게 요구하는 일을 최대한 이행하고 있었다. 아버지는 말단 은행원들에게 아침 식사를 날라다 주었고 어머니는 누군지도 모르는 사람들의 속옷을 바느질하느라 뼈 빠지게 일했으며, 여동생은 고객들의 요구에 따라 계산대 뒤에서 이리저리 부리나케 뛰어다녔다. 하지만 가족의 힘은 그것이 한계였다.

아버지를 침대에 데려다주고 나서 어머니와 여동생이 제자리로 돌아와서 하던 일을 놓아둔 채 볼이 서로 맞닿을 정도로 서로 바짝 다가가 앉을 때면, 그러다 어머니가 그레고르의 방을 가리키며 "그레테야, 저기 문 좀 닫고 와라!" 라고 말할 때면, 그리고 그레고르가 다시 어둠 속에 있게 될 때면 그의 등에 생긴 상처가 또다시 아파 오기 시작했다. 그러는 동안 바로 옆의 거실에서는 두 여자가 얼굴을 맞대고 눈물을 흘리거나, 눈물조차 마른 채 식탁만 멍하니 바라보고 있었다.

그레고르는 며칠 밤낮을 거의 뜬눈으로 보냈다. 이따금씩 다음번에 문이 열리면 가족의 일을 예전처럼 자신이 다시 전적으로 도맡겠다고 마음먹기도 했다. 그의 머릿속에는 다시 오랜만에 사장과 지배인, 직원들과 견습 사원들, 말귀를 잘 못 알아듣는 사환, 다른 회사에 다니다 온 두세 명의 친구들이 떠올랐다. 또한 시골의 어느 호텔에서 청소하는 아가씨, 스쳐 지나가는 그리운 추억, 그가 진심으로 구혼했으나 너무 늦어 버리고만 어느 모자 가게의 경리 여직원 등이 뇌리에 떠올랐다. 이들은 모두 낯선 사람들이나 이미 잊혀진 사람들과 뒤섞여 나타났지만, 이들은 그와 그의 가족을 도와주기는커녕 하나같이 그의 소원을 들어 줄 수 없는 입장이었다. 그래서 이들의 모습이 뇌리에서 사라지자 그의 기분이 홀가분해졌다. 하지만 그러고 나면 그는 다시 그의 가족을 걱정할 기분이 나지 않았고, 자신을 제대로 보살피지 않는 것에 대한 분노만 가득 찼다. 그리고 뭐가 먹고 싶은지 하나도 알지 못하면서 어떻게 하면 식품 저장실에 들어갈 수 있을까 하고 이런저런 계획들을 세우곤 했다. 딱히 배가 고픈 건 아니었지만 어쨌거나 자신이 마땅히 먹어야 할 음식을 거기서 꺼내 오기 위해서 말이다.

가족은 무엇을 주면 그레고르가 특별히 좋아할지에 대해 이제 더는 곰곰이 생각하지 않았다. 여동생은 아침과 점심에 가게로 달려가기 전에 아무 음식이나 급히 그레고르의 방에 발로 쑥 밀어 넣었다가 저녁이면 빗자루로 한 번 휙 쓸어 냈다. 반면에 음식을 맛만 보았는지 또는 손도 대지 않았는지는—그런 경우가 허다했다—아예 관심도 없었다. 이젠 저녁이면 늘 하는 방 청소도 이보다 더 빨리 후딱 해치울 수는 없었다. 벽들을 따라 더러운 얼룩이 띠를 이루며 나 있었고 먼지와 오물 덩어리가 여기저기에 널려 있었다. 처음에는 여동생이 들어오면 그레고르는 특히 눈에 띄게 지저분한 구석에 가 있음으로써 그녀에게 어느 정도 질책하는 마음을 표시했다. 하지만 몇 주일 동안이나 그곳에 가 있어도 여동생의 태도는 도무지 나아질 기미가 보이지 않았다. 그녀 역시 지저분한 것을 빤히 보았을 텐데도 사실 그대로 놓아두기로 작정한 모양이었다. 그러면서 그녀는 온 가족과 마찬가지로 전에 없이 신경이 아주 예민해져서 다른 사람이 그레고르의 방을 청소할까 봐 촉각을 곤두세우고 있었다. 한 번은 어머니가 그레고르의 방을 대청소한 적이 있었는데, 물을 몇 양동이나 쓰고서야 일을 마칠 수 있었다. 그러나 방에 물기가 너무 많아 마음이 상한 그레고르는 소파 위에 벌렁 드러누워 떨떠름한 기분으로 꼼짝도 않고 있었다. 하지만 그 일 때문에 어머니는 된통 곤욕을 치러야 했다. 저녁에 그레고르의 방이 달라진 것을 알아차린 여동생이 극도의 모욕감을 느끼고 득달같이 거실로 달려간 것이다. 어머니가 양손을 치켜들고 사정사정했지만 여동생은 미친 듯이 몸부림을 치며 울음을 터뜨렸다. 부모님은 처음에는 흠칫 놀라 어쩔 줄 모르며 지켜보기만 했으나―물론 놀란 아버지는 안락의자에서 벌떡 일어나긴 했다―이내 마음을 가다듬고 다시 몸을 움직이기 시작했다. 아버지는 오른편의 어머니에게는 그레고르 방의 청소를 왜 여동생에게 맡겨 두지 않았는가를 나무랐고, 반면에 왼편의 여동생에게는 앞으로는 어머니가 다시는 그레고르의 방을 청소하지 못하게 하겠다고 고함을 질렀다. 흥분해서 제정신이 아닌 아버지를 어머니가 침실로 끌고 가려고 애쓰는 동안, 여동생은 어깨를 들썩이고 흐느껴 울며 조그만 두 주먹으로 식탁을 마구 내리치는 것이었다. 그런 반면 그레고르는 얼른 문을 닫아 이런 광경과 소음을 막아 줄 생각을 하는 사람이 아무도 없다는 사실에 화가 치밀어 큰소리로 씩씩거렸다.

하지만 직장 일로 지칠 대로 지친 여동생이 예전처럼 그레고르를 보살피는 일에 싫증이 나긴 했지만, 아직은 어머니가 그녀를 대신할 필요는 전혀 없었고, 그렇다고 그레고르가 소홀히 취급받는 일도 생기지 않았다. 이제는 파출부가 왔기 때문이었다. 오랜 세월 동안 아무리 힘들고 궂은 일이라도 튼튼한 뼈대 하나로 이겨냈을 것 같은 이 늙은 과부는 그레고르에게 아무런 혐오감을 보이지 않았다. 그녀는 어떤 호기심이 있어서가 아니라 우연히 그레고르 방의 문을 한번 열었다가 그의 모습을 보게 되었다. 화들짝 놀란 그레고르는 누가 자기를 쫓아오기라도 하는 듯 이리저리 마구 내달리기 시작했다. 그 모습을 본 파출부는 놀라움을 금치 못하고 양손을 아랫배에 얹은 채 우뚝 서 있었다. 그런 후로 그녀는 아침저녁으로 늘 문을 빠끔 열고는 그레고르 쪽을 얼핏 들여다보는 일을 등한히* 하지 않았다. 처음엔 '이리 와 보렴, 우리 말똥구리!' 라든가 '우리 말똥구리 좀 봐요!' 등과 같이, 자기 딴에는 다정하게 말을 건네며 자기한테 오도록 그를 불러 보기도 했다. 그렇게 말을 걸어 와도 그레고르는 아무런 대꾸도 하지 않고 마치 문이 열리지도 않은 듯 제자리에 꼼짝도 않고 있었다. 이 늙은 할 망구한테 자기 기분대로 쓸데없이 그를 방해하도록 놔두지 말고 그의 방이나 매일 깨끗이 청소하라고 일러 주었으면!

어느 이른 아침—벌써 봄이 오는 신호인 듯 빗방울이 세차게 유리 창을 두드리고 있었다—그 파출부 할멈이 또 예의 허튼소리를 시작하 자 분노가 치밀어 오른 그레고르는 마치 덤벼들기라도 할 듯이 그녀 쪽으로 몸을 돌렸다. 물론 그 동작은 빠르지 않았고 쓰러질 듯 힘이 없었다. 그러나 할멈은 겁을 내기는커녕 문 가까이에 있는 의자를 냉 큼 쳐드는 것이었다. 입을 딱 벌리고 서 있는 품을 보니 손에 든 의자 로 그레고르의 등을 내리치고야 입을 닫겠다는 의도가 역력했다. 그 레고르가 다시 몸을 돌리자 그제야 할멈은 '그러니까 그래서는 안 되 겠지?'라고 말하며 의자를 구석에 가만히 내려놓는 것이었다.

그레고르는 이제 거의 아무것도 먹지 않았다. 어쩌다 차려 놓은 음 식 옆을 지나다가 장난삼아 한 입 깨물기도 했지만, 몇 시간 동안이나

---

* 등한히 무엇에 관심이 없거나 소홀한 태도로.

그대로 붙고 있다가 대개는 다시 뱉어 버리고 말았다. 처음에는 그의 방이 달라진 게 슬퍼서 그렇다고 생각했지만 그는 곧바로 방의 변화에 순응하게 되었다. 식구들은 마땅히 다른 곳에 둘 수 없는 물건들을 이곳에 갖다 두는 버릇이 생겼다. 그래서 이제 그런 물건들이 이곳에 자꾸 쌓이게 되었다. 집의 방 한 개를 세 명의 하숙인에게 세를 내주었기 때문이었다. 진지해 보이는 이 신사들은―그레고르가 언젠가 문틈으로 내다본 바에 따르면 세 명 모두 털보였다―지나칠 정도로 정리 정돈에 신경을 썼다. 자기들 방 말고도 이제 이 집에 살게 된지 좀 된 처지였으므로 집안 구석구석, 특히 부엌의 청결 문제에 신경을 썼다. 그래서 이들은 쓸데없는 물건들이나 더러운 잡동사니를 보면 도저히 참지를 못했다. 그것 말고도 이들 세 사람은 자신이 쓰던 살림살이를 갖고 들어왔다. 그러다 보니 많은 물건들이 필요 없게 되었는데, 그것들을 팔아 버릴 수도 없고 그렇다고 어디 내다 버릴 수도 없었다. 이런 물건들이 죄다 그레고르의 방으로 옮겨졌다. 그런 것 중에는 부엌에서 쓰던 재 담는 통과 쓰레기통도 있었다. 늘 급히 서두르는 파출부 할멈은 당장 쓰지 않는 물건이면 뭐든 그냥 그레고르의 방에 던져 넣었다. 다행히도 그레고르에게는 대개 던져지는 물건과 그것을 든 손만 보일 뿐이었다. 아마 할멈은 적당한 때와 기회가 되면 물건들을 도로 가져가거나 모든 것을 한꺼번에 내다 버릴 생각이었던 모양이다. 하지만 그레고르가 그 잡동사니 사이를 이리저리 기어 다니며 헤저어 놓지 않았다면, 그것들은 아마 맨 처음 떨어진 그 자리에 그대로 있었을지도 모른다. 처음에는 기어 다닐 장소가 없어서 어쩔 수 없이 그랬지만 나중에는 그 일이 점점 재미있어졌다. 그러나 그렇게 헤집고 돌아다니고 나면 죽도록 피곤하고 서글퍼져서 그 후 몇 시간 동안은 다시 꼼짝도 할 수 없었다.

세 명의 하숙인이 가끔 거실에서 같이 저녁을 먹는 경우도 있었기 때문에 거실로 통하는 문이 저녁에 닫혀 있는 일이 더러 있었다. 하지만 그레고르는 문이 열리기를 전혀 기대하지도 않았다. 문이 간혹 열려 있을 때도 그는 문가로 나오지 않고 식구들 모르게 방에서 가장 어두운 구석에 틀어박혀 있곤 했던 것이다. 하지만 하루는 파출부 할멈이 거실로 통하는 문을 약간 열어 둔 적이 있어서, 저녁에 하숙인이 들어와 불을 켰을 때도 문이 그대로 열려 있었다. 이들은 전에 아버지, 어머니 및 그레고르가 앉던 식탁의 윗자리에 앉아 냅킨을 펼치고 나이프와 포크를 손에 쥐었다. 곧이어 손에 스테이크 접시를 든 어머니가 문에 나타났고, 뒤이어 여동생이 감자가 수북이 담긴 접시를 들고 모습을 드러냈다. 음식에서 김이 모락모락 피어오르고 있었다. 하숙인들은 음식을 먹기 전에 심사라도 하려는 듯 그들 앞에 놓인 접시들 위로 몸을 구부렸다. 그리고 양옆의 두 사람이 우두머리로 모시는 것으로 보이는 한 사람은 실제로 아직 개인 접시에 덜지도 않은 상태에서 고기를 한 조각 썰어 보았다. 고기가 충분히 야들야들하게 익었는지 아니면 도로 부엌으로 돌려보내야 할지 확인하려는 것이 분명해 보였다. 그가 만족해하자, 마음 졸이며 지켜보고 있던 어머니와 여동생은 안도의 한숨을 쉬며 미소를 띠기 시작했다.

정작 식구들은 부엌에서 먹었다. 그렇지만 아버지는 부엌에 들어가기 전에 이 거실에 들어와서는 모자를 손에 들고 인사를 꾸벅 한 번 하고는 식탁 주위를 한 바퀴 돌았다. 하숙인들은 일제히 일어나서 수염 속으로 무언가를 중얼거렸다. 그러나가 자기들끼리만 남게 되자 이들은 거의 한마디도 하지 않고 완전한 침묵을 지키며 식사를 했다. 식사할 때 나는 온갖 다양한 소리 중에서 음식을 씹는 이빨 소리가 거듭 두드러지게 들리는 것이 그레고르에게 이상하게 생각되었다. 마치 그럼으로써 음식을 먹으려면 이빨이 필요하고, 아무리 턱이 멋지게 생겨도 이빨이 없으면 아무 소용이 없다는 것을 그레고르에게 보여주려는 것 같았다.

"나도 뭘 먹고 싶은데."

그레고르는 걱정스러운 듯 혼자말로 중얼거렸다.

"그러나 저런 것들은 아니야. 저 하숙인들이 먹는 저런 걸 먹고 살아야 한다면 난 죽고 말거야."

바로 그날 저녁 부엌 쪽에서 바이올린 소리가 들려왔다. 그레고르는 그동안은 내내 바이올린 소리를 들은 기억이 나지 않았다. 하숙인들이 벌써 저녁 식사를 마친 뒤였다. 가운데에 앉은 사내가 신문을 꺼내 다른 두 사람에게 한 장씩 나누어 주자 모두 의자에 기대고 몸을 뒤로 젖힌 채 신문을 읽으며 담배를 피웠다. 바이올린 연주가 시작되자 이들은 주의를 기울이더니 자리에서 일어나서는 발끝으로 살금살금 응접실 문 쪽으로 걸어가 문가에 바짝 붙은 채 서 있었다. 아버지가 이렇게 소리치는 걸로 보아 그들이 걷는 소리가 부엌에서도 들린 모양이었다.

"연주 소리가 혹시 귀에 거슬리는 건가요? 그럼 즉시 그만두도록 하겠습니다."

"아니, 천만에요."

가운데 사내가 말했다.

"따님이 이쪽으로 건너와 거실에서 연주할 수 없나요? 여기가 아마 훨씬 더 편안하고 아늑할 텐데요."

"아, 그렇게 하지요."

아버지는 마치 자신이 바이올린 연주자인 것처럼 소리쳤다. 하숙인들은 거실로 되돌아가 기다리고 있었다. 이내 아버지는 악보대를, 어머니는 악보를, 여동생은 바이올린을 들고 나타났다. 여동생은 차분히 연주를 위한 만반의 준비를 갖추었다. 부모님은 전에 방을 세내준 적이 없어서 하숙인들에 대한 예의가 너무 지나친 나머지 자신들의 안락의자에 감히 앉지도 못했다. 아버지는 단추를 모두 채운 제복의 두 단추 사이에 오른손을 찔러 넣은 채 문에 기대어 있었고, 어머니는 한 하숙인이 권해 준 의자에 앉기는 했지만 그가 우연히 의자를 밀어 준 그 자리에, 한쪽 구석에 떨어져서 앉아 있었다.

여동생이 연주를 시작했다. 아버지와 어머니는 각자 자기 위치에서 딸의 손놀림을 주의 깊게 지켜보았다. 바이올린 소리에 이끌린 그레고르는 겁도 없이 과감하게 조금씩 앞으로 나아가더니 어느새 머리를 거실에 내밀고 있었다. 그는 요즘 들어 남들을 별로 배려하지 않는 자신에 대해 얼마만큼도 이상하게 생각하지 않았다. 전에는 남들을 배려하는 게 그의 자랑거리였는데 말이다. 그런데 바로 지금이야말로 자신의 몸을 숨겨야 할 이유가 더 많아졌다고 할 수 있었다. 그의 방안 곳곳에 먼지가 수북이 쌓여 있어 조금만 몸을 움직여도 그게 풀풀 날리는 바람에 그도 먼지를 잔뜩 뒤집어쓰고 있었다. 그는 실밥이며 머리카락이니 음식 씨꺼기 따위를 등과 옆구리에 붙인 채 이리저리 끌고 다녔던 것이다. 이제는 만사에 무관심해져서 전에는 하루에도 몇 번이나 하던 일이지만, 요사이는 등을 대고 누워 양탄자에 비벼대는 일도 하지 않았다. 몸 상태가 이러한데도 그는 아무 거리낌 없이 티끌 하나 없이 깨끗한 거실 바닥 위를 얼마쯤 기어 나갔다.

물론 그가 기어 나오는 것에 신경을 쓰는 사람은 아무도 없었다. 식구는 바이올린 연주에 완전히 정신이 팔려 있었고, 반면에 하숙인들은 좀 지겨워하는 눈치였다. 이들은 처음에는 두 손을 바지 주머니에 찔러 넣은 채 여동생의 악보대 뒤에 너무 바짝 붙어 있었다. 그래서 이들이 모두 악보를 들여다볼 수 있을 정도여서 여동생에게는 확실히 방해가 되었을 것이다. 그러다가 이내 고개를 푹 숙인 채 자기들끼리 뭐라고 수군수군 대화를 주고받으며 창 쪽으로 물러나더니 거기서 아버지의 염려스러운 시선을 받으며 그대로 머물러 있었다. 아름답거나 흥겨운 연주를 들을 걸로 기대했다가 실망한 것 같은 기색과 전체적인 연주에 싫증이 났으나 그저 예의상 잠자코 들어주는 것 같은 기색이 역력했다. 특히 세 사람 다 코와 입으로 시가 연기를 공중에 뿜어 올리는 품으로 봐서 이들이 얼마나 짜증스러워하는지 미루어 짐작할 수 있었다. 그렇지만 여동생은 너무도 아름답게 연주를 계속했다. 얼굴을 옆으로 기울인 채 음미하듯 슬픈 눈빛으로 악보를 따라갔다. 그레고르는 조금 더 앞으로 기어 나가서는 혹시 그녀와 눈길이 마주칠 수 있을까 해서 머리를 바닥에 바짝 갖다 대었다. 음악에 이토록 감동받는데도 그가 짐승이란 말인가? 그에게는 마치 자신이 열망하던 미지의 어떤 양식을 얻는 길이 열리는 것처럼 생각되었다. 그는 여동생이 있는 데까지 나아가 그녀의 치맛자락을 살짝 당기기로 마음먹었다. 그런 행동으로 여동생에게 바이올린을 가지고 자기 방으로 좀 와 달라고 암시하기 위해서였다. 여기 있는 사람들 중에는 자기만큼 그 연주의 진가를 알아주는 사람이 없었기 때문이었다. 그는 적어도 자신이 살아 있는 한은 그녀를 자기 방에서 다시는 내보내지 않으리라 마음먹었다. 자신의 섬뜩한 모습을 처음으로 요긴하게 써먹을 생각이었다. 방의 문마다 동시에 지키고 있다가 누가 침입해 들어오면 '캬오'하고 덤벼들어 내쫓아 버려야지. 하지만 여동생을 강제로 붙잡아 둬서는 안 되고 자발적으로 곁에 있게 해야 돼. 그녀를 그가 앉은 소파 옆 자리에 앉히고 그의 말에 귀 기울이게 해야지. 그러고 나서 그녀를 음악 학교에 보낼 생각을 단단히 먹고 있었다고 털어놓아야지. 그러는 동안 이런 불상사만 일어나지 않았더라면 지난 성탄절 때—하지만 성탄절은 이미 지나가 버렸겠지?—그 어떤 반대를 무릅쓰고라도 이런 계획을 모두에게 발표했을 거라고 털어놓아야지. 이런 속내를 밝히고 나면 여동생은 감동의 눈물을 터뜨리겠지. 그러면 그는 가게에 나가면서부터 목에 리본이나 옷깃을 하지 않고 다니는 그녀의 어깨에까지 몸을 일으켜 세우고는 그녀의 목에 키스를 퍼붓겠지.

"잠자 씨!"

가운데 사내가 아버지를 향해 버럭 소리를 질렀다. 그러고는 더 이상 아무 말도 하지 않고 천천히 앞으로 기어 나오고 있는 그레고르를 손가락으로 가리켰다. 그 순간 바이올린 소리도 딱 멎었다. 가운데 사내는 일단 고개를 설레설레 저으며 친구들에게 미소를 지어 보이더니 다시 그레고르 쪽을 쳐다보았다. 아버지는 그를 내쫓는 일보다 하숙인들을 진정시키는 일이 더 시급하다고 생각하는 모양이었다. 하지만 이들은 흥분하기는커녕 바이올린 연주보다 그레고르 쪽에 더 흥미를 보이는 것 같았다. 아버지는 그들 쪽으로 급히 달려가 두 팔을 벌리고 그들을 자기들 방으로 몰아넣으려고 했다. 이와 동시에 몸으로 막으며 그들이 그레고르를 보지 못하게 했다. 그러자 이제 그들은 정말 화가 좀 나게 되었다. 그것이 아버지의 태도 때문인지, 또는 그레고르 같은 존재를 옆방에 두고 있었다는 사실을 지금껏 모르고 있다가 이제야 알게 된 때문인지는 알 수 없었다. 그들은 아버지에게 이에 대해 해명할 것을 요구했으며, 자기들 쪽에서도 양팔을 치켜들고 불안한 듯 수염을 잡아당기면서 느릿느릿 자기들 방으로 물러났다. 그러는 동안 여동생은 돌연 연주가 중단된 후 넋이 나간 듯 멍하니 있다가 겨우 정신을 차렸다. 그녀는 잠시 동안 축 내려뜨린 두 손에 바이올린과 활을 들고 연주를 더할 듯이 계속 악보를 들여다보고 있다가 느닷없이 벌떡 일어났다. 그러곤 호흡이 곤란하여 가쁘게 숨을 몰아쉬며 아직 안락의자에 앉아 있는 어머니의 무릎에 악기를 내려놓고는 하숙인들이 묵는 옆방으로 달려갔다. 그들은 아버지가 재촉하는 바람에 평소보다 이르게 자기들 방으로 다가가고 있었다. 여동생의 능숙한 손놀림으로 침대에 있던 이불과 베개가 공중으로 휙휙 날리더니 착착 정돈되는 모습이 보였다. 하숙인들이 아직 방에 도달하기도 전에 그녀는 잠자리 정돈을 마치고 방에서 미끄러지듯이 빠져나왔다. 아버지는 세입자에게 으레 베풀어야 할 존경심마저 깡그리 잊어버릴 정도로 다시 자신의 고집에 사로잡혀 있는 것 같았다. 그가 계속 다그치며 몰아붙이자 급기야, 가운데 사내는 벌써 방문에서 발을 쾅쾅 굴러 대며 아버지를 멈추어 세웠다.

"이런 식으로 하면 난 선언하겠소."

사내가 말했다. 그는 손을 치켜들고 눈으로는 어머니와 여동생도 찾아보았다.

"이 집과 가족의 상황이 이렇게 역겨우니 말입니다."

이런 말을 하며 그는 순간적으로 결정한 듯 바닥에 침을 탁 뱉었다.

"당장 이 집에서 나가겠소. 물론 지금까지 지낸 기간에 대한 방세를 한 푼도 지불하지 않을 거요. 오히려 당신들에 대해 손해 배상 청구를 해야 할지 신중히 생각해 볼 작정이오. 청구 사유는 쉽게 찾을 수 있을 거요. 그냥 해보는 말이 아닙니다."

그는 입을 다물고 무언가를 기다리는 듯 똑바로 앞을 바라보았다. 정말 그의 친구들도 당장 이렇게 말하며 끼어들었다.

"우리도 당장 나가겠소."

그러자 그 사내는 문의 손잡이를 잡고는 쾅 소리가 나게 문을 닫고 방으로 들어갔다.

아버지는 두 손으로 허공을 더듬거리며 자신의 안락의자로 비틀비틀 걸어가더니 그곳에 푹 쓰러져 버렸다. 그는 보통 때처럼 몸을 쭉 펴고 저녁잠을 자는 듯이 보였지만, 머리를 계속 심하게 끄덕이는 모습으로 봐서 결코 잠을 자는 것이 아님을 알 수 있었다. 그레고르는 그때까지 계속 하숙인들에게 자신의 모습을 들켰던 그 자리에 가만히 누워 있었다. 자신의 계획이 실패한 데 대한 실망감에다 너무 많이 굶주린 탓에 몸이 탈진했는지 꼼짝도 할 수 없었다. 그는 다들 곧 자신 때문에 폭빌하싀 무너서 내틸 섯 같다는 누려움을 확실히 느끼며 다음 순간을 조마조마하게 기다리고 있었다. 어머니의 무릎에 놓여 있던 바이올린은 그녀의 손가락이 덜덜 떨리는 바람에 무릎에서 스르르 흘러내리며 꽈당하고 요란한 소리를 냈지만 그는 그 소리에도 눈조차 꿈쩍 하지 않았다.

"아버지, 어머니!"

여동생은 이렇게 말하고 손으로 식탁을 내리치며 서곡을 열었다.

"이런 식으로는 더 이상 안 되겠어요. 두 분은 어떻게 생각하시는지 모르겠지만 전 깨달았어요. 저런 괴물을 오빠의 이름으로 부를 순 없어요. 그래서 제가 하고 싶은 말은 우리가 저것에서 벗어나야 한다는 것뿐이에요. 우리는 그동안 저것을 돌보고 참아 내기 위해 인간으로서 할 수 있는 일을 다 해봤어요. 우리를 조금이라도 비난할 수 있는 사람은 아무도 없을 거예요."

"걔 말이 백번이고 옳아."

아버지는 혼잣말을 했다. 여전히 숨을 제대로 쉬지 못하던 어머니는 눈빛이 조금 이상해지더니 손으로 입을 막고 소리죽여 기침하기 시작했다.

여동생이 얼른 어머니에게 달려가 그녀의 이마를 짚어 보았다. 아버지는 여동생의 말을 듣고 생각이 보다 단호해진 것 같았다. 그는 자세를 고쳐 반듯이 앉더니 하숙인들이 저녁 식사를 하고 아직 그릇이 치워지지 않은 식탁 앞에서 자신의 수위 모자를 만지작거렸다. 그러고는 꿈쩍도 하지 않는 그레고르 쪽을 이따금씩 흘깃 쳐다보았다.

"우린 이제 저것에서 벗어나야 해요."

여동생은 이제 아버지에게만 말했다. 어머니는 기침을 하느라 아무 소리도 듣지 못했기 때문이었다.

"저것 때문에 두 분이 돌아가시고 말 거예요. 그럴 게 뻔해요. 우리 모두가 이처럼 힘들게 일해야 하는 처지에 집에서마저 이처럼 끝없이 괴롭힘을 당한다는 건 도저히 참을 수 없어요. 저도 더는 참을 수 없단 말이에요."

그러고선 어찌나 격렬하게 울음을 터뜨렸는지 여동생의 눈물이 어머니의 얼굴 위로 주르르 흘러내렸다. 그러자 어머니는 기계적으로 손을 움직이며 자신의 얼굴에서 눈물을 닦아 내렸다.

"얘야!"

아버지의 목소리에는 동정심과 눈에 띌 정도로 확연한 이해심이 담겨 있었다.

"그럼 우리 어떡하면 좋겠니?"

그러나 여동생은 자신도 어찌할 바를 모르겠다는 표시로 그저 어깨만 으쓱할 뿐이었다. 이제 눈물을 흘리는 동안 그녀는 이전의 자신만만하던 태도는 온데간데없이 그처럼 난감한 심정이 되었던 것이다.

"만일 저 애가 우리말을 알아듣는다면……."

아버지가 반쯤은 묻는 듯한 어조로 말하자, 여동생은 울다가 말고 그런 일은 아예 생각조차 할 수도 없다는 듯 손을 격렬하게 내저었다.

"만일 저 애가 우리말을 알아듣는다면 말이다."

아버지는 또 한 번 같은 말을 되풀이하고는, 그런 일은 말도 안 된다는 여동생의 확신을 자신도 받아들인다는 뜻으로 두 눈을 지그시 감았다.

"그렇다면 저 애와 합의를 볼 수도 있을 텐데 말이다. 그런데 저렇게……."

"내쫓아야 해요!"

여동생이 소리쳤다.

"그렇게 하는 수밖에 없어요. 아버지, 저게 오빠라는 생각을 버려야 해요. 우리가 오랫동안 그렇게 생각해 왔다는 게 바로 우리의 진짜 불행이에요. 하지만 저게 어떻게 오빠일 수 있겠어요? 저게 오빠라면 인간이 자기 같은 짐승과 같이 살 수 없다는 걸 알아차리고 진작 제 발로 나갔을 거예요. 그랬다면 우리 곁에 오빠는 없지만 우리는 살아가면서 계속 오빠에 대한 추억을 소중히 간직할 수 있을 텐데요. 그런데 저 짐승은 우리를 쫓아다니며 못살게 굴고 하숙인들을 쫓아내면서, 이 집을 온통 독차지하고 들어앉아 우리를 길거리에 나앉게 하려는 게 분명해요. 저것 좀 보세요, 아버지!"

여동생이 갑자기 비명을 질렀다.

"또 시작이에요!"

그러고서 여동생은 그레고르로서는 도저히 이해할 수 없는 공포에 사로잡혀 어머니마저 내버리고 단호히 안락의자를 밀치고 일어나서는 아버지 뒤쪽으로 황급히 달려갔다. 그레고르 옆에 가까이 있느니 차라리 어머니를 희생시키는 편이 낫다는 듯이 말이다. 그러자 딸의 그러한 행동만으로도 벌써 격앙되는 듯 아버지도 자리에서 벌떡 일어나더니 딸을 보호하기라도 하는 듯 그녀 앞에서 양팔을 반쯤 치켜드는 것이었다.

그러나 그레고르는 여동생은 물론이거니와 어느 누구에게도 겁을 줄 생각이 추호도 없었다. 자기 방으로 되돌아가려고 그저 몸을 돌리기 시작한 것뿐이었다. 물론 그 동작이 좀 유별나 보이긴 했다. 상처를 입어 고통스러운 몸을 돌리기가 쉽지 않아 머리까지 사용해야 했기 때문에 머리를 쳐들었다가 바닥에 부딪치는 동작을 여러 번씩이나 되풀이했던 것이다. 그는 동작을 멈추고 주위를 둘러보았다. 가족들이 그에게 악의가 없다는 것을 알아차린 모양이었다. 아까는 순간적으로 깜짝 놀랐을 뿐이었다. 이젠 모두들 말없이 슬픈 표정으로 그를 바라보고 있었다. 어머니는 두 다리를 가지런히 모으고 쭉 뻗은 채 안락의자에 누워 있었고, 두 눈은 피로에 지친 나머지 거의 감겨져 있었다. 아버지와 여동생은 옆에 나란히 앉아 있었고, 여동생은 한쪽 팔을 아버지의 목에 감고 있었다.

'이젠 몸을 좀 돌려도 되겠지.'

그레고르는 이렇게 생각하고 다시 몸을 돌리기 시작했다. 그는 너무 힘이 들어 숨이 가빠 왔기 때문에 간간이 쉬지 않을 수 없었다. 아닌 게 아니라 아무도 그를 재촉하는 사람이 없어서 그는 모든 일을 자기 마음대로 결정할 수 있었다. 완전히 몸을 돌리고 나자 그는 곧장 똑바로 되돌아가기 시작했다. 그는 자기 방이 그렇게 멀리 떨어져 있다는 사실에 적이 놀랐다. 그리고 이렇게 쇠약한 몸으로 아까는 이토록 먼 거리인 줄도 모르고 마구 기어 나온 게 통 이해가 되지 않았다. 줄곧 빨리 기어가야 한다는 생각밖에 없었으므로 그는 가족들이 군소리나 큰소리로 자신을 방해하지 않고 있다는 사실도 거의 깨닫지 못하고 있었다. 방문 앞에 이르러서야 비로소 그는 고개를 돌려 보았다. 뻣뻣한 느낌이 들어 고개를 완전히 돌리지는 못했다. 어쨌거나 여동생이 자리에서 일어섰다는 것 말고는 자신의 등 뒤에서 아무 일도 일어나지 않았다는 사실을 볼 수 있었다. 그는 마지막으로 그새 완전히 잠들어 버린 어머니를 흘깃 쳐다보았다.

그가 방 안에 들어서자마자 벼락같이 문이 닫히더니 빗장이 걸리며 꽁꽁 잠기고 말았다. 뒤에서 난 급작스러운 소음에 깜짝 놀라는 바람에 그레고르의 가느다란 다리들이 구부러지며 꺾이고 말았다. 그렇게 황급히 문을 닫은 사람은 여동생이었다. 감쪽같이 다가와 우뚝 서서 기다리고 있다가 발걸음도 가볍게 와락 달려든 것이었다. 그레고르는 여동생이 다가오는 소리를 전혀 듣지 못했다. 그녀는 자물쇠에 열쇠를 꽂아 돌리며 부모님께 소리쳤다.

"드디어 해냈어요!"

"그럼 이제 어쩐다?"

그레고르는 스스로에게 물어보며 어두운 방 안을 둘러보았다. 이내 그는 자신이 이제 더는 꼼짝도 할 수 없다는 사실을 깨닫게 되었다. 그게 의아하게 생각되기는커녕 오히려 지금까지 정말이지 이런 가느다란 다리로 돌아다닐 수 있었다는 사실이 믿기지 않을 정도였다. 게다가 그는 기분도 비교적 좋은 편이었다. 비록 온몸이 아프기는 했지만 점차 약해지다가 결국 씻은 듯이 사라질 것 같았다. 등에 박혀 썩어 버린 사과며 부드러운 먼지 같은 걸로 완전히 뒤덮인 그 주변의 염증 부위도 어느덧 거의 느낄 수 없을 정도였다. 그는 가족을 돌이켜 생각해 보며 감동과 사랑의 감정에 사로잡혔다. 그가 사라져야 한다는 생각은 여동생보다 아마 자신이 더욱 단호할 것이다. 이렇게 공허하고도 평화로운 생각에 빠져 있는 동안에 탑시계에서 새벽 3시를 치는 소리가 들려왔다. 창밖의 세상이 온통 훤하게 밝아오기 시작하는 것까지는 아직 느낄 수 있었다. 그러다가 자기도 모르게 그의 고개가 아래로 푹 고꾸라졌고, 그의 콧구멍에서는 마지막 숨이 힘없이 새어 나왔다.

어느 날 이른 아침에 파출부 할멈이 와서-그러지 말라고 몇 번이나 부탁했지만, 할멈이 워낙 힘이 세고 성격이 급해 문마다 쾅쾅 닫고 다니는 바람에 그녀가 나타나면 온 집안에서 더 이상 조용히 잠을 자고 있을 수 없었다.-평소 때처럼 그레고르의 방안을 잠시 들여다보았지만 처음에는 뭔가 특이한 점을 발견하지 못했다. 그녀는 그가 일부러 그렇게 꼼짝 않고 누워 감정이 상한 시늉을 하고 있다고 생각했다. 그녀는 그가 모든 것을 분별 있게 처리할 능력이 있다고 믿었다. 마침 손에 기다란 빗자루를 들고 있어서 그것으로 문가에서 그레고르를 간질여 보았다. 그래도 아무런 반응이 없자 슬슬 화가 난 그녀는 그의 몸을 약간 찔러 보았다. 그래도 아무런 저항도 없이 제자리에서 밀려나자 비로소 그녀는 그를 유심히 살펴보았다. 곧바로 사태의 진상을 알게 된 그녀는 놀라 눈을 둥그렇게 뜨고는 저도 모르게 혼자서 휘파람을 불었다. 하지만 그 자리에서 오래 지체하지 않고 잠자 씨 부부의 침실 문을 확 열어젖히고는 어둠 속을 향해 큰 소리로 외쳤다.

"이리 좀 와보세요! 그것이 뒈졌어요. 저기 누워서 완전히 뒈졌어요!"

잠자 씨 부부는 침대에서 벌떡 일어나 앉고는 그녀의 말뜻을 제대로 파악하기 전에 파출부 때문에 철렁 내려앉은 가슴부터 쓸어내려야 했다. 하지만 그런 다음 잠자 씨 부부는 각자 침대의 양옆으로 후다닥 빠져나왔다. 잠자 씨는 이불을 양 어깨에 두른 채 잠자 부인은 잠옷 바람으로 뛰쳐나와서는 그레고르의 방으로 들어갔다. 그러는 사이에 하숙인들이 들어오고 나서부터 그레테가 잠을 자는 거실의 문도 열렸다. 그녀는 밤새 잠을 이루지 못했는지 옷을 다 갖추어 입고 있었다. 그녀의 창백한 얼굴을 보더라도 그러한 사실을 짐작할 수 있을 것 같았다.

"죽었어요?"

잠자 부인은 이렇게 말하며 미심쩍은 듯 파출부 할멈 쪽을 쳐다보았다. 물론 자신이 직접 진상을 확인해 볼 수 있었고, 또한 굳이 그러지 않더라도 척 보면 알 수 있는 일이었다.

"제 생각엔 그런 것 같은걸요."

파출부 할멈은 이렇게 말하며 이를 증명하기 위해 그레고르의 시신을 빗자루로 한참 동안 옆으로 밀쳐 보았다. 잠자 부인은 빗자루를 제지하려는 듯한 동작을 취했지만 실제로 제지하지는 않았다.

"자아."

잠자 씨가 입을 열었다.

"이제 하느님께 감사를 드려야겠다."

그가 성호를 긋자 다른 세 여자들도 그를 따라 했다. 시신에서 눈을 떼지 않고 있던 그레테가 이렇게 말했다.

"그가 얼마나 빼빼 말랐는지 좀 보세요. 하긴 그토록 오랫동안 아무것도 통 먹질 않았으니 그럴 만도 하죠. 음식은 들여 넣은 그대로 다시 나왔거든요."

실제로 그레고르의 몸은 납작한 모양으로 말라붙어 있었다. 실은 지금에야 비로소 사람들은 그런 사실을 알게 된 터였다. 이젠 가느다란 다리들이 더는 그의 몸을 지탱해 주지 못했고, 그 밖에는 시선을 끌 만한 것이 하나도 없었기 때문이었다.

"자, 그레테야, 잠깐 우리 방으로 건너가자."

잠자 부인이 슬픈 표정으로 미소를 지으며 말하자, 그레테는 시신 쪽을 흘끗 되돌아보면서 부모님 뒤를 따라 침실로 들어갔다. 파출부 할멈은 문을 닫고 창문을 활짝 열어젖혔다. 이른 아침인데도 상쾌한 공기에는 이미 미지근한 기운이 약간 섞여 있었다. 바야흐로 때는 벌써 3월 말이었다.

세 명의 하숙인이 방에서 나와 어리둥절한 표정으로 그들의 아침 식사를 찾아보았다. 그들을 깜빡 잊고 있었던 것이다.

"아침 식사가 어디 있어요?"

가운데 사내가 뚱한 표정으로 파출부 할멈에게 물었다. 하지만 이 할멈은 손가락을 입에 대고는 얼른 그레고르의 방으로 와 보라고 말 없이 손짓했다. 그들도 와서 다소 후줄근한 상의의 주머니에 손을 찔러 넣은 채 그레고르의 시신 주위에 둘러섰다. 방안은 이제 어느새 완전히 밝아져 있었다.

그때 거실 문이 열리더니 제복을 입은 잠자 씨가 한쪽 팔에는 부인을, 또 다른 쪽 팔에는 딸을 데리고 나타났다. 세 사람 모두 울어서 눈이 약간 부은 듯했다. 그레테는 이따금씩 아버지의 팔에 얼굴을 갖다 대기도 했다.

"당장 우리 집에서 나가 주시오!"

잠자 씨는 이렇게 말하며 두 여자를 여전히 떼어 놓지 않은 채 문 쪽을 가리켰다.

"무슨 말씀인가요?"

가운데 사내가 다소 당황해하며 이렇게 말하고는 알랑거리는 듯한 미소를 지었다. 다른 두 사내는 뒷짐을 지고 마냥 두 손을 비벼 대고 있었다. 마치 자기들한테 유리하게 끝날 것이 분명한 대판 싸움이 벌어지기를 즐거운 마음으로 기다리는 듯한 모습이었다.

"내가 말한 그대로요."

잠자 씨는 이렇게 대답하며 두 여자를 옆에 데리고 일렬을 이루며 하숙인들을 향해 다가갔다. 이 사내는 처음에는 잠자코 서서 바닥을 내려다보고 있었다. 마치 머릿속으로 사물들을 짜 맞추어 새로운 질서를 만들려는 것 같았다.

"정 그렇다면 우리, 나가지요."

사내는 이렇게 말하고 잠자 씨를 쳐다보는 게 어쩐지 비굴하다는 생각이 들어 이러한 결심에 대해서조차 새로 허락을 해달라고 요구하는 것 같았다. 잠자 씨는 눈을 둥그렇게 뜨고 그에게 그저 여러 번 짧게 고개를 끄덕일 뿐이었다. 그러자 사내는 정말 당장 성큼성큼 걸어 응접실로 들어가 버렸다. 그의 두 친구는 어느새 손장난을 딱 멈추고 가만히 듣고 있다가 이제 그를 따라 흡사 깡충깡충 뛰어가다시피 했다. 이는 마치 잠자 씨가 그들보다 먼저 응접실에 들어가 그들 우두머리와의 관계를 가로막지나 않을까 지레 겁을 내는 듯한 모습이었다. 응접실에 가자 이들 세 사람은 옷걸이에서 모자를 집어 들고 지팡이 보관함에서 지팡이를 꺼내 들더니 말없이 고개 숙여 인사하고는 집에서 나갔다. 곧 밝혀졌다시피 잠자 씨는 전혀 아무 근거도 없는 불신을 품고 두 여자와 함께 현관 밖으로 나갔다. 그들은 계단의 난간에 기대

어 세 사내가 느릿느릿하지만 멈추지 않고 계속 기다란 계단을 내려
가는 모습을 지켜보았다. 각 층마다 계단이 일정하게 휘어지는 곳에
서는 이들의 모습이 사라졌다가 잠시 후에 다시 나타나 보였다. 그들
이 아래로 내려갈수록 그들에 대한 잠자 씨 가족의 관심도 점차 사라
져 갔다. 계단 아래에서 그들을 향해 다가오던 한 정육점 점원이 머리
에 짐을 이고 거들먹거리는 태도로 그들을 지나치며 위로 올라갔다.
잠자 씨는 곧 두 여자를 데리고 난간에서 떠났고, 모두는 홀가분해진
마음으로 집으로 되돌아 들어갔다.

그들은 오늘 하루를 푹 쉬면서 산책이나 하며 보내기로 결정했다.
그들에게는 이처럼 일을 그만두고 휴식을 취할 자격이 있었을 뿐만
아니라 쉬는 게 꼭 필요했다. 그래서 이들은 식탁에 모여 앉아 세 통
의 결근계를 썼다. 잠자 씨는 지배인에게, 잠자 부인은 일을 맡기는
사람에게, 그레테는 가게 주인에게 편지를 썼다. 이들이 편지를 쓰는
동안 파출부 할멈이 들어와서 아침 일이 끝났으니 이제 돌아가겠다고
말했다. 글을 쓰던 세 사람은 처음에는 처다보지도 않고 고개만 끄덕
였지만, 그래도 할멈이 물러갈 기미를 보이지 않자 그제야 짜증스러
운 듯 처다보았다.

"무슨 일인가요?"

잠자 씨가 물었다.

파출부 할멈은 가족에게 대단히 기쁜 소식을 전할 게 있다는 듯 빙
그레 미소를 지으며 문가에 서 있었다. 하지만 철저히 캐물어야만 알
려 주겠다는 듯한 태도였다. 그녀의 머리에 거의 수직으로 꽂혀 있는
타조 깃털이 온 사방으로 가볍게 흔들렸다. 안 그래도 잠자 씨에게는

그녀가 일하는 동안 내내 그 깃털 장식이 눈에 거슬리던 참이었다.

"대체 왜 그러죠?"

잠자 부인이 물어보았다. 그래도 할멈은 식구들 중에서 부인을 가장 존경하고 있었다.

"네."

파출부 할멈은 이렇게 대답했으나, 다정스런 웃음이 나오는 바람에 곧이어 계속 말할 수 없었다.

"그러니까 옆방의 저 물체를 치우는 문제는 걱정하실 필요가 없다고요. 벌써 처리했거든요."

잠자 부인과 그레테는 글을 계속 쓰려는 듯 편지 쪽으로 몸을 숙였고 잠자 씨는 파출부 할멈이 이제 자초지종을 상세히 설명하려 드는 것을 눈치채고 손을 쭉 뻗어 그러지 못하게 단호하게 막았다. 하지만 이야기를 할 수 없게 된 할멈은 자신이 대단히 바쁘다는 사실을 생각해 내고는 분명 기분이 상한 듯 이렇게 소리쳤다.

"다들 안녕히 계슈."

그러고는 거칠게 몸을 확 돌리고는, 놀라서 가슴이 철렁 내려앉을 정도로 세게 문들을 쾅쾅 닫으며 집에서 나갔다.

"저녁 때 오면 내보내도록 합시다."

잠자 씨의 이런 제의에 아내도 딸도 가타부타 아무런 반응을 보이지 않았다. 가까스로 마음의 평온을 얻었는데 할멈 때문에 다시 깨져 버린 것 같아서였다. 두 여자는 일어서더니 창가로 가서는 서로 부둥켜안은 채 그곳에 그대로 있었다. 잠자 씨는 안락의자에 앉아 두 사람 쪽으로 몸을 돌리고는 그들을 잠시 조용히 지켜보다가 이렇게 소리쳤다.

"자, 이리들 오라고 지난 일들은 다 잊어버려. 그리고 내 생각도 좀
해줘."

그러자 두 여자는 즉시 그의 말을 따라, 급히 그에게 쪼르르 달려
와서 그를 어루만지고는 서둘러 그들의 편지를 끝마쳤다.

그러고 나서 세 사람은 모두 함께 집을 나섰다. 다 함께 집을 나서
기는 무려 몇 달 만이었다. 그들은 전차를 타고 도시의 근교로 나갔
다. 그들 가족만이 오붓하게 타고 있는 전차 안을 따스한 햇살이 속속
들이 비추어 주었다. 그들은 좌석에 편히 등을 기대고 앞으로의 전망에
대해 이야기를 나누었다. 잘 생각해 보니 그렇다고 전망이 아주 나쁠 것
같지도 않았다. 사실 다들 그들의 일자리에 대해 꼬치꼬치 서로 캐물은
적은 없었지만 세 사람 다 일을 하고 있는데다, 특히 전도유망했기 때문
이었다. 지금 당장 상황을 개선하는 가장 좋은 방법은 물론 이사를 가
는 일이었다. 이제 그들은 그레고르가 고른 이 집보다 더 작고 더 싸
긴 해도 보다 위치가 좋고 더욱 실용적인 집을 얻고자 했다. 이렇게
서로 이야기꽃을 피우는 동안 잠자 씨 부부는 딸의 얼굴에 점점 생기
가 도는 것을 거의 동시에 느끼게 되었다. 최근에 갖은 고생을 다 하면
서 두 뺨이 창백하게 변했던 딸이 아름답고 탐스러운 처녀로 활짝 피어
난 것이다. 부부는 점차 말수가 적어지면서 거의 무의식적으로 눈길
로만 의사를 교환하더니, 이젠 딸에게 착실한 신랑감을 구해 줄 때
가 된 것 같다고 생각했다. 소풍의 목적지에 이르러 딸이 맨 먼저 일
어나 젊은 몸을 쭉 펴며 기지개를 켜자 그들에게는 그 모습이 그들의
새로운 꿈들과 멋진 계획들을 확인해 주는 것처럼 생각되었다.

극심한 고립과 물화(物化)˚
– 타자에게 다가갈 수도, 타자가 다가갈 수도 없는 존재 –

그레고르는 왜 느닷없이 벌레로 변신했을까요? 일반적으로 사람들에게 '벌레'는 하찮은, 징그럽고 싫은, 피하거나 거부하게 되는 존재로 여겨집니다. 그레고르는 벌레로 변하게 되면서 가족을 비롯한 타인, 외부와 극단적으로 단절을 당하게 됩니다. 그는 외판사원으로서 긴장과 스트레스 속에 힘겹게 살아왔으며, 인간관계 역시 필요에 의한 형식적인 것이었을 뿐 진실한 관계맺음 혹은 소통이 부재했습니다. 뿐만 아니라 잘못 맺은 인간관계에서 벗어나려는 의지를 상실한 채 자신을 벌레 같은 존재로 방치해 버렸습니다. 이런 의미에서 그레고르가 '벌레'로 변한다는 설정은 극심한 고립으로 파괴된 인간의 내면을 형상화한 것이라고 볼 수 있습니다.

그레고르는 아버지의 빚을 대신해 갚으며 가족을 부양하는 가장이었고, 동생 그레테가 음악을 사랑하는 것을 알아준 유일한 가족이었습니다. 그렇기에 이런 그를 더욱 힘들게 하는 것은 자신의 상황을 이해하거나 공감해 주려는 시도조차 하지 않는 가족들입니다. 평생을 가족을 위해 희생하며 살아왔던 그레고르를 어머니와 아버지는 애써 외면을 합니다. 자신이 다시 인간으로 돌아올 것이며, 말도 안되는 이 상황에 대한 억울함을 가족들에게 호소해 보지만 벌레의 소리를 알아듣는 사람은 아무도 없습니다. 누이 그레테만이 오빠의 식사를 챙기고 방청소를 하고, 오빠의 행동을 관찰하며 신경을 쓰지만 가만 살펴보면 순수하고 착한 마음 씀씀이라고만 할 수는 없겠습니다. 그녀의 행동의 이유를 개인적인 욕망 차원으로 추측해보면 가족 중 하는 일이 없던 아이로 그려졌던 그녀가 부모님도 외면하는 오빠를 돌보는 일을 자처하면서 자신의 존재에 대한 인정 욕구를 채우고 있는 것입니다. 그래서 어머니가 그레고르의 방을 대신 청소하면 불같이 화를 내고, 벌레가 된 그레고르의 움직임을 편히 하게 하기 위해서라며 방 안의 가구를 남김없이 치워 버립니다. 사실 숨을 곳이 없어진 그레고르의 방은 자기 외에는 아무도 들어가지 않는다는 것을 알기 때문이죠. 이런 그레테의 이기적인 행동은 그레고르에게 사람으로서의 생활을 앗아가고, 다른 사람들과의 관계를 단절시켜 더욱 고립시키는 결과를 낳습니다. 결과적으로 그레고르에게 유일한 삶의 의미였던 그레테에게마저 존재를 부정당하게 되면서 그레고르는 쓸쓸하게 죽어갑니다.

* 물화   자본주의 사회에서 모든 것은 매매의 대상이 되어, 인간의 노동력 및 능력이 모두 물적인 상품으로서의 성격을 갖게 되며, 인간과 인간의 관계조차도 그러한 것처럼 나타나는 경향.

우리의 삶은 주변 사람들과의 의미 있는 관계맺음으로 이루어집니다. 다양한 사람들과의 관계와 상황, 소통, 인정 속에서 '나'라는 존재에 대한 삶의 의미를 갖게 됩니다. 집에서는 부모님의 사랑스러운 자식이자 형제로, 학교에서는 성실한 학생이 되기도 합니다. 친구들 사이에서는 밝고 유쾌한 사람이 되는 등 나름의 평가를 받고 인정을 받습니다. 그런데 이것이 충족되지 않는다면 어떨까요? 소위 은둔형 외톨이라 부르는 고립된 이들의 시작점도 사회적 관계의 단절에서 왔다고 볼 수 있습니다. 그들 역시 관계의 상황에서 나름의 신념과 동기, 정서, 바람과 욕구가 있는데 그것이 의미 있게 받아들여지지 않거나 소통이 되지 않아 단절하게 되는 것이죠. 홀로 고립되어 외부와 단절된 상태로 살아가는 것은 그 어떤 힘겨움보다 고통이 될 것입니다. 소설 속 그레고르처럼 삶을 지속해야 할 이유를 못 찾은 채 극단적인 선택을 할 수 있으며, 혹은 충족되지 않은 욕구에 대한 불만을 반사회적인 방법으로 표출하게 될지도 모릅니다. 게다가 마지막 가족여행을 떠나는 장면은 소외된 이웃을 외면하고 있는 비정한 사회의 단면을 잘 보여주고 있습니다.

소설을 읽으며 느껴지는 불편한 감정을 해소하기 위해 어떤 장치가 필요할까요? 그레고르 스스로라도 자신의 삶을 인간적으로 가치 있게 여기고 살았더라면, 그레고르를 둘러싼 여러 인물 중 단 한 명이라도 그레고르와 대화(소통)를 나눌 수 있었다면 이야기가 어떻게 전개되었을까요? 또, 평화로운 가족관계로 돌아오게 하려면 어떻게 그려져야 했을까요? 지금 내 주변에 또 다른 그레고르는 없는지, 만약 있다면, 그를 어떻게 대하고 있는지 차분히 생각해보시기 바랍니다.